로쿠메이칸,
기억이 춤추는 서사

이경희 지음

보고사
BOGOSA

요슈 지카노부, 〈귀현무도의 약도〉, 1884.

이노우에 야스지, 〈로쿠메이칸〉, 1883~1889.

고바야시 기요치카, 〈가장무도회〉, 1887.

고바야시 기요치카, 『오카메하치모쿠』 권두화, 1895.

머리말

이 책은 메이지 일본이 표방했던 '문명개화'의 상징 로쿠메이칸(鹿鳴館)에 주목하여, '희화화된 근대'의 기억이 어떻게 일본의 자기 서사 공간을 형성해 왔는지 검토하고, 전후까지 이어진 일본 표상의 순환적 내재율을 문화사적 관점에서 분석한 것입니다.

이 연구는 5년 전, 그 밑그림이 된 한 편의 논문에서 시작됐습니다. '글로벌시대 동아시아의 문화 표상'이라는 주제의 연구에 참여하고 있었고, 그해 공동연구진은 '문화 예술'의 관점에서 한국, 중국, 일본의 문화 표상들을 분석했습니다. 그 일환으로 발표한 논문이 「로쿠메이칸 무도회로 본 일본표상」(『동아시아문화연구』, 2015.5.)입니다. 그러나 한 편의 논문으로 끝내기에는 다루지 못한 내용이 더 많았습니다. 다행히 한국연구재단 인문저술지원사업("조약개정과 로쿠메이칸 무도회: 빌려온 '일본표상'")에 선정되어 여기까지 연구를 이어올 수 있었습니다.

＊＊

이 책 '문제인식'의 장(I장)에서는 '근대'와 '전후'에 관한 사유(「냉전기 일본의 '메이지 vs 전후'」, 『일본사상』, 2019.6.)로 시작해, 또 다른 근대 '로쿠메이칸'의 문제에 착안한 경위를 다소 상세히 짚어 두었습니다. 이 책은 메이지의 문명개화기부터 100년이 넘는 다소 긴 시간을 다루고 있습니다. 크게는 로쿠메이칸 시대부터 아시아·태평양전쟁기까지(Ⅱ, Ⅲ, Ⅳ장), 그리고 전후의 기점부터 전후가 장기화하는 1990년대까지(Ⅴ, Ⅵ장)로 나뉩니다.

각각은 근대 일본의 '문명국가'와 전후 일본의 '문화국가'에 관한 담론 분석으로 시작됩니다. 이어서 로쿠메이칸/무도회를 둘러싼 담론, 서사 분석을 통해 논의를 구체화·본격화했습니다. 다소 딱딱할 수도 있는 보도 및 역사 담론의 분석과 상상력을 자극하는 회화 및 문학의 분석을 병행하고 있습니다.

아울러, 권말사료는 미일수호통상조약, 제국헌법, 일본국헌법 및 관련 사료 10편을 한국어로 옮긴 것입니다. 부족한 번역이지만, Ⅱ장과 Ⅴ장의 참조자료로 첨부해 두었습니다.

아쉬움도 부족함도 많은 글이지만, 조심스레 평가의 자리로 떠나보냅니다.

＊＊＊

8년 전, 좋은 연구의 기회를 주셨던 한양대학교 동아시아문화연구소, 5년 전, 소묘 단계의 발표에 고견을 주셨던 이나가 시게미(稲賀繁美) 선생님, 한정선 선생님, 이제나마 깊이 감사드립니다. 마지막까지 너그러움과 세심함으로 함께 해주신 보고사의 박현정 부장님, 황효은 책임편집자님께도 감사드립니다.

참 어려운 해에 傘壽를 맞으신 아버지, 그 곁에 함께 하시는 어머니께는 오랜 감사와 존경의 마음으로 이 책을 바칩니다.

2020년 8월 이경희

목차

문제인식

1. '근대'로서의 메이지

일본은 2년 전 메이지(明治) 150주년을 맞았다. '메이지 일본'은 '근대 일본'의 또 다른 이름이다. 2018년 한 해 동안 일본 정부는 '메이지 150년 기념식전'(헌정기념관, 10.23.)은 물론 '메이지의 도약'을 미래로 이어가겠다는 취지의 여러 행사를 추진했다. 논단이나 저널리즘에서도 '메이지 150년'을 의식한 논저나 기획은 쉽게 눈에 띄었다.

개중에는 조금 더 가까운 과거, '메이지 100년'으로 향한 시선도 있었다. 아즈마 히로키(東浩紀 : 1971~)는 모든 게 '전후인가 메이지인가'로 환원되는 현재 일본의 정치 상황은 자신들('우리')을 무력하게 만든다고 했다.[1] '전후 이후' 세대[2] 평론가 아즈마의 우려는 '1968' 전공투세대 문예평론가 가토 노리히로(加藤典洋 : 1948~2019)의 '메이

지 100년'에 관한 기억과 닿아 있다. '메이지 150년'을 앞두고 가토는
일본인에게 요구되는 역사 감각을 제언했다. '전후인가 메이지인가'
가 아닌 '전후도 메이지도'라는 역사 감각이 필요하다고 했다. '존황양
이(尊皇攘夷)' 사상은 80년 주기로 반복됐으니 다시 도래할 것이며, 이
에 대처하려면 메이지(150년)도 전후(80년)도 안 된다, '존황양이'의 사
상적 연원(에도시대 전기)을 아우르는 '300년의 시좌'가 필요하다는 것
이었다.[3] 아즈마도 '전후인가 메이지인가'라는 사상적 불모의 늪에서
헤어나려면 '300년의 시좌'를 지닌 리버럴 사상을 만들어 낼 수 있어
야 한다고 덧붙였다.

　가토와 아즈마는 문제의식을 공유하고 있다. '메이지'는 울트라 내
셔널리즘에 의한 파국을 초래했다, '전후'도 머지않아 메이지의 파국
을 반복할 우려가 있다는 것이다. 급진적 내셔널리즘이라는 근대적
한계 앞에서는 '메이지'도 '전후'와 근본적으로 다르지 않으며, 따라서
어느 쪽도 해법이 될 수 없다는 것이다. 메이지와 전후를 대립이 아닌
아날로지적인 유비 관계로 보는 이같은 인식은 역사를 순환하는 것으
로 인식/전망하면서 동시에 순환으로부터의 출구를 찾으려는 것으로
도 보인다.

　'메이지'와 '전후'가 이원론적 대결 구도로 부상한 것은 가토의 기억

---

1) 東浩紀, 「〈eyes〉 戦後か明治かの選択こそが、ぼくたちを無力にしている」, 『AERA』,
　2018.1.15, https://dot.asahi.com/aera/2018011000054.html?page=1(검색일 :
　2019.3.3.)

2) 여기서 '전후 이후' 세대란 1970년대 이후에 출생한 세대를 가리킨다(加藤典洋, 『戦後
　を戦後以後、考える : ノン・モラルからの出発とは何か』, 岩波ブックレットNO.452, 岩
　波書店, 1998, p.5.).

3) 加藤典洋, 『もうすぐやってくる尊皇攘夷思想のために』, 幻戯書房, 2017, pp.62-63.

대로 '메이지 100년'을 맞은 반세기 전으로 거슬러 올라간다. 시작은 다케우치 요시미(竹内好 : 1910~1977)가 발안한 '메이지유신 백년제'론이었다. 하지만 처음부터 메이지와 전후의 이원론으로 출발한 것은 아니다. 1960년대로 접어들면서 일본에서는 '황금의 60년대'가 시대의 슬로건으로 부상했다. 십 년의 미래를 내다보는 장기 전망도 나오기 시작했다. 다케우치의 '메이지유신 백년제'론도 1960년대 논단의 전망과 과제를 묻는 『주간독서인』 편집부의 의뢰에 의한 것이었다. 그는 일본 논단이 '민족적인 것'을 외면하고 억압하면 또다시 울트라 내셔널리즘이 반격해 올 수 있다고 전망했다. 또 그에 대비한 1960년대 논단의 과제는 내셔널 이슈를 선취해야 한다며 '메이지유신 백년제'론을 제안했던 것이다.[4]

여기에 다케우치는 하나 조건을 달았다. '메이지유신 백년제'론이 내셔널리스트에게 독점돼서는 안 된다는 것, 상호 대치하는 서구파와 일본파의 공동 아젠다가 돼야 한다는 조건이었다.[5] 이는 서구와의 불평등조약을 기념('미일수호백년제')하는 역사 왜곡(서구파)과 기원절(紀元節)[6]을 회고하는 회귀적 향수(일본파) 모두에 대한 이중의 견제 장치기도 하다. 그러면서 '메이지유신 백년제'론의 추진자로 '근대주의자'인 프랑스 문학자 구와바라 다케오(桑原武夫 : 1904~1988)를 추천했다.[7] 그냥 '근대주의자'가 아닌 '근대주의자 구와바라 다케오'였다.

---

4) 竹内好, 「「民族的なもの」と思想 : 六〇年代の課題と私の希望」, 1960.2.15[『竹内好全集(9)』, 筑摩書房, 1981, p.60].

5) 竹内好, 「「民族的なもの」と思想 : 六〇年代の課題と私の希望」, pp.62~63.

6) 1872(메이지5)년에 진무천황(神武天皇)의 즉위일을 일본의 기원으로 정하여 '기원절'로 제정. 1948년에 폐지.

'근대주의자', '진보적 지식인', '시민운동의 기수'로 분류[8]되는 히다카 로쿠로(日高六郎 : 1917~2018)에 따르면 '근대주의자'란 근대주의적 경향을 비판하려는 사람들에 의해 붙여진 마이너스 심볼이었고, '근대주의'란 곧잘 '구화주의(歐化主義)[9]'와 등치화됐다. 일본 근대사에서 '근대화와 서구화'가 '근대주의'의 가장 중요한 문제의 하나였던 이유기도 하다.[10] 다만, 역사적으로는 메이지 초기에 붐을 이루었던 '구화주의'가 '근대주의'에 앞선다. 다케우치에게 있어서도 '근대주의'는 마이너스 심볼이었다. 그가 말하는 '근대주의'란 "민족을 사고의 통로에 포함하지 않거나 배제하는"[11] 문화 양상에 대한 총칭이었다.

 1960년대 당시 '근대주의'는 전후 역사학을 주도하던 마르크스주의 강좌파(講座派)로 대표됐다. 강좌파가 주장한 전후 일본의 정치과제는 민주주의 혁명을 거쳐 사회주의 혁명을 이루는 2단계 혁명론이었다. 그들은 메이지 시대의 일본 사회를 천황숭배와 군부독재의 전체주의로 귀결된 봉건적 유제로 보았다. 민주주의 혁명 달성을 위해 첫 번째 과제로 삼은 것은 바로 일본 사회의 전근대적·봉건적 유제의 극복이

---

7) 竹内好, 「「民族的なもの」と思想 : 六〇年代の課題と私の希望」, p.63.

8) 宮下祥子, 「日高六郎研究序説 : 『社会心理学』に根ざす戦後啓蒙の思想」, 『社会科学』 48(4), 2019.2, p.108.

9) '구화주의'란 우리말로 '서구화주의'로 옮길 수 있지만, 이 글에서 반복돼서 나오는 핵심개념이기도 하여 일본적 맥락의 '구화', '구화주의', '구화정책' 등으로 옮긴다.

10) 日高六郎 「〈解説〉戦後の「近代主義」」(1966.3.), 『現代日本思想大系(34) : 近代主義』, 筑摩書房, 1964, pp.7, 10. 와다 하루키(和田春樹 : 1938~)의 구분에 따르면, 여기서 '근대화'는 '현대적 근대화'론(1960년대 '근대화'론)과 구별되는 '고전적 근대화'(=근대주의)를 가리킨다.

11) 竹内好, 「近代主義と民族の問題」(『文学』, 1951.9.), 『竹内好全集(7)』, 筑摩書房, 1981, p.273.

었다. '봉건적'이라는 메이지 인식이 주류를 이루고 있을 때, 메이지에 대한 부정적인 평가에 이론을 제기하는 이가 있었다. 1956년 1월『아사히신문(朝日新聞)』[12]에 「메이지 재평가」를 발표한 구와바라 다케오였다. '근대주의자' 구와바라에 의한 메이지 재평가는 다케우치의 근대주의 인식에 균열을 가했다.[13] 그리고 거기서 '혁명의 미래상'을 구체화할 하나의 단초를 본 것이다.

구와바라는 메이지의 독립 의지와 근대화 의욕은 '진보의 입장'에서 재평가돼야 한다고 했다. 그는 메이지유신 이래 일본이 지닌 많은 결점과 모순을 인정하지만, 그럼에도 메이지의 혁명에서 민족의 위대한 달성을 인정하지 않는다면 희망이 없다고 덧붙였다.[14] '근대주의자' 구와바라가 이같은 메이지유신 재평가에 착안한 데는 계기가 있다. 1955년에 방문했던 소련과 중국에서 '혁명'으로서의 메이지 평가를 접한 것이었다. 그의 「메이지 재평가」에 '혁명'이며 '민족'이며 '중국'과 같은 용어들이 산견되는 것도 그 때문이다. 다케우치의 사상적 지향과도 닿아 있는 용어들이다. 또 구와바라는 1950년대 '공동연구의 황금시대'를 개척했고[15] 저널리즘적 감각도 뛰어났다. 다케우치는

---

12) 이 글에서 일본어 신문, 잡지의 경우, '~신문·~잡지'에 붙는 일본어 제호는 일간지의 경우 일본어 발음으로, 주간지 이상은 한국어 발음으로 표기함.

13) 다케우치는 「메이지의 재평가」의 저자가 구와바라 다케오임을 알고 충격을 받았다 (〈討議〉 桑原武夫·羽二五郎·竹内好·松島栄一, 「明治維新の再評価(第1回) 明治維新の意味 : 九十五年目の今日を生きている課題」, 『中央公論』, 1962.1, pp.178-179.).

14) 桑原武夫, 「明治の再評価 : 独立への意志と近代化への欲欲」, 『朝日新聞』, 1956.1.1, p.9.

15) 鈴木洋仁, 「「明治百年」に見る歴史意識 : 桑原武夫と竹内好を題材に」, 『人文学報』, 2014.6, p.120. 구와바라가 인문과학연구소 공동연구 성과로 펴낸 저서는 1951년부터 1970년까지 7권(『루소연구(ルソー研究)』, 1951 ;『프랑스백과전서 연구(フランス百科全

구와바라에게서 '서구파와 일본파'의 복안적 관점을 봤고, 그래서 자신의 '메이지유신 백년제'론도 '구와바라설의 조술'에 지나지 않는다고 했다.[16] 다만, 울트라 내셔널리즘의 반격에 대비하려면 내셔널 이슈를 선취해야 한다는 '메이지유신 백년제'론의 취지에 구와바라의 메이지 재평가가 직결될 수 있는지는 의문이다. 어찌됐든 그렇게 근대주의 비판자(다케우치)와 근대주의자(구와바라)는 1960년대 논단에서 메이지 평가라는 공통의 아젠다를 놓고 마주할 채비를 갖췄다. 이후, '메이지유신 백년제'론의 전개는 메이지와 전후가 이원화되는 맥락과 연속하지만, 다른 한편으로는 1960년대 일본에 유입된 '근대화'론과도 조우하면서 '근대'로서의 메이지 인식이 정착하는 과정과도 접맥된다.

'메이지유신 백년제'에 관한 논의는 1962년 1월『중앙공론』지상의 토의「메이지유신의 의미 : 95년째의 오늘을 사는 과제」에서 시작됐다. 마쓰시마 에이이치(松島栄一 : 1917~2002)가 진행을 맡고 구와바라, 다케우치, 하니 고로(羽仁五郎 : 1901~1983)가 논객으로 참가했다.[17] 이 토의에서 '메이지유신 재평가'의 관점은 처음부터 분명하게 설정돼 있었다.『중앙공론』편집부는 1년 전의 '일본의 근대화' 특집 기획을

書の研究)』, 1954 ;『프랑스혁명 연구(フランス革命の研究)』, 1959 ;『부르주아혁명의 비교연구(ブルジョワ革命の比較研究)』, 1964 ;『나카에 조민 연구(中江兆民の研究)』, 1964 ;『문학이론 연구(文学理論の研究)』, 1967 ;『루소논집(ルソー論集)』, 1970.에 이른다[http://www.zinbun.kyoto-u.ac.jp/zinbun/publications/reports_1.htm(검색일 : 2019.4.17.)].

16) 竹内好,「明治維新百年祭・感想と提案」(『思想の科学』, 1961.11.),『竹内好全集(8)』, 筑摩書房, 1980, pp.236-237.

17) 〈討議〉桑原武夫・羽二五郎・竹内好・松島栄一,「明治維新の再評価(第1回) 明治維新の意味」, p.176.

언급하면서 1962년 한 해는 메이지유신을 "현대 일본의 근대화 기반"으로서 재평가하는 데 주력하겠다는 취지를 밝히고 있다.[18] 『중앙공론』 기획은 처음부터 그 연장선에서 메이지유신 재평가를 '근대화'라는 관점에 맞췄던 것이다. 그러한 또 한편에서의 움직임을 다케우치가 얼마나 고려하고 있었는지는 의문이지만, 그 역시 이 토의에서 '메이지유신 백년제'론과 일본의 근대화를 관련짓고 있다.

> (…) 전쟁 중 일본 파시즘의 공격을 우리가 저지했다면 모를까 그게 아닌 다른 힘에 의존했다면 또다시 허를 찔릴 위험이 있지 않을까 하는 거죠. (…) 넓은 의미에서 근대주의로는 안 되니까 좀 더 국민이라든가 좀 더 토착적인 것이라 할까, 그런 것을 기반으로 한 근원적인 근대화여야 한다는 거예요. (…) 그래서 어떤 때는 내셔널리스트, 심할 때는 파시스트라는 식의 비평도 받았지만 그런 사람도 있어야 하지 않나 생각해서 계속 주장하고 있어요. 메이지유신의 재발견이나 재발굴 또는 메이지유신을 잊고 1945년부터 출발하면 된다는 설이 있는데, 그걸로는 충분치 않다는 생각에 메이지유신부터 다시 한번 연속적으로 일본의 근대화를 재고해야 하지 않을까, 그때 문득 메이지유신 백년제라는 말이 떠올랐죠.[19]

민족의 관점을 소외한 '근대주의'는 파시즘의 반격에 무력하다는 것, 따라서 '일본의 근대화'는 메이지유신이라는 국민·토착적인 시좌에 매개되어야 한다는 것이다. '메이지유신 백년제'론을 발안했을 때

---

18) 〈討議〉 桑原武夫·羽二五郎·竹内好·松島栄一, 「明治維新の再評価(第1回) 明治維新の意味」, p.176.

19) 〈討議〉 桑原武夫·羽二五郎·竹内好·松島栄一, 「明治維新の再評価(第1回) 明治維新の意味」, pp.177–178.

의 문제의식은 여기서도 확인되는데, '내셔널리스트' 아닌 '파시스트'라는 비판을 받아도 어쩔 수 없다는 입장은 한층 확고해 보인다.

강좌파의 대표적 논객 하니 고로도 '근대주의'적 목표와 방법으로는 불충분하다는 점에 동의했다. 그는 "일본의 근대화 문제는 트랜지스터의 문제가 아니라 일본 인민의 문제"라고 말한다. 그러면서 다케우치가 주장하는 '토착적'인 것에 관해서는 논리적인 모호함을 지적한다.[20] '근대주의'의 한계를 넘어서기 위해 필요한 것은 '민족'이 아닌 '인민'의 관점이라는 것이다. 다케우치도 '근대화'를 물질이나 공업화, 제국주의가 아닌 '인민의 자유'로 측정해야 한다는 하니의 의견에 찬성을 표한다. 그러나 이번에는 '인민'이라는 '이상화된 범주'가 역사 주체로서 실재할 수 있는지에 의문을 제기한다.[21] 근대주의 비판자 다케우치와 근대주의자 하니는 일본의 근대주의·근대화의 문제의식은 공유했지만, '민족'과 '인민'의 접점을 찾지 못하고 토의는 겉돌았다.

이때, '물질'을 뺀 근대화론은 불가능하다는 입장을 명확히 한 것은 또 다른 '근대주의자' 구와바라다. 그의 근대화 인식은 좀 더 이론적이다. 근대화의 요소를 '개인주의, 데모크라시, 공업화, 자본주의, 국민교육, 국민군' 등으로 상정한 그는 메이지의 근대화가 민주주의와 개인주의의 발달에서는 미흡했지만, 종합평가로서는 성공했다고 보았다.[22] 이는 1960년대의 대표적인 '근대화'론자 라이샤워(E.O.Reischauer :

20) 〈討議〉 桑原武夫·羽二五郎·竹内好·松島栄一, 「明治維新の再評価(第1回) 明治維新の意味」, pp.180-182.
21) 〈討議〉 桑原武夫·羽二五郎·竹内好·松島栄一, 「明治維新の再評価(第1回) 明治維新の意味」, p.182.
22) 〈討議〉 桑原武夫·羽二五郎·竹内好·松島栄一, 「明治維新の再評価(第1回) 明治維新の意味」, p.177.

1910~1990)의 메이지 평가와도 닮아있다.

1년 전『중앙공론』에 연재된 '일본의 근대화' 특집 논문 중에는 라이샤워와 나카야마 이치로(中山伊知郎 : 1898~1980)의 잘 알려진 대담 「일본 근대화의 재평가」(『중앙공론』, 1961.9.)도 포함돼 있다. 라이샤워는 대담에서 근대 일본이 군국주의와 같은 문제점을 지니기는 했으나, 전반적으로 일본의 근대화는 대성공이라고 했다.[23] 이러한 유사점 때문일까, 구와바라는 '라이샤워 라인'으로 인식되기도 했다. 그러나 본인은 다케우치와의 대담 「일본의 근대 백년」에서 일본의 근대화를 아시아·아프리카의 모델로 상정했던 라이샤워의 '근대화'론에 반대한다며 '구와바라=라이야워 라인'설을 부정했다. 이유인즉슨 오랫동안 식민지였던 아시아·아프리카에는 일본이 지닌 도쿠가와(德川) 3백 년의 축적이 없다는 것, 또 일본인과 같은 근면함이 부족하다는 것이었다.[24] 일본인 근면설은 차치하고, 도쿠가와 체제와 서구 봉건제도의 유사성을 강조하며 도쿠가와 시대를 일본 '근대화'의 맹아 단계로 본 내발적 근대화론은 라이샤워를 비롯해 1960년대 미국인 '근대화'론자들의 공통된 견해기도 했다.[25] 이에 비춰보면 '라이샤워 라인'설을 부정하는 구와바라의 설명은 다소 설득력이 떨어진다.[26]

---

23) E.ライシャワー・中山伊知郎,「日本近代化の再評価」,『中央公論』, 1961.9, p.97.

24) 〈対談〉桑原武夫・竹内好,「日本の近代百年」,『共同通信』, 1965.1[竹内好(主著),『状況的 : 竹内好対談集』, 合同出版, 1970, pp.160-162]. 이 대담이 열린 것은『공동통신』 게재보다 3개월 앞선 1964년 10월이다.

25) ライシャワー,「日本歴史の特異性」,『朝日ジャーナル』, 1964.9.6[라이샤워,『일본의 근대화론』, 소화, 이광섭 옮김, pp.29-35].

26) 개인적으로도 라이샤워와 친분이 있었던 구와바라는 훗날 "라야샤워 라인이네 뭐네 하지만 이데올로기 방향에 대한 호불호와는 별도로 메이지유신 이래 일본의 대사, 공사 중에 라이샤워만큼 그 나라에 가서, 나라를 위해 효과를 올린 사람이 있나요?"라며

한편, 구와바라는 「전통과 근대화」(1957)에서 이미 '근대화'의 요소를 기술한 바 있다. 그것은 아시아연구협회(Association for Asian Studies. 이하, AAS) 미국 학자들이 하코네회의(箱根会議 : 1960.8.30.~9.2.)에서 소개한 '근대화' 기술에도 앞서는 것이다(〈그림 1〉). 그래서인지 다케우치는 미국 학자들의 '근대화' 이론 형성 과정에 구와바라

〈그림 1〉 '근대화' 이론화 비교

근대화의 요소(구와바라, 1957)[27]
(1) 정치적 민주주의
(2) 국민경제에 있어 자본 집중
(3) 산업에 있어 수공업에서 공장 생태로의 이행(특히, 과학기술의 진보와 기계화)
(4) 교육에 있어 국민의무교육 보급
(5) 군비에 있어 국민군 성립
(6) 의식에 있어 공동체로부터의 해방과 개인주의의 성숙

근대화 사회의 특성(AAS, 1960)[28]
(1) 비교적 고도화된 도시화
(2) 읽기 쓰기 능력의 보급
(3) 비교적 높은 개인당 소득
(4) 광범한 지역적·사회적 이동
(5) 경제 영역에서 비교적 고도화된 상업화와 공업화
(6) 매스컴의 수단이 외연적·내포적으로 발달한 네트워크
(7) 근대적인 사회·경제 과정에 있어 사회 성원의 광범한 참여와 상호 관련
(8) 사회 성원의 광범한 정치 참여를 동반한, 상대적으로 고도의 조직화된 관료제적 통치 형태
(9) 과학적 지식의 발달에 입각해 환경에 대한 개인의 태도가 합리적이면서 비종교화하는 경향 증대

주일 대사로서의 라이샤워의 공적을 높이 사기도 했다(桑原武夫, 『日本の眼·外国の眼 : 桑原武夫対話集』, 中央公論社, 1972, p.59.).

가 참여했다고 생각한 듯하다.[29)]

　다케우치가 제안했던 '메이지유신 백년제'론은 이렇게 1962년 1월 '메이지유신 재평가'를 주제로 한『중앙공론』의 토의로 출발했다. 여기서는 편집부가 명시한 기획 취지와 일본의 근대화에 관한 구와바라의 평가가 맞물려 '메이지 백년제'론과 '근대화'론이 조우했다. '반(半) 봉건적' 이미지의 메이지가 일본의 '근대'로 쇄신되는 현장과 접속한 것이다. 다만, 다케우치가 이 시점에서 '근대주의'와 1960년대의 '근대화'의 차이를 얼마나 민감하게 인식하고 있었는지는 불분명하다. 전후의 '근대화'론이 본격적으로 유입된 지 2년이 채 안 됐으니 양자의 명확한 구별에는 다소 이른 측면도 있었다. 1960년 '근대화'론이 유입되던 하코네회의 현장에서도 미국인 학자와 일본인 학자의 '근대(화)' 인식의 기저에는 좀처럼 좁혀지지 않는 간극이 있었다.

　1958년 11월, 미시간대학에서는 AAS 멤버들이 모여 '근대일본연구회의(The Conference on Modern Japan)'를 설립했다.[30)] 동 연구회의는 근대 일본에 관한 5개 주제를 설정해 5년에 걸친 연구 프로젝트(매년 세미나 개최와 총서 발간)를 계획했다. 포드재단은 1960년부터 5년간 연구비를 지원했고,[31)] 프로젝트는 1960년에 하코네에서 열린 예비회의

27) 구와바라는 일본의 '근대화'가 (1)과 (6)에서는 성공적이지 못했지만 (2),(3),(4),(5)에 있어서는 성공했다고 평가했다(桑原武夫,「伝統と近代化」,『岩波講座 現代思想(11) 現代日本の思想』, 1957[日高六郎(編),『近代主義』, 筑摩書房, 1964, p.211]).

28) ジョン·W·ホール/金井圓·森岡清美(訳),「日本の近代化：概念規定の諸問題」,『思想』, 1961.1. pp.44-45.

29) 〈対談〉桑原武夫·竹内好,「日本の近代百年」, p.159.

30) J.W.ホール,「まえがき」,『日本における近代化の問題』, M.B.ジャンセン編, 細谷千博 縞訳, 岩波書店, 1968, p.ix.

31) 5년간 책정된 연구비는 135,000달러, 당시 환율로 4,860만 엔이었다(垣内健,「日本硏

로 시작됐다. '하코네회의'로 통하는 이 예비회의에는 이듬해에 주일 대사로 부임하게 되는 동양사학자 에드윈 라이샤워와 전후 일본의 대표적인 지식인 마루야마 마사오(丸山眞男 : 1914~1996)를 비롯해 서양인 학자(14명)와 일본인 학자(15명)가 참석했다. 일본어를 공용어로 사용하는 등 기획에 있어 여러모로 획기적인 면이 두드러졌던 이 국제회의는 1960년대 일본 '근대화'론의 실질적 기점으로 기억되고 있다.

'근대화' 개념과 정의에 관한 일반적 합의 도출을 목적으로 개최된 이 예비회의의 파급력은 컸다. 회의 종료 후에도 참석자들은 일본의 신문과 잡지에 관련 기사를 발표했고, 이에 촉발된 후속 논고들도 이어졌다.[32] 회의 이듬해 1월, 먼저 하코네회의 의장이었던 존 홀(John·W·Hall : 1916~1997)이 『사상(思想)』에 「일본의 근대화 : 개념규정의 문제들」을 발표하여 하코네회의의 대략과 평가, '근대화론'의 방법론과 태도를 명시했다. 그 방법론은 근대화의 경험, 가설적 접근, 비교연구를 중시하는 '개방적 접근(Open approach)'이라는 것이었다. '역사의 필연성'이 강조되는 마르크스주의의 일원론적 역사발전사관에 대항할 '근대화' 이론 확립을 위한 것이었다.[33] 존 홀은 회의에서 불거진 쟁점이 일본인 학자와 서양인 학자 간의 쟁점으로 인식될까 우려했다. 동시에 일본인 학자가 '근대화론'의 전제를 충분히 공유하지 못하는 것에 대한 조바심도 감추지 못했다.[34]

究と近代化論 :「近代日本研究会議」を中心に」, 『比較社会文化研究』, 2010, p.2.).

32) 遠山茂樹, 「国際会議の難しさ(上)」(『毎日新聞』, 1960.9.8.) ; R・ドア, 「国際会議の難しさ(下)」(『毎日新聞』, 1960.9.10.)와 같은 비교적 간단한 인상기도 있었다.

33) ジョン・W・ホール / 細谷千博(訳), 「日本の近代化に関する概念の変遷」, 『日本における近代化の問題』, M.B.ジャンセン編, 岩波書店, 1968, p.29.

하코네회의에서 최대 쟁점이 된 것은 '민주주의'를 '근대화'의 조건에 포함해야 하는가 하는 것이었다. 서양인 학자와 일본인 학자의 입장 차를 가장 첨예하게 드러낸 이슈기도 했다. 서양인 학자들의 의견은 근대화 과정이 파시즘(독일) 같은 정치 형태나 바람직하지 않은 생활양식을 초래하기도 했으므로, '민주주의'나 '시민적 자유', '경제적 평등'과 같은 가치체계나 기대는 근대화 개념에서 제외해야 한다는 것이었다.[35] 때문에 일본의 '근대화' 연구에 대해서는 '봉건제', '절대주의', '아시아적 사회', '자본주의', '제국주의', '내셔널리즘'과 같은 거대 담론적 용어의 사용을 다소 과민하게 제한한 감도 있다. 대신 "일본 사회 자체의 특유한 맥락 속에서 하나하나의 변동을 자세히 다루는 주의 깊고도 개방적인 연구"에 기초해야 한다는 점을 강조했다.[36]

군국주의, 제국주의, 패전을 경험한 일본의 지식인들에게 있어 메이지 이래의 근대는 미완의 근대였다. 따라서 전후 근대의 청사진은 전전의 근대의 '왜곡'을 바로잡아 완성하는 데 있었다. 하코네회의에 참석한 일본 학자들에게 그 열쇠는 '민주주의'였다. 이 회의에 참석한 일본인 학자들이 '민주주의' 없는 '근대화'론에 반론을 제기한 것은 당연한 반응이었다. 하지만, '근대일본연구회의' 학자들(승전국)이 지

---

34) J・W・ホール, ジョン・W・ホール / 金井圓・森岡清美(訳), 「日本の近代化 : 概念規定の諸問題」, 『思想』, 1961.1. p.41.

35) J・W・ホール, 같은 글, p.44.

36) J・W・ホール, 같은 글, p.48. 예를 들어 '내셔널리즘'이라는 용어의 경우, "일본 개개인의 특정 종류의 행동에 대해서는 편리한 참조어라 하더라도, 개개의 행동 그 자체는 한층 정련된 도구로 설명돼야 하는 것이지 '내셔널리즘의 동기에서'라는 식으로 지당한 듯 설명돼서는 안 된다"는 것이었다.

난 전쟁에서 도출한 결론은 달랐다. 문제는 '미완의 근대'가 아니었다. 파시즘·군국주의를 '근대화' 과정의 한 갈래로 상정하지 않은 것이 오류였다고 봤다. 그러니 과거의 오류를 제거한 새로운 '근대화' 개념의 재정립이야말로 '근대화'의 전후적 과제가 된다.

'근대주의'와 혼재된 '근대화'의 언표적 의미를 역사적 접근을 통해 제시해 보인 것은, 1966년 11월, 『역사학연구』에 발표된 와다 하루키(和田春樹 : 1938~)의 「현대적 '근대화'론의 사상과 논리」가 처음이 아닐까 싶다. 그는 '근대화'를 먼저 '현대적 근대화'론과 '고전적 근대화'론으로 분류한 후, 양자의 상이점을 하나씩 짚어 내려갔다(〈그림 2〉).[37]

〈그림 2〉 두 '근대화'론의 상이점

구분	고전적 '근대화'론('근대주의')	현대적 '근대화'론
발생사적	- 후기 자본주의 국가 일본, 러시아 - 국내문제 해결	- 현대 반혁명의 총본산 미국 - 대외인식
사상적	- 고전적 제국시대 ~ 2차 세계대전 - 중간적 or 반동적 이데올로기	- 현대 제국주의 이데올로기
이론적	- '서구화'('자유주의', '민주화')	- '근대화', '공업화'
마르크스주의 와의 관계	- 부분적 이론적 지주	- 주요 비판 대상

* 와다 하루키의 논문을 토대로 필자 작성

개념 구분에 관한 와다의 가설은 여러모로 핵심을 짚고 있어 유용하다. 앞의 대담과 비추어 봐도 전자('근대주의')는 '인민'을 강조했던

---

37) 和田春樹, 「現代的「近代化」論の思想と論理」, 『歷史学研究』, 歷史学研究会(編), 1966. 11, p.3.

하니의 입장에, 후자('근대화'론)는 '물질'을 강조했던 구와바라의 입장에 가깝다는 것을 확인할 수 있다.

'근대화'론을 설계해 일본에 나른 것은 이처럼 미국의 제도권 엘리트들이었는데, '근대화'는 항간에서도 유행어로서 빠른 확산을 보였다. 1960년대 초부터 "항간에 '근대화'라는 말이 충만해 정말이지 유행어가 된 것" 같았고, "은행 창구에는 '생활의 근대화'라는 포스터가 내걸리고 광고 전단지에는 '두부집의 근대화'라는 문구가 인쇄"되기도 했다.[38] 이 또한 1960년대 미국발 '근대화'론의 파급력과 무관하지 않을 것이다. 한편, '포스트 전후' 일본의 좀 더 대중적 저변을 지녔던 또 다른 맥락도 생각해 볼 여지가 있다. 1960년대 '근대화'론에 선행하여 '근대화'를 표방한 것은 사실 "더이상 '전후'가 아니다"를 시대의 슬로건으로 만든 경제백서(1956.7.)였다.

경제백서를 확인하기 전에 먼저 봐야 할 것은, 이 전후 종언 선언의 출처에 해당하는 나카노 요시오(中野好夫 : 1903~1985)의 「더이상 '전후'가 아니다」(『문예춘추(文藝春秋)』, 1956.2.)이다. 이 제목에 담긴 취지는 한마디로 매사에 면죄부처럼 남용돼 온 '전후'를 이제 그만 역사 속으로 보내자는 것이었다.[39] 나아가 이제부터는 이성적이고 현명한 국제관계를 재건하고 시대의 주역을 청년 세대로 교체해야 하며, 제국주의의 망상을 버리고 소국의 위치에서 인간 행복이라는 새로운 이상을 추구해야 한다는 '포스트 전후'의 비전을 제시하는 것이었다.[40]

---

38) 戒田郁夫, 「「近代化」論と日本の近代化」, 『関西大学経済論集』, 1966.9, p.317.

39) 中野好夫, 「もはや『戦後』ではない」, 『文藝春秋』, 1956.2, p.57.

40) 中野好夫, 「もはや『戦後』ではない」, pp.58-66.

"더이상 '전후'가 아니다"는 이러한 맥락에서 나왔다. 이것이 경제백서에 재사용되면서 일약 유행어처럼 번져간 것이다. 게다가, 그마저도 어느샌가 경제백서의 취지에서도 벗어나 경제 도약·발전을 강조하는 시대적 슬로건이 되어 있었다. 전후를 끝내고 '밝은 미래'를 전망하는 언급은 백서에 없었다. 패전 후 일본 경제의 신속한 회복은 전후 복구라는 부양력과 전후 세계정세의 순풍 덕에 가능했으나 이제 그 시효는 끝났다는 것이었고, 따라서 앞으로 일본의 국민경제가 나아갈 방향은 '근대화'뿐이라는 것이었다. 경제백서 결론부의 핵심 논지는 새로운 각오와 의지가 요구되는 '근대화'를 포스트 전후의 국민국가적 목표로 재설정하는 데 있었다.

여기서 주목하고 싶은 것이 포스트 전후의 방향으로 제시하고 있는 '근대화'다. 경제백서는 '근대화'를 "스스로를 개조하는 과정"이라고 풀이하면서 '트랜스포메이션'을 병기하고 있다.[41] 반면, 1960년대 일본에 이식된 '근대화'는 'modernization'의 번역어다. 시차는 있으나 어느 쪽도 일본에서는 '근대화'라는 용어로 보급·확산됐고, 어느 쪽도 경제에 초점이 맞춰져 있었다. 1960년대의 '근대화(Modernization)'는 그렇게 해서 1950년대 후반의 '근대화(Transformation)'와 연속하면서, 자연스레 대중적 차원에서도 1960년대를 견인할 동력을 더했던 게 아닐까. 1960년대 '근대화'론에 관해서는 미국 학자들에 의해 이식된 경로만 부각된 측면이 크다. 그러나 '근대화'라는 언표가 보여주듯, 미국발 '근대화'론은 일본적 맥락에서 얻은 동력과 합류하면서 한

---

41) 「年次経済報告」, 経済企画庁, 1956, https://www5.cao.go.jp/keizai3/keizaiwp/wp-je56/wp-je56-010501.html(검색일 : 2019. 4. 20.)

층 효과적으로 세를 더해갔을 가능성도 짚어 볼 필요가 있다.

2. '전후=민주주의'의 대두

'근대=메이지' 붐이 한창일 때 '메이지 100년'보다 먼저 찾아온 것
은 '전후 20'이었다. 1965년 4월, 『아사히신문』은 "메이지 100년과 전
후 20년"이라는 특집 기획으로 8편의 기사를 연재했다. 연재 전부터
광고란에서는 "본서의 문제점을 짚어보며 다케야마 미치오 씨, 노마
히로시 씨 외 평론가 8인의 발언을 통한 논쟁을 전개! 전후는 허망이
라는 지도자와 전후민주주의에 걸겠다는 사상가의 대결!"을 대대적으
로 선전했다. '본서'란 한 달 전에 출간된 야마다 무네무쓰(山田宗睦 :
1925~)의 베스트셀러 『위험한 사상가 : 전후민주주의를 부정하는 사
람들』을 가리킨다. '신선한 매력'이 넘쳤던 패전 직후의 '평화, 민주주
의, 진보주의'가 형해화하고 진부해지자 모든 게 '허망'이었다고 말하
는 이들을 '위험한 사상가'로 고발[42]한 책이다.

그는 전후를 부정하는 목소리들이 3년 후의 '메이지유신 백주년'을
향해 의기투합하고 있으며, "전후를 부정하는 것은 전제(專制)와 전쟁
의 길을 걸어온 유신 100년의 틀 속으로 다시 한번 일본을 끼워 넣는
것"이라고 했다. 이제 일본의 미래는 "유신 100년이 이길 것인가, 전
후 20년이 이길 것인가"에 달렸다며, 자신은 "전후 20년 쪽에 걸겠다"
고 했다.[43]

---

42) 山田宗睦, 『危険な思想家: 戦後民主主義を否定する人びと』, 光文社, 1965, p.3.

『아사히신문』의 특집연재는 이 베스트셀러에 착안한 것이었다. 연재에 참여한 필진 중 다케야마 미치오, 하야시 겐타로, 에토 준, 하야시 후사오는 모두 야마다가 고발한 '위험한 사상가'들이다. 편집부는 '전후'를 대변할 논객 4명을 새로 투입해 '메이지 100년과 전후 20년'의 대결을 연출할 대진표를 짰다(〈그림 3〉). 8편의 기사 각각에 수록된 요

〈그림 3〉 『아사히신문』 "메이지 100년과 전후 20년" 특집 기사 일람

'전후 허망론' 측		'전후 옹호론' 측	
1회	1965.4.5.	2회	1965.4.6.
저자	다케야마 미치오 (竹山道雄 : 1903~1984)	저자	노마 히로시 (野間宏 : 1915~1991)
제목	「진보주의의 신앙 취조(査問) : 역사는 8월 15일에 시작되는 것인가」	제목	「평화의 토양 위에 전개 : 새로운 원리와 방법의 전후사회」
3회	1965.4.7.	4회	1965.4.8.
저자	하야시 겐타로 (林健太郎 : 1913~2004)	저자	도야마 시게키 (遠山茂樹 : 1914~2011)
제목	「계승·발전이 역사의 실상 : 그릇된 문제제기」	제목	「민족의 참 요구를 무시」
5회	1965.4.19.	6회	1965.4.20.
저자	에토 준 (江藤淳 : 1932~1999)	저자	오다 미노루 (小田実 : 1932~2007)
제목	「과거 방기의 곤란함 : '안전한 사상가'의 기만」	제목	「과거의 진실을 이해하다」
7회	1965.4.21.	8회	1965.4.22.
저자	하야시 후사오 (林房雄 : 1903~1975)	저자	가토 슈이치 (加藤周一 : 1919~2008)
제목	「정신적 지주가 필요 : 양자에 본질적 차이는 없다」	제목	「후퇴할 수 없다 : 전후는 메이지 변혁의 철저화」

---

43) 山田宗睦, 『危険な思想家: 戦後民主主義を否定する人びと』, p.22.

코야마 다이조(橫山泰三 : 1917~2007)의 만평도 볼거리를 더하고 있다.

'메이지 100년인가, 전후 20년인가'라는 문제설정에 의문을 표하는 목소리는 연재에 참여한 양측 필진 모두에게서 나왔다. 하지만 '메이지 vs 전후'의 이원론적 대립 구도의 틀은 유지되면서, 필자들의 입장은 그 안에서 다시 세분화됐다. 첫째, 메이지의 편에서 전후의 기만 비판(〈그림 4-①〉). 둘째, 전후의 편에서 전쟁-패전을 초래한 메이지 비판(〈그림 4-②〉). 셋째, 전후를 '성공한 근대화'로서의 메이지에 연결(〈그림 4-③〉). 넷째, 불완전한 변혁(메이지)과 철저한 변혁(전후)의

〈그림 4〉 특집 연재 기사별 만평

만평: 요코야마 다이조

① 메이지와 전후의 단절 강조(메이지)	② 메이지와 전후의 단절 강조(전후)

"팬티가 없어도 원폭을 만들고 인구가 반으 줄지언정……" (연재 1회)	"전후를 바로 메이지와 이을 수는 없다" (연재 2회)
③ 메이지와 전후의 연속성 강조(메이지)	④ 메이지와 전후의 연속성 강조(전후)

"할아버지가 훌륭했다" (연재 3회)	"하늘은 사람 위에 사람을 만들지 않고, 사람 아래 사람을 만들지 않는다" (연재 8회)

연속성 탐구(〈그림 4-④〉)로 분류된다. 이는 다시 메이지와 전후의 단절을 강조하는 ①, ②와 연속성을 강조하는 ③, ④로 나뉜다. 물론, 같은 연속성이라도 메이지 옹호의 관점에 입각한 ③과 전후 옹호의 관점에 입각한 ④의 방향은 정반대다.

『아사히신문』의 특집연재도 1960년대 '근대화'론과 무관하지 않다. 전후 옹호 측의 도야마 시게키와 가토 슈이치는 1960년 여름의 '하코네회의'에도 참석했었다. '하코네회의'에 참석했던 일본인 학자들의 사상적 스펙트럼은 일률적이지는 않았으나, 공업화에 편중된 몰가치적 '근대화'론에 대해 비판적인 인식은 대체로 공유했었다.[44] '근대화'론에 가장 비판적이었던 도야마는 여기서 한층 목소리를 높인다. 그는 베트남 문제를 포함한 아시아 문제를 해결할 능력이 없다면서 라이샤워적인 '근대화'론에 대해 파산선고를 내리고 있다. 반면, 전쟁체험은 전후 초기 민주적 개혁에 대한 국민의 절실한 요구로 이어졌고, 역코스 이후에도 민주와 평화 원리를 지켜낸 것은 민중의 의지와 행동이었다며 전후민주주의의 자율성을 강조하고 있다.[45]

가토 슈이치는 민주주의를 제도, 가치, 생활세계로 구분하면서 전후민주주의를 파악하려면 메이지유신과 비교하면서 메이지 100년의 역사 문제와 관련지어야 한다는 입장을 보였다. 정도는 달라도 민주주의는 메이지의 변혁기에도 제도·가치·생활 면에서 지향됐고, 청일·러일전쟁과 쇼와 15년 전쟁으로 인한 단절과 굴절을 거친 전후에

---

44) 이경희, 「포스트점령기의 일본, '착한 민주주의'로의 이행 : 1960년대 미제 '근대화'론의 냉전 지형(知形)」(『아시아문화연구』, 2019.4.30.) 참조.

45) 遠山茂樹, 「民族の真の要求を無視」, 『朝日新聞』, 1965.4.5, p.5.

이르러 철저함을 더하게 됐다는 것이다. 민주주의에 비중을 두고 있다는 점에서, 가토 슈이치의 논의도 1960년대 '근대화'론과 일정 거리를 유지하고 있다.

　하코네회의에는 참석하지 않았지만, 『아사히신문』 연재에서 1960년대 '근대화'론에 가까운 역사관을 개진한 필자는 따로 있었다. 메이지 옹호 측의 필자 하야시 겐타로다.[46] 2년 전, 그는 라이샤워와의 대담(「근대사의 새로운 관점」, 『자유(自由)』, 1963.3.)에서도 라이샤워의 '근대화'론에 적극적인 이해를 보였었다.[47] 그는 패전국 일본이 아시아·아프리카의 신생독립국가들과 달리 선진국의 지위를 회복할 수 있었던 것은 근대국가로서의 기초를 닦아 두었기 때문이라고 말한다. '메이지유신의 대사업'을 통해 함양해 온 변혁의 '소화력' 덕분이라는 것이다.[48] 하지만 그것은 산업화·공업화를 전면화한 '근대화'론의 맹점, 즉 "전전의 '구체제'를 굳이 문제 삼지 않고서도 '메이지 100년'을 높이 평가할 수 있는 시점"[49]으로 기울 수밖에 없었다.

---

[46] 하야시 겐타로는 1960년 '하코네회의'에 참석했던 일본의 학자들과 달리, 라이샤워의 '근대화'론 수용에 적극적이었다. 그는 이 연재가 끝난 2개월 후, 고려대학교 아시아문화연구소 창립 60주년 기념행사의 일환으로 개최한 "아세아에 있어서 근대화의 문제"라는 주제의 국제학술회의(워커힐, 1965.6.28.~7.7.) 역사분과("아시아의 전통사회와 근대화")에 참가했다(「亞細亞에 있어서 近代化問題」, 『동아일보』, 1965.6.15, p.5.). 관련 연구로는 김인수, 「한국의 초기 사회학과 '아연회의'(1965): 사회조사 지식의 의미를 중심으로」(『사이間SAI』, 2017.) 참조.

[47] 이 대담은 1965년 일본에서 출간된 라이샤워의 『일본 근대의 새로운 관점(日本近代の新しい見方)』에 수록됐고, 국내에서는 1997년에 『일본 근대화론』(소화)이라는 제목으로 번역·출간됐다.

[48] 林健太郎, 「繼承·發展が歷史の実相：誤った問題提起」, 『朝日新聞』, 1965.4.7, p.5.

[49] 道家眞平, 「「明治百年祭」と「近代化論」, 『アジア遊学：〈特集〉「近世化」論と日本：「東アジア」の捉え方をめぐって』, 2015.6, p.114.

야마다의 『위험한 사상가』가 출간되기 2개월 전, 다케우치는 '메이지유신 백년제'를 제안했던 『주간독서인』을 다시 찾아, 지난 5년간의 동향을 정리하면서 자신의 입장도 함께 담았다(「60년대·5년째 중간보고」, 1965.1.11.). 먼저 그는 작금의 '메이지의 유행 현상'을 언급했다. 당초 예상치 못한 현상이며 '메이지유신 백년제'론의 '약효'가 다소 과했음을 인정했다. 만약 그것이 회고조 일변도의 유행이라면 '전후민주주의'에 대한 반동일 뿐이므로, 새로운 사상도 불변의 가치도 기대할 수 없다고 덧붙였다.

메이지유신 100년을 기념하고 일본의 근대를 총괄한다는 것은 메이지 국가를 대상화할 방법을 모색하는 것이라며 '메이지유신 백년제'론의 의미를 되짚는다. 그 필요에 대해서는, '전후민주주의'가 나름의 성과에도 불구하고 역사 단절적인 시좌 때문에 스스로의 성립 근거를 모호하게 만들었다는 것, 따라서 '전후민주주의'가 일반적 이론화에 이르지 못하고 있다고 설명하고 있다. 한마디로, '메이지유신 백년제'론은 다름 아닌 '전후민주주의'의 이론화를 위해서도 필요하다는 것이다.[50]

다케우치는 '전후민주주의'가 이론화를 통한 보편성을 획득하지 못하고 있으며, 그 패인은 메이지 국가에 대한 탐구를 사유 회로에서 배제했기 때문이라고 보고 있다. '근대주의' 비판은 여기서도 내재율로 작동한다. 5년 전 '메이지유신 백년제'론을 제안했던 당시의 취지를 '전후민주주의'라는 관점에서 환언하고 있는 것이다. 그리고 보면

---

50) 竹内好, 「六〇年代·五年目の中間報告」, 『週刊読書人』, 1965.1.11[『竹内好全集(9)』, 筑摩書房, 1981, pp.391-392].

다케우치는 새롭게 '전후민주주의'라는 용어를 사용하고 있다. '전후의 근대주의'를 함의하는 새로운 언표로서 '전후민주주의'를 사용하고 있는 것으로 보인다.

'전후민주주의'라는 용어가 사용되기 시작한 것은 1960년대부터다.[51] 기사 제목에 '전후민주주의'라는 용어를 사용한 것은 잡지가 신문보다 이른 것으로 확인된다. 전후의 대표적 고급 종합지『세계(世界)』(1946~)에서는 「전후민주주의와 의회제」(1962.8.)가 처음이다. '리버럴한 표현자들'[52]이 모여 창간한 전후 잡지『사상의 과학(思想の科学)』(1946~1996)에서는 「전쟁책임과 전후민주주의」(1962.10.)가 처음이다. 또『아사히신문』에서는 「전후민주주의의 평가와 반성」(1964.4.19.)이 확인된다.

'전후민주주의'의 부상으로 '메이지 vs 전후'의 구도는 의미적으로도 더 선명해졌다. 이와 관련해서도 잘 알려진 선행 텍스트가 있다. 1964년, 오쿠마 노부유키(大熊信行 : 1893~1977)가 전후민주주의를 허망하다고 하자,[53] 마루야마 마사오가 "대일본제국의 '실재'보다도 '전후민주주의'의 '허망'에 걸겠다"라고 한 것이다.[54] 메이지(제국)와 전

---

51) 小熊英二,『〈民主〉と〈愛国〉 : 戦後日本のナショナリズムと公共性』, 新曜社, 2002, p.16.

52) 久保隆,「読者に対して開かれた思想雑誌 : リベラルな表現者たちの卓見が読める」,『読書新聞』, 2009.4.4., http://www.toshoshimbun.com/books_newspaper/week_description.php?shinbunno=2912&syosekino=1543(검색일 : 2020.2.23.) 구보는 여기서 '리버럴'은 "전전의 전쟁수행에 대해 일관되게 자성하는 입장을 지녔다는 의미"의 총칭이라고 말한다.

53) 大熊信行,「日本民族について : 平和主義は個人原理を越える」(1964),『日本の虚妄』, 潮出版社, 1970, p.163.

54) 丸山真男,「増補版への後記」(1964.5.),『現代政治の思想と行動』, 未来社, 1969, p.58.

후(민주주의)의 대립 구도는 여기서 수면 위로 드러났다.

1965년 5월 17, 18일 양일에 걸쳐 다케우치는『도쿄신문』편집부의 의뢰로「메이지 붐'을 생각하다」를 발표했다. 그는 야마다가 단순함, 조잡함, 부정확성, 저급함을 무릅쓰고 "유신 100년이 이길 것인가, 전후 20년이 이길 것인가"라는 명제를 제출했다며, 저널리즘에 대한 기민한 전략이었고 또 적중했다고 평가했다. 하지만 그와는 별도로, 자신이 제안한 '메이지유신 백년제'론은 '메이지인가, 전후인가'와 무관하다고 강조했다. 다케우치는 자신의 위치를 야마다의 적도 아군도 아닌 중간지대에 두었다.

> 가령 내게 '메이지'파인가 '전후'파인가 하고 묻더라도 답할 수는 없다. 전후가 실재라면 메이지도 실재고 전후가 허망이라면 메이지도 허망이라고 생각한다. 모호하지만 달리 말할 방도가 없다. (…) 야마다와 나는 이점이 다르다. '전후'라는 이념은 내게는 불확정적이다. / 마찬가지로 '메이지'도 불확정적이다. (…) 그러한 의미에서는 전제(專制)와 침략을 '메이지'로 대변시키고 평화와 민주주의를 '전후'로 대변시키는 야마다의 방법에는 찬성할 수 없다. (…) 제2의 혁명 없이 제1의 혁명이 정착할 수 없음은 거의 역사적 통념이다. 지금 진행 중인 반동을 어딘가에서 역전시키지 않는다면 '전후'는 그야말로 허망이 될 것이다.[55]

다케우치는 메이지파와 전후파를 이원화하는 야마다의 방법에 의문을 표하면서, '제2의 혁명'(전후) 없이는 '제1의 혁명'(메이지)이 성공할 수 없다고도 말하고 있다. 전후 혁명 없는 메이지 혁명(제1의 혁명)

---

55) 竹内好,「明治ブームに思う」,『東京新聞』, 1965.5.17.~18[『竹内好全集(8)』, 筑摩書房, 1980, p.244].

은 공중누각이고, 전후 혁명(제2의 혁명)의 실재는 미완의 메이지 혁명을 완성하는 데 있다고 보고 있다. 한마디로, '1차 혁명'의 실재도 '2차 혁명'의 실재도 양자의 단계적 연속성 위에서만 확보될 수 있다는 것이다. '전후민주주의'의 보편성 획득을 위해 메이지와 전후의 관계를 어떻게 재구성할 것인가, 다케우치는 '메이지유신 백년제'론의 취지를 다시 한번 환기시킨다. 그러나 '메이지 vs 전후'의 구도는 쉽게 해체되기 어려울 만큼 뚜렷한 윤곽을 잡아가고 있었다.

3. '메이지 vs 전후'의 탄생

1950년대가 시작됐을 때, 다케우치는 "근대주의의 부활로 균형이 회복된 지금이야말로 새롭게 그것[내셔널리즘과의 대결, 인용자]이 이루어질 시기"[56]라고 했다. 1960년대가 시작됐을 때는 희박해진 '민족'의 관점은 급진적 내셔널리즘을 형성할 수 있으므로 내셔널 이슈를 선취해야 한다고 했다. 그가 일관되게 강조해온 것은 정세론으로의 합류/편승을 넘어 정세론적 아젠다의 능동적 선취였다.[57] 한편, 1960년대 '근대화'론과 메이지 재평가의 기운이 접맥하는 속에서 서구파와 일본파는 상호 견제를 넘어 어느덧 밀월관계를 꾸려갔다. 안팎으로 급속히 변화하던 1960년대의 새로운 움직임에 대해서 그가 말한 아젠다('민족적인 것') 선취는 충분히 작동했다고 볼 수 있을까.

---

56) 竹内好, 「近代主義と民族の問題」, 『竹内好全集(7)』, pp.35, 37.

57) 竹内好, 「「民族的なもの」と思想：六〇年代の課題と私の希望」, 1960.2.15, p.60.

1960년 하코네회의와 1965년의『아사히신문』연재에 모두 참가했던 도야마 시게키는 1965년 12월「메이지유신 연구의 사회적 책임」(『전망(展望)』)을 발표했다. 구와바라의 메이지 재평가와 다케우치의 '메이지유신 백년제' 제안이 체제 측에 악용되는 것을 저지하기 위해서는, 그들의 제안에서 '적극적인 학문적 과제'를 도출해서 '민주적인 연구자의 공동연구를 조직하는 것'이야 말로 마르크스주의 사학자로서의 사회적 책임이라고 강조했다.[58] 이듬해 6월, 다케우치는『전망』에 도야마에 대한 반론으로「학자의 책임에 관하여」를 발표했다. 그는 격앙된 어조로 도야마의 '지원사격'을 거부했을 뿐 아니라, 종국에는 6년 전에 발안한 '메이지유신 백년제'론 철회까지 선언하고 말았다.[59] '메이지유신 100년'까지는 아직 2년이 더 남았을 때였다.

그러는 동안, '메이지유신 백년제'는 논단의 과제에서 국가 이벤트로 옮겨가고 있었다. 도야마의「메이지유신 연구의 사회적 책임」이 발표되고 4개월 후인 1966년 4월 15일, 일본 정부는 '메이지백년 기념 준비위원회'를 발족했다. 첫 번째 준비회의(1966.5.4.)에서는 메이지 백주년 기념일이 1968년 10월 23일로 결정됐다. 당시 정부관료, 각 단체 대표, 학자, 역사가, 문화인으로 구성된 메이지백년제 입안 위원회가 기념일 후보로 올린 것은 다음과 같다. ① 메이지천황 황위 계승(1967.2.13.), ② 대정봉환 칙허(1967.11.10.), ③ 왕정복고 대호령(1968.1.3.), ④ 5개조 서문 발포(1968.4.6.), ⑤ 메이지천황 즉위식 거행(1968.10.12.), ⑥ 메이지 연호 개원(1968.10.23.)이었다.[60] 그 결과 ⑥으로 결

---

58) 遠山茂樹,「明治維新研究の社会的責任」,『展望』, 1965.12, pp.14-15.
59) 竹内好,「学者の責任について」,『展望』, 1966.6[『竹内好全集(8)』, p.247].

36 로쿠메이칸, 기억이 춤추는 서사

정됐다. ③이나 ④를 예상했던 존 홀은 논쟁의 여지를 줄이고 괜한 의심을 피하기 위한 결과임에 틀림없다고 했다.[61] '메이지백년 기념 준비위원회' 두 번째 준비회의(1966.5.26.)에서는 식전·행사·사업·홍보에 관한 부회도 설치됐다.[62] 다케우치가 '메이지유신 백년제' 제언을 철회한 것은 그로부터 한 달 후가 된다.

　다른 한편에서도 움직임이 있었다. 1966년 6월 13일, 사회당은 정부의 '메이지 백년제'에 대한 반대입장을 표명했다.[63] 1967년 10월 25일에는 역사학연구회, 역사과학협의회, 역사교육자협의회가 연명으로 "'메이지백년제' 반대운동에 관한 호소"를 발표했다. 호소문은 "정부는 내년 10월 23일을 기하여 '메이지백년제' 축전을 전국민적 규모로 실시하고 또 그 기념사업으로서 '국토의 녹화', '역사의 보존·현창', '청년의 배' 순행 등을 계획하고 있습니다. 과거, 기원 2,600년제는 태평양전쟁 전야에 해당하며(1940년), 초국가주의 이데올로기와 '팔굉일우·대동아공영권' 사상에 의해 국민정신을 파시즘과 침략전쟁에 동원하는 역할을 했습니다. 지금, 우리는 다음과 같은 이유로 다가올 '메이지백년제'에도 이와 비슷한 위험이 있다고 생각하지 않을 수 없습니다"로 시작하고 있다.[64] 정부의 '메이지 백년제' 준비가

60) 「六つの起算資料 「明治百年」はいつか」, 『朝日新聞』, 1966.3.16, p.14.
61) ジョン・W・ホール, 「近代日本評価の態度」, 『中央公論』, 1969.1, p.104.
62) 관련 기념사업에 대한 1967년도 정부 예산 내시액은 사업별로, '국토 녹화' 사업에 403,994천 엔, '역사의 보존·현창' 사업에 2,254천 엔, '청년의 배' 사업에 142,246천 엔이었다(歴史学研究会(編), 「特集 〈明治百年祭〉批判：現代ファシズムの批判と運動」, 『歴史学研究』, 1967.11, p.83.). 참고로 포드재단이 '근대일본연구회의'의 일본 근대화 연구 프로젝트에 지원한 연구비 48,600천 엔(135,000달러)이었다.
63) 「"新憲法二十年"無視の明治百年祭に反対」, 『朝日新聞』, 1966.6.13, p.2.
64) 歴史学研究会編 『歴史学研究 特集 〈明治百年祭〉批判』, 1967.11, p.87.

진행됨에 따라 지식인들도 비판의 목소리를 높여갔다.[65]

'전후 20년'의 옹호자들은 '메이지 백년제'론과 '근대화'론의 밀월 관계를 간파했다. 그러나 "대부분의 사람들에게는 좌파가 그리는 현실 부정과 혁명의 미래보다도 현실 긍정적 '근대화'론이 더 설득력"을 지녔다.[66] 1968년 1월 10일자 『아사히신문』에는 「긴자선창(銀座音頭) 도쿄의 노래 또 하나 : 상점가 '메이지 백 년'을 향해 활기 넘치다」라는 제목의 기사가 보인다. 기사는 미소라 히바리(身空ひばり : 1937~1989)가 취입한 〈긴자선창〉[67]의 가사 소개와 시판 소식을 알리고 있다. 긴자는 준비위를 발족해 10월 11일부터 열흘간 메이지 백년을 기념하는 마쓰리를 준비한다는 내용이다. 정부의 '메이지 100년 기념식전'(10.23.)의 전야제적 효과도 있었을 것이다. 기자는 "모던한 건물이 들어선 것도 기차가 달린 것도 전등이 켜진 것도 모두 긴자가 최초, 메이지 문화의 발상은 긴자"이므로 자신들의 손으로 메이지 백 년을 축하하겠다며 예산 1억 5천만 엔을 들여 세계의 긴자마쓰리를 추진하겠다는 의욕을 보였다.[68] 1960년대 근대화(론)에 합류한 메이지 붐의 열기는 '메이지 100년'의 축제 분위기를 한껏 자아내면서 항간에 활기를 불어넣고 있었다.

한편, 히다카 로쿠로는 「전후사상의 출발」(1968)에서 여전히 패전

65) 「右翼化あおる恐れ 明治百年事業で報告」, 『朝日新聞』, 1967.4.20, p.14; 「「明治百年祭」に反対 : 日本史研究会が決議文」, 『朝日新聞』, 1967.11.20, p.14.

66) 道家真平 「「明治百年」と「近代化論」」, 『アジア遊学〈特集〉「近世化」論と日本』, 勉誠出版, 2015.6, pp.115-116.

67) 사이조 야소(西条八十 : 1892~1970) 작사.

68) 「銀座音頭『東京のうた』また一つ / 消えた都電、歌い込む/ 商店街『明治百年』へ張り切る」, 『朝日新聞』, 1968.1.10, p.16.

후 일본이 착수해야 했던 최대의 사상적 과제, 그러나 여전히 충분히 해결되지 못한 과제는 "'근대'란 무엇인가 하는 물음에 답하는 것이었다"[69]라고 했다. 마르크스주의자들이 말하는 역사의 법칙과 필연성에 따라 '근대'를 역사발전단계의 과정으로 파악하는 것도 하나의 유력한 답안일 수 있겠지만, 그것으로 충분한가 하는 의문을 지니고 있었다.

1968년 10월 23일, 일본 정부는 예정대로 일본무도관(日本武道館)에서 '메이지 100년 기념식전'을 개최했다. 3개월 후, 1960년대 '근대화'론을 주도했던 AAS의 멤버 존 홀은 『중앙공론』에 「근대 일본 평가의 태도」(1969.1.)를 발표했다. '메이지 백년제'를 맞아 미국 독립선언이 공포된 필라델피아와의 공통점에 주의를 환기하며 메이지를 논한 글이다. 공통점은 세 가지, 신국가의 출발점이 근대적 원리들에 입각해 형성됐다는 점, 대외적 위기로 정치적 독립에 대한 관심이 촉발됐다는 점, 국가적 재건이 사회적 재건보다 우선 목표였다는 점[70]이다. 눈길을 끄는 대목은 과거 자신들이 주도했던 '근대화'론에 대한 성찰이 엿보이는 후반부다. 일본 근대화 연구가 몰가치적 방법을 채용한 결과 일본 근대사에 관한 낙관적인 해석과 성공스토리가 잇따랐고, 그로 인해 "폭력, 혁명, 계급, 이데올로기 등등의 요소가 결여"된 측면이 있었다는 것이다. 그러면서 자신들의 접근방법을 "둔감함, 풍요함, 즉 '부르주아적 객관성'의 산물"로 보는 경향에 대해서도 얼마간의 이

---

69) 日高六郎, 「戰後思想の出發」, 『現代日本思想大系 1 戰後思想の出發』, 筑摩書房, 1968[杉山光信(編), 『日高六郎セレクション』, 岩波書店, 2011, p.157].

70) ジョン·W·ホール, 「近代日本評価の態度」, 『中央公論』, 1969.1, p.103.

해를 보였다.[71]

다시 10년이 지난 1978년, 하코네회의에 참석했던 마리우스 잰슨 (Marius B. Jansen : 1922~2000)은 「근대화론과 동아시아 : 미국 학회의 경우」(『사상』, 1978.4.)에서 '근대화'론은 냉전용으로 제작된 '지적 버섯구름'[72]이었음을 깨달았다고 고백했다. 그 배경에는 미국 일본연구자의 세대교체도 작용했다. 전후 일본 연구로 두각을 나타냈던 존 다우어(John W. Dower : 1938~), 해리 하루투니언(Harry Harootunian : 1929~)을 비롯한 3세대 일본 연구자들은 스승 세대의 '근대화'론에 비판적이었다. 반면, 그들은 불운의 일본 연구자 허버트 노먼(Herbert Norman : 1909~1957)[73]을 재평가했다. 앞서 확인했듯, '근대화'론에 대한 의문과 비판은 하코네회의 당시 일본인 학자들에 의해서도 이미 제기됐었다. 하지만, 미국의 이 차세대 일본 연구자들의 목소리만큼의 울림을 지니지 못했었다.

그럼에도 스승 세대가 닦아 놓은 '메이지=근대'의 토대 위에 세워진 전후의 성공스토리는 여전히 견고했다. 세계 2위 경제대국에 오른 일본의 성공스토리로 세계의 이목을 끌었던 고전, 에즈라 보겔(Ezra Feivel Vogel : 1930~)의 『재팬 애즈 넘버원(Japan as Number One)』이 출간된 것도 1979년이었다. 1960년대의 '메이지 백년제'론-'근대화'론과 메이지 붐-'메이지 vs 전후'론을 거치면서 전후 일본의 에너지

---

71) ジョン・W・ホール, 「近代日本評価の態度」, p.111.

72) M・B・ジャンセン, 「「近代化」論と東アジア : アメリカの学会の場合」, 『思想』, 1978.4, p.28.

73) 태평양문제연구회(nstitute of Pacific Relation, 약칭은 IPR)의 주요 인물이었던 『일본에서의 근대국가 성립』(1940)의 저자 노먼은 매카시즘의 광풍 속에서 소련 스파이 혐의를 받던 중에 자살했다.

는 '경제내셔널리즘'으로 재편·결집됐다. 내셔널 이슈를 선취하는 데 의욕적이었던 다케우치는 '메이지 100년'을 맞기 전에 '메이지유신 백년제' 발안을 철회했다. 당초 그가 우려했던 급진적 내셔널리즘의 반격은 아니었으나, '경제내셔널리즘'은 착실히 그 대중적 지반을 다지고 있었다.

4. '경박한' 근대 : 로쿠메이칸

한동안 지속된 성공신화는 1990년대로 들어서면서 파탄의 징후들을 보이기 시작했다. 하루투니언은 「일본의 기나긴 전후 : 지속하는 기억, 망각되는 역사」(2000)[74]에서, 불황, '잃어버린 10년', 한신아와지대지진(阪神淡路大震災), 옴진리교의 지하철 사린가스 테러, 자살 급증, 학교폭력, 오직 사건 등이 불거진 1990년대 상황과 '끝나지 않는 전후'의 상보적 메카니즘에 파고들었다. 당시 불황으로 드러난 것이 "일본의 경제적·정치적 성공, 그리고 이 나라의 특수성의 증거로 오랫동안 온갖 말로 거창하게 칭찬받아 온 가치"의 파탄이었다면, 부인된 것은 "수십 년간 일본인이 경험했던 행복감을 특징짓는다고 여겨

---

74) *South Atlantic Quarterly*, 99 : 4, fall 2000.에 게재된 이 논문(Japan's Long Postwar : The Trick of Memory and the Ruse of History)은 2010년 하루투니언의 논문집 『歷史と記憶の抗争 : 「戦後日本」の現在』(みすず書房, カツヒコ·マリアノ·エンドウ編·監訳)에 「日本の長い戦後 : 持続する記憶、忘却される歴史」라는 제목으로 수록됐다. 이 논문은 『批評空間(第Ⅱ期)』 24, 2000.에 게재된 논문 "Persisting Memory/ Forgetting History : The 'Postwar'(sengo) in Japanese Culture, of the Trope that Won't Go Away"(遠藤克彦(訳), 「持続する歴史 / 忘却される歴史 : 日本文化における 『戦後』、あるいは消え去ることのない転義(トロープ)」)를 개정한 것이다.

겼던 일본의 사회적·경제적 질서의 특수한 이미지"였다.[75]

하루투니언은 그 연장선에서 1990년대의 다양한 매체들로 분출된 기억과 역사에 대한 관심의 과잉을 지목했다. 양자의 관계가 절대적인 것은 아니지만, 1990년대 일본은 "정치적·경제적 파탄이 기억과 역사에 대한 거대한 관심과 합치하는 공간을 준비"했다고 지적했다. 각종 '파탄'을 설명하기 위해 뒤적여야 할 기억의 서고가 필요했다는 것이다. 문제는 그러한 설명이 호소하는 기억과 역사가, 일본인의 시선을 '가능성으로서의 억압'으로 향하게 하는 기술로 이루어졌다는 데 있다고 말한다.[76] 전전·전쟁의 역사와 단절돼 점령과 억압의 전후를 살아왔다는 서사를 말한다. 점령기 이후에 대해서는 군사적 점령을 정신적 점령으로 교체하는 '종속국'('식민지적 억압') 표상의 반복, 그것이 전후를 장기화한다는 것이었다.[77] 따라서 그는 이러한 기억과 역사를 '기억의 장난'과 '역사의 책략'이라며 시종 난색을 표한다. '기억의 장난'이란 "문화적 동일성의 기억에 다다르기 위해 기억을 그러모으려는 노력"이며, '역사의 책략'이란 "국민에게 전쟁의 정확한 기록을 제공하기 위해 근대사를 수정해야 한다는 주장"이라고 설명한다.[78] 그가 지적하는 '종속' 표상의 반복은 전후에 그치지 않는다.

　　이(종속국, 인용자) 역할을 연기하는 일본의 능력은, 근대의 초극에

---

75) ハリー・ハルトゥーニアン / カツヒコ・マリアノ・エンドウ(編・監訳)、『歴史と記憶の抗争:「戦後日本」の現在』、p.134.

76) ハリー・ハルトゥーニアン、『歴史と記憶の抗争:「戦後日本」の現在』、p.136.

77) 『歴史と記憶の抗争:「戦後日本」の現在』、p.125.

78) 『歴史と記憶の抗争:「戦後日本」の現在』、p.130.

대한 욕망에 상응했었다. 근대의 초극의 개념화는 그에 앞서 근대가 됐다는 체험의 기억 없이는 불가능했다. 전후 직후의 미국에 의한 군사적 점령의 수년간이 일본인이 그 후 반세기에 걸쳐 살아온 체험의 전의(轉義)가 됐다. 이렇게 해서 전후는 근대와 그 위기 담론에 사로잡혀 버린 것이다.[79]

전전의 지식인들이 시도했던 '근대의 초극' 사상이 결과적으로 "일본인의 국민의식에 뿌리내린 근대를 긍정할 뿐"이었듯, 전후 규명에 대한 집착이 오히려 전후의 장기화로 이어지고 있다며 양자의 논리적 상동성을 지적하고 있다. 하지만 전전의 근대의 초극과의 유사성은 엄밀한 의미에서 실제 반복이 아닌 "반복의 구조를 재도입하는 기억"에 의한 것이라고 말한다. 전후 장기화의 특징은 어디까지나 1990년대의 문제라는 것, 끝나지 않은 전후를 극복하려는 욕망에 있다는 것이다. 양자의 상이점에 대한 지적은 더욱 시사적이다.

참된 과거를 상기하여 그것을 덧쓰려 하는 최근의 욕망은 표면상으로는 근대를 초극하려는 1930년대 후반의 시도와 닮았다. 그러나 전자가 있지도 않았던 상실에 대한 노스텔지어에 의해 증식하는 데 반해, 후자는 박래품류에 그다지 의존하지 않는 다른 류의 근대를 필사적으로 응시했었다.[80]

하루투니언은 자기를 자신의 역사에서 소외시킨 타자의 역사로부터 벗어나겠다는 욕망이라는 점에서 1990년대의 전후(기억)에 대한

---

79) 『歴史と記憶の抗争：「戦後日本」の現在』, pp. 128-129.
80) 『歴史と記憶の抗争：「戦後日本」の現在』, pp. 136-137.

집착과 전전의 근대의 초극은 닮아있다고 봤다. 동시에 양자가 취한 방법론적 차이도 간과하지 않는다. 1990년대의 욕망이 기댄 것은 노스텔지어, 처음부터 부재했던 '참된 과거'를 향해 있는 반면, '근대의 초극'의 욕망이 고집한 것은 '박례품'적이지 않은 근대에 대한 필사적인 응시, 바꿔 말하면 '박례품'적인 근대에 대한 필사적인 외면이었다는 것이다.

　박래품적 근대는 근대의 초극론자들이 비판하던 근대조차 될 수 없었던 것이다. 마루야마 마사오는 위기를 맞은 유럽 근대의 전환기였던 19세기에 일본이 개국을 했기 때문에, 일본에서 '구화주의'와 '근대의 초극' 사상의 동시 등장은 피할 수 없는 운명이라고 했었다.[81] 스즈키 사다미(鈴木貞美 : 1947~)는 마루야마가 말한 '구화주의'란 "불평등조약 철폐를 서두르면서 외교정책으로 고급 댄스 홀(로쿠메이칸)을 개설해서 연일 야회를 열고 외교관 접대에 힘써 자유민권운동의 활동가들로부터 비난을 받은 로쿠메이칸(鹿鳴館) 정책"이 아니라, "청일전쟁(1984~95)에 승리해 경제에 탄력이 붙고 경공업의 대공장화가 진행되고, (…) 중화학 공업화에 착수한 시기"를 가리키는 것이라고 풀어주었다.[82] 스즈키의 언급도, 앞서 본 하루투니언의 지적도 '(박래품적) 구화주의'와 '근대주의'를 구별하고 있다.

　이 점에 유의하면서 이 글에서 주목하려는 것은, '근대의 초극' 사상이 필사적으로 응시했던 근대가 아니라 필사적으로 외면했던 근대인 '로쿠메이칸'(박래품적 근대) 쪽이다. 로쿠메이칸은 '문명개화'라는

---

81) 丸山真男, 『日本の思想』, 岩波書店, 1973(초판은 1961), p.27.
82) 鈴木貞美, 『「近代の超克」: その戦前・戦中・戦後』, 作品社, 2015, p.66.

메이지 신정부가 내건 슬로건 아래서 추진된 구화주의의 상징이었다. 그러나 로쿠메이칸은 '문명개화'라는 번역어를 만든 후쿠자와 유키치(福沢諭吉 : 1835~1901)에게도 '문명'으로 인정받지 못했다.[83] 다케우치 요시미는 「일본과 아시아」(1961)에서 '문명주의'를 일본의 근대화의 '기동력'으로 꼽으면서 "문명사관의 최대 이데올로그" 후쿠자와의 문명일원론을 내재적으로 비판했다. 그는 후쿠자와가 "서양문명에 관한 역설적인 인식"을 이론화하는 데까지는 이르지 못한 탓에, 종국에는 "서양문명의 폭력적인 강제를 시인하는 방향으로 후퇴"했다며,[84] "문명의 부정을 통한 문명의 재건"의 방법론적 이론화의 필요를 제기했다.[85] 이때 그는 후쿠자와의 『문명론 개략』(1875)에 나오는 "자국의 독립과 문명을 해하면서도 여전히 문명을 닮은 것"[86]이란 '로쿠메이칸적인 사이비 문명'을 가리키는 것이라고 풀어주었다.[87] '로쿠메이칸'으로 대변되는 '구화주의', '문명개화'는 일찍부터 '문명'에서도 그리고 '근대'에서도 꾸준히 배제되어 온 것이다.

그런데 로쿠메이칸/무도회는 자격 미달의 사이비 문명, 피상적이고 경박한 구화주의로 정형화되면서도, 다른 한편에서는 그 희화화된 이미지에 도전하는 서사들도 끊이지 않았다. 민권파와 국수파 양측의 이중 공세 속에서 서둘러 막을 내린 '로쿠메이칸 시대'였지만, 로쿠메

---

83) 松本健一, 『竹内好「日本のアジア主義」精読』, 岩波書店, 2000, p.51.

84) 쑨거 / 윤여일 옮김, 『다케우치 요시미라는 물음』, 그린비, 2007, p.248.

85) 竹内好, 「日本とアジア」, 『近代日本思想史講座(8) 世界の中の日本』, 筑摩書房, 1961 [『竹内好全集(8)』, p.91].

86) 福沢諭吉, 『文明論之概略』, 岩波書店, 1931, p.232. 다케우치가 인용한 부분은 「자국의 독립을 논하다(自国の独立を論ず)」(6권 10장)의 일부다.

87) 竹内好, 「日本とアジア」, 『竹内好全集(8)』, p.89.

이칸/무도회를 둘러싼 서사 공간은 전후까지 이어지고 있으며, 그 안에서는 메이지 vs 전후의 대립구도도 큰 의미를 지니지 못하는 듯 보인다. 그 자체가 로쿠메이칸/무도회 서사 공간은 '근대 일본'의 공간일뿐 아니라 '전후 일본'의 공간이기도 하다는 것의 함의일 것이다. 그것은 일본의 내셔널 아이덴티티를 재확인하고 재구축해온 서사 공간으로서 꾸준히 시효를 갱신해 왔다.

일본의 '근대/근대의 초극' 담론의 본류에서는 밀려났지만, 어쩌면 가장 '근대'적이었는지도 모르는 로쿠메이칸/무도회의 서사에 주목하여, 19세기 말 '로쿠메이칸 시대'부터 20세기 말, 근대 일본에서 전후 일본에 걸친 내포 담론의 역사적·문화사적 맥락과 함의에 접근하고자 한다.

로쿠메이칸/무도회 서사의 분석에 있어서는 '로쿠메이칸 시대', '로쿠메이칸 시대' 이후, 다이쇼(大正)시대, 쇼와(昭和) 전전, 전후(~1990년대)로 나누어 각 시대적 맥락을 짚어가며, 크게 비문학 텍스트와 문학 텍스트로 나누고 각각의 탈/정형화의 논리 및 상호텍스트성에 주목할 것이다.

각 장의 구성은 다음과 같다.

Ⅱ장 "문명개화의 '로쿠메이칸 시대'"에서는 먼저 메이지 일본의 문명개화기에 관한 담론을 짚어보고 '로쿠메이칸 시대'를 중심으로 로쿠메이칸/무도회에 관한 보도의 논조가 어떻게 변화하는지를 검토한다.

Ⅲ장 "로쿠메이칸/무도회 서사의 두 갈래"에서는 메이지 시대에 출현했던, 로쿠메이칸/무도회를 소재로 한 회화와 문학 텍스트를 분석

한다.

Ⅳ장 "로쿠메이칸/무도회 표상의 혼재"에서는 다이쇼 시대와 쇼와 전전기에 걸쳐 로쿠메이칸/무도회에 대한 역사적 평가와 문학 텍스트 분석을 병행하면서 로쿠메이칸/무도회의 이미지를 둘러싼 탈/정형화 서사의 분석을 시도한다.

Ⅴ장 "경험하지 못한(?) '문화국가'"에서는 일본국헌법 제정기에 신일본 건설의 슬로건으로 부상한 '문화국가'론의 출현 배경과 담론을 개관하면서 전전의 '문화국가'론과 연속하는 논리적 고리를 찾아본다.

Ⅵ장 "전후 로쿠메이칸 문학의 내재율"에서는 '문화국가' 전후 일본의 현실과 '문명국가' 메이지 일본의 기억이 교차하며 재개된 로쿠메이칸/무도회의 문학 공간에 주목하면서, 1950년대부터 1990년대에 걸친 문학 텍스트를 중심으로 그 기저를 지탱해온 서사의 내재율과 문화적 함의를 탐구한다.

Ⅱ

'문명개화'의 로쿠메이칸 시대

1. '문명개화'의 자취들

　'civilization'의 번역어로 '문명'과 '개화'를 결합해 '문명개화'라 한 것은 후쿠자와 유키치의 『서양사정(西洋事情)』(1866~1870, 초편·외편·2편)이다. 왕정복고가 선포됐을 때 이미 두 차례나 구미를 방문했던 후쿠자와가 구미의 정치, 경제, 군사, 외교, 교육, 신문, 의료, 교통, 풍속 전반을 소개한 책으로 초판 15만 부가 판매된 베스트셀러였다. 외편(1868)의 "세계의 문명개화(世ノ文明開化)"에는, 인생의 역사 단계가 몽매와 야만의 단계에서 문명의 단계로 향한다고 기술돼 있다. 야만의 단계를 특징짓는 것은 예의 결락, 혈기·정욕의 무절제, 힘의 논리, 상호신뢰의 부재, 불결 등이며, 문명의 단계를 특징짓는 것은 예의 중시, 정욕 억제, 도움과 보호, 상호신뢰, 청결 등이다. 덧붙여 야만은 '천연', 문명은 '인위'라는 인식은 오해라며 문명도 '천연'을 벗어나지 않음을 강조한다.

그도 '문명'을 긍정만 하지는 않는다. 빈민이 악에 선동되거나, 새로운 산업의 출현으로 일터를 잃는 장인·상인이 증가하는 것을 예시하며 문명의 진전에 따라 초래되는 폐해도 언급한다. 문제는 그러한 폐해에 어떻게 대처해야 하는가이다. 후쿠자와는 문명 세계에 걸맞은 새로운 생존 방식, 예를 들어 세상에 대한 새로운 이해와 의식을 갖고 경쟁 사회에서 분발함으로써 새로운 생계 수단을 획득하라고 말한다.[1] 문명에 의한 문명의 초극, 근대에 의한 근대의 초극의 논리다. 하지만 그는 문명의 역설을 보편적 원리로 이론화하지 못했고, 때문에 그의 탈아론은 '문명'(='독립')의 단계에 이른 후 아시아의 맹주론으로 후퇴했다는 것이 후쿠자와의 '문명일원관(文明一元観)'에 대한 다케우치의 비판이었다.[2] 후쿠자와 유키치의 『서양사정』을 통해 확산된 '문명개화'는 비단 그러한 고담준론의 수준이 아니더라도, 서민들의 입에서도 오르내리게 된다. 1871(메이지 4)년경이 되면 서민들도 '문명개화'의 고조된 분위기를 실감하게 된다.[3] "단발머리를 두드려 보면 문명개화의 소리가 난다"로 알려진 유행가 같은 가사가 『신문잡지(新聞雑誌)』에 게재된 것도 같은 해 5월이었다.[4]

---

1) 福沢諭吉, 『西洋事情(外篇 巻之1)』, 慶応義塾出版局, 1872, pp.10-15.

2) 쑨거 / 윤여일 옮김, 『다케우치 요시미라는 물음』, 그린비, 2007, p.248.

3) 飛鳥井雅道, 『文明開化』, 岩波書店, 1985, p.4.

4) 遠藤武(編), 『服飾近代史』, 雄山閣出版, 1970, p.7. 정부가 '단발령'으로 불리던 '산발탈도령(散髪脱刀令)'을 포고한 것도 같은 해 8월이었다.

(1) '문명개화기'의 범위

문명개화기를 언제로 볼 것인가에 관해서는 논자마다 조금씩 차이가 있다. 역사학자 아스카이 마사미치(飛鳥井雅道 : 1934~2000)는 『문명개화』(1985)에서 핫토리 시소(服部之総 : 1901~1956) 이래 문명개화의 끝을 1875(메이지8)년으로 보는 설이 확산됐다고 했다.[5] 마르크스주의 강좌파 역사학자였던 핫토리가 말하는 문명개화기는 폐번치현(廃藩置県) 등이 이루어진 1871(메이지4)년부터 자유민권언론에 대한 통제령('참방률(讒謗律)', '신문지조례(新聞紙条例)')이 공포되는 1875년까지로[6] 매우 짧다. 오쿠보 도시아키(大久保利謙 : 1900~1995)는 1881(메이지14)년의 정치 정변[7] 등과 함께 문명개화기는 끝났다고 했다.[8] 오쿠보는 "위로부터의 개명정책이 자유민권운동과 대결한 결과 그 본질을 노정"했다며 문명개화의 종말을 자유민권과의 대항의 결과로 봤고, 그 점 핫토리 설의 연장선에 있다.[9]

아스카이는 문명개화기를 보다 길게 잡았다. 일본의 서민들이 본격적으로 문명개화를 의식한 것은 1881년 경이지만, 문명개화를 모

---

5) 飛鳥井雅道, 『文明開化』, p.21.
6) 服部之総, 「文明開化」, 『現代史講座 第3巻 : 世界史と日本』, 創文社, 1953[飛鳥井雅道, 『文明開化』, 岩波書店, 1985, p.4.에서 재인용].
7) 1881년에 필두참의(筆頭参議)였던 오쿠마 시게노부(大隈重信)가 파면(11.11.)당한 것을 가리킨다. 그 배경에는 오쿠마가 국회설립에 대한 자유민권파의 요구가 고조되는 가운데 영국식 의회제 채택, 2년 후의 헌법제정을 등의 급진적 내용을 담은 의견서를 좌대신(左大臣)에게 밀주(密奏) 형태로 제출한 것, 오쿠마 측근이 연루된 홋카이도개척사 관유물 불하 문제 등이 있었다. 이로 인해 개척사 관유물 불하는 중지되고 국회개설은 1890(메이지23)년에 국회를 개설한다는 조서가 발표됐다.
8) 大久保利謙, 「文明開化」[『岩波講座日本歴史(15) : 近代(2)』, 家永三郎等(編), 岩波書店, 1962, p.284].
9) 飛鳥井雅道, 『文明開化』, p.21.

색하던 움직임은 막부 말기부터였다며 그 시작을 메이지 이전으로 앞당겼다는 점에서 특징적이다. 또 '존황양이'의 기치 아래 복고됐던 태정관제 폐지, 내각제 창설로 정치의 일원화, 민권파에 대한 정치적 압살이 이루어진 1885년까지를 문명개화기로 봤다.[10] 하야시야 다쓰자부로(林屋辰三郎 : 1914~1998)의 경우는 문명개화의 마무리를 입헌에 초점을 맞춰 '대일본제국헌법'이 시행된 1890(메이지23)년까지 연장했다.[11]

이와사키 지카쓰구(岩崎允胤 : 1921~2009)는 아스카이의 관점의 타당성을 일부 인정하고 하야시야의 관점을 보완해 문명개화기를 세분화했다. 막부 말기를 전기(前期)로 한 문명개화기는 '일신(一新)'의 시대(1기 : 1868~1871), '개화'의 시대(2기 : 1872~1877), '민권'의 시대(3기 : 1877~1881), '입헌'의 시대(4기 : 1882~1890)에 걸쳐 진행됐고, '문명개화'의 중심은 '개화'와 '민권'의 시대였던 2, 3기(1872~1881)라고 했다(〈그림 5〉).[12] 이처럼 문명개화기에 관해서는 최소 4년에서 최대 20여 년까지도 늘어나는데, 문명개화기의 시점에 관한 논의는 대부분 전후에 나타난 것으로 보인다.

메이지 시대에 관한 관심으로 보면, 일찍이 관동대지진(1923.9.1.)을 계기로 고조됐었다. 지진 발생 한 달 후, 1923년 10월『도쿄니치니치신문(東京日日新聞)』에는 「영원히 보상될 수 없는 문화적 대손실(永遠に償はれない文化的大損失)」이라는 기사가 총 7회 연재(17~23일)됐다.

---

10) 飛鳥井雅道,『文明開化』, p.23.

11) 林屋辰三郎,『文明開化の研究』, 岩波書店, 1979.

12) 岩崎允胤,『日本近代思想史序説』, 新日本出版社, 2002, pp.37, 46-47.

〈그림 5〉 '문명개화기' 설정에 관한 제설

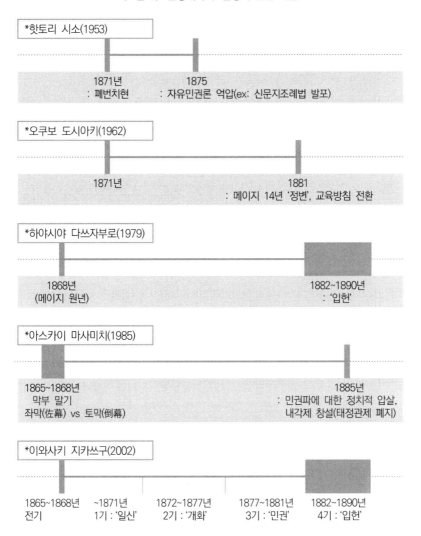

저자는 평론가이자 소설가였던 우치다 로안(内田魯庵 : 1868~1929)이
다. 그는 1924년 4월, 『호치신분(報知新聞)』에도 「도서관의 부흥과 문
헌의 보존(図書館の復興と文献の保存)」(총10회)을 기고했다. 지진으로 소

실된 메이지 시대 문헌의 중요성과 보호의 필요성을 주장하는 그의 글은 호소력을 지녔고, 대중적 인지도가 높았던 매체를 타고 확산됐다.[13] 다이쇼기에서 쇼와기로 바뀌면서 메이지문화에 관한 자료들을 집대성해 출판하는 움직임도 두드러졌다.

희대의 반골 저널리스트로 미야타케 가이코쓰(宮武外骨 : 1867~1955)는 1926년에 『문명개화』 시리즈를 펴냈다. 메이지기에 다수의 잡지를 발간했던 미야타케는 발행 정지와 금지, 벌금과 투옥을 반복했다. '대일본제국헌법' 공포식의 메이지 천황(1852~1912)을 해골로 그린 우키요에 화가 아다치 긴코(安達吟光 : 1853~1902)의 〈대일본 돈지연법 발포식(大日本頓智研法発布式)〉(1889.2.28.)을 게재한 것도 미야타케가 발간한 시사풍자잡지 『돈지협회잡지(頓智協会雑誌)』(1887년 창간)였다. 동 잡지는 불경죄로 발행금지 처분을 받아 폐간에 이르고 미야타케는 투옥됐다. 그가 펴낸 『문명개화』 서문은 '문명개화'에 관한 정의로 시작하고 있다.

> 문화란 문명개화의 약언(約言)으로 사회의 향상 진보 즉, 각 개인의 행복을 말하며 행복이란 정신생활·물질생활의 부족함 없음에 가까운 것을 말하는데, 문명개화라는 말은 메이지유신 후의 미완성문화를 대표하는 말이다. / 그리고 메이지유신이란 구제(舊制)의 막부를 타도하고 신정부를 세운 때를 말하는 것으로, 게이오(慶応) 연간은 구시대에 속하고 메이지 초년은 신시대에 속한다. 하지만 제도, 풍속, 사상, 문물 등이 이때 단번에 변혁된 것은 아니다. 소위 신구 혼돈의 과도기가 있어서 점차 오늘의 문화를 일으킨 것이다.[14]

---

13) 反町茂雄, 『蒐書家・業界・業界人』, 八木書店, 1984, p.281.

'문화'란 '문명개화'의 줄임말이라고 말하며 '문명개화'를 메이지유신 이래의 '미완성문화', 그 과도적 성격에 방점을 두고 설명하고 있다. '문화'를 '문명개화'의 줄임말이라는 언급은 꽤나 엉뚱한데, 의도적인 게 아니라면 이는 '문명' 개념이 메이지 중·후반부터 '문화' 개념을 포함한 기표로 사용되다 다이쇼기에 들어서 '문화'라는 용어로 대체되는 과정[15]이 반영된 것인가도 싶다. 수록 자료들에 대해서도 당시의 법제, 과학, 문예, 경제, 교육, 사조, 신문잡지는 모두 다 유치한 수준이었지만, "자기를 돌아보는" 것은 도덕적, 지적으로도 유익하고 또 흥미로운 일이라며 발간 취지를 밝히고 있다. 메이지를 돌아보는 시대적 움직임도 어느 정도 의식했던 것으로 보인다. 독자는 정치, 법률, 풍속, 문물의 변화 과정을 이해하면서 정신적 생활의 유익을 얻을 수 있고, 자신은 "직업적 저술의 생활보조" 덕에 "물질적 생활에 다대한 행복"을 얻을 수 있을 것이라는 특유의 익살로 서문을 맺고 있다. 『문명개화』는 신문편·광고편·잡지편·재판편으로 구성돼 있는데, 권별 수록 자료들의 발행 시기와 기간은 분야마다 편차가 있어 일률적이지 않다(〈그림 6〉).

'문명개화' 관련 문헌의 또 다른 성과로는 '메이지문화연구회'(明治文化研究会, 1924.11.창립)가 1927년부터 1930년에 걸쳐 펴낸 『메이지문화전집』(전24권)이 있다. 동 연구회는 다이쇼 데모크라시를 주도했던 정치학자 요시노 사쿠조(吉野作造 : 1878~1933)를 중심으로 관동대지

---

14) 宮武外骨, 「自序」, 『文明開化(1) 新聞篇』, 半狂堂, 1925.
15) 林正子, 「〈文明開化〉から〈文化主義〉まで : 明治·大正期〈文明評論〉の諸相」, 『岐阜大学国語国文学』28, 2001.3, pp.52-54.

〈그림 6〉『문명개화』(1926) 수록 자료 발행 기간

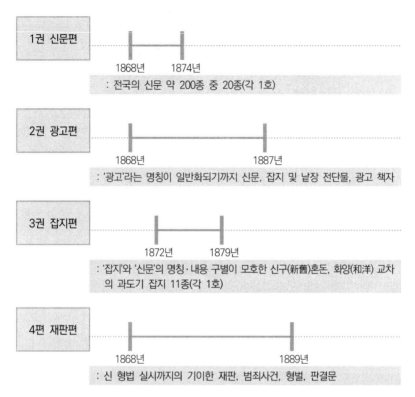

1권 신문편

1868년   1874년

: 전국의 신문 약 200종 중 20종(각 1호)

2권 광고편

1868년   1887년

: '광고'라는 명칭이 일반화되기까지 신문, 잡지 및 낱장 전단물, 광고 책자

3권 잡지편

1872년   1879년

: '잡지'와 '신문'의 명칭·내용 구별이 모호한 신구(新舊)혼돈, 화양(和洋) 교차
 의 과도기 잡지 11종(각 1호)

4편 재판편

1868년   1889년

: 신 형법 실시까지의 기이한 재판, 범죄사건, 형벌, 판결문

진 발생 이듬해에 결성된 역사연구단체다.[16] 메이지기 사회 전반을
연구하여 '국민사' 자료로 발표했고, 서양문화의 영향, 메이지헌법제
정사, 자유민권운동사 등에 관한 연구에 주력했다. 기관지 발행과 강
연회 및 전람회도 개최했다.[17] 중심 멤버인 요시노, 오사타케, 이시

---

16) 결성 당시의 동인은 요시노 외에 이시이 겐도(石井研堂 : 1865~1943), 미야다케 가이
    코쓰, 이시와 이와오(石川巖 : 1878~1947), 오사타케 다케키(尾佐竹猛 : 1880~1946),
    가지이 진타로(藤井甚太郎 : 1883~1958), 오노 히데오(小野秀雄 : 1885~1977), 이노
    우에 가즈오(井上和雄 : 1889~1946) 8명이다.

〈그림 7〉 예약모집용로 제작된 「메이지문화전집 내용 견본」 표지

이, 이시가와는 보신전쟁(戊辰戦争)에서 정부군과 싸웠고, 요시노의
부친은 자유민권운동에 참가한 반골적 소지를 지닌 인물들이었다. 때
문에 메이지문화연구회의 연구를 '제국일본'을 정통화하는 정사(正史)
편찬에 대한 도전적 의도로 보는 시각도 있다.[18] 『문명개화』의 저자
미야타케도 메이지문화연구회 동인이었다.

　『메이지문화전집』은 출간 전에 예약모집을 실시하면서 「메이지문
화전집 내용견본」[19]을 배포했다(〈그림 7〉). 메이지 시대에 대한 연구가
필요하지만 관련 지식과 연구에 엄밀성이 부족하며, 메이지연구에 새
로운 기운이 일고 있지만 연구 자료가 부족하다며 『메이지문화전집』
의 취지를 소개하고 있다. 메이지 시대에 관한 연구가 필요하다는 것

17) 「明治文化研究会に就いて」, 『新旧時代』, 創刊号, 1925.2, p.4.
18) 原秀成, 「大正デモクラシーと明治文化研究会 : 日本国憲法をうんだ言論の力」, 『日本
　　研究』 21, 国際日本文化研究センサー紀要, 2000.3, pp.216-217.
19) 실제 간행됐을 때의 내용에는 약간의 변경이 있었다.

은, 봉건시대가 끝난 지 60년이나 됐음에도 완전한 쇄신을 이루지 못하고 있으니, 새로운 이상과 오랜 전통의 질곡 사이에서 번뇌한 메이지 시대를 연구하는 것은 시의적이라는 것이다. 메이지 시대에 관한 지식과 연구에 대해서는 대체로 과거 허식의 내러티브와 허위 역사의 범위를 넘어서지 못하고 있다는 평가다. 메이지가 외국 문화 수입에 분주한 나머지 스스로를 돌아볼 여유가 없었다는 것과, 비교적 생생하고 친숙한 과거인 만큼 정치한 고찰에 대한 요구가 나타나지 않았다는 것을 그 이유로 들고 있다. 그러니 메이지 역사에 관한 연구를 위해서는 근본자료의 확보와 학문적 정리가 필요하다는 것이었다.[20]

메이지문화연구회는 활동 시작 3년 후, 20여 개 분야의 메이지문화 연구를 위한 기본 문헌을 집성하여 『메이지문화전집』을 펴냈다. 전후에도 개정판(전15권, 1955~1959)과 결정판(전32권, 1967~1974)이 출간되면서 그 사료적 부가가치도 함께 축적해 갔다(〈그림 8〉). 개정판에서는 '황실편', '교육편', '종교편', '문학예술편', '시사소설편', '번역문예편', '사상편', '문명개화편'이 빠진 반면, '자유민권편'과 '사회편'의 비중이 높아지고 '부인문제편'이 새로 추가된 것이 눈에 띈다. 결정판에는 개정판에 빠졌던 8편이 복구되고, '헌정편' 속편과 별권('메이지 사물기원')의 추가가 보인다. 결정판 간행이 메이지유신 100년을 1년 앞둔 시점인 것도 고려할 지점이다.

'문명개화편'도 개정판에 빠졌다 결정판에서 복구됐다. '문명개화'편에는 문명개화 입문적 성격의 문헌 15편의 원문과 해제가 수록돼 있다. 「메이지문화전집 내용견본」은, '문명개화'의 물결이 메이지 초

---

20) 「明治文化全集内容見本」, 日本評論社, pp.2-3.

<그림 8> 『메이지문화전집』 초·개정·결정판의 구성

초·개정·결정판 공통　　초·결정판 공통
개정·결정판 공통　　결정판 단독

권	초판 (1928~1930)	개정판 (1955~1959)	결정판 (1967~1974)
1	황실편	헌정편	헌정편
2	정사(正史)편(상)	자유민권편	자유민권편
3	정사편(하)	정치편	정치편
4	헌정편	신문편	신문편
5	자유민권편	잡지편	잡지편
6	외교편	사회편	사회편
7	정치편	외국문화편	외국문화편
8	법률편	풍속편	풍속편
9	경제편	정사편(상)	정사편(상)
10	교육편	정사편(하)	정사편(하)
11	종교편	외교편	외교편
12	문학예술편	경제편	경제편
13	시사소설편	법률편	법률편
14	번역문예편	자유민권편(속)	자유민권편(속)
15	사상편	사회편(속)	사회편(속)
16	외국문화편	부인문제편	부인문제편
17	신문편		황실편
18	잡지편		교육편
19	풍속편		종교편
20	문명개화편		문학예술편
21	사회편		시사소설편
22	잡사(雜史)편		번역문예편
23	군사편·교통편		사상편
24	과학편		문명개화편
25			잡사편
26			군사편·교통편
27			과학편
28			헌정편(속)
별1			메이지사물기원(상)
별2			메이지사물기원(중)
별3			메이지사물기원(하)

기 일본의 도처를 휩쓸면서 '인지(人知)의 개발'은 촉진됐지만, "천박하고 경솔한 외국 모방이 터무니없는 사회적 혼란의 원인이 된 것"도 의심할 수 없다며 "신구혼효(新舊混淆)의 분란 시대를 규명하는 것"[21]이 '문명개화편'의 간행 목적이라고 적고 있다.

'문명개화편' 말미에는 '문명개화문헌연표'도 수록돼 있다. 1870(메이지3)년부터 1882(메이지15)년에 걸친 문명개화 관련 문헌 리스트로, 메이지 문화의 모체라 할 '메이지의 요람기'를 조감할 수 있도록 작성된 것이다.[22] 연표 상의 문헌 발표량의 추이를 보면 그 요람기를 한층 입체적으로 조감할 수 있다(〈그림 9〉).

〈그림 9〉 메이지 요람기의 '문명개화' 관련 문헌 발행 추이

■ 메이지 초기 문명개화 문헌(단위: 1권)

*〈문명개화문헌연표〉를 토대로 필자 작성

---

21) 「明治文化全集内容見本」, p.9.

22) 明治文化研究会(編), 『明治文化全集(24) : 文明開化篇』, 日本評論社, 1967, p.553.

동 연구회가 메이지의 요람기라고 한 1870년부터 1882년까지는 오쿠보가 말한 문명개화기에 가깝다. 문헌 양이 가장 많은 1874년을 전후한 4~5년간은 핫토리가 말한 문명개화기와 겹치는 것을 확인할 수 있다.

(2) 문헌 속의 '문명개화'

수록된 자료를 통해 문명개화 상황을 살펴보자. 오사카(大阪)의 실업가이자 계몽학자였던 가토 유이치(加藤祐一 : ?~?)의 『문명개화』(1873~1974)에서는 사람들이 문명개화를 입버릇처럼 얘기하고 있었던 것을 확인할 수 있다. 고기를 먹어도 양산을 써도 서양인 흉내를 내도 문명, 뭐든 새롭고 신기하기만 하면 문명개화라는 것이다. 하지만 정작 제대로 아는 사람은 적으니 문명개화에 관하여 얘기해 보겠노라고 운을 떼고는, 머리, 복장, 육식 등 의식주를 비롯한 풍속과 문명개화, 개화로 오인되는 구폐, 구폐의 장단점 등을 설파한다. 외국인 흉내만큼은 못하겠다며 좋은 것도 고집스레 거부하는 이들, 반대로 뭐든지 외국인을 흉내 내며 서양인처럼 꾸미려는 이들은 많지만, 중도를 가는 문명개화인은 적다는 아쉬움으로 저자는 자신의 입장을 대신하고 있다.[23]

1874년에 출간된 요코카와 슈토(横河秋濤 : ?~?)의 『개화의 입구』는 유학에서 돌아온 개화파 청년 두 명이 구태한 부친, 신관, 승려 등을 대상으로 문명개화를 설파하는 통속소설이다(〈그림 10〉). 여기서도 양복, 단발, 육식과 같은 의식주부터 여성교육, 사민평등과 같은 문명개

---

23) 明治文化研究会(編), 『明治文化全集 : 文明開化篇』, pp.5-47.

화 단골 리스트는 빠지지 않는다.

〈그림 10〉『개화의 입구』(2편·상)의 권두화[24]. 개화파 청년 '西海英吉'(오른쪽에서 첫 번째), 개화파 청년 '開化文明'(오른쪽에서 두 번째)

　일본에서 '복제를 변경하는 칙유(服制を改むるの勅論)'가 발포된 것은 1871년 9월 4일이다. 천황이 양복을 착용한 것은 1872년 5월이고, 그의 잘 알려진 군복 차림 사진은 그 이듬해에 촬영된 것이다. 또 그가 처음으로 고기를 먹은 것은 1972년 1월 26일로 알려져 있다. 육식 금지가 정식으로 해금된 날이다. 그 이후 쇠고기와 양고기의 식용이 일상화됐다.[25] 일본에서는 불교사상의 영향으로 675년 이후 육식금지령·살생금지령이 반복되면서 원칙적으로 육식은 금지돼 왔다. 천 수백 년의 금기가 공식 해금된 만큼, 육식이 문명개화의 일상적·서민적 지표가 된 것도 무리는 아니었다. 때문에 문명개화에 관한 풍자 소재

24) 橫河秋濤, 『開化乃入口(上)』, 松村文海堂, 1874, 国立国会図書館デジタルコレクション, https://dl.ndl.go.jp/info:ndljp/pid/798412(검색일 : 2020.1.5.)

25) 「2013 お肉のススメ：肉食禁忌と食の文明開化」(平成25年度 一橋大学附属図書館企画展示), 一橋大学付属図書館HP, https://www.lib.hit-u.ac.jp/pr/tenji/kikaku/2013/captions.html#case3(검색일 : 2020.1.3.). 아스카이 마사미치에 의하면 메이지 천황의 육식이 시작된 것은 메이지 5년 1월 24일로 다소 차이가 있다(飛鳥井雅道, 『文明開化』, 1985, 岩波書店, p.144). 일본에서는 메이지 5년 12월 2일까지 음력 사용했으므로, 이는 1872년 3월 3일에 해당한다.

로도 활용가치가 높았다.

　가나가키 로분(仮名垣魯文 : 1829~1894)의 『아구라전골 : 쇠고깃집 잡담』(1871~1872)은 스키야키(쇠고기전골)를 소재로 문명개화 풍속을 풍자한 대표적인 통속소설이다. 문명개화 덕분에 쇠고기를 "우리까지 먹을 수 있게 된 것은 실로 감사"한 일이라고 말하는 작중인물도 보인다. "사농공상, 남녀노소, 현우빈부(賢愚貧富) 모두가 쇠고기 전골을 먹지 않으면 개화가 부진한 자"[26]라는 것도 풍자의 리얼리티를 더했다.

　1874년에 발간된 『개화자랑』은 오사카를 무대로 하는데, 6명의 개화파 일당이 모여 서로의 개화 자랑, 일본의 서양식 건축이나 서양파의 개화 양상 등에 대한 품평을 이어간다(〈그림 11〉).[28] 개화파 오가와 다메지(小川爲治 : ?~?)의 도쿄를 무대로 한 『개화문답』(1874~1875초편, 2편)은 구폐를 대변하는 규헤이(舊平)의 질문에 구습 타파, 문명개화를 주장하는 개명파 가이지로(開次郎)가 답하는 문답 형식으로 전개

〈그림 11〉『문명개화』삽화. 인물마다 국적이 적혀 있다. 일본인은 오른쪽 상단의 '구폐(舊弊)의 일본인'(오른쪽)과 '개화된 일본인'(왼쪽).[27]

---

26) 仮名垣魯文, 『安愚楽鍋 : 牛店雑談(一名・奴論建 初編)』, 1872. p.5.

27) 加藤祐一, 『文明開化』(初編 上巻), 積玉圃, 1873, pp.6~7[国立国会図書館デジタルコレクション, https://dl.ndl.go.jp/info:ndljp/pid/798674(검색일 : 2020.1.5.)].

28) 山口又市郎, 『開化自慢』, 山口又市郎, 1874[明治文化研究会(編), 『明治文化全集(24) : 文明開化篇』, pp.3~4].

된다. 문답은 정치, 외교, 학문, 그리고 의식주, 교통, 지폐·화폐까지 폭넓게 걸쳐 있다.[29] 문명개화에 대한 계몽적 성격을 띤 이러한 입문서는 생활 세계 전반을 다루고 있으며 소재들도 비슷비슷하다. 계몽성에 이어 통속성 짙은 문헌들에서 확인되는 '문명개화'의 이미지는 옛것과 새것이 뒤섞인 모순으로, 그 풍속과 세태는 풍자문학의 좋은 소재였음을 확인하게 된다.

2. '문명개화'의 전당, 로쿠메이칸

이처럼 세간에 확산되고 있던 '문명개화' 풍속을 생각하면, '문명개화의 전당'[30] 로쿠메이칸이 모습을 드러낸 것은 다소 뒤늦은 감도 없지 않다. 메이지 신정부는 1877(메이지10)년의 세이난(西南)전쟁을 끝으로 막말 이후의 혼란을 벗어나 안정기로 들어섰고, 최대의 외교 현안이었던 조약개정 준비에도 착수했다. 1858년에 에도 막부의 다이로(大老) 이이 나오스케(井伊直弼 : 1815~1860)가 미합중국, 러시아, 네델란드, 영국, 프랑스의 구미 열강들과 맺은 수호통상조약('안세이 5개국 조약(安政五カ国条約)')[31] 즉, '불평등조약'을 개정하는 것이었다. 문제

---

29) 小川為治, 『開化問答』, 丸屋善七, 1874~1985[明治文化研究会(編), 『明治文化全集(24) : 文明開化篇』, pp.105-167].

30) 小木新造·陣内秀信·竹内誠·芳賀徹·前田愛·宮田登·吉原健一郎(編), 『江戸東京学事典』, 三省堂, 2003, p.194.

31) 도쿠가와 막부는 1954년 미함대를 끌고 우라가(浦賀)에 내항한 미국 페리(Matthew C. Perry : 1794~1858) 제독과 화친조약을 맺고 시모다(下田)와 하코다테(函館)를 개항했다. 이어서 영국, 러시아, 네델란드와도 같은 조약을 맺게 된다. 1958년에 다시 일본에 내항한 미국 측 전권 해리스(Townsend Harris : 1804~1878)와 막부는 미일수호통

의 조항은 관세자주권을 불허한 2조(관세율 협정제, 최혜국대우)와 치외법권 실시에 관한 3조(재류 외국인이 본국 영사에 의해 재판받도록 하는 영사재판권)였다. 따라서 개정의 최종 목표는 영사재판권 철폐와 관세자주권의 회복에 있었다.

'미일수호통상조약(日米修好通商条約)'(1858년 체결)의 13조(【권말사료-①】참조)에 따르면, 조약의 보완과 개정을 위한 양국의 교섭이 가능한 것은 1872년 7월 4일부터였다. 일본 정부는 일찍이 1871년, 이와쿠라 사절단(岩倉使節団)의 구미 파견 당시부터 조약개정 여부를 타진했으나 실패로 끝났다. 1878(메이지11)년, 외무경 데라시마 무네노리(寺島宗則 : 1832~1893)는 미국과 관세자주권 회복을 위한 교섭에 이르렀으나 법률 미정비를 이유로 영국의 반대에 부딪쳐 실현되지 못했었다. 그 이듬해, 데라시마 후임으로 취임한 것이 로쿠메이칸의 기획자 이노우에 가오루(井上馨 : 1836~1915)다.

이토 히로부미(伊藤博文 : 1841~1909)와 이노우에는 조약개정 실현을 위한 '문명개화' 정책의 일환으로 외빈접대시설 로쿠메이칸을 건설했다(1883년 준공). 불평등조약을 개정하기 위해서는 구미 열강들과 대등한 관계를 맺어야 하고 그러려면 문명국가다운 모습을 보여주는 것이 급선무며, 따라서 문명국가에 걸맞은 교제의 장이 필요하다는 것이었다.[32]

이노우에 가오루는 1880(메이지13)년 11월 15일, 가스미가세키(霞が

상조약을 맺었고, 네델란드, 영국, 러시아, 프랑스와도 동일한 통상조약을 맺었다.
32) 富田仁, 「わたしの『鹿鳴館物語』」, 『文藝論叢』 20, 文教大学女子短期大学部文芸科, 1984, p.46.

關)에 외빈 숙박·접대용 클럽과 외무경 관사 신축에 관한 안을 태정관에 제출했다. 태정대신은 클럽이 아닌 본격적인 외국인 접대시설의 건설을 명했고, 당시 책정된 예산은 10만 엔이었다.[33] 궁내성, 내무성, 법무성, 육군성, 해군성, 외무성과 도쿄부 등이 갹출한 자금[34]으로 이노우에가 로쿠메이칸 건설에 착수한 것은 이듬해 1881(메이지14)년이다.

영국풍이 가미된 이탈리아 르네상스 양식의 로쿠메이칸이 완공된 것은 1883(메이지16)년 11월이다. 당초 개관식은 11월 3일 천장절(天長節)[35]에 맞춰 예정돼 있었으나, 공사 지연으로 11월 28일에 열렸다. 소요된 총공사비는 당초 예산을 한참 초과한 18만 엔[36](서류상은 14만 엔[37])이었고, 부지 8,532평, 건물면적 467평에 사용된 장소는 구 사쓰마번(薩摩藩) 장속저택(装束屋敷)[38]이 있던 자리다. '흑문(黑門)'으로 불리던 로쿠메이칸의 정문은 장속저택의 문을 그대로 사용한 것이었다.

정문을 들어가면 연못과 정원에 이어 벽돌로 된 2층 건물이 위치했다. 본관 입구 상부에는 페디먼트와 소형 만사드 지붕이 설치돼 있었다. 1, 2층 모두 반원 아치형 창문으로 꾸며져 있고, 2층에는 아케이드형 베란다가 설치된 작은 궁전식 건물이다. 내부 바닥면적 640평의

---

33) 畠山けんじ, 『鹿鳴館を創った男』, 河出書房新社, 1998, p.136.

34) 木村毅, 『文明開化 : 青年日本の演じた悲喜劇』, 至文堂, 1954, p.56.

35) 천황의 생일을 축하하는 천장절이 국경일로 지정된 것은 1873년이다.

36) 石塚裕道·成田龍一, 『東京都の百年』, 山川出版社, 1986, p.387. ; 松村正義, 『国際交流史 : 近現代の日本』, 地人館, 1996, p.437.

37) 帝国ホテル(編), 『帝国ホテル百年史』, 1990, p.1012. ;『中学生の社会科 : 日本の歩みと世界. 歴史』, 日本文教出版, 1996, p.303.

38) 류큐(琉球) 사절이 에도(江戸)에 상경했을 때 머물기 위해 마련한 저택.

본관 1층에는 담화실, 대식당, 응접실, 사무실, 신문실 등이 마련됐고, 목제 중앙계단을 오른 2층에는 정면에 무도회장이 있고 양옆으로 귀빈실, 서재, 화장실, 6개의 숙박용 객실이 있었다. 본관 뒤편에 딸린 9개 동에는 주방, 당구실, 창고 등이 있었다.[39]

로쿠메이칸 설계를 위탁받은 것은 공부성(工部省)에 고용돼 공부대학교(工部大学校, 현 도쿄대학 공학부) 외국인 교사로 근무 중이던 영국인 건축가 조시아 콘도르(Josiah Conder : 1852~1920)다. 당시 그는 이미 궁내성 청사, 황거, 우에노(上野)박물관, 황족의 저택 등의 설계 경력을 지니고 있었다. 로쿠메이칸 건축 이후에도 니콜라이당, 고관들의 관저 등을 설계하며 민간건축가로서도 왕성한 활동을 했다. 일본의 서양식 저택의 출발점도 그에게 있었으며,[40] 일본의 근대건축사 연구자들이라면 하나같이 콘도르 연구부터 시작할 만큼 메이지 건축계에서 그의 역할은 컸다.[41] 그가 관여한 작품만도 대략 100건에 이른다.[42] 콘도르의 로쿠메이칸 설계도의 소재는 확인되지 않고, 평면도만 가스미카이칸(霞会館)에 소장돼 있다.[43]

일본인이 주최한 일본 최초의 무도회는 1880년 11월 3일 천장절 야회로 장소는 엔료칸(延遼館)이었다. 엔료칸은 하마리큐(浜離宮) 어전

---

39) 畠山けんじ, 『鹿鳴館を創った男』, 河出書房新社, 1998, p.137.

40) 河東義之, 「講義録 コンドルと邸宅建築 : 生活文化史を視野に入れて」, 『学苑』827, 2009.9, p.146.

41) 河東義之, 「講義録 コンドルと邸宅建築 : 生活文化史を視野に入れて」, p.143.

42) 河東義之, 「講義録 コンドルと邸宅建築 : 生活文化史を視野に入れて」, p.146.

43) 평면도는 로쿠메이칸이 화족회관에 대여됐던 기간(1890.4.~1894.11.)에 작성된 것으로 추정되며 준공 당시의 것과 크게 다르지 않다(富田仁, 『鹿鳴館 : 擬西洋化の世界』, 白水社, 1985(초판은 1984), p116.).

내에 있는 일본 최초의 서양식 석조 건출물로 로쿠메이칸 건설 이전에 외빈 숙박시설로 사용됐던 곳이다. 1879년 공부대학에서 열린 천장절 무도회에서 춤을 춘 것은 모두 외국인이었다.[44) 이토, 이노우가 로쿠메이칸에서 가장 공들인 것은 외빈들과의 교제를 위해 일본의 정부고관, 화족 등의 상류층을 대거 동원한 무도회였다.[45) 이를 위해 댄스교사로 로쿠메이칸 프로젝트에 참여한 또 다른 유럽인은 독일인 요하네스 얀손(Johannes Ludwig Janson : 1849~1814)이다. 그는 로쿠메이칸의 낙성 이듬해(1884)부터 매주 월요일 로쿠메이칸에서 무도연습회를 지도했다. 고마바농학교(駒場農学校, 현 도쿄대학농학부) 외국인교사로 재직중일 때였다. 1885년 7월 1일, 그는『지지신보(時事新報)』지상에서 무도회 유용론을 펼치기도 했다. 무도회 댄스는 부인들의 신체 발달을 위한 최적의 운동으로 부인들의 우울함을 없애 주며, 음악적 취향을 발달시키고 남녀 예법을 체득하게 해주며 부인의 사회적 지위 향상에도 영향을 미친다고 했다.[46) 심신의 건강부터 교양, 교제, 여권 향상까지 언급하며 여성들의 무도회 참여를 독려했다.

정부 고관들과 각계 저명인사들, 그 부인과 딸들에게 열린 로쿠메이칸은 대부분의 서민들과는 격절된 세계였다. 그만큼 저널리즘의 보도열도 뜨거웠다. 관련 보도는 개관식 이튿날부터 신문지상을 메워갔다. 1883년 11월 29일자『도쿄니치니치신문』(마이니치신문의 전신)에

---

44) 『江戸東京学事典』, p.195.

45) 부인들을 중심으로 한 자선바자회도 로쿠메이칸에서 열리던 주요 행사였다. 로쿠메이칸에서 처음으로 부인자선회(婦人慈善会)가 성황리에 개최된 것은 개관 이듬해인 1884년 6월 12일이다.

46) 鈴木孝一(編), 『ニュースで追う明治日本発掘(3)』, 河出書房新社, 1994, p.185.

실린 「로쿠메이칸 개관식(鹿鳴館開館式)」은 전날에 열린 낙성식 상황을 전했다.

> 로쿠메이칸 현관 정면에는 국화문양의 보라색 막을 치고, 그 위에 로쿠메이칸(鹿鳴館)이라는 세 글자 꽃등을 점화, 정원 안팎으로는 파랑 빨강 속에 하얗게 '鹿' 자를 이긴 수천의 공등을 걸고 표면에는 푸른 잎의 원형장식에 국화를 꽂고 국기를 교차시킨 장식 엄숙했다. 외무경의 초대에 응해 황족, 대신, 참의를 비롯해 각성의 칙주(勅奏)임관과 각 외국공사, 재야의 신사 등, 오후 6시경 전후로 연이어 참관, 마침내 좌석도 정해졌을 무렵, 정원 좌우에 정렬한 육해군악대는 음악을 연주하고, 끝난 후에는 다시 만찬의 향응이 있었다. 또 로쿠메이칸 아래 히비야 연병장에서 낮의 연기불꽃 30발, 밤의 불꽃 77발을 쏘아 올리고 게다가 로쿠메이칸 어용상인들 불꽃 23발을 쏘아 올려 여흥이 더해지니 실로 근래에 드문 성대한 식이었다.[47]

로쿠메이칸 내부 장식, 조명, 참석자들, 연주, 쏘아올린 불꽃까지 개관식 현장을 실황 중계하듯 재현하고 있다. 보도 매체로서의 사진이 등장하기 전이니만큼 문자를 총동원한 묘사가 오히려 신선하며, 사실주의 소설의 한 장면을 보는 듯하다.

11월 30일자 『지지신보(時事新報)』에 실린 기사 「청아선려, 벽돌로 된 이층 건물(清雅鮮麗、レンガ造り二階建て)」은 또 다른 각도에서 관련 내용을 전하고 있다.

> 야마우치시타초의 로쿠메이칸은 메이지14(1881)년 초 무렵부터 외무

---

47) 鈴木孝一(編), 『ニュースで追う明治日本発掘(3)』, p.180.

성 감독하에 건축에 착수했고 이제 막 낙성했다. 총 건평 사백여 평으로 이층 건물의 벽돌집이다. 정원 주위도 참으로 널찍하고 청아선려함은 사랑스럽다. 히비야 연병장에서 동쪽으로 바라볼 때에는 로쿠메이칸 의연하게 높이 솟아 심히 장관이다. 이 관은 친목 회합의 클럽, 또는 빈객접대 등의 용도를 함께 지닌 것으로 시바공원의 서양식 고요칸(紅葉館) 겸 호텔이라고도 할 수 있다. 정면 계단 위에 무도실이 있고 그 좌우로 객실이 있으며 계단 아래 동쪽에 식당이 있고, 계단 아래 서쪽 북 끝단에 당구실이 있다. 그 외에 침실, 응접실, 입욕실을 포함해 방 개수는 사십 여실이다. 관내 장식은 (…) 더할 나위 없다. 건축 비용은 처음에 십만 엔 정도로 예상했으나 점차 늘어 낙성까지는 14만여 엔에 이르렀다.[48]

여기서는 로쿠메이칸 준공 소식을, 건물 내부 구조, 건설 비용, 외부에서 바라본 경관까지 건축물 자체에 좀 더 비중을 두고 전하고 있다. 그 사이사이로 보이는 '청아선려', '사랑스럽다', '의연하게', '장관이다', '더할 나위 없다'는 호감 가득한 찬사도 인상적이다.

12월 1일, 『도쿄니치니치신문』은 로쿠메이칸 낙성식에 관한 중요한 보도기사를 냈다. 「외국인과의 사교장, 이노우에 가오루가 연설(外国人との社交場、井上馨が演説)」이라는 기사로 이노우에의 개관식 연설을 옮겨 적은 것이다.

전하, 각하, 귀녀 및 신사 여러분. 우리 <u>일본국과 서양국가들이 처음으로 교제를 시작한 이래</u> 오늘날에 이르기까지는 불과 사반세기에 지나지 않는다. 그럼에도 그 얼마 안 되는 세월 동안 외국인에 대한 우리의

---

48) 鈴木孝一(編), 『ニュースで追う明治日本発掘(3)』, p.180.

우정, 호의는 점차 진전하여 오늘날에 이르러서는 거의 곳곳에서 <u>서양 국가들과 교제를 한층 더 친밀히</u> 함으로써 오늘의 우정, 호의를 더더욱 공고히 하려는 뜻을 표하지 않을 수 없다. / 바야흐로 우리나라 개항장에 도착한 외국 귀빈은 모두 그 인근 지역에 이르러 후대를 받을 만한 신인(信認)과 믿음을 안고 우리나라에 왔다. (…) 이 로쿠메이칸은 향후, 내외 진신(縉紳)이 서로 힘게 만나 서로 교제하고 그리하여 이전의 <u>경도위도의 존재하는 바를 알지 못하고, 또 국경에 제한되지 않는 교의, 우정을 맺는 곳</u>으로 삼고자 결정했다. (…) 우리가 시경의 구를 따서 이 관에 이름 붙이기를 鹿鳴이라 한 것은 각국인의 조화와 교제의 표창을 뜻하며, 이곳에서도 마찬가지로 조화로운 교제 얻기를 나 기대하고 또 바라는 바다. (…) <u>우리는 이러한 기획의 목적 성공할 것을 믿어 의심치 않는다. 하지만 설령 어떠한 일이 있더라도 이 사업, 세계 문명 진보에 가장 중요한 요소로서 모든 나라가 인정해 줄 호의와 우정을 더더욱 친밀히 하고 더더욱 영존하기를 바라는 증거로서 존재해야 한다.</u>[49]

(밑줄, 인용자)

개관식에 참석한 국내외 귀빈들을 상대로 로쿠메이칸 건설의 취지와 포부를 밝히고 있다. 로쿠메이칸은 일본과 서양국가들이 국경을 넘어선 조화로운 우정과 교제의 실현을 위한 공간으로 설립됐으며, 필히 목적을 달성할 수 있으리라는 강한 기대와 확신을 천명하고 있다. 그런가 하면, 설령 그렇지 못하더라도 문명의 진보에 대한 염원이 담긴 증거로서 로쿠메이칸의 존재는 계속될 것이라는 첨언은 마치 앞을 내다보기라도 한 듯, 조금 전까지의 확신과 대조적이다. 이노우에의 연설에 담긴 로쿠메이칸 건설 취지는 보도를 통해 로쿠메이칸과는

---

49) 鈴木孝一(編), 『ニュースで追う明治日本発掘(3)』, p.180.

무관한 일상을 살았을 대부분의 일반 국민 앞에서도 공언됐다. 중요한 것은 정부가 실제로 외빈접대시설을 어떻게 활용했는지, 탈경계적 '교제와 우정'이란 어떤 형태로 이루어졌는가 하는 것이다. 저널리즘과 세간에서는 계속해서 예의주시하게 된다.

서구 열강과의 대등한 관계를 목표로 문명국에 걸맞은 '교제와 우정'의 실천이라는 사명을 띠게 된 로쿠메이칸은 당장 그 주요 업무로 할당된 무도회에 착수하게 된다. 로쿠메이칸 개관식 장면을 하나도 빠트리지 않겠다는 듯 의욕적으로 전했던 저널리즘의 관심도 자연스레 이 서양식 건축물 로쿠메이칸에서 로쿠메이칸의 주역인 무도회로 옮겨갔다. 궁금해지는 것은 로쿠메이칸을 향해 보내졌던 기대와 호기심 어렸던 시선들이다.

3. 로쿠메이칸에서 무도회로

개관 이듬해 열린 천장절 연회를 전후해서 로쿠메이칸의 건축 양식, 실내 장식, 내부 구조 등에 집중됐던 저널리즘과 세간의 시선은 무도회로 옮겨갔다. 앞서 언급했듯, 일본인이 최초로 무도회를 개최한 것도 천장절 야회에서였다. 로쿠메이칸 개관 이듬해인 1884년 10월 28일, 『지지신보』에는 「댄스 연습을 하는 고관들(ダンスの練習をする高官たち)」이라는 기사가 발표됐다. 천장절 야회를 앞두고 27일에 열린 로쿠메이칸 댄스연습회를 보도하고 있다. 기사는 "귀현신사가 이 댄스 추는 법을 모르고, 축하연에서 남녀 합환의 춤을 출 줄 모르면 곤란"하므로 외무성, 궁내성을 비롯한 고관들이 무도연습에 한창

이라고 설명하고 있다. 축하연에 차질이 없도록 새로운 댄스법을 잘 익혀야 한다며 연습회 개최 소식까지 전하고 있다.

천장절 행사 이틀 후인 11월 5일자 『도쿄니치니치신문』은 「천장절 파티(天長節のパーティー)」라는 제목의 기사에서 이노우에 부부의 후대한 접대로 초대객들은 "밤도 깊어가는 줄 모르고" 자정까지 마음껏 즐겼다고 전하고 있다. 로쿠메이칸 천장절 야회 상황을 전하는 보도도 그럭저럭 호의적이다.

한편, 차차 다른 목소리도 들리기 시작한다. 천장절 행사 이틀 전인 1884년 11월 1일, 『조야신문(朝野新聞)』(1874. 창간~1893. 폐간)에는 「바보춤이라며 조롱하다(馬鹿踊りとからかう)」라는 기사가 실렸다. "재미있다면 재미있을 수도 있겠으나, 아무리 생각해도 바보같은 동작에 멋대가리도 없고 형식만 앞서고, 외설스럽다고 하면 한없이 외설스럽다. 이것 좀 어떻게 개량할 방법은 없겠는가. 참으로 민망하기 짝이 없는 바보춤"이라고 무도회 댄스를 비판하고 있다. 민권파 정론신문다운 반응이기도 하다. 여기서 '개량'이라는 용어를 사용하고 것도 당시 문명개화, 구화주의의 일환으로 고조됐던 각종 '개량론'을 비꼰 것임을 독자는 바로 알았을 것이다.

당시 『조야신문』의 사장은 나리시마 류호쿠(成島柳北 : 1837~1884)였다. 메이지 10년대 저널리즘(부국강병론, 식산흥업론, 급진적 자유민권론)을 리드했던 이 대기자[50]도 로쿠메이칸 개관식 현장에 있었던 인물이다. 그도 당시 일을 「로쿠메이칸 연회의 사기(鹿鳴館宴会の私記)」라

---

50) 乾照夫, 「明治10年代における成島柳北の言論活動について」, 『経営情報科学』 6, 1993. 8, pp.118, 154.

는 제목으로 『조야신문』에 발표했었다.

> 우리 외무경 부인과 함께 호스트가 되어 11월 28일 야회를 열어 낙성
> 식을 치렀다. 내외의 가빈 모인 인원 천여 명. (…) 높은 모자에 하얀
> 깃을 하고 공손히 몸을 굽혀 들어가니 원유(園囿) 넓고 윤택하며 송황
> (松篁) 정취를 이루고 채등밭을 이루어 대낮인지 의심스러웠다. 천정을
> 우러러보니 가스등 불빛으로 '鹿鳴館' 세 글자를 나타냈다. 계단을 오르
> 니 서연(瑞煙) 가득하고 본당에 올라가니 환성이 끓었다. 방을 세어보
> 니 십 수호가 있다. 알현실 있고 휴식실 있고 무도실 있고 당구실 있고
> 흡연실 있고 다과실 있고 주식(酒食)실 있다. 정정조조(井井條條). 정연
> 숙연.[51]

로쿠메이칸에 들어선 류호쿠 역시 로쿠메이칸 안팎을 꼼꼼히 훑고
있으며, 장면 장면의 묘사는 당시의 다른 기사들과도 딱히 다르지 않
았다. 사실 일본도 구미의 문명국가들과 같은 국력을 갖춰야 한다는
그의 입장은 대체로 메이지 정부의 문명개화 정책과 방향을 같이 해
왔다.[52] 다만, 말년을 맞는 류호쿠는 '위로부터의 개화'에 저항하며
'아래로부터의 개화'를 주장했었다.[53] 『조야신문』에 '바보춤'이라는
비판 기사가 발표된 것은 나리시마 류호쿠가 세상을 떠나기 약 1달
전이다. 류호쿠의 기사와 비교해 보더라도, 1년 만에 『조야신문』에
실린 로쿠메이칸에 관한 기사에 변화가 나타난 것을 확인할 수 있다.

2년 후, 1886(메이지19)년 10월 29일자 『조야신문』에 실린 「남녀교

---

51) 「わたしの『鹿鳴館物語』」, 1984, p.46.에서 재인용.
52) 乾照夫, 「明治10年代における成島柳北の言論活動について」, p.124.
53) 乾照夫, 「明治10年代における成島柳北の言論活動について」, p.155.

제에 댄스라니……」에서의 비판 논조는 한층 신랄함을 띠고 있다. "설령 남녀가 서로 끌어안고 무도를 하지 않더라도 교제의 길은 달리 얼마든지 있"건만 남녀 교제를 이유로 무도회를 일삼는다며 비판의 화살을 사회개량론자들에게 향하고 있다. 2년 전 기사가 낯선 서양 댄스에 대한 단순한 인상 비평정도에 머물렀다면, 여기서는 남녀교제의 실천이라는 이름으로 무도회가 확산되고 있는 사회 현상에 강한 우려를 표하고 있다. 처음부터 기자의 비판은 '사회개량론'을 겨냥한 것이었다고 해야 할 것이다. 당시 무도회가 얼마나 성행했는지, 확산의 정도를 가늠케 하는 기사기도 하다.

언론은 거류 외국인의 의견에도 지면을 할애했다. 1885(메이지18)년 7월 12일자『유빈호치신문(郵便報知新聞)』에 실린「젊은 사람도 춤을 췄으면, 이라고 영국인」이라는 기사는 최근 일본에 온 한 영국인과의 인터뷰 내용을 소개하고 있다. 영국인은 유럽의 풍습이 일본에 이전된 것을 축하하면서도 일본의 무도회에 젊은 여성들의 참여가 적은 데는 아쉬움을 표한다. 이어서 이 영국인은 무도회와 일본 전체 상황 간의 불균형을 지적하면서, 이를 시정하지 않는 한 "유럽의 대열에 끼는 것은 불안"할 것이라는 조언으로 말을 맺고 있다. 영국인이 지적하고 싶었던 것은 이 후반부가 아닌가 싶은데, 제목만 본 독자라면 그저 젊은이들의 무도회 참여를 독려하는 기사 정도로 여겼을 수도 있다.

당시 기사를 볼 때는 언론에 대한 일본 정부의 통제도 고려해야 할 것이다. 정부는 1875년에 '참방률'과 '신문지조례'를, 1880년에 '집회조례(集会条例)'를 공포하여 정부에 비판적인 언론과 여론, 집회를 통제해 왔다. 정부의 구화정책을 지탱했던 '문명개화' 비판에는 수위

조절도 필요했을 것이다. 이노우에는 로쿠메이칸 낙성식 연설에서 '교제와 우정'을 '문명의 진보'의 우선적 요소라고 했고, 로쿠메이칸에서는 연일 무도회가 열렸다. 무도회는 탈경계적(성별, 국경) 교제라는 이름으로 '문명'의 홍보대사가 됐다. 하지만 그것을 액면 그대로 받아들이기 어려워지기까지는 그리 오랜 시간이 걸리지 않았다.

4. 불발된 미션

로쿠메이칸이 무도회로 한창 활약 중이던 1886년, 이노우에 가오루는 조약개정 교섭 회의에 착수했다. 비밀리에 진행된 회의는 이듬해 4월에 조약개정안의 합의로 종료됐다. 그리고 그 무렵, 아주 특별한 무도회가 열렸다. 이토 히로부미가 1887년 4월 20일 수상관저에서 개최한 가장무도회다. 이 가장무도회에는 정·관·재·학계를 대표하는 인물들이 가족동반으로 참석했다. 저널리즘도 놓칠 리 없었다. 1887년 4월 22일, 『지지신보』는 가장무도회 참가자들의 모습을 상세히 전했다.

지난 호에 기록했듯 지난 20일 오후 9시부터 나가타초(永田町)의 이토 백작 관저에서 열린 팬시 볼의 초대에 응해 내외 조야의 귀현 신사 및 그 부인 등 모인 자 거의 400명에 가까운 대인원이었으니, 그 복장은 천차만별, 하나같이 다 예상을 뒤엎는 모습으로 나와 깜짝 놀라게 하고 또 갈채를 얻으려 궁리하여 마치 국내외 고금의 인물을 한자리에 모아 품평회를 벌이듯, 갑자기 홍안 구슬을 무색하게 하는 숙녀 나타나는가 하면 홀연 용장한 귀신을 꺾고 맹장이 뛰쳐나오고 쟁기를 짊어진 농부

가 나타나는가 하면 꽃 파는 미천한 여자 있으며 넓은 홍포 소매의 승정
이 있는가 하면 통소매 무사복 차림의 전하 모습이 있었다.[54]

무도회 참석자들은 이탈리아 베네치아 귀족 복장으로 가장한 이토
를 비롯해, 일본과 유럽의 저명한 인물들을 가장한 차림들로 참석했
다. 기자는 마치 화폭에 그려내듯 한 명 한 명의 모습을 차례대로 묘
사하고 있다. 같은 날『야마토신문(やまと新聞)』은「수상 관저에서 진
묘한 가장무도회」라는 제목으로 기사를 냈다.『지지신보』기사와 마
찬가지로 가장무도회 참가자들의 차림에 대한 묘사로 지면을 채웠다.

그런데, 시간이 지나 5월 21일 부인전문지『여학잡지(女学雑誌)』에
「간음의 공기」라는 제목으로 그날의 가장무도회에 관한 기사가 실렸
다. 이토 히로부미와 도다 기와코(戸田極子 : 1858~1936) 백작 부인 사
이의 염문설이 기사를 통해 확산됐다. 한 달 만에 다시 수면 위로 오
른 가장무도회는, "조약개정 문제를 진지하게 우려하고, 헌법제정,
국회개설을 기대하며 기다리고 있는 분별 있는 국민들"의 격분을 사
게 된다.[55] 사건을 보도한『여학잡지』는 곧바로 1개월 발행정지 처분
을 받았다.[56]

같은 달, 가쓰 가이슈(勝海舟 : 1823~1899)는 유명한 '로쿠메이칸 음
탕시대에 20개 조의 건백서(鹿鳴館淫蕩時代に於ける廿箇条の建白書)'를 이
토 히로부미에게 제출했다. 그중 특히 2개 조항은 최근 들어 고관들

---

54) 堅田剛,『明治文化研究会と明治憲法 : 宮武外骨・尾佐竹猛・吉野作造』, お茶の水書房,
    2008, p.33.에서 재인용.
55) 近藤富枝,「仮装舞踏会」, p.228.
56) 近藤富枝,「仮装舞踏会」,『日本の名随筆(74) 客』, 作品社, 1988, pp.232-233.

이 연회, 야회 등으로 태평무사, 사치로 흐르는 듯 보이는데 아무쪼록 온건한 연회를 치르기를 바란다는 것, 무도회가 음탕한 풍속의 매개가 되고 있다는 소문이 있다며 절제를 요구하는 내용을 담고 있다.[57]

바로 그 무렵, 메이지 정부에게는 또 하나의 악재가 찾아들었다. 1887년 외무대신 이노우에 가오루의 조약개정안 내용이 세상에 밝혀지면서 거센 반대에 부딪치게 된 것이다. 이노우에의 개정안을 먼저 문제 삼은 것은 내각 법률고문이었던 프랑스 법학자 보아소나드(Gustave Émile Boissonade : 1825~1910)였다. 그는 수상 이토에게 '재판권의 조약 초안에 관한 의견(裁判権ノ条約草案ニ関スル意見)'(6월)을 건의했다. 그가 지적한 이노우에 개정안의 문제는 다음과 같다. 첫째, 개정 전에는 일본인이 원고일 때만 외국재판관을 채용했는데, 개정안에서는 일본인이 원고일 때도 피고일 때도 모두 영사재판에서 외국재판관을 채용한다고 한 점이다. 이는 민족의식이 고조된 일본인들에게 굴욕감을 줄 것이고 그 원망은 정부를 향할 것이라고 경고했다. 둘째, 조약실행 8개월 전부터 일본의 법률을 외국에 통고한다는 내용에 관한 것이었다. 이는 단순히 통고를 넘어 일본의 입법권까지 위협하게 될 것이라고 했다. 셋째, 외국인 재판관이 있는 재판소는 전국의 8곳뿐이므로, 일본인이 소송을 하려면 먼 지역까지 이동이 불가피해진다는 것이었다. 끝으로, 개정안은 거류지에 한했던 불이익을 일본 전국으로 확산시키는 개악안이라는 것이었다.[58]

---

57) 勝安芳, 「(24)鹿鳴館婬蕩時代に於ける廿箇條の建白書」, 『海舟日記』[『海舟全集 海舟日記其他』第9卷, 改造社, 1929, p.455].
58) 井上清, 『条約改正 : 明治の民族問題』, 岩波書店, 1960(초판 1955), pp.112-113.

한 달 후, 보아소나드의 뒤를 이은 것은 다니 간조(谷干城 : 1837~1911)였다. 그는 7월 3일에 내각에 반대의견서를 제출한 후 사임했다.[59] 이토내각 초대 농무장관으로 취임하여 유럽 시찰을 마치고 막 귀국(1887.6.23.)했을 무렵이었다. 보수주의자, 국가주의자, 대외강경파로 알려진 그는 정부의 구화정책에도 반대해 왔었다. 이타가키 다이스케(板垣退助 : 1837~1919)도 상소문을 제출하는 등 개정안 반대 의견서 제출이 잇따랐다.[60] 거센 비난 속에 이노우에가 추진한 조약개정안의 실현은 무산되고 로쿠메이칸도 실패한 외교의 오명을 피하기 어려웠다. '문명개화'의 전당, 그 시작은 화려했고 끝은 허망했다.

1887년 9월, 이노우에가 외무대신에서 물러나면서 '로쿠메이칸 시대'도 4년 만에 막을 내렸다.[61] 로쿠메이칸은 1890년 외무성 소관에서 궁내성으로 이관됐고, 그즈음 로쿠메이칸 불하도 거론되기 시작했다. 1889년 6월 27일자 『도쿄니치니치신문』은 「로쿠메이칸 불하 구화 심취의 꿈 이제야 겨우 깨다」라는 제목으로 기사를 발표했다. 정부가 9만 엔에 로쿠메이칸 건물과 부지를 제15은행(第十五銀行)에 불하한다는 구두 협의 내용을 전하는 것이었다.[62] 기사는 이제서야 정부가 "구화 심취의 꿈"에서 깨어났다며 로쿠메이칸 불하를 정부의 뒤늦은, 다

---

59) 구화주의에 반대하고 '국수보존'을 주장했던 다니는 1889년에 새로운 외무상 오쿠마 시게노부의 조약개정안에도 반대했다(島内登志衛(編), 『谷干城遺稿(上)』, 靖献社, 1912, pp.21-23.).

60) 武内善信, 「条約改正反対意見秘密出版書について : 南方熊楠所蔵本を中心に」, 『熊楠研究』(2), 2000.2.(인터넷 공개판), http://www.aikis.or.jp/~kumagusu/articles/takeuchi_k2.html.(검색일 : 2020.1.10.)

61) 1883년의 로쿠메이칸 준공부터 이노우에가 사임한 1887년 9월경까지를 가리킨다.

62) 「鹿鳴館拂下 欧化心酔の夢 今や漸く醒む」, 『東京日日新聞』, 1889.6.27.

행스런 각성으로 받아들이고 있다.

제15은행은 이와쿠라 도모미(岩倉具視) 공작이 주도해 유력 화족들의 출자로 설립됐고, '화족은행(제15국립은행)'이 그 전신에 해당한다.[63] 일반 예금업은 다루지 않고 은행권을 정부에 대출해 주는 것이 주요 업무였다. 그러나 불하에 관한 구두협약은 무산되고 이듬해, 화족회관은 연간 2천 엔의 임대료를 내고 로쿠메이칸을 차용하기로 계약했다. 정부가 필요로 하면 언제든 비워준다는 조건이었다. 구화정책은 퇴조했지만, 정부로서는 여전히 격에 맞는 외빈접대를 위해 로쿠메이칸의 소유권을 유지하고 싶어했다.[64] 한편, 1874년에 창립된 화족회관으로서도 내각제 창설(1885)로 태정관제도가 폐지된 이후 본거지가 필요했다. 당시 사용하고 있던 우에노공원의 건물은 협소했고 관용으로 접수될 가능성도 있었다.

1891(메이지24)년 5월 26일, 로쿠메이칸 불하에 관하여 화족회관과 궁내성은 협의를 시작했다. 협의가 지속되는 동안에도 로쿠메이칸 차용계약은 매년 갱신됐다.[65] 1894년에 화족회관 관장은 궁내대신에게 불하 원서를 제출했고, 궁내성은 불하를 허가했다. 실제 매각은 3년 후에 이루어지고 비로소 로쿠메이칸은 화족회관에 정식 인계됐다.[66]

로쿠메이칸 시대의 끝을 확인하는 것은 또 다른 형태로도 가능할

---

63) 新修神戸市史編集委員会, 『新修神戸市史：第三次産業』, 1990, p.341.

64) 鳥海基樹·西村幸夫, 「明治中期における近代建築保存の萌芽：『我国戦前における近代建築保存概念の変遷に関する基礎的研究』(1)」, 『日本建築学会副画系論文集』 492, 1997.2, pp.216-217.

65) 華族会館(編), 『華族会館沿革略史』, 華族会館, 1925, pp.53-54.

66) 鳥海基樹·西村幸夫, 「明治中期における近代建築保存の萌芽：『我国戦前における近代建築保存概念の変遷に関する基礎的研究』(1)」, p.217.

〈그림 12〉〈귀현무도의 약도〉, 1884.

것 같다. 세간의 관심이 로쿠메이칸 무도회로 향하기 시작할 때, 그것을 재현한 것은 보도기사만이 아니었다. 메이지 10년대 후반의 로쿠메이칸 풍속은 우키요에(浮世絵) 화가에게도 흥미로운 소재가 아닐 수 없었다. 무도회와 바자회를 비롯한 문명개화의 풍속은 다채로운 화사함이 돋보이는 니시키에(錦絵)에 담기에 손색이 없었을 것이다.

　오늘날까지도 로쿠메이칸에 관한 시각 자료로 빠짐없이 활용되는 회화가 있다. 요슈 지카노부(楊洲周延 : 1838~1912)의 니시키에,[67] 그 대표작인 〈귀현무도의 약도(貴顕舞踏の略図)〉(〈그림 12〉)이다. 무도회 장면을 담은 이 니시키에는 로쿠메이칸에서 처음으로 천장절 무도회가 열린 1884년에 제작된 것이다. 화려했던 로쿠메이칸 무도회 현장은 로쿠메이칸 시대의 전성기를 박제해 놓은 듯하다. 이후 1887년에

---

67) 酒井忠康,「小林清親と美術関係年譜」,『開化の浮世絵師 清親』, せりか書房, 1978, pp.252-253.

도 요슈는 로쿠메이칸에서 열린 제1회 부인자선회(1884.6.)를 소재로 한 〈로쿠메이칸 귀부인 자선회도(鹿鳴館貴夫人慈善会図)〉, 그리고 〈무도회 우에노 벚꽃놀이도(舞踏会上野桜花観遊ノ図)〉를 제작했다. 이들 그림에 등장하는 사람들은 남녀 할 것 없이 서양식 복장도 댄스도 모두 자연스럽다. 그런데 요슈가 니시키에 로쿠메이칸을 담은 것은 1887년까지로 확인된다. 뒤에서 보게 될 또 다른 회화들과 비교해 보더라도, 로쿠메이칸 무도회를 '미'의 대상으로 재현한 회화는 찾아보기 어렵다. 그러한 의미에서 1884년부터 1887년까지 제작된 요슈의 니시키에 작품들은 로쿠메이칸 시대는 물론 그 종언의 자취로도 남아 있다고 할 수 있다.

로쿠메이칸/무도회 서사의 두 갈래

1. 로쿠메이칸/무도회 서사의 시각화

(1) 타자의 조소 : 조르쥬 비고의 『도바에』

로쿠메이칸 시대는 풍자화의 융성기이기도 했다. 외국인 거류지 요코하마(橫浜)에서는 이미 삽화를 사용한 풍자잡지가 발간되고 있었다. 영국인 만화가 찰스 워그먼(Charles Wirgman : 1832~1891)은 1862년부터 거류 외국인을 상대로 한 최초의 만화 월간지『재팬 펀치(ジャパン・パンチ)』를 25년간 발간했다.『재팬 펀치』가 최종호를 발간(1887. 3.22.)하기 한 달 전, 요코하마 거류지에서는 시국을 풍자하는 새로운 잡지가 뒤를 이었다. 1887년 2월 15일 프랑스인 화가 조르쥬 비고(Georges Bigot : 1860~1927)가 발간한『Tobaé(トバエ)』다. 청일전쟁의 관련자료로 유명한 비고의 〈낚시놀이(A party of fishing)〉가 발표된

것도 『도바에』 창간호였다. 당시 비고는 『유빈호치신문』, 『단단진문
(団団珍聞)』, 『가이신신문(改進新聞)』 등에도 삽화를 게재하고 있었다.
『도바에』는 7장(장당 1점 게재)으로 된 석판인쇄잡지로 격주 간격의 월
2회 발행됐다. 비고가 창간한 잡지 중 가장 오래 지속됐다. 로쿠메이
칸 시대가 끝나기 약 반년 전에 창간됐고 1889년 12월 종간까지 총
70호를 발간했다.

　잡지명은 헤이안(平安) 말기 '조수인물희화(鳥獣人物戯画)'의 화가 도
바 소조(鳥羽僧正 : 1053~1140)의 이름에서 따온 것이다. 비고 역시도
우키요에를 동경했던 서양인이었지만, 일본 희화(戯畵)의 전통과 연결
지음으로써[1] 처음부터 어느 정도 일본인 독자도 상정해 두었을 것으로
보인다. 처음에는 프랑스어로만 제목과 삽화의 캡션을 달았지만, 3호
와 15호~40호에는 일본어 캡션이 추가됐다. 일본어 캡션은 "일본인을
대상으로 재미나게 표현된 독자적인 희문(戯文)"[2]인 경우가 많다.

　본국 프랑스에서 삽화 작가로 활약하던 그가 일본을 찾은 것은 로
쿠메이칸 개관을 1년 앞둔 1882년이었다. 왕성한 호기심, 예리함, 관
찰력, 생생한 필치에서 남달랐던 그로서도 문명개화의 로쿠메이칸 무
도회를 그냥 지나칠 리 없었다. 이토의 가장무도회가 열리기 두 달
전에 창간된 『도바에』는 곧바로 로쿠메이칸 풍속, 조약개정, 일본과
열강 등을 메인 주제로 한 만화들을 게재했다.[3]

---

1) エレーヌ・コルヌヴァン/橋爪正子(訳), 「版画から漫画まで : ジョルジュ・ビゴーの見た
　明治の日本」[清水勲(編), 『続ビゴー日本素描集』, 岩波書店, 2001, p.228].
2) 清水勲, 「G・ビゴーと中江兆民との接点 : 磁極風刺雑誌『トバエ』考」, 『歴史と地理』
　427, 出川出版社, 1991.3, p.26.
3) エレーヌ・コルヌヴァン, 「版画から漫画まで : ジョルジュ・ビゴーの見た明治の日本」,
　p.220.

『도바에』창간호에서부터 게
재되기 시작한 로쿠메이칸 무도
회 관련 만화는 여럿이고 그만큼
장면도 다양하다. 1887년 2월 15
일자 『도바에』창간호에 실린 것
은 잘 알려진 〈로쿠메이칸 무도
회 풍경(鹿鳴館舞踏会風景)〉(〈그림
13〉)[4]이다. 풍자화가 취하는 전

〈그림 13〉〈로쿠메이칸 무도회 풍경〉
(『도바에』 1호, 1887.)

형적인 대립구도 속에서, 왼편에는 일본인 커플, 오른쪽에는 서양인
커플이 서로 마주보며 걸어오고 있다. 연미복을 입은 단신의 일본 남
성과 여성, 특히 허리도 다리도 구부정한 자세로 한 손에는 부채를
다른 한 손으로는 바닥에 끌리는 드레스 자락을 움켜쥔 일본 여성의
데포르메는 노골적이다. 반대편에서 길게 뻗은 다리와 곧은 자세로
걸어오는 서양인 커플 때문에 그 효과는 한층 더하다. 화면에는 장신
의 서양인 커플의 전신이 다 담기지 못하고 머리 상부는 잘려 나간
상태지만, 그래서 더 볼품없이 보이는 것은 전신이 다 담긴 일본인
커플이다.

비고의 이 그림은 현재에도 자료화면으로 폭넓게 사용되고 있다.
1999년의 요코하마개항자료관 관보 「개항 광장」(65호)은 1면 상단에
로쿠메이칸 전경 사진을 싣고 있다. 그 하단에 이어지는 「개항 140주
년·조약개정 100주년 기념 불평등조약의 개정 : 국가의 최대 급무다」
는 로쿠메이칸에 관해서 "외국인의 사교장으로서 1883년에 도쿄 히비

---

4) 清水勲, 『ビゴーが描いた明治の女たち』, マール社, 1997, p.110.

야에 건설"돼 "이노우에 외무경의 구화정책의 무대가 됐다"고 설명하고 있다.[5] 그리고 저자는 글 도입에 비고의 〈로쿠메이칸 무도회 풍경〉 그림을 싣고 있다. 그림의 설명은 "로쿠메이칸을 풍자하는 비고의 그림(부분). 『도바에』1호(1887)에서"라고 되어 있는데, 실린 그림은 '부분', 원그림의 반쪽이다. 커트된 부분은 서양인 커플이 있는 부분이다. 서양인 커플이 들어가 있는 원그림과 비교해 보면 일본인 커플만 남아 있는 그림이 주는 인상은 확연히 다르다.

『도바에』 4호(1887.4.1.)에는 독일인 요하네스 얀손의 지도로 매주 월요일에 열렸던 로쿠메이칸 무도연습회 장면을 그린 〈로쿠메이칸의 월요일 : 댄스 연습(鹿鳴館の月曜日 ダンスの練習)〉(〈그림 14〉[6])을 싣고 있다.

〈그림 14〉 〈로쿠메이칸의 월요일〉
(『도바에』 4호, 1887.4.1.)

당시 로쿠메이칸 무도회에는 여성 인원이 절대적으로 부족했다. 시미즈 이사오는 비고의 이 그림에 대해 부족한 여성을 보충하기 위해 동원된 게이샤들이 얀손으로부터 댄스 연습을 받고 있는 장면이라고 설명하고 있다.[7] 앞서 보았던 1885년 7월 1일자 『지지신보』 기사 「무도교사 얀손, 댄스의 효용을 말하다」(1885.7.1.)에서 얀손은 매주 월요일에 자신이 지도했던 무도연습회 회원은 이와쿠라 공작 부인, 나베지마

---

5) 伊藤久子, 「(開港140周年·条約改正100周年記念)不平等条約の改正 : 国家ノ最大急務ナリ」[『開講のひろば』 65, 横浜開港資料館, 1999.8.4, p.1].

6) 『ビゴーが描いた明治の女たち』, p.111.

7) 『続ビゴー日本素描集』, p.198.

나오히로(鍋島直大), 마에다(前田) 후작 부부, 이토 히로부미, 이노우에 가오루, 사사키 다카유키(佐々木高行) 백작 부인 등을 포함한 신사숙녀 70여 명[8]이라고만 했다. 당시 자신이 지도했던 무도연습회에 게이샤들이 동원되어 있던 것을 얀손도 알고 있었는지는 확인되지 않는다.

1887년 5월 1일자 『도바에』 6호에서는 〈사교계에 출입하는 신사숙녀(社交界に出入りする紳士淑女)〉(〈그림 15〉[9])라는 그림도 보인다. 원숭이 흉내(猿真似)"로 더 유명한 이 그림은 "어설픈 역사 해설보다 훨씬 깊은 이해를 끌어낸다"[10]라고도 평가되는 비고의 풍자화 중에서도 손꼽히는 그림이다. 만화의 좌측 상단에 보이는 "나마이키(名磨行)"라는 일본어 문구는 종종 다른 그림에서

〈그림 15〉〈사교계에 출입하는 신사숙녀〉
(『도바에』 6호, 1887.5.1.)

도 확인된다. 세련되지 못하다는 뜻의 '나마이키(生粋)'와 건방지다라는 의미의 '나마이키(生意気)'를 떠올린다. 문자의 이같은 유희적 측면도 풍자화에서는 빼놓을 수 없는 요소다. 저널리스트 헬레네 코네방(Hélène Cornevin)은 『도바에』에 사용된 일본어 캡션이 비고의 언어유희를 잘 구사했던 점, 그리고 그 필체로 보아 학식이 높고 한시에도

---

8) 鈴木孝一(編), 『ニュースで追う明治日本発掘(3)』, p.184.
9) 清水勲(編), 『ビゴーが見た日本人』, 講談社, 2001, p.47.
10) 酒井忠康, 『開化の浮世絵師 清親』, せりか書房, 1978, p.211.

정통한 일본인의 협력이 있었을 것으로 추정했다.[11]

비고는 분명 일본인과도 교류가 있었다. 많이 거론되는 인물로는 나카에 조민(中江兆民 : 1847~1901)이 있다. 조민은 자신이 주재하던 프랑스학당(仏学塾)에서 두 차례(1886년 3월부터 6개월간, 이듬해 10월부터 다시 6개월간)에 걸쳐 비고를 프랑스어 교사로 고용했었다.[12] 조민보다 더 중요할 수도 있는 또 다른 인물로는 우키요에 화가 고바야시 기요치카(小林清親 : 1847~1915)가 있다. 다음 절에서 보겠지만 기요치카 역시 로쿠메이칸 회화에서는 빠트릴 수 없는 인물이기 때문이다. 시미즈 이사오는 기요치카가 1882년 8월부터 1893(메이지26)년경까지 『단단진문』의 집필을 맡고 있을 때, 비고도 1885년 2월부터 3월까지 『단단진문』에 만화를 그리면서 둘이 접촉했다는 점, 그리고 기요치카가 신기법의 풍자만화를 발표하게 된 것이 비고와 접촉한 지 6개월 후라는 점 등을 들면서 비고의 풍자화가 기요치카의 만화에 영향을 미친 것은 확실하다고 했다.[13] 이는 기요치카가 비고의 『도바에』 제작에 도움을 주었을 정황으로도 볼 수 있다.

〈사교계에 출입하는 신사숙녀〉는 풍자화의 주요 기법인 과장과 비유도 인상적이지만, 시점의 시각화가 특히 효과를 발휘하고 있는 그림이다. 화면 중앙에는 일본 남녀가 전신 거울 앞에서 연미복과 드레스 차림으로 한껏 뽐낸 자신들 모습에 으쓱해 하고 있다. 하지만 거울 속에는 원숭이 얼굴이 비치고 있으며, 잘 차려입은 복장은 블러 처리

---

11) エレーヌ·コルヌヴァン, 「版画から漫画まで : ジョルジュ·ビゴーの見た明治の日本」, 『続ビゴー日本素描集』, p.221.

12) 清水勲(編), 『近代日本漫画百選』, 岩波書店, 1997, p.245.

13) 清水勲(編), 『小林清親 風刺漫画』, 岩崎美術社, 1982, p.7.

로 흐릿해져 그나마도 보이지도 않는다. 이 그림에는 거울 속으로 자신들을 보고 있는 커플의 시선, 커플을 보고 있는 타자의 시선, 거울 속의 커플을 보고 있는 타자의 시선이 모두 한 장에 담겨 있다. 타자의 시선은 비고 자신의 시선일 수도 있고 비고가 상정한 타자의 시선일 수도 있다. 일본인은 주로 자신들을 바라보는 서양인의 시선으로 받아들였다. 지금도 크게 다르지 않다.

도쿄서적의 중학교 역사교과서를 들춰보면, '조약개정'에 관한 단원에서 '무도회의 모습'이라는 제목으로 비고의 풍자화와 요슈의 우키요에가 나란히 실려 있다. 그림 설명은 "로쿠메이칸에서는 아래 그림과 같은 행사가 열린 것으로 생각됩니다. 익숙하지 않은 양장을 입고 댄스를 추는 일본인의 모습은 서양인의 눈에는 우스꽝스럽게 보이는 경우도 있었습니다(왼쪽은 비고 그림)"[14]라고 설명하고 있다(〈그림 16〉). 로쿠메이칸 무도회를 희화화하는 시선은 일본인 내부에서도 있

〈그림 16〉 『신편 새로운 사회 : 역사』, 2007, p.155.

---

14) 『新編 新しい社会 : 歴史』, 東京書籍, 2007(2005年検定済), p.155.

었지만 그에 관한 언급은 보이지 않고 두 그림을 대비시키며 담담한 어조로 당시 상황을 기술하고 있다. 게다가 요슈의 니시키에에 관해서는 "아래 그림과 같은 행사가…"라고만 기술하고 있을 뿐, 요슈 지카노부의 〈귀현무도의 약도〉(1884)라는 설명도 없다. 로쿠메이칸 무도회의 당시 모습을 비교적 객관적으로 재현한 그림처럼 제시하고 있는 점도 눈길을 끈다. 비고의 그림에 대해서도 『도바에』에 실린 〈사교계에 출입하는 신사숙녀〉라는 정보는 보이지 않는다. 그저 '비고 그림'이라고만 돼 있다. 비고 그림 왼쪽 설명이 말해주듯, 여기서는 "당시 서양사회가 일본인과 일본의 근대화"를 어떻게 보고 있었는지를 제시하는 데 주안점을 두고 있다.[15]

『도바에』 6호에도 무도회 관련 풍자화가 실려 있다. 이번에는 무도회장 밖에서 여성들의 휴식 장면을 그린 〈로쿠메이칸의 일요일 : 카드리유 댄스의 막간(鹿鳴館の日曜日 : コントルダンスの合間)〉(〈그림 17〉[16])이다. 드레스 차림의 여성들이 휴게실에서는 일본식 담뱃대로 담배를 피우고 재를 바닥에 비벼 끄고 있다. "배변 스타일이라고 하는 일본인 특유의 느긋한 포즈"[17]로 바닥에 웅크리고 앉아 담배를 피우고 있는 모습도 인상적이다. 시미즈 이사오는 이 여성들도 일본의 상류층 귀

---

15) 비고 그림 왼쪽 설명은 "일본의 미술에 매력을 느낀 프랑스인 비고는 1882(메이지15)년에 내일하여 1899년에 귀국하기까지 일본인을 아내로 맞고 서민이나 그 일상생활에 따뜻한 시선을 향했던 한편, 서양인의 시점에서 일본의 근대화를 날카롭게 비판했습니다. 비고의 그림에서는 당시 서양사회가 일본인과 일본의 근대화를 어떻게 보았었나 하는 것을 잘 읽을 수 있습니다. 또 체격이나 체형 등이 과장된 일본인상은 그 후 구미의 일본인 인식에도 영향을 주었습니다."라고 되어 있다(『新編 新しい社会 : 歴史』, p.155.).

16) 『続ビゴー日本素描集』, p.129.

17) 『続ビゴー日本素描集』, p.128.

부인이 아니라 참석자의 성비 조정을 위해 동원된 게이샤들이라고 설명한다.[18] 하지만 그림이 특별히 '게이샤'에 초점을 맞추고 있지는 않다. 게다가 그림 속 여성들의 모습은 일본의 전형적인 '게이샤' 표상과도 거리가 있다.

일본의 상류층을 초점화한 『도바에』 7호(1887.5.15.)의 〈현대 일본 만찬 후 : 일본 상류사회의 살롱(現代日本 晚餐後 : 日本の上流社会のサロン)〉(〈그림 18〉[19])도 다를 것은 없다. 만찬이 끝난 후의 광경을 담고 있는 이 그림에서는 남녀 모두 구두를 벗은 채 소파 위로 눕거나 다타미에서처럼 양반다리를 하고 있다. 그 후로도 『도바에』는 〈관계의 야회 도쿄(官界の夜会 東京)〉(31호, 1888.5.15.), 〈야회로부터의 귀환(夜会からのご帰還)〉(45호, 1888.12.15.) 등 로쿠메이칸 무도회를 풍자한 그림들을 얼마간 더 이어갔다.

〈그림 17〉〈로쿠메이칸의 월요일: 카드리유 댄스의 막간〉(『도바에』 6호, 1887.5.1.)   〈그림 18〉〈현대 일본 만찬 후 일본 상류사회의 살롱〉(『도바에』 7호, 1887.5.15.)

비고의 로쿠메이칸 관련 풍자화는 분량에 있어서나 장면의 다양성

---

18) 『続ビゴー日本素描集』, p.128.
19) 『ビゴーが描いた明治の女たち』, p.114.

에 있어서나 풍부한데, 풍자의 초점은 크게 셋으로 나뉜다. 신체적 특성상 일본인은 타자(서양인)의 승인을 받을 만큼의 변신은 불가능해 보인다는 점, 문화적 습속에 묶여 틈만 나면 '문명개화' 이전의 구태로 돌아가 피상적인 모방에 그치고 있다는 점, 그럼에도 구화(문명개화)를 훌륭히 소화해 내고 있다고 착각하고 있다는 점이다.

외국인이 발행한 풍자지였더라도 문제가 됐을 법도 하다. 외국인이 외국인 거류지에서 발행하던 신문·잡지는 국내언론에 비해 자유롭긴 했으나, 그렇다고 완전히 통제 밖에 있었던 것은 아니다. 가나가와현과 당국도 거류지에서 눈을 떼지 않았다. 『도바에』가 일본인에게 미칠 영향력을 생각하면 좌시하기도 어려웠을지 모른다. 외무성 자료에는 당시 가나가와현과 외무성이 주고받은 문건 '재요코하마 프랑스인 경영 광화잡지 발행 정지의 건(在横浜佛人経営狂画雑誌発行停止ノ件)'이 남아 있다. 가나가와현 지사 오키 모리카타가 1888년 1월 14일, 외무대신과 내무대신에게 보낸 '외비제14호 프랑스인 발행과 관련된 잡지의 시비에 관한 상신'에서 시작된 문건이다. 1887년, 이노우에는 물러나고 '로쿠메이칸 시대'는 끝났지만, 이토는 이듬해 4월까지 수상의 자리를 지켰고 이노우에 후임이 취임할 때까지 외무대신을 겸임하고 있을 때였다. 다음은 상신 전문이다.

본 요코하마구 외국인 거류지 5번관 '클럽 호텔'에서 프랑스인 '조르쥬 비고(G. Bigot)라는 자가 지난해부터 한 광화잡지를 발행해 처음에는 기사 등을 완전히 불문으로 기재했습니다. 그런데 최근 우리 국문을 함께 실어 이미 이번 달 1일에 간행한 것은 거의 매 장 우리 정치에 관한 광화를 싣고 그 기사는 우리 국어로 사용할 뿐 아니라, 이후 우리의 정치적 사항 기탄없이 게재하겠다는 뜻을 예고해, 그 목적 주로 우리나라 사람도 함께 강독하게 만드는 것으로 보입니다. 또 같은 호에서 이미 우리 치안에 관한 우려할 만한 기사도 보았습니다. 만약 이대로 불문에 붙여 둔다면 이윽고 난처한 사항을 게재하게 될 것은 물론, 그로 인해 내국인이지만 이름을 외국인으로 올려 우리 법령의 구속을 벗어나 일본어 신문을 발행하는 자 발생하게 되어 종국에 우리 신문조례 충분히 그 효력을 볼 수 없을 것으로 우려됩니다. 본디 외국인이 그와 우리의 조약에 의거해 향유하는 특허특권은 함부로 우리 법률의 시행을 방해하는 식의 행위도 허용된다는 뜻 아님은 물론입니다. (…) 특히나 우리의 정치적 사항을 기재하고 있고, 또 그 기사는 치안상 우려할 만하기에 상기 잡지 지금 같은 체재로 발행하는 것은 단연 금지되도록 시급히 응당의 처분을 요청하면서 동 잡지를 별책으로 첨부하여 이 건을 상신하는 바입니다.[20]　　　　　　　　　　　　　　　　　　　　　　 (밑줄, 인용자)

가나가와현 지사가 우려하는 것은 이렇다. 먼저 『도바에』가 일본 내정/치안에 문제가 될 내용을 담고 있으며, 그 내용을 일본어로 병기하고 있어 일본인도 독자가 될 수 있다는 점이다. 다른 하나는, 일본인이 외국인 명의를 도용해 신문지조례의 법망을 빠져나갈 편법으로 악용할 수 있다는 점이다. 가나가와현 지사는 상기 문서와 함께, 해당 달에 발행된 『도바에』(1888.1.1.)호를 첨부하고 있다.

결론부터 얘기하면 가나가와현 지사의 요청에 대한 외무성의 답변은 발행 정지 처분 '불가'였다. 당시 외무대신은 도쿄전문학교(東京專門學校, 지금의 와세다(早稻田)대학)의 설립자 오쿠마 시게노부(大隈重信 : 1838~1922)였다. 그가 새로 취임한 것은 1888(메이지21)년 2월 1일

---

20) 沖守固, 〈外祕第14号 仏国人発行ニ係ル雑誌ノ義ニ付上申〉(1888.1.14.)[横浜市(編), 『横浜市史 : 資料編(17)』, 図書印刷株式会社, 1977, pp.132-133].

이었다. 가나가와현 지사가 상신서를 보냈을 때의 외무대신은 이토, 내무대신 야마가타 아리토모(山県有朋 : 1838~1922)였다. 회신을 보낼 때는 오쿠마가 막 외무대신으로 취임했을 때로, 내무대신의 답변 (2.4.)을 별지 첨부하여 2월 7일, 가나가와현 지사에게 회신(친전송제 75호)을 보냈다.

내부대신의 답변은 지금으로서는 치안을 방해했다는 근거가 없다는 것, 그리고 "우리 시정에 지장을 초래하지 않는 한 딱히 발행을 정지할 수 없다고 판단"된다는 것으로 요약된다.[21] 외무대신에게 보내온 내무대신의 답변은 『도바에』의 '광화'에서는 일부 비훼(誹毀)의 의도가 보이기는 하지만 악의적인 치안 방해가 목적이라기 보다는 "강독자의 환소(歡笑)를 사려는 것"에 지나지 않으니, 향후 문제가 생기면 그때 가서 다시 협의할 수 있겠지만, 현재로서는 딱히 처분할 이유는 없다는 내용이었다.[22] 가나가와현 지사의 요청에 대해 외무성도 내무성도 같은 답변이었다.

사실 가나가와현 지사가 『도바에』에 대한 발행금지 처분을 요청한 것은 유사한 사건의 판례를 염두에 둔 것이었다. 앞의 상신서에는 『반코쿠신문(万国新聞)』(1876년 창간) 발행 정지 처분의 예를 언급한 내용이 있다. 그는, "영국인 '제이 알 블랙(J.R.Black)'이라는 자 도쿄부에서 반코쿠신문이라 하는 국문신문을 발행했을 때, 영국 공사와 담판 끝에 동 신문의 발행을 금지"했고, 영국 공사는 일본의 요청을 받아

---

21) 外務大臣, 〈親展送第七五号〉(1888.2.7.)[横浜市(編), 『横浜市史 : 資料編(17)』, p.133].
22) 内務大臣, 「別紙」(1888.2.4.)[『横浜市史 : 資料編17』, 横浜市編, 図書印刷株式会社, 1977, pp.133-134].

영국인의 일본어 신문 발행이 불가하다는 규칙을 제정·발포한 것으로 알고 있다[23]고 적고 있다.

외국어신문 *The Japan gazette*의 편집자를 지냈던 블랙은 1872년에 일본어신문 『닛신신지지(日新真事誌)』를 창간했었다. 1874년 일본 정부는 외국인의 일본어신문 경영을 금했지만, 블랙은 1876년 1월 6일 무신고로 『반코쿠신문(万国新聞)』을 발행했다. 일본 정부는 이를 블랙이 치외법권을 믿고 한 도전으로 받아들였다. 이토 히로부미는 1876년 1월 12일, 오쿠보 도시미쓰(大久保利通 : 1830~1878)에게 서간을 보내 이를 문제삼았다. 오쿠보는 참원에 직담하겠다는 회신을 보내왔고, 1월 13일 블랙은 조사를 받았다. 도쿄부는 영국 부영사에게 『반코쿠신문』의 발행 정지를 요구하는 경고서를 보냈다. 부영사의 답변은 간행을 정지해야 할 이유를 구체적으로 제시할 것, 문제가 되는 기사가 있다면 영사를 통해 소송하라는 것이었다. 재차 서간이 오간 후에 부영사는 동 건을 주일 영국 공사 팍스(Harry S. Parkes : 1828~1885)에게 위임했고, 팍스가 일본재류 영국인에 대해 일본어 신문 발행을 금하는 특별 포고를 발하면서, 『반코쿠신문』에 간행 정치 처분을 내리는 것으로 종결지었다.

가나가와현 지사는 10년 전의 『반코쿠신문』 발행 정치처분의 선례를 생각하며 상신서를 제출한 것인데, 비고가 발간한 『도바에』는 일본어 잡지도, 무신고로 창간된 것도 아니었다. 이때 발행정치 처분을 받았더라면 『도바에』 총 70호 중 상당수는 볼 수 없었을 것이다. 비고

---

23) 神奈川県知事沖守固, 〈外祕第14号 仏国人発行二係ル雑誌ノ義二付上申〉(1888.1.14.) [『横浜市史: 資料編17』, 横浜市編, 図書印刷株式会社, 1977, p.133].

의 풍자화가 높은 사료적 가치로 현재까지도 활용도가 높은 점을 생
각하면 당시의 결정이 미친 영향력은 그저 외국인인 발행한 잡지 하
나에 머무는 것이 아니었으리라는 것을 새삼 실감하게 된다.

(2) 내부자의 자조 : 우키요에 화가의 풍자화

당시 일본은 유럽에서 무엇보다도 '우키요에의 나라'로 통하고 있
었다. 메이지 시대에 이르면 우키요에도 변화를 보이게 된다. 우키요
에 연구자 요시다 데루지는 메이지 시대에 새로워진 우키요에를 '메이
지 우키요에'라는 장르로 구분했고, 그 하위 장르를 시사화(풍자화, 포
스터, 보도 등), 미인화, 풍경화, 배우화(인기 가부키 배우 초상화 등), 역
사화, 풍물화, 컷삽화(잡지·신문·단행본 삽화)로 분류했다.[24] 역사학자
하라다 게이치는 이를 받아, 메이지 시대의 우키요에를 에도시대 우
키요에의 전통에 있는 미인화, 배우화, 풍경화, 그리고 새로운 장르로
출현한 시사화, 풍물화, 역사화, 컷삽화로 재분류했다. 서민들의 다
양한 풍속과 세태를 담는 장르의 특성상 우키요에는 본래 예술성 외
에도 보도성과 교화성을 지녔고, 따라서 에도시대에도 사람들에게 다
양한 사회적 정보를 제공하는 기능을 했다. 그리고 메이지 시대에 이
르면 우키요에는 예술성보다도 보도성과 교화성이 한층 부각됐다.[25]

그러한 의미에서 로쿠메이칸 무도회와 관련해서도 '메이지 우키요
에'는 중요한 의미를 지닌다. '로쿠메이칸 시대'가 막을 내린 후, 로쿠

---

24) 吉田暎二, 「明治の浮世絵美人画」, 『季刊浮世絵』(34), 1968.秋, p.41[原田敬一, 「戦争
を伝えた人びと : 日清戦争と錦絵をめぐって」, 『文学部論集』84, 2000.3, p.4.에서 재
인용].
25) 原田敬一, 「戦争を伝えた人びと : 日清戦争と錦絵をめぐって」, p.4.

〈그림 19〉 고바야시 기요치카, 〈가장무도회〉[28]

메이칸 무도회를 그린 회화에서 한층 존재감을 드러낸 것은 또 다른
우키요에 화가 고바야시 기요치카였다.

　그의 활약은 우키요에, 희화, 풍자화, 펀치화, 신문 삽화까지 실로
다채로웠다.[26] 기요치카의 우키요에에는 때로 시사성, 풍자성을 강하게
띠기도 했다. 기요치카의 동판 작품 〈가장무도회(仮裝舞踏会)〉(〈그림
19〉)는 이토 관저의 가장무도회를 그대로 재현한 거의 유일한 작품으
로 보인다.[27] 중앙에 위치한 이토로 보이는 인물을 비롯해, 가장무도

---

26) 田辺愛理, 「小林清親 『東京名所図』研究」, 『哲学会誌』 25, 2001.5, p.95.
27) 飛鳥井雅道, 『鹿鳴館』, 1992; 海老井英次, 『開化·恋愛·東京 : 漱石·龍之介』,2001; 堅
　　田剛, 『明治文化硏究会と明治憲法 : 宮武外骨·尾佐竹猛·吉野作造』, 2008 등 '가장무
　　도회' 관련 자료로 고바야시의 동판화를 싣고 있다.

회 관련 보도 기사들의 상세한 묘사를 그대로 옮겨 놓은 듯, 가장무도
회에 참석했던 주요 인물들을 특정하는 것도 어렵지 않다. 1887년에
제작된[29]이 회화는 발표 매체가 있었는지는 확인되지 않는다. 당시
그가 속해 있던 잡지『단단진문』에는 발표하지 않았는데, 그 이유에
대해서는 당국의 탄압을 의식했기 때문이 아닐까 하는 지적도 있다.[30]
『단단진문』은 1877년, 저널리스트 노무라 후미오(野村文夫 : 1836~1891)
가 영국의 풍자화 잡지『펀치』의 영향을 받아 창간한 시국 풍자주간
지다. 희유의 발행부수[31]를 과시하면서 30년 이상 지속됐다. 동 잡지
에는 기요치카를 비롯해 혼다 긴키치로(本多錦吉郎 : 1851~1921), 다구
치 베이사쿠(田口米作 : 1864~1903) 등이 풍자화를 기고했다.

1887년 1월 29일『단단진문』에는 로쿠메이칸 시대를 풍자한〈원숭
이 극화의 번극(猿劇化の繁劇)〉이라는 펀치화도 게재했었다.[32] 앞에서
확인했듯이, 가장무도회가 끝나고 한 달 뒤에『여학잡지』는 관련 추
문설을 빗댄 기사를 발표했다 1개월의 발행처분을 받기도 했다. 외국
인 거류지에서 발행되던 프랑스인 저널리스트 비고의『도바에』를 향
한 가나가와현 당국의 반응도 이미 확인한 대로다. 과연 문제의 가장
무도회 현장을 이처럼 생생하게 재현한〈가장무도회〉를『단단진문』
에 발표한다면 발행정지도 감수해야 했을지 모른다. 그러한 점을 가

28)『明治文化研究会と明治憲法 : 宮武外骨·尾佐竹猛·吉野作造』, p.41.

29)「(出品目録) 明治の浮世絵師 清親 : 光線画の向こうに」(2016.3.12.~4.17.), 町田市立
   国際版画美術館, p.6.

30)『明治文化研究会と明治憲法 : 宮武外骨·尾佐竹猛·吉野作造』, p.43.

31) 최성기에는 매주 약 만 5천 부에 달했다(『開化の浮世絵師 清親』, p.229.)

32) 湯本豪一,『漫画に見る明治の新風俗 : 近代化社会と「進取の気象」』(法政大学イノベー
   ション·マネジメント研究センター(編), 2007.9.4.)

장 고려한 것은 기요치카 자신이었을 것이다. 메이지 20년대에 가서 기요치카는 로쿠메이칸 무도회를 소재로 강도 높은 풍자화를 발표한다. 1891(메이지24)년 1월 1일자 『도쿄니치니치신문』에 발표한 〈로쿠메이칸 무도회 야단법석 소동도(鹿鳴館舞踏会乱痴気騒ぎの図)〉(〈그림 20〉)[33]라는 그림이다. 시대는 이미 로쿠메이칸 무도회의 희화화로 발행정지 처분을 걱정할 필요가 없었다.

〈그림 20〉〈로쿠메이칸무도회 야단법석 소동도〉(『도쿄니치니치신문』, 1891.1.1.)

기요치카는 4년 후, 앞의 니시키에(〈가장무도회〉)와 이 펀치화(〈로쿠메이칸무도회 야단법석 소동도〉)를 하나로 결합한 듯한 풍자화를 제작하게 된다. 후술하겠지만, 그것은 또 다른 로쿠메이칸 서사와 만나면서 로쿠메이칸 무도회에 대한 타자의 조소와 내부자의 자조를 일원화하게 된다.

이처럼 로쿠메이칸 시대가 저물면서, 로쿠메이칸 무도회를 그린 회화는 요슈의 〈귀현무도의 약도〉에서 '조소'를 담은 풍자화(조르쥬 비고)와 '자조'를 담은 풍자화(고바야시 기요치카) 쪽으로 중심축을 옮겨갔다.

---

33) 清水勲, 『小林清親 風刺漫画』, 岩崎美術社, 1982, 그림 69.

(3) 무도회 후의 '명소'

로쿠메이칸 시대가 끝난 후에도 로쿠메이칸에서 무도회가 사라진 것은 아니지만, 이미 그것은 본래의 임무에서 멀어져 있었다. 그런가 하면 무도회에 치중됐던 시선은 다시 로쿠메이칸 건축 쪽으로 분산되기 시작했다. '명소'로서의 로쿠메이칸이다.

그 과도기적 느낌이 나타난 회화로서 주목하고 싶은 것은, 고바야시 기요치카의 제자로도 알려진 이노우에 야스지(井上安治 : 1864~1889)의 그림이다. 이노우에는 15세 때, 고바야시 기요치카 문하에서 1880년경부터 작품을 발표했다. "도쿄진화명소도회(東京眞畵名所圖繪)" 시리즈는 1881년부터 생을 마치는 1889년까지 제작한 134점에 이르는 작품들로 이루어져 있다. 주로 '개화 도쿄의 풍경'을 소재로 하고 있는데,[34] 개별 작품의 제작연도는 특정하기 어렵다. 〈로쿠메이칸〉도 "도쿄진화명소도회" 시리즈의 일환으로 제작된 것이다. 역시 제작연도는 특정하기 어렵지만, 로쿠메이칸 시대에 제작된 것이라 하더라도 로쿠메이칸의 풍경은 어딘가 저물어가는 로쿠메이칸 시대를 예견하는 듯, 대상과의 거리감이 특징적이다.

로쿠메이칸 안에서는 야회가 진행 중인 것으로 보이는데, 소설의 초점 화자를 연상케 하는 남자가 혼자 정원에서 로쿠메이칸 전경을 바라보고 있다(〈그림 21〉). 불꽃놀이를 떠올려야 할 것 같은 로쿠메이칸 야회의 야경과 달리, 은은하고 청초한 밤하늘의 달빛은 단아한 자태로 로쿠메이칸 실내의 눈부신 전기조명과 대비를 이루고 있다. 로

---

34) 〈カタログ GAS MUSEUMがす資料館 2019年度第一回企画展 : 没後130年「井上安治」展〉, GAS MUSEUMがす資料館, 2019.

〈그림 21〉 이노우에 야스지, 〈로쿠메이칸〉, 1883~1889.

쿠메이칸 개관(1883) 때는 이동식 발전기를 사용한 백열등이 점등됐고, 정면 입구 정원에는 아크등이 있었다. 도쿄전등주식회사가 처음으로 발전기를 사용해 영업용 백열등을 점등한 것은 1887년 로쿠메이칸 야회에서였다.[35] 로쿠메이칸 무도회 야경하면 아무래도 달빛보다는 근대식 조명등을 기대하게 되는 이유다. 그런 점에서도 이노우에 야스지의 그림이 주는 로쿠메이칸 풍경은 로쿠메이칸 야회의 화려한 이미지와는 사뭇 다르다.

　벤치에 앉아 있는 신사의 표정도 시선도 확인할 수는 없지만, 그렇기 때문에 어둠 속에 희미하게 감지되는 어깨 너머로 그가 보고 있

35) 「初めての営業用白熱灯 鹿鳴館」, 『電気ゆかりの地を訪ねて』 8. 株日本電気協会関東電気協会, 2010.

는 것을 상상하게 된다. 남자는 무엇을 보고 있으며 무슨 생각을 하고 있을까. 로쿠메이칸 실내는 아직 불빛이 환한데 왜 남자는 홀로 밖에 나와 있을까. 화려한 조명을 피해서 나온 것일까. 로쿠메이칸 실내에서 비쳐 나오는 조명과 달빛을 대비시키며 문명과 자연의 차이를 비평하고 있을까. 아니면 문명의 불빛과 자연의 달빛이 의외로 서로 어우러져 조화를 이루는 야경을 감상하고 있는 것일까. 해석은 열려 있다.

로쿠메이칸을 소재로한 회화는 대부분 로쿠메이칸 실내의 무도회 장면을 담고 있다. 아니면 아예 로쿠메이칸 건축물에 초점이 맞춰져 있다. 야스지의 그림은 어느 쪽에도 속하지 않는 드문 그림이다. 그러한 중간적 이미지가 로쿠메이칸 회화로서의 야스지의 그림을 매우 독특하게 만든다.

메이지 20년대로 가면 '명소' 안내서에서도 로쿠메이칸의 모습을 보게 된다. 1890년에 간행된 나카노 료즈이(中野了随: ?~?)의 『도쿄명소도회(東京名所図絵)』에 수록된 삽화는 정면에서 바라본 '로쿠메이칸' 전경을 담고 있고 그 하단에 "건축 미려하여 사람들의 눈을 놀라게 만들기에 충분한 본관은 대신들의 연회 등이 개최되는 곳으로 그 선미함 헤아려 알 만하다"(〈그림 22〉)[36]라고 소

〈그림 22〉 『도쿄명소도회 : 로쿠메이칸』, 1890.

36) 中野了随, 『東京名所図絵』, 小川尚栄堂, 1890, p.19.

개하고 있다. 로쿠메이칸의 용도에 대해서는 정치인들의 연회장 정도로 언급하고 있을 뿐, 명소로서의 로쿠메이칸에 대한 관심은 건축물에 대한 미적 평가에 초점이 맞춰져 있다.

또 다른 회화는 '명승지' 로쿠메이칸을 그린 〈도쿄명승도회도 로쿠메이칸(東京名勝圖繪 鹿鳴館)〉(1893)이다(〈그림 23〉). 청일전쟁 1년 전에 제작된 야부자키 요시지로(薮崎芳次郎 : ?~?)의 석판화 니시키에다. 대부분의 관광 안내서가 사진을 사용하게 되는 것은 메이지 40년대인데, 이 니시키에는 사진을 방불케 하는 사실 묘사가 주목을 끈다. 외국문물의 도입은 메이지 시대의 회화표현에도 여러 변화를 초래했다. 특히 사진의 영향을 생각하지 않을 수가 없는데, 사진과 회화의 경계가 모호하던 초기에는 찰필(擦筆)작업으로 사진의 박진감에 다가간 '사진화(写真画)'도 출현했다.[37] 〈도쿄명승도회 : 로쿠메이칸〉에서도

〈그림 23〉 야부자키 요시지로, 〈도쿄명승도회 : 로쿠메이칸〉, 1893.

---

37) 田辺愛理, 「(卒業論文) 小林清親『東京名所図』研究」, p.95.

당시 '사진화'의 진면목을 볼 수 있다.

여기서 또 하나 주목을 끄는 것이 그림 우측의 설명이다. "사이와이 바시(幸橋)의 구 사쓰마 번주 저택 자리에 있으며 과거에는 외국의 내빈 대우를 위해 만든 것인데 지금은 대부분 귀현신사의 향연의 장이 되거나 대신들의 야회에 사용하고 수백의 전기등은 불야성을 이루며 무도의 음악은 환락의 장을 끓게 하는 일 있다"고 적혀 있다. "구화정책의 전당인 로쿠메이칸의 야회도 그저 무도회로 흥겨워 할 때에는 그나마 나았지만", 1887년 4월 20일에 총리 부부가 주최한 가장무도회와 조약개정 실패 후 세간의 빈축을 사게 됐다.[38] 여기서 무도회에 대한 설명은 건축물에 대한 평가와 분리돼 있다.

반면, 무도회는 조약개정과도 로쿠메이칸과도 무관하게 상류층의 교제에서는 빠질 수 없는 종목이 됐다. 천장절 야회는 1890년부터 새로 개업한 제국호텔로 장소를 옮겼다. 1903년까지 한 번을 제외하고 모두(9회) 제국호텔에서 열렸다. 1893년 한 해만 제국호텔의 사정으로 로쿠메이칸에서 열렸고, 그것이 로쿠메이칸에서 열린 마지막 천장절 무도회였다. 1904~1905년에는 러일전쟁으로 천장절 무도회 자체가 중지됐다가, 재개된 후에는 1921년까지 외무대신 관사에서 열렸다. 제국호텔에서도 1918년부터 1925년까지 가장무도회, 크리스마스무도회 등 9차례의 무도회가 개최됐다. 1918년의 크리스마스 무도회에는 각국 대공사관원과 신사 숙녀 천 명이 대거 참가했다. 1923년에 열린 크리스마스 무도회의 연회장은 만원을 이루었고 참가한 귀빈은 일본인과 외국인이 거의 반반이었다. 같은 해에 열린 성 발렌타인 가

---

38) 富田仁, 『鹿鳴館 : 疑西洋化の世界』, 白水社, 1965(1쇄는 1964), pp.65-67.

장무도회에는 내외인 450명이 참가했다. 1925(다이쇼14)년 2월 14일에는 세이루이카(聖路加)국제병원 재건기금 모집을 위한 자선가장무도회가 열렸는데, 이날은 우익단체 다이코샤(大行社)를 경계해 히비야의 경찰서장이 30명의 사복·정복 경찰관들과 함께 입구에 서 있었다.[39] 로쿠메이칸 시대가 끝나고 한참 후에도, 무도회는 한편에서는 세간의 빈축을 사고 다른 한편에서는 우익의 위협을 받으면서도 면면히 지속됐다.

로쿠메이칸 시대가 끝난 이후, 일본 정부는 다시 조약개정 교섭을 재개했다. 구로다 기요다카(黒田清隆 : 1840~1900) 내각 때, 오쿠마 시게노부는 조약개정 교섭을 재개해 1889(메이지22)년에 미국, 독일, 러시아와 신조약을 체결했다. 하지만 외국인 피고사건의 경우 외국인 판사를 대심원에 임용한다는 내용이 드러나면서 다시 국민적 반발에 부딪쳤다. 오쿠마는 외무성 앞에서 겐요샤(玄洋社)의 구루시마 쓰네키(来島恒喜 : 1860~1889)가 던진 폭탄을 맞아 한쪽 다리를 잃고 사임했다. 신조약 발효는 불발되고 조약개정 교섭은 중단됐다. 오쿠마의 후임으로 취임한 아오키 슈조(青木周蔵 : 1844~1914)는 외국인판사 임용을 중지하고 영국과 교섭에 임했다. 그 무렵 일본 방문 중이던 러시아 황태자 니콜라이가 경찰관 쓰다 산조(津田三蔵 : 1855~1891)의 칼에 맞는 암살 미수사건(1891.5.11.)이 발생하면서 조약개정 교섭은 다시 중단됐다.

그렇게 조약개정 교섭의 재개와 중단을 반복하다 얻은 성과로서

---

39) 村山茂代, 「帝国ホテルの舞踏会(1891-1926)」, 『日本女子体育大学紀要』36, 2006.3, pp.38, 41.

조약개정 실현에 한층 다가간 것은 1894년, 청일전쟁 발발 직전에 체결된 '영일통상항해조약(英日通商航海条約)'(1899.7.17.발효)이다. 외무대신 무쓰 무네무쓰(陸奧宗光 : 1844~1897)와 영국이 체결한 이 조약에서 치외법권은 완전폐지되고 관세자주권은 부분적으로 회복됐다. 목표의 반 이상이 달성된 셈이다. 그리고 1911(메이지44)년, 외상 고무라 주타로(小村寿太郎 : 1855~1911)가 '미일통상항해조약'(【권말사료-②】 참조)을 체결함으로써, 마지막 남은 관세자주권을 완전히 회복하고 조약개정을 완성했다. 그러는 동안에, 청일전쟁과 러일전쟁에서 승전한 일본은 제국주의 국가가 되어 있었다.

2. 로쿠메이칸/무도회 문학의 출현

(1) 잊혀진 서사 : 다나베 가호, 『덤불 꾀꼬리』

로안이 "메이지 문학의 가장 위대한 개척자"[40]로 평가했던 쓰보우치 쇼요(坪内逍遥 : 1859~1935)는 로쿠메이칸 시대가 한창이었던 1885, 1886년에 최초의 근대적 문학론『소설신수(小説神髓)』를 발표했다. 로쿠메이칸 시대가 이제 막 저문 1887년에는 일본 근대문학의 새로운 시작을 알리는 기념비적 작품이 발표되기 시작했다. 일본 근대소설의 효시로 기억되는 후타바테이 시메이(二葉亭四迷 : 1864~1909)의『뜬구름(浮雲)』(1887~1889)이다. 하지만 그는 곧, 문학은 남자가 평생 할 일은 못 된다며("文学は男子一生の業にあらず") 문학을 떠나갔다. 훗날, 미

---

40) 内田魯庵,『思い出す人々』, 岩波書店, 1994, p.147.

야모토 유리코(宮本百合子 : 1899~1951)는 이를 두고 "정치 운동이 민심을 잡았던 당시의 상식이 문학·소설이라는 것의 본질을 과소평가했던 기풍"[41]의 반영으로 보았다.

한편, 『뜬구름』이 발표되던 당시, 일본 여성 작가에 의한 최초의 근대소설이 발표됐다는 것을 기억하는 이는 많지 않다. 다나베 가호(田辺花圃 : 1868~1894)의 데뷔작 『덤불 꾀꼬리(藪の鶯)』가 발표된 것은 1888년이다. 메이지 원년에 태어나 도쿄고등여학교(東京高等女学校)에 재학 중이던 다나베는 "메이지 초기의 대대적인 구화 교육을 받고, 남녀교제를 하며, 마차를 타고 야회에도 가는 메이지 대관"의 딸이었다.[42]

1888년 6월 13일자 『도쿄니치니치신문』에는 『덤불 꾀꼬리』출판 광고가 실렸다. 여러 남녀 등장인물의 행위 묘사가 상세하고, '당세의 인정'에 상세하며, 남자가 헤아리기 어려운 여자의 생각과 행동 묘사에도 상세하고 중간중간 고상한 담론까지 곁들인 놀라운 작품이라고 소개하고 있다. 게다가 너무 잘 써서 누군가 도와준 사람이 있는 게 아닌가 의심을 받지 않을까 싶을 정도라고 극찬한 쓰보우치의 평가도 인용하고 있다. 분명 그런 생각을 하는 독자도 있겠지만, 양서, 와카, 고전 문학, 근대소설에 모두 익숙한 여사의 소양이 빚어낸 작품임을 강조하면서, "최근 유례없이 가장 재미있는 저작"을 격찬하고 있다.

『덤불 꾀꼬리』는 여성작가에 의한 일본 최초의 근대소설일 뿐 아니라, 로쿠메이칸 시대를 배경으로 한 첫 소설이다. 등장인물들이 빈번

---

41) 宮本百合子, 『文学の進路』, 高山書院, 1941, pp.110-111.
42) 宮本百合子, 『文学の進路』, 高山書院, 1941, p.101.

하게 주고 받는 영어 단어와 문장, 가타가나 표기의 과잉도 로쿠메이
칸 시대의 재현에 한몫하고 있다. 이제 막 로쿠메이칸 시대가 막을
내리고, 이미 도래한 "구화에 대한 반동적 시대"[43]에 맞춰 가호는 로
쿠메이칸 시대를 소재로 한 소설을 완성했다.

신년 연회의 로쿠메이칸 무도회 장면으로 시작되는 이 소설은 총
12회로 구성돼 있다. 『덤불 꾀꼬리』는 등장인물들의 대사를 중심으로
전개되고 있어 화자(3인칭 관찰자 시점)의 역할은 상대적으로 적다. 주
요 등장인물은 여학생 핫토리 나미코, 또래 여성 시노하라 하마코,
마쓰시마 히데코다. "사숙에 다니면서 온순하고 영리하면서 주제넘
지 않"[44]은 여성 나미코는 다나베 가호 자신을 연상시키는 인물이다.
서로 대조적인 인물로 묘사되고 있는 하마코(로쿠메이칸 시대의 맹목적
구화, 서양 심취)와 히데코(일본적 지덕 겸비)는 각각 결혼이라는 결말을
향해 전개되는 메인 플롯의 중심 인물이다.

1회에 수록된 삽화도 하마
코와 히데코의 대비를 시각화
하고 있다(〈그림 24〉). 서양식
속발과 드레스 차림의 왼쪽 여
성이 시노하라 하마코, 전통
적인 은행잎 머리 모양과 기모
노 차림으로 뜨개질을 하고 있

〈그림 24〉 『덤불 꾀꼬리』 1회 수록 삽화

43) 宮本百合子, 『文学の進路』, p.105.
44) 작중인물 미야자키 이치로(대학 조수, 문학자)가 여동생의 친구인 핫토리 나미코를
   가리켜 언급한 대사다(田邊龍子, 『藪の鶯』, 金港堂, 1888, p.41).

는 오른쪽 여성이 마쓰시마 히데코, 책을 읽고 있는 중앙의 여성이 핫토리 나미코라는 것은 한눈에 알아 볼 수 있다.

『도쿄니치니치신문』의 출판 광고에서 독자가 놀랄 거라고 했던 '고상한 논의'는 과연 또래 여학생이 누구나 쉽게 얘기할 수 있는 내용은 아니었다.

> 그래서 요즘엔 학자들이 여자한테는 학문을 시키지 말고 모두 무학문맹으로 만드는 게 좋겠다는 설이 있어요. 여자는 학문을 하면 선생님이 돼서 결혼은 안 할 거라며. 인민이 번식하지 않으니 애국심이 없는 거라고요. (…) 지금의 여학생은 책임이 크다고요. 셰익스피어가 낯 두꺼운 여자는 여자 같은 남자처럼 바람직하지 않다고 했고요. 또 나폴레옹 1세는 프랑스를 개량하기 위해 필요한 것은 선량한 어머니라고도 했어요. 그러니 만약 여자에게 학문을 안 시키면 좀처럼 선량한 어머니가 되지 못할 것이고, 학문을 시키면 낯 두껍고 강고한 여자가 되니까. 뭐든 하나의 전문 분야를 정해 열심히 공부해서 남에게 우쭐거리거나 건방지지 않도록 해서 온순함이라는 여성의 덕을 손상하지 않도록 해야 해요. 그렇게 하면 자손은 재자재녀(才子才女)가 되고 문명 각국에 부끄럽지 않은 신세계가 될 거라고 어떤 분이 그러셨어요.[45]

직접화법으로 인용된 이 목소리의 주인은 나미코다. "요즘엔 학자들이"로 시작해 "어떤 분이 그러셨어요"로 말을 맺고 있듯 나미코 자신의 생각을 얘기한 것은 아니다. 그렇더라도 국내외를 막론하고 저명한 학자, 작가, 정치가들의 여성에 관한 담론을 섭렵하고 있는 것은 분명 그녀와 다른 여학생과의 차이를 부각시킨다.

---

45) 田邊龍子, 『藪の鶯』, 金港堂, 1888, pp.53-55.

미야모토 유리코는『문학의 진로』(1941)에서 "지금의 공평한 독자의 눈"으로 나미코의 말에 반영된 메이지 20년대의 시대성을 지적했다. 여성으로 하여금 동시대를 여성의 풍속이 매우 부정적이었던 시대로 배우고 또 스스로도 그렇게 생각한다고 믿었던 시대성이『덤불 꾀꼬리』에 짙게 배어나 있다는 것, 그러나 자신의 운명과도 관련된 지배적인 시대 담론을 발견하고 습득한 것은 이 20세 안팎의 '천진한' 작가 가호의 자발성에 의한 것만은 아닐 거라고 덧붙이고 있다.[46] "지금의 공평한 독자의 눈"이라는 언급에는 동의하기 어렵지만, 메이지 20년대의 20세 안팎의 여성 나미코가 자각적이든 아니든 당시 주류를 이루던 여성 담론의 자장을 벗어나지 못했다는 지적은 부정하기 어렵다.

관심이 가는 부분은 나미코의 얘기를 듣고 있던 사이토, 아이자와, 미야자키의 반응, 그리고 나미코 자신의 생각이다. 먼저 사이토는 즉각 반발하고 나서서 자신은 결혼 대신 화가가 되겠다고 말한다. 아이자와는 이학자(理學者)가 되겠다고 말한다. 반면에 미야자키는 졸업하면 자신은 결혼할 것 같다고 한다. 각자의 희망을 자유롭게 얘기하는 듯하지만, 나미코의 얘기를 결혼이냐 일이냐의 양자택일의 문제로 받아들이고 있다는 점에서는 모두 동일하다. 반면에 나미코는 자신의 꿈은 문필가가 되는 것이고, 또 문필가와 결혼하는 것이라며 맞벌이 문필가 부부가 되겠다고 말한다. 결혼도 일도 어느 쪽도 포기하지 않는 것은 "온순하고 영리하면서 주제넘지 않"은 나미코뿐이다.

작가 다나베 가호는『덤불 꾀꼬리』발표 4년 후, 세이쿄샤(政教社)

---

46) 宮本百合子,『文学の進路』, p.105.

의 중심인물 미야케 세쓰레이(三宅雪嶺 : 1860~1945)와 결혼하여 미야케 가호가 됐고, 이후에도 집필을 이어갔다. 후쿠자와 유키치의 뒤를 이을 차세대 저널리스트[47]로 이름을 알리기도 한 미야케 세쓰레이와 문필가 맞벌이 부부가 됐다는 점에서도 가호는 작중인물 나미코의 미래를 보는 듯하다.

한편, 두 여주인공 시노하라 하마코와 마쓰시마의 결말은 예상대로 서로 선명한 대비를 이룬다. 먼저, 시노하라 자작의 딸 하마코는 시노하라 집안의 양자로 영국 케임브리지대학에서 유학중인 쓰토무와의 결혼이 예정돼 있다. 하마코는 아버지가 병중이라는 이유로 학교를 그만두지만, 무도회에 나가는 것은 기본이고 영어 과외교사 야마나카와의 관계도 심상치 않다. 야마나카는 시노하라 자작의 알선으로 관원이 되어 급출세를 이룬 수완가며, 과부 오사다와 비밀스런 사실혼 관계에 있다. 5년 만에 귀국한 쓰토무는 하마코의 품행에 오뇌하다 파혼의 뜻을 굳힌다. 병세가 악화된 양부 시노하라는 세상을 떠나고 쓰토무는 하마코와 파혼에 이른다. 모든 유산을 하마코에게 양보하고 시노하라 집안의 양자로 남은 쓰토무는 하마코와 야마나시의 혼인을 성사시키고 결혼 후에도 여동생을 돌봐준다. 그러나 오사다가 나타나면서 하마코의 결혼은 파국을 맞는다.

반면, 부모를 여읜 히데코는 동생을 대학에 보내기 위해 자신은 학교를 그만둔 채 뜨개질로 생계를 이어가며 동생을 뒷바라지한다. 이역시 아버지 간병을 이유로 학교를 그만두고서 무도회와 연애를 즐기

---

47) 長妻三佐雄, 「三宅雪嶺の福沢諭吉観 : 学問と政治の関連を中心に」, 『同志社法学』 52(2), 2001.7, p.451.

던 하마코와는 대조적이다. 한학자의 딸이었던 히데코는 와카(和歌)와 국어에 능했고, 학교를 그만둔 뒤에도 동생의 노트를 베껴가며 묵묵히 독학을 이어가고 있다. 동생과 산책 중이던 히데코는 지인 미야자키와 단풍 구경을 나온 쓰토무와 인사를 나누게 되고, 이를 계기로 둘은 행복한 결혼에 이른다.

하마코의 무도회 참석 장면으로 시작한『덤불 꾀고리』는 쓰토무와 히데코의 혼인 축하연으로 끝난다. 축하연 장소는 시바공원(芝公園) 내 일본식 고급요정 고요칸이었다. 여기서 화자는 양부 시노하라가 생존해 있었다면 그들의 축하연이 다른 곳에서 열렸을 가능성을 시사한다.

> 고 시노하라 자작이 살아있다면 로쿠메이칸 같은 곳에서 서양식 향연을 열었을 테지만, 쓰토무는 양모가 좋아하지 않고 히데코가 여전히 서양식 교제에 익숙하지 않을 뿐 아니라, 친척과 지인 중에는 아직까지 테이블 주위에 모여 선 채로 먹고 마시는 것보다도 상에 앉기를 좋아하는 이가 많으니 일부러 시대에 뒤떨어지게 이곳에 연회를 열었다.[48]

화자는 유신 이후 화족으로 편입되고 구화주의자로 전향한 시노하라 집안 자제라면 시대에 뒤떨어진 일본식 요정 고요칸이 아닌 로쿠메이칸이 결혼 축하연에는 더 자연스럽다는 시대적 분위기를 전하고 있다.[49]

---

48) 田邊龍子, 『藪の鶯』, p.105.
49) 일본 최초의 여자 국비 유학생이자 '로쿠메이칸의 꽃'으로도 통했던 오야마 스테마쓰(大山捨松 : 1860~1919)의 결혼 피로연이 로쿠메이칸에서 열린 것은 잘 알려져 있다. 스테마쓰는 천 명에 가까운 내객을 상대로 "미국의 훌륭한 호스테스 역할을 발휘하며

오랜 유학 경험이 있는 쓰토무도 자신만 생각하면 서양식 피로연이 더 익숙했을지 모른다. 하지만 시노라하 집안의 새로운 가장으로서 그는 양모와 아내 히데코를 비롯해 여전히 서양식 교제에 익숙하지 않은 대부분의 하객들을 배려하여 굳이 고요칸을 택한 것이다. 쓰토무가 결혼 축하연을 "일부러 시대에 뒤떨어지게" 고요칸을 정한 것은 시노하라 집안의 세대교체를 보여주는 상징적 장면이다. 동시에 그것은 구화주의의 시대가 저물고 곧 도래할 일본주의 시대로의 전환을 예고하는 복선적 장면이기도 하다. 이미 메이지 20년대로 들어선 당시 독자라면 로쿠메이칸과 고요칸 중 무엇이 '시대에 뒤떨어진' 선택인지도 예감했을지 모른다.

그것은 하마코를 통해서도 보여준다. 하마코는 유럽 순시 이후 존황양이의 막말 무사에서 극단적인 서구주의자로 표변한 시노하라 자작을 빼닮은 외동딸이었다. 하지만 '문명개화' 풍속에 빠져 야마나카를 택하고 결혼에 실패하는 자신의 삶을 통해 구화주의의 폐해를 증명했다. 그 이후 그녀에게서는 더이상 구화주의에 부화뇌동하던 과거의 모습을 찾을 수 없게 된다.[50]

『덤불 꾀꼬리』는 다나베 가호가 쓰보우치의 소설 『당세서생기질(当世書生気質)』(1885~1886)을 읽고 "이거라면 쓸 수 있다"며 단숨에 써 내려간 소설이었다.[51] 한편, 1891(메이지24)년에 당시 19세였던 히구치 이치요(樋口一葉 : 1872~1896)가 소설로 생계를 꾸리기를 결심한 것은

일찍부터 사교계의 주목을 모았"다(久野明子, 『鹿鳴館の貴婦人大山捨松 : 日本初の女子留学生』, 中央公論, 1993, p.200.).

50) 田邊龍子, 『藪の鶯』, p.96.

51) 宮本百合子, 『文学の進路』, p.101.

『덤불 꾀꼬리』가 발표되어 평가받는 것에 자극을 받은 것이 계기였다.[52] 히구치 이치요를 낭만주의 문학의 대표적 잡지『문학계(文学界)』에 소개한 것도 다나베 가호였다. 하지만 일본 근대문학사가 자랑하는 히구치 이치요와 달리, 다나베 가호(=미야케 가호)도『덤불 꾀꼬리』도 기억하는 이는 많지 않다. 비교적 최근까지도 '히구치 이전'으로 일괄되고 마는 메이지 20년대 전후의 여성 작가군의 한 명 정도로 인식돼 왔다.[53] 어쩌면 '일본적 여성의 승리'와 '구화주의 여성의 패배'라는 전형적인 대립 구도의 틀을 벗어나지 못했다는 그 한계[54] 때문인지도 모른다. 이후 로쿠메이칸 문학의 서사 공간에서도『덤불 꾀꼬리』가 자리할 곳은 좀처럼 마련되지 않았다.

(2) 되돌이표가 된 서사 : 피에르 로티, 「에도의 무도회」

로쿠메이칸과 관련하여 가장 먼저, 그리고 가장 많이 언급돼 온 문학은 프랑스 작가 피에르 로티(Pierre Loti : 1850~1923)의 「에도의 무도회(Un Bal d Yeddo)」다. 「에도의 무도회」가 수록된 일본 견문록『가을의 일본(Japoneries d'automn)』이 프랑스에서 간행된 것은 1889년, 『덤불 꾀꼬리』가 간행된 이듬해였다.

「에도의 무도회」가 수록된『일본의 가을』은 줄리앙 비오(Julien Viaud)가 1885년 9월부터 2개월간 해군 장교로서 머물던 고베(神戸),

52) 浜松市, 『浜松市民文芸』60, 浜松市文化振興財団, 2015, p.157.

53) 嵯峨景子, 「流行作家 「内藤千代子」の出現と受容にみる明治末期女性表現の新たな可能性」, 『情報文化学会誌』18(2), 情報文化学会, 2011.12, p.27.

54) 前野みち子・香川由紀子, 「西欧女性の手仕事モラルと明治日本におけるその受容」, 『言語文化論集』29(1), 2007.11, p.34.

요코하마, 교토(京都), 도쿄 체험을 피에르 로티라는 필명으로 기록한 일본 견문기다. 요코하마에 정박 중이던 줄리앙 비오는 1885년 11월 3일 천장절에 로쿠메이칸 무도회에 참석했다. 「에도의 무도회」는 당시의 무도회 체험을 기록한 것으로,[55] 프랑스에서 프랑스어로 발표했지만 읽어보면 처음부터 일본인을 독자로 상정하고 있던 것은 분명하다.

「에도의 무도회」의 일본어 번역이 출간된 것은 프랑스에서 원서가 발표된 지 3년 후다. 1892(메이지25)년, 프랑스문학자 이이다 기로(飯田旗郎：1866~1938)에 의한 번역이 『부녀잡지(婦女雜誌)』(제2권 6,7,10, 11,12,13호)에 연재됐다. 당시 그는 '眠花道人'이라는 별호를 사용했다. 1895년에는 「에도의 무도회」를 수록한 『오카메하치모쿠(陸眼八目)[56]』(1895)를 번역·출판했다.

다만, 이이다의 「에도의 무도회」 번역은 초역(抄譯)일뿐 아니라 '희역(戱譯)'으로 돼 있다. 당시 『부녀잡지』에 실린 광고에서도 「에도의 무도회」를 '장난스레' 번역된 '참신기묘풍자골계(斬新奇妙風刺滑稽)'라고 소개하고 있다.[57] 단순히 익살, 풍자를 넘어 원문에 없는 내용도 상당 부분 추가하고 있어 창작적 측면도 크다. 시마우치가 지적하듯

---

55) 다만, 「에도의 무도회」에는 '1886(메이지19)년'이라고 되어 있지만 '1885(메이지18)년'이 맞다. 관련 연구들은 물론, 로티의 「에도의 무도회」와 상호텍스트성을 지닌 작품들도 종종 '1885년'으로 바로잡고 있다.

56) '陸眼八目'란 보통 '傍目八目'로 쓰는 바둑 용어로, 문제에 처한 당사자보다 옆에서 보고 있는 제3자의 판단이 오히려 정확할 수 있다는 의미다.

57) 「広告」, 『婦女雜誌』 2(6), 1892, p.22[島内裕子, 「『舞踏会』におけるロティとヴァトーの位相」；清水安次(編), 『舞踏会：開化期·現代物の世界』第4卷, 翰林書房, 1999, p.65. 재인용].

"당시 일본의 극단적인 구화정책을 비판하고 특히 여성의 양장에 대해 강한 비판을" 적는 등, 이이다의 「에도의 무도회」는 그 자신의 견해나 해설을 자유롭게 곁들인 일종의 '문명비평'의 성격도 지녔다.[58]

이이다는 『오카메하치모쿠』의 자서(自序)에서, 로티가 프랑스에서 발표한 『가을의 일본 풍경』(=『가을의 일본』)이 구라파 사람들을 놀라게 했으며 왕왕 맞지 않는 것도 있지만 외국인 로티의 관찰이 더 정확할 수도 있어, 세상에 유익하리라 믿고 번역했다고 말한다.[59]

게다가 『오카메하치모쿠』에는 이이다의 '희역'을 더욱 부각시키는 회화가 수록돼 있어 눈길을 끈다. 로쿠메이칸 무도회 장면을 풍자한 권두화(〈그림 24〉)인데, 이를 제작한 것은 다름 아닌 고바야시 기요치카다. 중앙에 일본인 남녀가 각각 자신보다 키가 두 배는 더 커 보이는 서양인을 상대로 춤을 추고 있다. 일본인의 모습도 서양인의 모습도 데포르메되기는 마찬가지다. 4년 전, 고바야시가 『도쿄니치니치신문』에 발표했던 〈로쿠메이칸 무도회 야단법석 소동도〉(〈그림 20〉)에서 댄스를 추던 커플의 데포르메와도 유사한 인상을 준다.

반면에 그 주위를 둘러싸고서 이 그로테스크한 댄스 장면을 지켜보고 있는 이들 속에 유일하게 일본식 머리 모양과 기모노 차림의 여성만이 부동자세로 서서 눈앞의 진풍경을 응시하고 있다. 무표정한 얼굴에서는 무슨 생각을 하고 있는지 상상하기 어렵다. 경박하거나 기괴한 구석은 없지만, 꿔다 놓은 보릿자루 같기도 한 것이 이 공간에

---

58) 島内裕子, 「『舞踏会』におけるロティとヴァトーの位相」, pp.64-65.

59) 飯田旗郎, 「自序」[『陸眼八目』, 春陽堂, 1895]. 이 번역은 그가 『부녀잡지』에 연재했던 「에도의 무도회」 번역과 거의 같다(島内裕子, 「『舞踏会』におけるロティとヴァトーの位相」, 『舞踏会: 開化期·現代物の世界』, p.65.).

〈그림 24〉『오카메하치모쿠』 권두화[60]

어울리지 않기는 마찬가지다.

　권두화의 특성상 텍스트를 읽어갈 독자에게 어떠한 형태로든 영향을 미치게 마련이다. 이 정도로 인상적인 풍자화라면 더욱 그럴 것이다. 그렇다면 기요치카의 그림은 로티가 체험한 로쿠메이칸 무도회, 그것을 기록한 「에도의 무도회」를 충실히 반영한 것일까. 이와 관련해서도 눈여겨 봐야 할 대목이 있는데, 천장절 무도회에 초대받은 로티는 막 로쿠메이칸에 도착하면서 독자를 향해 다음과 같이 말하고 있다.

　　로쿠메이칸……일본 제일의 건물……아이고 이런 이게 일본 제일……
　　나도 모르게 우러러 바라봤는데, 상당한 유럽풍 흉내내기, 모든 게 운치
　　없는 흰색의 새 건물, 프랑스 시골의 온천장에 있는 카지노 같다. 아니

---

60) 小林清親, 「口絵」, 『陸眼八目』, 春陽堂, 1895.

아니 이건 아주 일부일 거야, 지금부터 드디어 로쿠메이칸 본관으로 이동하겠지 했는데 상상한 것과 전혀 달리 이때 내 한쪽 발은 이미 확실하게 진짜 로쿠메이칸을 밟고 있었음을 알았다. 독자여 지금 한층 주의해서 봐야 할 것이 있다. 대저 세계 각국의 풍속과 습관은 모두 그 나라들의 고대부터 그 국토와 인정에 적합하도록, (…) 세대가 축적됨에 따라 점차 점차 발달하여 그 나라 그 시대 사람 눈에 가장 아름답고, 귀에 재미있게 들리게 되며, 당세의 의복이 되고, 또 당세의 유행이 되는 것이다. 그런데 일본의 일반 사회는 아직도 높은 모자가 머리에 아름답다고 여기고, 아직도 연미복 몸에 적합하다 하며, 아직도 서양음악 듣는 것 재미있다고 한다. (…) 독자는 펀치화로 늘 보았을 것이다. 키작은 신사가 높은 실크 해트 쓴 모습을, 또 비쩍 마른 작달막한 귀부인이 무도복 입은 모습을, 나는 오늘 저녁 뜻하지 않은 그 실태를 목격하려 하니…… (…) 아무리 과격한 유럽의 파괴당이라도 일본의 상류층이 그 고유의 미풍을 파괴하고 그 기묘한 이국풍을 이루는 것 같은 과격한 파괴당에게는 혀를 내두를 것으로 짐작한다.[61]   (밑줄, 인용자)

'온천장의 카지노'. 로티가 「에도의 무도회」에서 사용한 이 말은 로쿠메이칸을 희화화한 메타포로서 독보적인 지위를 누려 왔다. 지금까지 보았듯 로쿠메이칸에 관한 풍자는 대부분이 무도회를 겨냥한 것이었다. '온천장의 카지노'는 서양인이 직접 설계한 로쿠메이칸 건축을 희화화한 거의 유일한 메타포였고, 그만큼 그 인상은 더 강렬했을지도 모른다. 이후, 비고의 '원숭이 흉내'(로쿠메이칸 무도회)와 함께 로티의 '온천장의 카지노'(로쿠메이칸)는 집요하게 로쿠메이칸을 따라다니게 된다.

---

61) 飯田旗郎, 「江戸の舞踏会」, 『陸眼八目』, pp.40-41.

로티는 '펀치화'를 언급하며 독자의 시각적 기억에도 호소하고 있다. 하지만 이 역시 로티의 「에도의 무도회」에는 없는 이이다가 추가한 부분이다. 이 인용문에서 밑줄 친 부분 외에는 모두 이이다가 추가한 부분이다. 독자는 여기서 로티가 상기시킨 것으로서 비고와 고바야시의 풍자화를 떠올렸을 것이다. 아니 이 책을 펼치면서 먼저 보았을 권두화를 떠올렸을 수도 있다. 때문에 고바야시가 제작한 권두화는 이이다의 희역과 어우러져 「에도의 무도회」를 거듭 로쿠메이칸의 '희화화'로 각인시켰을 것이다.

로티의 「에도의 무도회」를 원문으로 읽은 독자가 있었다면 모를까, 아직 완역도 나오지 않은 당시, 대부분의 독자는 번역자가 추가한 부분까지 의심없이 로티의 생각으로 수용했을 가능성은 크다. 바꿔 말하면, 번역자인 이이다가 일부러 로티의 목소리를 빌려서 자신의 생각을 개진한 것이 되는데, 그 점 역시 계산된 것인지 모른다. 적어도 로티의 「에도의 무도회」의 '희역' 아닌 번역이 나오기까지 이이다의 목소리는 로티의 목소리를 가장한 채 20년 가까이 텍스트 곳곳에 잠입해 있었던 것이 된다.

이이다 이후의 번역으로는 『일본인상기(日本印象記)』(다카세 도시오 옮김, 1914), 『가을의 일본(秋の日本)』(무라카미 기쿠이치로·요시나가 기요시 옮김, 1942), 『가을의 일본풍물지(日本の日本風物誌)』(시모다 유키오 옮김, 1953)가 있다. 다카세가 옮긴 『일본인상기』(1914)에 수록된 「에도의 무도회」도 초역이다. 무라카미·요시나가가 옮긴 『가을의 일본』(1942)에 수록된 「에도의 무도회」(〈그림 25〉)는 본래 첫 완역인데, 출판 전 정보국 검열 과정에서 일부 삭제된 곳이 있다. 무라카미·요시나가는 전후에 삭제된 곳을 복원하여 1953년에 완역 개정판을 냈고, 「에도

〈그림 25〉『가을의 일본』(무라카미 기쿠이치로·요시나가 기요시 옮김, 1942) 표지

의 무도회」 번역으로서는 지금도 가장 대표적이다.[62]

　로티는 「에도의 무도회」 말미에서 자신의 견문과 감상의 진정성, 사실 반영의 충실성, 기록의 의의 등을 강조했다. 설령 자신이 무도회에서 웃는 일이 있었더라도 악의적인 의도는 없었다는 것, 일본인의 차림이나 말씨, 의례, 댄스가 위(천황)로부터 주입됐을 가능성을 생각할 때도 모방의 훌륭함을 인정했다며 다분히 일본인 독자를 의식한 포즈를 취하고 있다.[63] 이를 생각하면 「에도의 무도회」의 첫 번째 번역이 이이다의 희역이었다는 것은 아이러니가 아닐 수 없다.

---

62) 삭제된 곳은 주로 표현 세부에 관한 것으로 문장에 걸친 삭제는 아니므로, 개정판과 크게 다른 부분은 눈에 띄지 않는다(島内裕子, 「『舞踏会』におけるロティとヴァトーの位相」, p.67.).

63) ピエール・ロティ/村上菊一郎・吉永清(訳), 「江戸の舞踏会」, 『秋の日本』, 青磁社, 1942, p.79.

로쿠메이칸/무도회 표상의 혼재

1. 회상과 역사 속으로

(1) 다이쇼기

다이쇼 시대로 들어서면서 메이지의 로쿠메이칸 시대에 관한 서술은 회상과 역사의 한 장면을 채워간다. 앞서 보았듯, 관동대지진 이후 메이지 시대에 관한 연구와 자료에 관한 관심이 고조됐다. 그러한 움직임 속에서 요시노 사쿠조의 메이지문화연구회는 『메이지문화연구전집』을 발간했다. 동 연구회는 이 연구자료집의 발간 취지를 얘기하면서 메이지 시대에 대한 종래의 지식과 연구가 주로 허식의 내러티브와 허위 역사의 범위를 넘어서지 못했다고 했다. 그 이유로는 메이지 시대가 외국 문화 수입에 여념이 없어 자기성찰의 여유가 없었다는 점, 비교적 가까운 과거였던 만큼 정치한 연구에 대한 요구가 나타나기에는 시기상조였다는 점을 들었다. 이같은 지적은 다이쇼 시대의 메이지 관련 기술·담론에 접근하는 데 있어 하나의 참조항이 될 수 있다.

메이지 시대가 저무는 1911(메이지45)년부터 다이쇼 시대로 접어든 1913(다이쇼2)년까지 3년에 걸쳐 와세다대편집부는 '통속일본전사(通俗日本全史)' 시리즈(총20권)를 펴냈다. 18, 19권에 해당하는 『메이지 태평기』는 상·하권 모두 1913년에 출간됐다. 저자는 경성일보 기자를 지내고, 『여보기(ヨボ記)』(1908), 『암흑 속의 조선(暗黒なる朝鮮)』(1908), 『조선만화(朝鮮漫画)』(1909) 등으로도 알려진 우스다 잔운(薄田斬雲 : 1877~1956)이다.

『메이지 태평기(하)』에는 "삿초내각 이윽고 대성하다 로쿠메이칸 뒤 긴 밤의 연회"라는 절이 있다. "무도회의 성행, 로쿠메이칸 귀녀 신사들의 친밀한 교제, 상류사회의 부패와 추문, 궁중의 여자 양장 채용, 유럽식 카루타와 당구, 복장 과시를 위한 귀부인 자선회, 로마자회, 연극·음악·의식주 개량" 등을 열거하면서, 조약개정을 위해서라면 어떤 희생도 불사 않는 정부 정책 아래 행해진 일체를 서양의 '원숭이 흉내'로 일괄하고 있다. 또 외국에 대한 극단적인 무사안일주의가 초래한 결과로 노먼턴호 침몰 사건(Normanton Incident, 1886.10. 24.)[1]과 수상관저 가장무도회(1887.4.20.)의 귀부인 추문사건을 들고 있다. 특히 가장무도회 장면을 소상하게 묘사한 후, 그러한 무도회로

---

1) 1886년 10월 요코하마에서 고베로 향하던 영국 화물선 '노먼턴호'가 와카야마현(和歌山県) 쪽 바다에서 침몰한 사건이다. 화물선에는 일본인, 영국인, 독일인, 중국인, 인도인이 승선하고 있었다. 영국인과 독일인은 거의 전원 구조되고 일본인은 전원 사망했다. 이로 인해 조약개정을 요구하는 일본 국내 여론은 한층 더 고조됐다.

는 외국인의 마음을 사로잡지도 못할 뿐더러, 국내 지사들을 격노시켜 보수파와 진보파 모두로부터 '망국의 징조'로서 규탄받았다고 끝맺고 있다.[2]

『메이지 태평기(하)』가 출간된 1913년, 정치 저널리스트 나카노 세이고(中野正剛 : 1886~1943)는 『메이지민권사론』을 출간했다. 『덤불 꾀꼬리』의 저자 미야케 가호(=다나베 가호)의 사위가 된 것도 같은 해다. 나카노는 이 책에서 "로쿠메이칸의 조유야연(朝遊夜讌)"이라는 제목으로 로쿠메이칸을 다음과 같이 평가하고 있다.

뜻 있는 천하의 지사가 분개를 가장 참을 수 없는 것은 연일연야 로쿠메이칸과 그 외에서 열린 내외 명사의 무도회다. 로쿠메이칸이 외국인을 접대하여 문명적 환락을 다하기 위하여 기공된 것이 1883년 1월, (…) 내외의 신사숙녀를 맞아 조유야연, 무도, 음악, 당구 등의 호사 극에 달한 태평 낙원이 됐다. (…) 그중에서도 1887년 4월 20일 이토 수상이 개최한 가장무도회와 이노우에 외무경의 도리이자카(鳥居坂)에서 있었던 연극 천람 같은 것은 최고였다. / 4월 20일 나가타초의 이토 수상 관저에서 열린 가장무도회 같은 것은 내외 조야의 귀현신사 및 부인과 딸 모인 인원 무려 400여 명, 아아 우리나라 대신과 숙녀 모두 하나같이 외국인의 취향을 위로하는 배우였다. (…) 그 밤에 열석한 외국 신사숙녀로 하여금 왜신(倭身) 노란 얼굴을 한 왜놈(Jap)이지만 교제술은 다소 칭찬할 만하다는 미소를 머금게 했다. 아아, 골계 취미로 채운 이 외국 신사숙녀의 미소, 과연 얼마나 조약개정에 공헌하는 바 있으랴. 그러한데 귀족주의의 이토 수상과 구화주의의 이토 외무대신, 이렇게 우리 조

---

2) 薄田斬雲, 『通俗日本全史(19) : 明治太平記(下)』, 早稲田大学編輯部(編), 早稲田大学出版部, 1913, pp.31-33.

야의 신사숙녀를 외국인 환락의 신첩(臣妾)에 견주게 해놓고, (…) 우리 대정책을 실현할 날 멀지 않다며 스스로 기뻐하는 것과 같다. 대체 이 무슨 얕은 생각이란 말인가. / 아아 정부는 이처럼 현가완무(絃歌緩舞)로 우리 섬나라 제국을 구미 전진의 대열에 들어가게 할 근거라 믿고 이에 동의하지 않는 인물을 보수 고루한 무리로 여겼다. (…) 피상적인 구화적 진보를 보이기 위해 이면에서는 극단적인 비문명적 비진보주의를 취했다. 그들은 구화주의라 칭하지만, 유럽의 한 특별한 전제국가도 아니고 내정에 있어서는 민론(民論)을 폭압했다. 그렇게 해서 구미열강에 대해 우리 문명의 진보를 가장하며 불온한 반대당 없다고 속이는 것이다.[3]

로쿠메이칸 시대는 나카노가 막 태어났을 무렵, 30년 전으로 거슬러 올라간다. 이토의 가장무도회를 얘기하는 그의 어조는 어제 일을 얘기하듯 격앙돼 있고, 같은 논조로 로쿠메이칸 연회·야회의 천박함을 신랄하게 고발하고 있다. 조약개정이라는 대의 뒤에서 일본인을 '환락의 신첩'처럼 만들어 국민적 자존감을 스스로 짓밟은 추태와 자기 기만적인 현장을 폭로하고 있다. 피상적인 대외 선전용 문명정책의 비문명적, 비진보주의적 실태, 모순으로 점철된 이토, 이노우에의 귀족주의적 구화주의의 실상을 열거하며 쉴 틈 없는 지탄을 가하고 있다. 그 결과에 대해서도 자유당, 개진당, 보수당이 일시에 궐기해서 구화정책에 반대했고, "정부는 지극히 소수의 어용분자 외에 천하에 동정자를 지니지 못하게 됐다"[4]고 결론 맺고 있다. '소수의 어용분자'면 몰라도 이론이 있을 리 없다고 확신한다.

---

3) 中野正剛, 『明治民權史論』, 有倫堂, 1913, pp.205-207.
4) 中野正剛, 『明治民權史論』, p.208.

관동대지진이 발생하기 1년 전, 나카무라 도쿠고로(中村德五郎：1873~1940)가 출간한『전설 재미있는 일본 역사 이야기：메이지·다이쇼의 권』(1922)은 메이지부터 다이쇼기에 이르는 총 87개 사항에 관한 역사 서술 형태를 띤 문헌이다. 제목에서도 알 수 있듯, 메이지 시대뿐 아니라 동시대(다이쇼 시대)에 대한 기술도 포함하고 있는데, 거기에는 저자의 분명한 의도가 있다. 머리말에서 저자는 다이쇼 시대의 일본을 개탄하며 바로잡겠다는 입장을 드러내고 있으며, 메이지 시대와 다이쇼 시대에 대한 평가는 극명하게 갈린다.

메이지 시대에 관해서는 왕정복고의 메이지유신은 건국에 견줄 위업이라는 평가로 시작한다. 그런가 하면, 폐번치현, 국민개병제, 산업화, 헌법제정, 국회 개설 등에 대해서도 열거하는데 거기서 그치지 않는다. "청일·러일 양 전쟁으로 세계열강 수장의 반열에 들고 영토를 확장하여 국위를 선양"했으며, 국민의 활기가 왕성했다는 평가가 이어진다.[5]

반면, 다이쇼 시대에 대해서는 세계대전, 물가 폭등, 해외 유해 사조의 유입, 빈발하는 노동문제, 국민 활기 저하, 선조의 위풍에 대한 망각 등을 열거하면서, "참으로 우려할 만한 현상이다. 본서를 읽는 사람은 그 마음을 바로잡기를 바란다"고 호소하고 있다.[6]

이처럼 이 책의 논조는 메이지와 다이쇼에 대한 칭송 일색과 개탄 일색의 극명한 대비로 일관된다. 왕정복고와 근대국가 기반 확립을 동시에 이루고, 청·일, 러·일 양대전쟁을 통해 일본을 열강으로 끌어

---

5) 中村德五郎,『伝説 面白い日本歴史のお話：明治·大正の巻』, 石塚松雲堂, 1922, p.1.
6) 中村德五郎,『伝説 面白い日本歴史のお話：明治·大正の巻』, 石塚松雲堂, 1922, p.2.

올린 메이지의 '위업'을 기리고 본받고 회복해야 한다는 주장은 제국주의 세계관의 집약판이다. 그렇다면 메이지의 '위업' 속에서 로쿠메이칸은 어떻게 평가되고 있을까. 저자는 "로쿠메이칸의 야회"에 관해서도 기술하고 있다.

> 1887년 2월 양 폐하 교토에서 고메이(孝明)천황 20년제 치르시고 도쿄로 환행하셨는데, 당시 우리나라의 해군 심히 미력하니 해방의 박약함을 진념하여 내탕금 30만 엔 해방비(海防費)로 충당하시고 그 이후 조야로 그 뜻을 마음에 새겨 해방비를 헌금했다. / 국방이 그러한 급무를 요할 때에 수상이라는 이토 히로부미는 이노우에 가오루 등과 함께 구미의 피상적인 문명을 환영하고 서양에 심취한 나머지 사회의 외관을 분식(粉飾)하는데 열중해, 종종 로쿠메이칸에서 야회를 열고 툭하면 무도회, 걸핏하면 가장무도회 하며 밤낮 광태를 연출하였기에, 분별 있는 자 이에 분노하여 (…)[7]

메이지와 다이쇼에 대해 극명하게 갈렸던 평가는 이제 천황과 정부에 대한 평가에서 그대로 반복되고 있다. 1887년 2월 교토에서 부친의 20주기 추모제를 마치고 상경한 천황은 다음 달 황실비에서 해방비 30만 엔을 헌금하겠다고 발표했다. 이토의 가장무도회 파동은 같은 해 4월이었다. 저자는 "당시 우리나라의 해군 심히 미력하니 해방의 박약함을 진념하여"라고 했는데, 그 경위는 조금 더 명확히 할 필요가 있다. 천황이 해방비를 헌금하도록 설득한 것은 다름 아닌 이토 히로부미였다. 이토는 이탈리아 황제가 국방을 위한 하사금을 전달한

---

7) 中村德五郎, 『伝説 面白い日本歴史のお話 : 明治・大正の巻』, pp. 52-53.

것이 이탈리아 국민의 애국심을 환기시켰다며, 천황의 30만 엔 지출을 설득했다. 천황의 헌금이 공포되자 이토의 계산대로 전국에서 유지들의 해방비 헌납이 이어졌고, 같은 해 9월 시점으로 200만 엔 이상의 헌납금이 모였다.[8]

저자 나카무라가 그러한 경위를 알았다면 어땠을까. 천황에게 헌금을 내게 해놓고 자신은 가장무도회 추태를 벌였다며 정부와 무도회에 대한 비판의 수위를 한층 더 높였을지 모른다. 하지만 그렇게 되면 천황이 일본의 해방력이 걱정돼 자발적으로 헌금을 결정했다는 얘기도 무효해진다. 로쿠메이칸 정책 비판을 위한 '천황 카드'의 효과도 같이 떨어졌을 것이다.

이토 히로부미가 가장무도회를 개최하던 날은 조약개정 교섭이 아직 진행 중일 때였다. 하지만 늦은 새벽이 돼서야 무도회가 해산됐기 때문에 그날 등원한 대신은 아무도 없었다.[9] 30년 전 '역사'에 관한 기술에서 국정 소홀을 이유로 무도회를 비판할 거라면 섣불리 '천황 카드(천황 vs 정부)'를 들고나올 것이 아니라, 조약개정 교섭 회의 기간 중에도 무도회 때문에 등원하지 못한 쪽을 비판했어야 했다. 그러한 의미에서 나카무라의 '메이지 vs 다이쇼', '천황 vs 정부' 식의 기술도 '허식의 내러티브'와 '허위 역사'의 일단을 보여준다고 할 수 있다.

다이쇼 시대의 마지막 해를 맞은 1926년, 문학평론가 고지마 도쿠야(小島徳弥：1898~?)도 『메이지・다이쇼 정치와 시대사상』(1926)에서

---

8) 久保伸子,「伊藤博文と明治日本の朝鮮政策」, 博士(学術)学位請求論文, 北九州市立大学大学院社会システム研究科, 2018.3, pp.78-79.

9)「各大臣とも出省なし」,『絵入朝野』, 1887.4.22[茂木優子,「明治期の欧化政策と天覧劇との関係について」,『政治学研究』45, 2011. pp.423-424.에서 재인용].

"로쿠메이칸 건축과 가장무도회"에 관하여 지면을 할애하고 있다.

> (…)1883년 11월에 서양풍 건축으로서 미려함의 극치인 로쿠메이칸이
> 완성되어 밤낮 무도·음악·가루타·당구의 유희 이곳에서 처음으로 행
> 해지고, (…) 무도회와 음악회 붐이 일어 (…) 어제는 수상관저에 오늘은
> 외무대신 관저에서 내일은 도쿄부지사 아니면 육군대신의 관저에 연일
> 연야 무도회 음악회가 개최되고 그러는 동안 왕왕 추악함 새어 나오는
> 형국이었는데, 특히 1887년 4월 20일 이토 히로부미가 주최한 가장무도
> 회, 17일 이노우에 가오루의 도리이자카에서의 연극천람 같은 것은 가
> 장 극단적인 것이다. 가장무도회에 관해서는 당시 도쿄니치니치신문이
> 다음과 같이 기록하고 있다.[10]
>
> (밑줄, 인용자)

"로쿠메이칸 건축과 가장무도회"라는 제목에서도 예상되듯, 고지
마는 로쿠메이칸 완공으로 시작해 무도회의 성황과 거기서 빚어진 각
종 추문, 이어서 구화주의의 폐해로 얘기를 옮겨가고 있다. 고지마
역시 구화주의 폐해의 극단적인 예로 이토의 가장무도회와 이노우에
의 사저에서의 가부키 천람회를 꼽고 있다. 나카노 세이고의 『메이지
민권사론』에서 보았던 로쿠메이칸 비판과도 유사하다.

가장무도회 참석자들의 면면과 차림을 상세하게 묘사했던 『도쿄니
치니치신문』의 기사를 인용하면서 가장무도회의 실태를 다시 한번
비판한 고지마는, 가장무도회 이후 상황에 대해서도 기술하고 있다.

아, 이처럼 어리석기 짝이 없는 온갖 광대극을 다하고, 그러면서 서양
인으로 하여금 우리나라 문화에 서양의 문화와 비견할 만한 것 있다고

---

10) 小島德弥, 『明治大正政治と時代思想』, 教文社, 1926, pp.239-240.

인정하게 하려 한다니, 얼마나 얕은 생각인가. 서양심취의 정부가 아무리 구화정책을 농락한다지만 가장무도회의 치태를 행하는 지경에 이르러서는, 국민 아연하지 않을 수 없었다. 여기에 이르러, 정부의 구화정책의 악영향이 각종 방면에 미쳐 맹목적 서양숭배의 광태가 일어나고 극단적 서양 모방을 의미하는 각종 개량을 외치는 한편, 조약개정의 잘못된 처리로 정부의 구화정책을 비난하는 목소리 차차 높아져 서양숭배, 구화주의에 대한 반동 나타나 메이지 20년대의 이른바 국수 보존, 국민 자각의 시대는 도래했지만, 구화주의 시대 서양숭배의 영향인 기독교 융성 및 각 방면의 개량론의 범람에 대하여 논술해야 한다.[11]

'어리석음', '광대', '천박', '광태', '치태', '서양심취', '맹목적 서양숭배', '극단적인 서양 모방' 등 특히 가장무도회 이후 정형화된 용어들이 늘어서고 정부의 구화정책에 대한 정형화된 비판들이 이어지고 있다. 고지마는 정부의 구화정책의 실패와 폐해를 질타하는 목소리가 메이지 20년대의 사회적 여론을 형성하고, '국수 보존'과 '국민 자각'의 시대로 전환된 것을 바람직한 현상으로 보고 있다. 반면에 구화주의의 영향과 폐해가 완전히 척결된 것은 아니라며 그 '잔재'인 각종 개량론 등을 마뜩잖게 여기고 있다.

나카노와 고지마의 사이에 또 하나의 공통점이 보인다. 구화정책의 실태로서 이노우에 사저에서 있었던 천람(천황의 관람)연극을 이토의 가장무도회와 동급으로 비판하고 있는 점이다. 천람연극은 이노우에가 사저[12]에서 가부키를 천람극으로 올린 것(1887.4.26.~29.)으로

---

11) 小島德弥, 『明治大正政治と時代思想』, p.243.
12) 도쿄 롯폰기(六本木) 도리이자카에 위치했던 이노우에 사저 자리에는 1952년에 록펠러재단 등의 지원으로 설립된 국제문화회관이 자리하고 있다. 2007년 4월 메이지천황

지금의 천람극의 출발에 해당한다. 당시에도 반응은 일률적이지 않았다. 새로운 가부키 상에 대한 사회적 요구와 그에 부응했다는 평가와 민생을 외면한 채 태평함에 취한 정치와 상류사회에 대한 불신, 비판이 공존했다.[13]

천황의 가부키 관람의 배경에는 메이지 10년대에 일어난 연극개량운동이 있었다. 고지마가 천람극을 구화주의의 대표적인 폐해로 예시한 것과 구화주의의 잔재로서 '각종 개량론'을 꼽은 것은 결국 같은 얘기다. '로쿠메이칸 시대'에 무도회를 비판했던 당시의『조야신문』기사에서도 사회개량론을 염두에 두고 남녀교제 운운하는 무도회 붐을 비판했었다. 반면에 천람극이 배우들의 사회적 지위 향상에 기여했다는 평가도 있었는데, 무엇보다도 가부키를 유럽 연극과 대등한 연극으로 개량하는 계기, 문화 발전의 계기로 보는 것이 천람극 평가의 핵심이었다.[14] 이토의 수상관저에서의 가장무도회와 이노우에 사저에서의 천람극을 동일하게 보는 것은 다소 무리도 있어 보이지만, 나카노와 고지마에게 있어 가장무도회와 천람극을 구별하는 것은 의미가 없어 보인다.

끝으로 보고 싶은 것은 역시 다이쇼 시대가 저물어갈 무렵에 이와는 조금 다른 결의 목소리를 낸 우치다 로안의 '회상'이다. 1925년, 그는 체험과 기억을 생생히 반영한 작가적 색채와 문학사적 가치를

천람가부키 120주년 기념 공연도 이곳에서 열렸다.

13) 茂木優子,「明治期の欧化政策と天覧劇との関係について」,『政治学研究』45, 2011. p.421.

14) 배관문,「일본 전통예능으로서의 노(能)의 발견」,『동아시아문화연구』, 2015.5, p.71. ;「〈社説〉演劇御覧の事」,『東京日日新聞』, 1887.4.28. ; 高田早苗,「〈社説〉演劇御覧の事を聞きて天下の俳優に告ぐ」,『読売新聞』, 1887.5.1. 등.

인정받는 회상록, 『생각나는 사람들 : 40년간의 문명의 일별』을 발표했다. 로안은 이 회상록에서 "40년 전 : 신문예의 서광"이라는 제목으로 로쿠메이칸, 가장무도회, 구화 열기에 관한 회상을 이어가고 있다.

그는 로쿠메이칸 무도회가 반드시 '국가를 위한 정책'의 일환이었던 것만은 아니라며, 구화 붐의 급선봉"에 있던 이토와 이노우에가 "남녀 간 인습의 벽을 철폐한" 서구식 사교에 빠진 것은 그들의 사적인 쾌락과도 무관하지 않았다고 말한다.[15] 또 '구미극의 본무대로 건설'된 로쿠메이칸이 지금은 고풍스럽게도 보여도, "서구문화의 상징으로 구가"되던 당시 로쿠메이칸을 보는 세간의 눈은 곱지 않았다고 회상하고 있다.[16] 당시의 구화는 모래 위의 누각처럼 겉은 찬연했으나 그 내용은 파탄으로 가득했다며, "로쿠메이칸의 그저 하루 저녁에만 국한된 것이 아니라 이 구화시대를 통틀어 전부가 가장회[가장무도회, 인용자]였다. 실태를 백출했다기보다는 골계를 백출한 희극으로 끝났다"[17]며 메이지의 구화주의 전체를 골계극으로 총괄하고 있다. 여기까지라면 로안의 '회상'도 앞에서 보았던 로쿠메이칸 평가와 그리 다르지 않다.

---

15) 곤도 도미에는 수필 「가장무도회」(1988) 모두에서 오쿠라 기하치로(大倉喜八郎 : 1837~1928)의 회고담을 인용하고 있다. 그중에서, 조약개정 촉진을 위해 구화정책을 취한 이토, 이노우에가 서양의 가장무도회를 도입한 것에 대해, "하지만 이 사람들도 인간인지라 목적은 엄연히 조약개정에 있었다 해도 가장(무도회)이네 댄스네 하는 흥청거림이 과연 재미없는 건 아니니까 다소 그 방면의 목적의 범위를 벗어난 듯한 경향도 없지 않았다"(近藤富枝, 「仮装舞踏会」, 『日本の名随筆(74) 客』, 作品社, 1988, p.221.에서 재인용)라고 회고한 오쿠라의 취지는 로안의 회상과도 거의 일치하다. 곤도가 인용한 오쿠라의 로쿠메이칸에 관한 회고담은 「鹿鳴館時代の回顧」(『現代日本記録全集(4)』, 筑摩書房, 1968.)로 보인다.

16) 内田魯庵, 『おもひ出す人々』, 春陽堂, 1932[초판은 1925년 春秋社 출간], pp.3~4.

17) 内田魯庵, 『おもひ出す人々』, p.11.

로안은 다시 얘기를 이어간다.

"똥물 오물을 흘려보내는 대범람은 물이 빠질 때 반드시 다른 날의 양분이 되는 진흙 모래"를 남기듯, "이 우스꽝스러운 구화의 대홍수 또한 새로운 문화의 맹아가 싹틀 양분을 남겼다"[18]며 로쿠메이칸 시대에 대한 다른 평가의 여지를 내비친다. 이노우에 사저에서의 천람 가부키에 대한 시선도 수상관저의 가장무도회를 보는 시선과는 크게 다르다. 로안은 이노우에가 시도한 천람가부키는 그동안 천시되어 온 극의 예술적 위상을 높이는 데 있어 '천만어로 된 논문'보다 훨씬 효력이 크다고 평가하고 있다.[19]

이를 종합하여 로안은 메이지의 구화주의에 대한 재평가를 제시한다.

> 이노우에의 구화정책은 이미 꿈같은 이야기가 됐다. (…) 이노우에 사망 당시, 그의 구화정책은 골계의 추억담이 됐지만, 각종의 옛것을 파괴하고 그 근저에서 신문명을 창조하려 했던 이노우에의 철저한 정책이 지닌 통쾌함은 사사건건 사방의 눈치를 보느라 주저하는 지금의 정치가에게서는 볼 수 없다. (…) 범람한 구화 홍수가 문화적으로 척박한 불모지에 뿌려져 비요한 옥답이 되고, 새로 식수한 문명의 묘목이 자라나 아름다운 열매를 맺은 것은 부정할 수 없다. 적어도 오늘의 새로운 문예·미술의 발흥은 당시의 구화 열기에 힘입은 바가 있었다.[20]

이는 정치·외교·사회적인 관점과 문화·예술이라는 관점을 종합

---

18) 内田魯庵, 『おもひ出す人々』, p.11.
19) 内田魯庵, 『おもひ出す人々』, p.11.
20) 内田魯庵, 『おもひ出す人々』, pp.11, 14.

한 것인데, 전자와 후자에 대한 평가에는 시차가 있다. 즉, 전자가 '로쿠메이칸 시대'에 초점이 맞춰져 있다면 후자는 그 결과로서 이른 현재에 초점이 맞춰져 있다. 메이지 구화주의라는 '가장무도회=골계극'에서 다이쇼 시대의 새로운 문화·예술로 이어진 수맥을 짚어 보이고 있는 것이다.

그러고 보면, 로안은 이미 관동대지진 발생 직후에 「영원히 보상될 수 없는 문화적 대손실」(1923.10.), 「도서관의 부흥과 문헌의 보존」(1924.4.)을 신문에 기고하면서 메이지의 문화·문헌 보존에 대한 필요성을 강조했었다. 그로부터 1년 후에 발표한 것이 이 회상록이니, '로쿠메이칸, 가장무도회, 구화 열기'에 대한 그의 재평가도 그 연장선에서 생각해 볼 수 있을 것이다. 로쿠메이칸의 정형화된 비판들 사이로 로안이 조금은 다른 목소리를 냈던 배경이기도 하다.

(2) 쇼와(전전)기

쇼와 시대에도 로쿠메이칸/무도회에 관한 기술과 평가는 이어졌다. 1933(쇼와8)년, 다쓰이 마쓰노스케(龍居松之助 : 1884~1961)는 '여성사'의 관점에서 로쿠메이칸을 기술하고 있다. 여성들에게서 '자각'의 기운이 고조된 것은, 유럽풍의 로쿠메이칸을 짓고 무도회를 열고 궁중 여성복을 양장화했던 로쿠메이칸 시대가 아닌 그 반동으로 나타난 국수보존의 기운, 그리고 청일전쟁 이후의 국민적 자각과 궤를 같이한다고 말한다.[21] 로쿠메이칸 무도회의 '주역'으로 동원됐던 여성들의 관점에서 보더라도 무도회는 유해했다는 것이다.

---

21) 龍居松之助, 『日本女性史』, 章華社, 1933, pp.90-91.

비국정 국사독본으로 출간된 '소년국사문고' 시리즈의 『메이지 시대』(1936)의 저자는, '로쿠메이칸 시대'에 관하여 이토 히로부미 내각이 조약개정을 위해 일본의 풍속, 습관을 모두 서양식으로 바꾸는 구화주의를 주창했고, "당시 대관들이 매일 밤 댄스를"[22] 춘 서양식 건물 로쿠메이칸은 구화주의를 대표했다고 설명하고 있다. 문제의 가장무도회에 대한 언급도 빠지지 않는다. 참석자들의 복장에 대한 상세한 묘사는 여기서도 반복된다. 이어서 한 귀부인이 머리와 복장을 흐트러트린 채 수상관저를 뛰쳐나갔다는 소문이 연일 신문지상을 떠들썩하게 했고, 그 결과 '분별 있는' 사람들의 반구화주의, 반정부적 논의가 고조됐다는 설명의 패턴도 그대로 유지되고 있다.

'의회정치의 아버지' 오자키 유키오(尾崎行雄 : 1858~1954)도 중일전쟁 발발 이듬해인 1938년, 『일본 헌정사를 말하다(상)』에서 로쿠메이칸 무도회에 관하여 언급하고 있다. 이노우에가 조약개정을 위해 착안했지만, '로쿠메이칸 시대'의 구화 열기는 "광태 이루 말할 수 없는" 가장무도회에까지 치달았다고 기술하고 있다. 그런가 하면 "댄스란 결국 서양의 본오도리인데 일본의 본오도리는 비속하다고 금하면서, 서양의 본오도리로 광태를 연출하고 있다"며 "댄스만 추면 조약개정을 성취할 수 있을 것처럼 생각해 (…) 기묘한 분장을 하고 마구 춤을 췄다니, 어처구니가 없다기보다 오히려 딱하기 그지없었다"[23]라며 개탄하고 있다.

아시아·태평양전쟁 돌입 2년 후, 기타가키 교지로(北垣恭次郎 : 1877

---

22) 西亀正夫, 『少年国史文庫(11) 明治時代』, 厚生閣書店, 1936, p.39.
23) 尾崎行雄, 『日本憲政史を語る(上)』, モナス, 1938, pp.155-156.

~1959)도『대국사 미담』(1943) 시리즈에서 로쿠메이칸에 관하여 언급하고 있다. 로쿠메이칸 무도회를 주도했던 대관 귀족과 부인들은 수천 년의 일본 풍습을 하루아침에 서양식으로 바꿔가며 되지도 않는 서양문화를 따라가려 했다고 비판하고 있다. "한심한 얘기지만 당시의 정부는 외국인의 비위를 맞추고 그 환심을 사 조약을 개정"하려는 탓에 노먼턴호 사건은 흐지부지되고 국내의 반정부 기운이 고조됐다는 기술이 이어진다.[24] 문제의 가장무도회에 관한 언급은 여기서도 빠지지 않는다. 한편, 이토의 가장무도회가 로쿠메이칸에서 열렸다고 기술하는 오류도 보인다.

이처럼 쇼와 전전기에도 로쿠메이칸 관련 평가는 다이쇼 시대에 이어 '조약개정 → 구화 → 로쿠메이칸 → 가장무도회 → 반정부적 국수주의'의 단선적 서사를 반복하고 있다. 다만, 쇼와 15년 전쟁이 지속되던 쇼와 전전기에 로안과 같은 목소리는 들리지 않았다. 후술하겠지만, 1940년의 갑작스런 로쿠메이칸 철거는 당시 전시체제의 시대 분위기를 보여주는 지표로도 기억된다.

2. 노스텔지어의 역설

: 아쿠타가와 류노스케, 「무도회」

다이쇼 시대로 돌아가 이번에는 로쿠메이칸/무도회를 소재로 한 문학 공간을 살펴보자. 로쿠메이칸 문학 서사는 다이쇼 시대에 중요

---

24) 北垣恭次郎, 『大国史美談(7)』, 実業之日本社, 1943, pp.300-301.

한 전기를 맞게 된다. 로티의 「에도의 무도회」를 로쿠메이칸 문학 서사의 사실적 기점으로 만든 아쿠타가와 류노스케(芥川龍之介 : 1892~1927)의 「무도회」(『신조(新潮)』, 1920.1.)가 발표됐다.

「무도회」는 아쿠타가와가 피에르 로티의 「에도의 무도회」에 착안하여 쓴 소설이다. 「에도의 무도회」에서 해군 장교 줄리앙 비오의 댄스 파트너였던 여성이 「무도회」에서는 '아키코'라는 이름의 초점 화자로 등장한다. 「무도회」는 노부인이 된 아키코가 1886년 11월 3일에 참석했던 로쿠메이칸 무도회를 회상하는 액자식 소설이다. '1886(메이지19)년'은 로티의 오류로 '1885년'이 맞지만, 아쿠타가와는 이 역시 로티를 따라 1886년이라고 적고 있다. 현재는 1918(다이쇼7)년으로 노부인은 30여년 전의 일을 회상하고 있다. 소설은 2부 구성이며, 1부는 소녀 아키코가 체험했던 무도회 이야기, 2부는 아키코의 회상이 끝난 지점부터 시작되는 짧은 결말을 이룬다. 회상은 아키코가 우연히 동승한 기차 옆좌석의 청년작가에게 이야기하는 형태로 전개된다. 2부가 시작될 때 독자는 비로소 그때까지 읽은 내용이 노부인 아키코의 회상임을 알게 된다.

이 소설은 프랑스어와 댄스 교육을 받은 17세 소녀 아키코가 아버지를 따라 처음으로 로쿠메이칸 무도회에 참석하는 장면으로 시작한다. 무도회장에 들어선 아키코의 시선은 「에도의 무도회」에서 비오의 시선과 상당 부분 조응하게끔 맞춰져 있다. 초점 화자는 비오(「에도의 무도회」)에서 아키코로 바뀌어 있다. 때문에 마치 로티의 「에도의 무도회」 안에서 다시 아키코를 만나는 느낌이다. 무엇보다 그것은 아키코가 왈츠 파트너 비오의 생각을 꿰뚫어 보고 있었던 것 같은 착각을 주기도 한다. 「에도의 무도회」를 의식한 「무도회」의 장면과 「에도의 무도회」의 해당 장면을 비교해 보면 그 효과를 느낄 수 있다. 인용은 아쿠타가와의 「무도회」 그리고 이어서 로티의 「에도의 무도회」순이다.

그러나 아키코는 그동안에도 상대 프랑스 해군 장교의 눈이 그녀의 손놀림과 몸짓에 주의하고 있는 것을 알고 있었다. 그것은 이 일본에 전혀 익숙지 않은 외국인이 그녀의 쾌활한 춤놀림에 얼마나 흥미가 있었는지를 말해주는 것이었다. 이렇게 아름다운 아가씨도 역시 종이와 대나무로 된 집 안에 인형처럼 살고 있을까. 그리고 가는 금속 젓가락으로 푸른 꽃이 그려진 손바닥 만한 밥그릇에서 밥알을 집어 먹는 걸까. ── 그의 눈 속에는 이러한 의문이 친근한 미소와 함께 몇 번이고 왕래하는 듯했다. 아키코에게는 그것이 웃기기도 하고 동시에 또 뿌듯하기도 했다. (…) 프랑스 해군 장교는 아키코와 한 식탁으로 가서 함께 아이스크림 숟가락을 집었다. 그녀는 그러는 동안도 상대의 눈이 때때로 그녀의 손과 머리와 파란색 리본 달린 목으로 향하고 있는 것을 알았다. 그것은 물론 그녀에게 있어 전혀 불쾌하지 않았다.[25]

(아쿠타가와, 「무도회」)

사실 그녀는 우리 프랑스(라 해도 솔직히 다소 시골인 카르팡트라나 랑테르노 지방)의 혼기를 맞은 아가씨처럼 정말 잘 차려입고 있으며, 또 그녀는 장갑을 꼭 맞게 낀 그 손가락 끝으로, 숟가락을 사용해 능숙하게 아이스크림을 먹는다. ── 하지만 곧, 그녀는 어딘가 장지문이 끼워진 자기 집으로 돌아가, 다른 모든 귀부인과 마찬가지로 그녀의 뾰족한 코르셋을 벗고, 학이나 다른 흔한 새가 수 놓인 기모노를 입거나 무릎 꿇고는 신도(神道)나 불교의 기도를 하고, 그리고 젓가락의 도움을

---

25) 芥川龍之介, 「舞踏会」, 『新潮』, 1920.1.[『芥川龍之介作品集(3)』, 岩波書店, 1950, pp.139−140, 142].

받아 밥그릇 속의 밥으로 저녁을 먹을 것이다. ……우리는 사이가 매우 좋아진다. 이 스마트한 작은 아가씨와 나는.[26] (로티, 「에도의 무도회」)

이처럼 비오의 왈츠 파트너였던 소녀를 초점 화자로 설정하면, 「에도의 무도회」에서 '보는 자'와 '보여지는 자'의 관계에 있던 로티와 아키코의 관계가, 「무도회」에서는 '보여지는 자'(로티)와 '보는 자'(아키코)의 관계로 역전된다. 로쿠메이칸 무도회와 참석자들을 관찰·품평했던 로티의 호기심 가득한 시선(「에도의 무도회」)을, 「무도회」의 아키코는 매우 호의적인 시선, 뿌듯함을 느끼게 만드는 시선으로 '탈환'하고 있다.

때문에 아쿠타가와의 「무도회」는 로티의 「에도의 무도회」를 소환하지 않고는 미완의 상태에 머문다. 로티의 「에도의 무도회」도 본래는 그 자체로서 완결된 이야기였지만, 아쿠타가와의 「무도회」를 통해 다시 열리게 된다. 아쿠타가와의 「무도회는」 로티의 「에도의 무도회」보다 나중에 발표된 소설이지만 선행 작품(로티의 「에도의 무도회」)에 거꾸로 영향을 주게 되는 것이다.

그런가 하면, 「무도회」는 아키코의 회상이 끝난 후 묘한 반전을 맞는다.

그 얘기가 끝났을 때, 청년은 H 노부인에게 무심코 이러한 질문을 했다.

---

26) ピエール·ロティ/村上菊一郎·吉永清(訳), 「江戸の舞踏会」, 1942, pp.75-76. 아쿠타가와가 참조한 번역서로는 다카세가 번역한 『일본인인상기』(1914)가 가능성으로서는 가장 높으나 영어 번역을 사용했다는 지적도 있다(島内裕子, 「『舞踏会』におけるロティとヴァトーの位相」, p.66.).

"사모님은 그 프랑스 해군 장교의 이름을 모르시나요?"

그러자 H 노부인은 생각지 못한 답을 했다.

"알고 말구요. Julien Viaud라고 하시는 분이셨어요."

"그러면 Loti였군요. 『국화부인』을 쓴 그 피에르 로티였던 거네요."

청년은 유쾌한 흥분을 느꼈다. 그러나 H 노부인은 이상하다는 듯이 청년의 얼굴을 보면서 몇 번이고 이렇게 중얼거릴 뿐이었다.

"아뇨, 로티라는 분이 아니에요. 줄리앙 비오라고 하시는 분이랍니다."[27]

아키코는 해군 장교 줄리앙 비오와 함께 했던 로쿠메이칸 무도회의 추억을 지난 30여 년간 간직해 왔다. 동시에 아키코는 줄리앙 비오가 피에르 로티와 동일 인물이라는 것도 모른 채 30여 년을 지내 온 것이다. 많은 관심을 받아온 「무도회」의 결말의 대해서는 발랄하고 총명했던 17세의 아키코와 30년 후의 '무지'한 노부인 아키코와의 낙차가 지적되기도 했다. "결국 일본은 서양의 진실을 충분히 알지 못한 채 표면적인 서양화를 추진하고 있었고, 그것을 상징하는" 로쿠메이칸과 아키코의 '무지'를 관련짓는 해석이다.[28]

정반대의 해석도 있다. 1967년, 에토 준은 이 결말 장면을 "로티의 신체와 접촉하면서 그 이름을 알지 못하는 메이지 문명개화기의 풍요와, 모든 것을 이름으로 이해하고자 하는 다이쇼 교양주의의 공허함의 거리"[29]로 해석했다. 에토의 해석에 공감한 미요시 유키오(三

---

27) 芥川龍之介, 「舞踏会」, pp.146-147.

28) 小倉和夫, 〈時代の風〉 令和の新鹿鳴館精神 日本の伝統文化発信」, 『毎日新聞』, 2019. 10.20., https://mainichi.jp/articles/20191020/ddm/002/070/076000c?pid=14528 (검색일 : 2020.2.5.)

好行雄：1926~1990) 해석을 보면 그 의미가 명확해진다. 즉, 순수한 '실존'적 감동을 보여주는 아키코의 회상과 달리, 청년작가는 그녀의 추억보다는 해군 장교의 이름을 확인하는 데 더 지적 흥분을 보였다며, 청년은 다이쇼 시대의 지적 교양주의의 '공허함'을 대변한다는 것이다.[30]

에토와 미요시의 해석은 '메이지−문명개화−풍요'와 '다이쇼−교양주의−공허'라고 하는 이원론적 구도를 보여준다. 에토가 이같은 해석을 제시한 「아쿠타가와 류노스케」는 '메이지 100년'을 1년 앞둔 1967년에 발표됐다. 2년 전, 에토가 『아사히신문』의 특집 기획("메이지 100년과 전후 20년")에서 메이지 옹호파 쪽 필진으로 참여했던 것을 떠올리면, 1960년대 후반의 에토의 문예론에서 '메이지 vs 전후'와 '메이지 vs 다이쇼'의 상동구조가 발견되는 것을 알 수 있다.

3. 책략의 공간, 궤변의 서사

: 데라시마 마사시, 「로쿠메이칸 야곡」

쇼와 시대로 들어서면서 로쿠메이칸 무도회 문학의 서사 공간에도 새로운 소설이 출현했다. 1929(쇼와4)년, 홋카이도 네무로(北海道根室) 출신 작가 데라시마 마사시(寺島柾史：1893~1952)의 미완의 장편소설 『로쿠메이칸 시대(전편)』가 발표된다. 이야기가 시작되는 것은 로쿠

---

29) 江藤淳, 「芥川龍之介」『江藤淳著作集(2)：作家論集』, 講談社, 1967. p.169].

30) 三好行雄, 「青春の〈虚無〉：「舞踏会」の世界」『芥川龍之介』, 筑摩書房, 1976.)［『芥川龍之介作品論集成(4) 舞踏会：開花期・現代物の世界』, p.30].

메이칸 준공 1년을 앞둔 1882년이다. 등장인물의 민족·국적·계층·이념의 스펙트럼은 실로 다양하다. 민족은 일본, 아이누, 조선, 중국, 러시아, 미국, 영국에 이르고, 계층은 극빈층부터 귀족·황족에 이르며, 이념은 극단적인 문명개화주의부터 급진적 국수주의에 이른다.

『로쿠메이칸 시대』에는 등장인물이 많아 인물들의 이름과 이력에 관한 신상정보, 등장인물의 관계도, 잇따르는 사건 등 플롯을 따라가기 위한 기본 정보를 착오 없이 기억하는 것만도 쉽지 않다. 플롯은 다기에 걸쳐 있고 장면은 수시로 전환된다. 신출귀몰하는 등장인물들의 이합집산은 수시로 일어나고 우연은 빈발하며 사건은 어디로 뻗을지 갈피를 잡기 어렵다. 그 자체가 목적이었다면 모르겠지만, 서사론적으로는 파탄의 연속이다.

데라시마는 다이쇼 시대 중반부터 패전 무렵까지 소설, 수필, 동화, 아동모험물, 과학물, 전기 할 것 없이 장르를 가리지 않는 왕성한 집필욕은 보였다. 그러나 『로쿠메이칸 시대』의 후편은 끝내 완성하지 못했다. 야심차게 한데 모은 인물들의 군상과 지리하게 벌여 놓은 사건들을 엮어낼 해법을 찾지 못한 게 아닌가 싶다.

하지만 로쿠메이칸에 대한 데라시마의 관심이 멈춘 것은 아니었다. 『로쿠메이칸 시대』는 완성하지 못했지만, 인물도 사건도 대폭 축소한 새로운 구상으로 출구를 찾았다. 1935년, 그는 비 삿초(薩長)계 인물에 초점을 맞춰 유신의 역사를 쓴 『인정비록 유신 이후 : 구로후네부터 로쿠메이칸 시대까지(人情秘録 維新以後 : 黒船より鹿鳴館時代まで)』를 출간했다. 그중에 「로쿠메이칸 무도야곡(鹿鳴館舞踏夜曲)」이라는 단편소설도 포함돼 있다. 1940년에는 그 일부를 수정해 「로쿠메이칸 야곡(鹿鳴館夜曲)」이라는 제목으로 『유신의 처녀지(維新の処女地)』(1940)에 재

〈그림 26〉 『유신의 처녀지』(1940) 삽화

수록했다(〈그림 26〉).

　「로쿠메이칸 야곡」은 이노우에의 조약개정안에 반대했던 정부 내 인물 다니 간조를 허구화한 소설로, 여기에도 역사적 인물과 허구 인물이 등장한다. 허구 인물인 매춘부 나카무라 오시즈가 로쿠메이칸 무도회에서 영국인 공사를 살해하고, 배후에서 그녀를 움직이는 것이 군인 출신 정치가 다니 간조다. 오시즈는 그의 계획에 따라 자신의 손으로 언니의 원수를 갚고, 다니 간조는 오시즈의 손으로 일본의 적을 처리하는 일종의 복수극이다.

　오시즈가 매춘부가 된 것은 자신의 언니를 능욕하여 자살로 몬 영국공사관의 젭스 백작을 죽이기 위해서다. 연일 긴자의 밤거리에서 외국인 마차를 물색하며 언니의 원수를 갚을 기회만 찾고 있던 어느 날, 오시즈의 사정을 소상히 아는 낯선 신사가 그녀 앞에 나타난다. 다음 날 신사는 문하의 서생을 오시즈에게 보내 무도회 복장 일식을 전달한다. 다시 이튿날 신사는 귀부인으로 변장한 오시즈를 마차에

태워 로쿠메이칸으로 향한다. 오시즈로부터 '대원성취'의 각오를 다짐받은 신사는 자신의 해군 나이프를 건넨다. 로쿠메이칸에 도착한 오시즈는 신사의 지시에 따라 2층 발코니로 올라가고, 자신에게 다가와 추근대는 젭스 백작을 해군 나이프로 찌른다. 오시즈의 드레스는 피로 물들고 무도회장은 아수라장이 된다. 이토 히로부미는 참석자들을 아래층으로 내려보내 가장무도회를 계속하게 하고, 2층 무도회장에는 이토 히로부미와 다니 간조, 넋나간 오시즈만 남는다.

한편, 화자는 오시즈가 2층에 올라간 틈을 이용해 독자의 눈을 1층 흡연실로 돌린다. 흡연실에서는 대신, 고관, 사업가들이 모여 조약개정과 국회개설 등에 관한 환담을 나누고 있다.

"또 이토의 박애주의가 다른 여자한테 뻗었다는군"
턱수염 늠름한 프록코트가 만좌를 바라보며 이렇게 말하기 시작했다.(…)
"아니지, 도다 부인 쪽에서 이토 씨를 건드렸다던데"
이는 입이 크고 눈이 둥글며 가문이 들어간 예복 차림의 사업가 아무개다.
"도다 식부관 부인은 어찌됐든 당대 드물게 보는 미인이지"
서양에서 막 돌아온 젊고 수려한 귀공자가 옆에서 끼어들었다.
"오호, 당신도 이토의 박애주의를 계승하실 생각인가"
턱수염은 깜짝 놀란 듯한 눈으로 귀공자를 쳐다봤다.(…)
"이거 참, 이토의 머리에서 나온 이 영화로운 로쿠메이칸이 일본 제도(帝都) 한 복판에 생긴 덕에 각 가정에 이런저런 꺼림칙한 사건이 빈출하게 됐군"
키 작은 연미복은 힐끗 주변을 둘러봤다.
"이게 다 급조된 문명개화로 외국인의 눈을 속이고 조약개정 같은 정부 당국자의 그릇된 정책의 희생이지……"

강직함으로 일세를 풍미한 미우라 고로 소장은 그때 팔을 쓰다듬으며 정부의 조약개정안을 힐난하기 시작했다.[31]

정부의 조약개정 실패─로쿠메이칸 외교 실패─구화주의 실패에서 빠짐없이 언급되어 온 이토의 가장무도회는 여기서도 화제가 되고 있다. 개중에는 추문의 책임을 은근슬쩍 도다 부인에게 돌려보는 저질 호사가도 보인다.

다른 인물들은 모두 '턱수염', '귀공자', '신상 아무개', 키 작은 연미복' 같은 별명으로 부르던 화자는, 조약개정안을 비판하며 끼어든 '미우라 고로'만 실명으로 부르고 있다. 이 흡연실 장면은 미우라 고로가 등장하는 유일한 장면이다.

별도의 설명은 없으나, 물론 주한일본전권공사 시절 명성황후 시해를 주도한 미우라 고로(三浦梧樓 : 1846~1926)다. 이노우에가 조선공사를 사임한 후, 이토 히로부미에게 서신을 보내 미우라 고로를 후임으로 추천한 것은 다니 간조였다.[32] 이토 내각은 1895년 미우라를 조선공사로 임명했다. 다니의 '맹우'였던 미우라 고로는 다니가 귀국하기 전부터 "외인에게 내지 여행·잡거·토지소유권을 허용하는 것과 외국인 법관임용에 대한 반대를 선동"했었다. 외무성 번역국 차장 고무로 주타로가 이노우에의 조약개정안을 세상에 알리는 데 활용했던 '건곤사동맹(乾坤社同盟)'은 미우라 고로가 국수주의자들과 함께했던

---

31) 寺島柾史,「鹿鳴館夜曲」,『維新の処女地』, 1940, pp.263-265.
32) 谷干城,「明治28年七月伊藤伯へ三浦推薦の書」,『谷干城遺稿(下)』, 島内登志衛(編), 靖献社, 1912, pp.599-560.

정치연구단체다.[33)]

화자는 오시즈가 2층으로 이동하는 막간을 이용해, 미우라 고로를 등장시켜 독자에게 조약개정안 반대 의견을 들려주고 있다. 사람들은 "이토 총리의 호색 삽화에 귀를 기울이기보다 미우라 장군의 기탄없는 논의"로 관심을 옮겼다. 이어서 미우라와 서양에서 돌아온 귀공자 간에 논쟁이 붙는다.

> "(…)우리 야마토(大和) 민족 같은 유수한 인종은 세계 으뜸이지, 뭐가 아쉬워서 외국의 금수들에게 굴복할 필요가 있나……게다가 이토 군 등의 조약개정 방침의 전제인 이 로쿠메이칸 출현으로 얼마나 우리 야마토 민족의 특성을 훼손하고 있는지 보시게, 외국인 접대의 무도회, 야회 덕에 우리의 깨끗한 상등사회 가정은 시시각각 난맥상을 보이고 있지 않은가, 게다가 내지잡거를 허용하면 사태는 쉽지 않아질 거요……우리는 결코, 결코……"
>
> "잠시만요. 이 로쿠메이칸을 만들어 외국인을 접대하는 것도 내지잡거를 허용하려는 것도 모두 방편이에요. 결코 외국인에게 굴복하는 것이 아니죠. 외국의 장점을 도입하려고, 아니 외국과 동등한 교제를 위해서……"
>
> "동등한 교제를 하기 위해 코쟁이를 흉내 내 머리를 붉게 물들이고 귀걸이를 달고 득의양양한 이도 있소. 심하게는 외국인의 파란 눈을 따라 약품을 삽입해 애석하게도 아름다운 검은 눈을 잃은 아가씨도 있지. 머지않아 일본은 외국의 속령이 될 것이오"
>
> "당혹스럽군요. 그럼 당신 주장대로라면 구 막부시대의 쇄국으로 돌아가자고 하시는 건지"

---

33) 井上清, 『条約改正 : 明治の民族問題』, 岩波書店, 1960(초판은 1955), p.114.

"아니, 결코……우리는 급진사상이지. 이토 군이나 당신 같은 외국 모방 추종이 아니라 일본의 독특한 정신을 내지에 발양하는 거지"

"좀 더 구체적으로 말씀해 주시죠"

"말하자면 일본의 무력으로 외국을 두렵게 만들고 세계를 통일하라는 거요."

"어허, 무서운 반동!"

"아니 반동이 아니오. 그거야말로 상도(常道)지. 일본은 세계 일등국이오. 외국 흉내를 내지 말고 외국을 추종하게 만드는 것이지."

"(…)지금은 과도기입니다. 유신의 대업을 성취한 지 이제 겨우 20년, 인심이 막 문명 일로에 들어선 것이죠. 세계로 지식을 구하고 모든 것을 새롭게 신일본 제국을 건설해야 하오.(…)"

"아니, 타협은 안 되지. 독특한 정신문명을 발양해 세계통일의 대원을 밀어붙이는 거요. 그러한 신념을 잃으면 일본은 멸망하오."

"정반대입니다"

"뭐가 반대요"

장군은 격노하며 무의식중에 안락의자에서 일어났을 때 복도 밖에서 심상치 않은 사람들의 어지러운 발소리가 들렸다.[34]

다니는 오시즈로 하여금 사적인 복수를 통해 언니의 원수를 갚도록 하면서, 자신·일본의 적을 살해했다. 미우라의 갑작스런 등장 역시 다니를 위한 보조 출현이다. 데라시마는 오시즈가 '임무'를 수행하는 동안, 미우라 고로를 투입해 조약개정안에 대한 다니의 반대 의견을 대변시키고 있다. 오시즈의 개인적 원한은 이미 알고 있으니 이제는 다니의 '대의'를 들려주겠다는 것이다. 다니의 '맹우' 미우라 고로를

---

34) 寺島柾史, 「鹿鳴館夜曲」, 『維新の処女地』, 読切講談社, 1940, pp.266-268.

무명씨들 틈에 등장시킨 이유다.

그러는 동안 사건이 발생하고, 2층에서는 이토가 다니를 배후의 인물로 지목하며 추궁한다. 이토는 정부의 조약개정안을 무산시키려는 다니의 소행임을 확신하고 있다. 정부 요원이 여성을 사주해서 영국공사관원을 살해한 것이 국제사회에 알려지면 일본의 야만성이 문제될 것이라며 우려를 감추지 못한다. 그러자 다니는 다 계획이 있다는 듯 그의 복안을 풀어 놓는다.

> "저 여자 원래 뭐라고 생각하오. 긴자 벽돌가 버드나무 아래서 꿈틀대는 매춘부요"
>
> "허어⋯⋯그 로브 데콜테 차림에 현대적인 속발을 한 그 여자가 매춘부⋯⋯?"
>
> "(⋯) 그야말로 어둠 속에 피는 해어화지⋯⋯그런데 상대는 세계 일등국을 자부하는 영국, 게다가 영국공사관부 무관, 육군대령 젭스 백작이나 되는 자가 만좌의 공석에서 그것도 어둠에서 꿈틀대는 매소부(賣笑婦) 때문에 맥없이 사살됐다고 하면 세간의 웃음거리지. 분명 상대편쪽에서 은밀히 불문에 붙여 달라고 청해 올 것이 틀림없소⋯⋯"
>
> "하지만"
>
> "아니, 단연코 틀림없이 그럴 것이오. 무훈 혁혁한 젭스 대령이 추업부(醜業婦)한테 덤벼들어 살해됐다니 영광된 영국육군의 망신이지"[35]

영국 공사를 살해했지만 국제사회에서 문제가 되는 것은 오히려 영국측이 반대할 것이라는 다니의 책략/궤변의 유일한 근거는 젭스

---

35) 寺島柾史, 「鹿鳴館夜曲」, pp.279-280.

를 죽인 것이 '매춘부'기 때문이라는 것이다. 그것이 알려진다면, 국제사회에서 치명적인 타격을 입는 것은 명예를 중시하는 영국 쪽일 테고, 그러니 일본 이상으로 조용하고 원만한 수습을 원하는 것은 영국이라는 것이다. 이후의 사건 전말은 생략되고 바로 결말로 향한다.

결말 장면은 오시즈가 로쿠메이칸 무도회에서 영국 공사를 살해한 지 약 한 달 후, 그녀가 미결수로 수감된 도쿄 이사기와도(石川島)감옥으로 이동한다. 한 달 만에 그녀를 찾아온 것은 다니 간조다.

"오시즈, 건강하니 다행이다. 걱정했었다"
"네, 감사합니다. 뭐라 인사드려야 할지 모르겠어요"
"무슨, 인사가 필요한가. 덕분에 나도 다년의 숙원이 이루어져 이번에 고향으로 돌아갈 수 있는 몸이 됐지"(…) 작별 인사를 하러 왔다."
"어머나……저 때문에 나으리가……"(…)
오시즈는 펑펑 울었다. 감격에 넘치는 가슴을 안고 말조차 나오지 않는다.
"오시즈, 너도 몸을 소중히 하고 은사(恩赦) 때를 기다리고 있거라."
"네, 네. 이미 소원을 이룬 이상, 이 몸은 텅 비었습니다."
"아니, 오시즈, 너는 아직 희망이 하나 있다"
"네"
"미타무라라는 무뚝뚝한 서생을 잊지 않았겠지"
"어머 나으리"
"음, 그 미타무라가 말이야, 네가 청천백일의 몸이 되는 날을 몇십 년이라도 기다리고 있다"
"어머나……"
오시즈의 두 볼에는 환희와 희망의 빛이 있었다.
"나으리. 부디 나으리의 이름을 들려주세요."
"내 이름? 미타무라가 잘 알지……그럼 여기서 이만 헤어지자"

다니 장군은 의자에서 일어났다. 매달리는 여죄수 오시즈를 뿌리치며. (끝)[36]

이러한 결말에서 독자는 영국 공사 살해 사건의 처리가 다니의 계획대로 됐으리라 짐작할 뿐이다. 투옥된 것은 오시즈뿐이다. 오시즈는 원수를 갚기 위해 희망을 버렸다. 하지만 오시즈를 찾은 다니는 그녀에게 '희망'을 심어준다. 서생 미타무라의 무기한의 기다림이다. 미타무라는 사건 전날 밤, 오시즈에게 무도회 복장을 전달했던 서생이다. 미타무라와 오시즈는 서로 초면이었고 만남은 그게 전부였다. 그런데 미타무라가 감옥에 수감된 오시즈를 무기한으로 기다려 주겠다고 한다. 오시즈도 왜 미타무라가 자신을 기다려 주겠다는 것인지, 또 미타무라에 대한 자신의 마음은 어떤지 생각해보지도 않고 '환희와 희망'의 표정으로 반응한다. 아니 어쩌면 오시즈의 얼굴에서 '환희와 희망'의 표정을 보고 싶었던 것은 데라시마 마사시 자신이었는지 모른다.

『로쿠메이칸 시대』를 완성하지 못한 데라시마는 수년 후 다시 로쿠메이칸 무도회를 소재로 한 단편소설 「로쿠메이칸 야곡」을 발표했다. 긴자의 매춘부 오시즈라는 허구의 인물을 등장시킴으로써, 데라시마는 다니 간조를 영국공사관부 무관을 살해하도록 도운(지시한) 막후 인물로 허구화했다. 다니 간조는 정부에 반대 의견서를 제출해 이노우에의 조약개정안 무산에 일조했던 정부 내 인물이었다. 데라시마는 조약개정 교섭국의 공사를 살해하고도 해당국의 입을 다물게 만들고

---

36) 寺島柾史,「鹿鳴館夜曲」, pp.287-288.

국제사회에서 아무런 잡음도 일지 않게 처리한 정치적 책략가로 다니를 허구화한 것이다.

하지만 「로쿠메이칸 야곡」에서 다니 간조는 조약개정안에 반대하는 정치적 목적을 위해, 정부의 구화주의 정책이 빚은 사회적 모순과 그로 인해 희생당한 여성을 다시 한번 도구화하면서 오시즈와 스스로를 기만했다.

여기서 데라시마가 만든 픽션은 또 있었다. 정부의 구화주의를 상징하는 로쿠메이칸 무도회는 조약개정 실패의 원흉으로 비판의 대상이었다. 하지만 데라시마는 오히려 문제의 조약개정안을 무산시킬 고도의(비열한) 전략이 성공한 공간으로서 로쿠메이칸 무도회를 그려내고 있다. 우스꽝스러운 '원숭이 흉내'의 공간을 책략의 공간으로 전복시키려는 것이다. 10여 년 전, 미완으로 끝낸 『로쿠메이칸 시대』에서 데라시마가 그리고자 한 것도 '책략/전복의 공간'으로서의 로쿠메이칸, 동시에 '궤변의 서사'로서의 무도회였는지도 모른다.

한편, 데라시마가 5년 전에 발표한 「로쿠메이칸 무도야곡」에 약간의 수정만 더해 「로쿠메이칸 야곡」이라는 제목으로 재출간한 것이 1940년, 로쿠메이칸 건물이 철거된 해였다는 것도 어쩌면 우연이 아닌지 모른다.

V

경험하지 못한(?) '문화국가'

　전쟁이 끝나고 일본은 '겪어보지 못한' 전후를 맞았다. 패전과 함께 제국의 울트라 내셔널리즘의 상징들은 그 가치가 폭락했다. 패전국 일본은 제국과 단절하고 나아갈 새로운 목표, '신일본 건설'의 양대 가치로 '민주주의'와 '평화주의'를 표방했다. 패전 직후에는 이 양대 가치와 함께 또 하나의 '신일본 건설'의 목표가 있었다. '문화국가' 일본이었다.

　'문화국가'는 점령기에 재개된 로쿠메이칸/무도회 문학의 전후적 기점을 살펴보기 위해서도 빼놓을 수 없는 슬로건이었다. 이 장에서는 전후의 로쿠메이칸/무도회 문학으로 논의를 이어가기에 앞서, 전후 초기 '문화국가' 구상의 출현 배경과 경과에 관하여, 전전의 '문화국가'론까지 염두에 두면서 조금 긴 호흡으로 짚어보고자 한다.

1. 신일본, '문화국가'

(1) '문화국가'와 일본국헌법

'문화국가' 건설이 국민적·국가적 과제로서 처음 명문화된 것은 전쟁이 끝나고 불과 한 달만이다. 1945년 9월 15일, 11개 조항을 담은 '신일본 건설의 교육방침'이 공포됐다. '신교육의 방침, 교육의 자세, 교과서, 교직원에 대한 조치, 학도에 대한 조치, 과학교육, 사회교육, 청소년단체, 종교, 체육, 문부성 기구의 개혁'에 관한 것으로, 이듬해에 제정된 '교육기본법'의 원칙을 제시한 것이다. '문화국가'에 관한 내용은 그 전문(前文)에 나온다.

> 문부성에서는 전쟁 종결에 관한 조칙의 취지를 받들어 세계평화와 인류복지에 공헌할 신일본 건설에 이바지하고자 <u>종래의 전쟁 수행 요청에 입각한 교육시책을 일소하고 문화국가, 도의국가 건설의 토대 위에 배양하는 문교 제 정책의 실행에 힘쓰고 있다.</u>[1]　　　(밑줄, 인용자)

교육방침이 제시하는 우선 목표는 전쟁 수행을 지탱했던 전전의 교육시책을 청산하는 데 있다. 그 실현 방향으로, '문화국가, 도의국가 건설'을 새로운 문교정책 기조로 제시하고 있는 것이다. 또 그것은 '전쟁 종결에 관한 조칙'의 취지와 닿아 있으며, 그 취지란 '세계평화와 인류복지에 공헌할 신일본 건설'이라고 밝히고 있다. '신교육의 방침'에 관해서는 국체 유지, 군국적 사상과 시책 불식, 겸허한 반성과

---

[1] 新日本建設ノ教育方針(1945.9.15.), 文部科学省, https://www.mext.go.jp/b_menu/hakusho/html/others/detail/1317991.htm(검색일 : 2020.2.1.)

평화국가 건설, 국민의 교양 심화, 과학적 사고력 함양, 평화 애호심과 지덕 향상 및 진운에 공헌할 것을 강조하고 있다.

'전쟁 종결에 관한 조칙'이란 히로히토(裕仁 : 1901~1989) 즉, 쇼와천황이 패전 하루 전에 작성한 '종전 조서'(공식명은 '대동아전쟁 종결에 관한 조서')[2]를 가리킨다. 8월 15일 정오에 라디오 방송에서 천황이 직접 읽어 '옥음방송'으로 더 유명한 조서다. 2015년 8월 14일, 『아사히신문』은 '전후 70년'을 맞아, 「쇼와천황의 '옥음방송' 원문과 현대어역」[3]이라는 기사(인터넷판)를 발표했다. 기사는 조서 원문과 현대어역, 천황의 음성 파일(궁내성 공개)로 구성됐고 지금도 볼 수 있다.

천황의 육성으로 일본의 패전을 처음 알린 조서지만 딱히 '패전'이라든가 '항복'이라는 용어를 사용하고 있지는 않다. 관련해서는 "제국정부로 하여금 영·미·중·소 4개국에 대해 그 공동선언을 수락한다는 뜻 통고하도록 했다"고만 언급하고 있다. '공동선언'이란 '포츠담선언'(공식명은 '일본에 대한 항복요구 최종선언(Proclamation Defining Terms for Japanese Surrender)'(【권말사료-④】 참조)을 가리킨다.

조서 전반부는 대영미전을 시작한 이유와 교전을 단념한 이유로 요약된다. 대영미 선전포고에 대해서는, "타국의 주권을 빼앗고 영토를 침략하는 것은 원래 짐의 본의가 아니"라 "제국의 자존과 동아의 안정" 때문이었다고 말하고 있다. 반면, 교전을 계속할 수 없는 것은

---

2) 大東亜戦争終結ニ関スル詔書·御署名原本·昭和二十年·詔書八月十四日, 国立公文書館デジタルアーカイブ, URL:https://www.digital.archives.go.jp/DAS/meta/Detail_F0000000000000042961(검색일 : 2020.2.1.)]

3) 「昭和天皇の『玉音放送』原文と現代語訳」, 『朝日新聞』, 2015.8.14.[https://www.asahi.com/articles/ASH8F15GFH8DUTIL053.html(검색일 : 2019.8.7.)

'잔학한' 폭탄(원자폭탄)으로 인한 참해가 일본 민족의 멸망과 인류 문
명의 파기에 이르는 것을 막기 위해서라고 말한다. 사실상의 항복 선
언이다.

'신일본 건설과 교육방침'이 그 근거로 언급하고 있는 이 조서의
취지는 종전 후 미래 건설을 위한 천황의 당부가 이어지는 후반부와
관련된다.

> (…)짐은 시운이 향하는바, 견디기 힘든 것을 견디고 인내하기 힘든
> 것을 인내하여 이로써 만세를 위해 태평을 열기를 바란다. / (…) 시국을
> 어지럽혀 대도를 그르치고 세계에 신의를 잃는 것, 짐은 가장 경계한다.
> 거국적으로 일가, 자손에게 서로 전하여 신주(神州)의 불멸을 믿고, 임
> 무 중대하고 갈 길 멀다 생각하면서 미래의 건설에 총력을 기울이고
> 도의를 중시하며 지조를 군혀, 반드시 국체의 정화를 발양하고 세계의
> 진운(進運)에 뒤처지지 않기를 기대한다. 그대들 신민, 짐의 뜻 유념하
> 여 잘 지키라.[4]

앞의 '신일본 건설과 교육방침'에 언급된 "세계평화와 인류복지에
공헌할 신일본 건설"이란 만세의 태평을 열고 세계의 신의를 잃지 말
라는 대목을 염두에 둔 것으로 보인다. 또 '문화국가'와 '도의국가' 건
설은 일본 불멸에 대한 확신, 도의 중시, 국체 정화의 발양, 세계에
버금가는 미래 건설이라는 대목과 관련지어 볼 수 있을 것이다. 이렇
게 '신일본 건설과 교육방침'은 '문화국가'와 '도의국가'를 신일본 건

---

[4] 大東亜戦争終結ニ関スル詔書・御署名原本・昭和二十年・詔書八月十四日, 国立公文書
館デジタルアーカイブ.

설의 핵심기조로 삼을 근거로서 천황의 '종전 조서'를 명시하고 있다.

관련하여 확인할 것은 종전 이듬해 정월, 『관보』 호외로 발표된 천황의 말이다. 천황의 '인간선언'으로 더 유명한 '신일본 건설에 관한 조서'(1946.1.1.)도 중요한 의미를 가진다.

> 지금 신년을 맞는다. 돌아보면 메이지 천황 메이지 초기에 국시로서 5개조 서문을 주셨다. (…) 의당 이 취지에 따라 옛 악습을 떠나고 민의를 창달하며 관민 모두 평화주의를 철저히 하고, 교양 풍부히 하여 문화를 구축함으로써 민생의 향상을 도모하여 신일본을 건설해야 한다. (…) 우리 국민이 현재의 시련에 직면하면서도 철두철미 평화롭게 문명을 구하는 결의를 굳히고 그 결속을 다한다면 비단 우리나라뿐 아니라 전 인류를 위해 빛나는 전도가 전개되리라 의심치 않는다.[5]

쇼와 천황은 메이지 천황의 '5개조 서문(五箇条の御誓文)'을 인용하면서,[6] 신일본 건설에 관한 당부를 담고 있다. 여기서도 신일본 건설의 방향으로서 평화주의에 관한 강조와 함께 문화에 관한 언급도 보인다.

그렇다면 신헌법에서는 어떨까. 수개월 후 본격화된 일본국헌법

---

5) 〈新日本建設ニ関スル詔書〉, 『官報』号外, 1946.1.1, 国立国会図書館, https://www.ndl.go.jp/constitution/shiryo/03/056/056tx.html(검색일 : 2020.2.2.)

6) 종교학자 시마조노 스스무는 메이지 천황의 '5개조 서문'이 신전 서약서인 만큼 쇼와 천황의 '인간선언'도 신성성을 완전히 부정한 것은 아니라고 지적한다. 한편, 천황이 국민과의 관계를 '가공된 관념'(신화, 전설)이 아닌 '신뢰와 경애'로 맺어졌다고 한 새로운 이념은 일본국헌법에서 '신성천황'이 아닌 '상징천황'으로 이어졌다고 지적한다. (島薗進, 〈論座〉「神聖天皇から象徴天皇へ : なお続く課題」, 『朝日新聞』, 2019.4.28, https://webronza.asahi.com/journalism/articles/2019042500004.html?page=2(검색일 : 2020.2.2.).

제정에 관한 헌법 논의에서도 '문화국가' 건설은 분명 중요한 사안의 하나였다. 일본국헌법 제정 작업은 헌법문제조사위원회(이하, 헌조위) 설치부터 신헌법 공포까지 약 1년간 지속됐다(〈그림 27〉). 그 과정에서, 1946년 2월 1일자 『마이니치신문(每日新聞)』이 헌조위 마쓰모토의 헌법개정사안(【권말사료-⑤】 참조)을 단독으로 특종 보도했다. 1면에 실린 관련 기사는 ①「입헌개정·조사회 시안 : 입헌군주주의를 확립, 국민에게 근로의 권리 의무」, ②「개정시안의 초점, 대신은 의회에도 책임, 중원의 예산심의권 존중」, ③「〈사설〉 헌법개정사안에 대한 의문」이다.

①은 일본 정부가 헌법개정 원안을 맥아더 사령부 극동위원회에 제출을 앞두고 헌조위 출범부터 내각회의 심의 전개 과정을 보도하고 있다. 마쓰모토 국무상이 기초한 개정 시안에 대해, 일본은 "군주국이며 천황은 통치권을 총람하는 근본원칙에는 다소의 변경도 없어 입헌군주주의를 확립, 국민의 자유를 보장하는 동시에 의회의 권한을 강화하여 헌정 발달에 하나의 포석을 두려는 것"[7]이라고 지적하고 있다. ②는 개정된 7개 조문을 기술한 헌법개정사안(=헌법개정시안=마쓰모토안)의 전문을 싣고 있다. ③은 헌법개정사안의 주안점을 7가지로 요약한 것이다.

기사의 파장은 컸다. 국립국회도서관 사이트 '일본국헌법의 탄생' 코너에 따르면 『마이니치신문』이 '극비'로 작성돼 비밀리에 추진된 개

---

[7] 憲法改正·調査会の試案　立憲君主主義を確立　国民に勤労の権利義務, 『每日新聞』, 1946.2.1, https://www.ndl.go.jp/constitution/shiryo/03/070/070tx.html#t001(검색일 : 2020.2.29.)

<그림 27> 일본국헌법 시행까지의 제정 과정

1945	
10.25.	일본 정부 '대일본제국헌법' 개정을 위한 헌조위 설치, 위원장 마쓰모토 쇼지 (松本烝治 : 1877~1954) 국무대신
12.8.	마쓰모토 '헌법개정 4원칙' 작성
1946	
1.9.	마쓰모토 '헌법개정사안(憲法改正私案)'(=마쓰모토안) 헌조위 제출
2.1.	『마이니치신문(每日新聞)』의 특종보도로 마쓰모토안 알려짐
3.	GHQ 민정국장 휘트니의 진언으로 맥아더의 헌법초안의 작성 원칙('맥아더 3 원칙') 제시
4.	민정국(GS) GHQ초안('맥아더 초안') 기초작업 착수
8.	GHQ의 요구로 마쓰모토안의 요강인 '헌법개정요강'(【권말사료-⑥】 참조)과 설명자료 '정부가 기안한 헌법개정안의 대요에 관한 대체적 설명을 시도하는 것 아래와 같다'(【권말사료-⑦】 참조) 제출. '헌법 중 육해군에 관한 규정의 변경에 관하여'(【권말사료-⑧】 참조)는 "군대에 대한 GHQ의 엄격한 태도를 예상하여 설명자료와 별도로 작성"[8]
13.	휘트니가 마쓰모토에게 '헌법개정요강' 거부 통보 및 GHQ초안 전달
22.	일본 정부 GHQ초안에 따른 헌법개정 방침 결정
3.4.	법제국이 작성한 일본 정부안 GHQ에 제출
5.	GHQ 민정국과 일본 법제국이 헌법개정 확정안 작성 및 요강화
6.	'헌법개정초안요강(憲法改正草案要綱)' 발표
4.17.	'헌법개정초안(憲法改正草案)' 공표
6.20.	제90회 제국회의 개원, '제국헌법개정안(帝国憲法改正案)' 중의원에 제출
8.24.	중의원에서 수정 의결
10.6.	귀족원에서 수정 의결
7.	귀족원회부안에 대한 중의원 동의
11.3.	'일본국헌법' 공포
1947	
5.3.	'일본국헌법' 시행

* 일본국립국회도서관의 〈일본국헌법의 탄생〉[9]을 토대로 필자 작성

정사안을 공개하면서 "너무나 보수적이고 현상유지적"이라고 비판했고, "여타 각지도 정부·마쓰모토위원회의 자세에는 비판적"이었다. 그리고 이는 GHQ가 일본 정부에 자주적인 헌법개정을 맡기는 것을 단념하고 "독자적인 초안 작성을 단행하는 전환점"이 됐다.[10]

『마이니치신문』이 "너무나 보수적이고 현상유지적"이라는 표현을 그대로 사용한 것은 아니다. 개정안에 대한 총평은, "정부의 헌법개정 시안은 일반적으로 말하면 분명 상당한 진보적 안"이라고 하면서, '시안'인 만큼 재검토와 시정이 필요한 부분을 제시한 것이었다. 제시한 내용은 다음과 같다. 첫째, 헌법의 핵심인 천황의 통치권에 관한 방침이 현행 헌법(대일본제국헌법) 그대로인데 일본의 민주주의적 정치사상은 '유치한 단계'에 있으니, 독재정치에 이용당하지 않도록 천황의 자유의사 여부와 정치적 지위를 명문화해야 한다. 둘째, 의회 회기도 현행법(3개월로 제한)과 동일한데, 민주정치의 최대요건으로서 국회는 항시 열려 있어야 한다. 셋째, 내각의 의회 해산권은 남용되지 않도록 개정안 이상으로 제한해야 한다. 넷째, 의회는 수상의 임명에 관여하지 않는다는 것도 현행법대로인데, 정국의 안정을 위해 수상 임명은 양원 의장의 추천이나 의회 선거의 방식을 취해야 한다, 는 것이었다. 또 헌법개정의 문제는 개정 내용과 시기, 나아가 신헌법의 시효 및

---

8) 日本国憲法の誕生 : GHQに提出した「憲法改正要綱」, 国立国会図書館, https://www.ndl.go.jp/constitution/shiryo/03/074shoshi.html(검색일 : 2020.2.1.)

9) 日本国憲法の誕生, 国立国会図書館, https://www.ndl.go.jp/constitution/index.html(검색일 : 2020.2.3.)

10) 日本国憲法の誕生 : 毎日新聞記事「憲法問題調査委員会試案」, 1946.2.1, 国立国会図書館, https://www.ndl.go.jp/constitution/shiryo/03/070shoshi.html(검색일 : 2020.2.3.)

재개정 여부까지 신중히 다뤄야 한다는 당부도 곁들이고 있다.[11] 주로 기존헌법을 유지하고 있는 조항에 관한 것이다.

앞의 일본국헌법 제정 과정을 보면, GHQ가 움직인 것은 『마이니치신문』의 보도 직후다. 2월 3일, 맥아더의 헌법초안 작성 원칙(='맥아더 3원칙')[12]이 발표됐고, 13일에 GHQ초안('맥아더 초안')이 일본 측에 전달됐다. 이 GHQ초안을 두고 민정국장 코트니 휘트니(Courtney Whitney : 1897~1969)는 일본 법제부 차장과 밤샘 협의를 통해 제국헌법개정안(이하, '개정초안')을 확정했다(【권말사료-⑨】 참조). 개정초안은 메이지헌법의 헌법개정 절차 제73조(【권말사료-③】 참조)에 따라, 임시 헌법의회로 소집된 제국의회(중의원, 귀족원)에 제출됐다(1946.6.20.).

양원의 심의를 거친 이 개정안에는 '문화국가'에 관한 언급은 보이지 않는다. 하지만 중의원 상정(6.26.)부터 수정·가결(8.24.)까지 열린 본회의(5차례) 관련 회의록[13]에서는 '문화국가' 관련 발언이 활발했었다(〈그림 28〉). 4일간의 본회의 질의와 수정안 의결 사이에 열린 위원회에서도 '문화국가'에 관한 언급은 자주 등장한다. 본회의와 위원회에서 나온 발언들을 종합해 볼 때, '문화국가'에 관한 발언은 대략 네 가지에 초점이 맞춰져 있다. 첫째, 개정안 심의는 '문화국가' 건설을

---

11) 〈社説〉「憲法改正試案に対する疑義」, 『毎日新聞』, 1946.2.1, p.1.

12) '맥아더 3원칙'의 요점은 첫째, 천황의 지위는 국가원수며 황위는 세습된다는 것. 둘째, 국가 주권 발동으로서의 분쟁 해결 수단 및 자국 안보를 위한 전쟁은 포기한다는 것. 셋째, 봉건제를 폐지하고 화족의 권리 유지는 현재의 황족 1대로 제한한다는 것이었다 [日本国憲法の誕生 : マッカーサー3原則("Three basic points stated by Supreme Commander to be "musts" in constitutional revision"), 国立国会図書館, https://www.ndl.go.jp/constitution/shiryo/03/072/072tx.html(검색일 : 2020.2.3.)].

13) 衆議院ホームページ, http://www.shugiin.go.jp/internet/itdb_kenpou.nsf/html/kenpou/seikengikai.htm(검색일 :2020.2.2.)

염두에 두거나 관련 방침을 조문으로 명시하자는 것. 둘째, '문화국가'란 평화주의 및 민주주의와 궤를 같이한다는 것. 셋째, '문화국가' 건설의 성패는 교육에 달려있다는 것, 넷째, 패전국 일본이 세계무대에서 살아남을 길은 '문화국가'뿐이라는 것이다.

〈그림 28〉 중의원 심의에서 나온 '문화국가' 관련 발언

날짜	'문화국과' 언급 발췌	발언자
6.25. 본회의[14]	"일본은 앞으로 **문화국가**를 건설하려는 이상, 상원을 두려면(…), 모든 방면의 문화 분야에 활동했던 자를 모으는 구조"	일본자유당 기타 레이키치 (北呤吉)
6.26. 본회의[15]	"헌법초안 23조의 생활 보장이라는 것, 이는 인도적, 민주주의적으로 매우 좋은 규정으로 정부도 이 기조 따라 평화국가, **문화국가** 건설에 매진"	후생대신 가와이 요시나리 (河合良成)
6.27. 본회의[16]	"법률 만능주의가 결국 일본의 **문화국가** 발달에 다대한 장애"	일본진보당 요시다 안 (吉田安)
	"향후 **문화국가**를 건설해 간다는 방침상 헌법에 분명한 조장(条章)을 정할 필요(…) **문화국가** 발달의 방침상 그 방면에 대한 정부의 장려·조장, 이러한 것에 관한 규정을 생각하실 필요"	
	"우리는 종전 후 수차례의 조칙을 받았습니다, 그 조칙에서는 언제나 민주국가, 평화국가도 언급되고 나아가 **문화국가**도 언급되어"	일본사회당 모리토 다쓰오 (森戸辰男)
6.28. 본회의	없음	

---

14) 本会議, 1946.6.25., 衆議院ホームページ, http://www.shugiin.go.jp/internet/itdb_
kenpou.nsf/html/kenpou/s210625-h05.htm(검색일 : 2020.2.2.)

15) 本会議, 1946.6.26., 衆議院ホームページ, http://www.shugiin.go.jp/internet/itdb_
kenpou.nsf/html/kenpou/s210626-h06.htm(검색일 : 2020.2.2.)

16) 本会議, 1946.6.27., 衆議院ホームページ, http://www.shugiin.go.jp/internet/itdb_
kenpou.nsf/html/kenpou/s210627-h07.htm(검색일 : 2020.2.2.)

8.24. 본회의[17]	"나는 민주주의 국가 일본, **문화국가** 일본으로서 새롭게 출발하려는 우리나라가 어떠한 마음가짐으로 정치에 임하여야 하는가 하는 소견"	일본사회당 하라 효노스케 (原彪之助)
	"앞으로 일본을 진정 **문화국가**답게 할 것인가 여부의 열쇠를 쥔 교육 문제(…) 재산권에 상당 정도 제한을 가해 공공성을 부여하도록 하는 문제(…) 경제적으로 가장 큰 죄악인 착취라는 사실을 발본색원해 배제하려는 주장(…), 일본을 진정한 **문화국가**로 재건하고 민주주의를 철저히 하고자 하는 이에게는 절대 어느 하나 결코 가볍게 볼 문제가 아니라"	
	"교육은 아까 말씀드린 것처럼 **문화국가** 건설을 위해서는 가장 근본적인 문제로, (…) 장래 일본이 **문화국가**로 재건될지를 결정하는 문제"	
	"새로운 **문화국가**로서 세계평화의 선구가 되고자 하는 우리 일본의 헌법이, 착취와 궁핍에 눈을 덮고 돌아보지 않는 것은 모순"	일본사회당 기쿠치 요노스케 (菊地養之輔)
	"재능있고 재력 없는 청년에게 고등교육의 희망을 주는 것은 **문화국가** 지향의 당연한 의무"	
	"끝으로 하나만 덧붙여 두고 싶은 것은 우리 신정회(新政会)로서는 민주적 **문화국가** 일본을 건설하기 위해선 교육의 존중 말고 없다는 방침에서(박수), 신헌법에 1장을 마련해 교육의 자주성, 교육의 독립성, 즉 교육의 근본이념, 근본방침이라는 것이 다른 외부의 힘에 의해 왜곡되지 않도록"	무소속 오시마 다조 (大島多蔵)

*본회의 관계회의록[18]를 토대로 작성, 강조 및 발언자 소속 정당은 필자

'문화국가' 관련 발언에서 '교육'이 강조되고 있는 것은, '문화국가'라는 용어가 '신일본 건설의 교육방침'에 처음 차용됐던 것과도 맥을

---

17) 本会議, 1946.8.24., 衆議院ホームページ, http://www.shugiin.go.jp/internet/itdb_kenpou.nsf/html/kenpou/s210824-h35.htm(검색일 : 2020.2.2.)

18) 衆議院ホームページ, http://search.shugiin.go.jp/ja/search.x?q=%95%B6%89%BB%8D%91%89%C6&ie=Shift_JIS(검색일 : 2020.2.2.)

같이 한다. 본회의 외에 위원회 논의에서도 사정은 비슷했다.

"장래 일본의 **문화국가에 있어 교육의 중요성**"

(7월3일 위원회, 문부대신 다나카 고타로 발언)[19]

"편향된 종교교육 및 종교적 활동도 하면 안 된다는 수정 의견을 넣을 수 있다면 **문화국가 건설을 위해** (…) **안심된 교육**"

(7월16일 위원회, 무소속 이노우에 도쿠레이 발언)[20]

"**개성의 완성**을 통해 평화국가라 할까요, **문화국가**라 할까요, 민주국가 확립을 기하는 데에도 이 **교육문제가 결국 근본문제**"

(7월16일 위원회, 일본자유당 소속 다카하시 에이키치 발언)[21]

"**문화국가, 평화국가를 건설**해 가는 데는 **도서관이나 박물관**이나 그 밖의 **사회교육 시설**을 크게 확충해 갈 필요"

(7월17일 위원회, 문부대신 다나카 고타로 발언)[22]

"우리나라가 **평화국가, 문화국가로서 재출발**할 때, 본디 **의원 내에 권위 있는 충실한 도서관이** 있다는 것은 **문화국가의 모습**을 제대로 갖추는 것으로, '미국'의 '컬렉션 라이브러리'라는 곳"

(7월20일 위원회, 문부대신 다나카 고타로 발언)[23]

"제24조는 교육을 받을 권리 의무를 규정한 것입니다. 장래의 일본은 **문화국가로서 세계 국가들의 대열**에 서서 대성하는 것 외에 없어, **교육**

---

19) 委員会, 1946.7.3, 衆議院ホームページ, http://www.shugiin.go.jp/internet/itdb_kenpou.nsf/html/kenpou/s210703-i04.htm(검색일 : 2020.2.2.)

20) 委員会, 1946.7.16, 衆議院ホームページ, http://www.shugiin.go.jp/internet/itdb_kenpou.nsf/html/kenpou/s210716-i14.htm(검색일 : 2020.2.2.)

21) 委員会, 1946.7.16.

22) 委員会, 1946.7.17, 衆議院ホームページ, http://www.shugiin.go.jp/internet/itdb_kenpou.nsf/html/kenpou/s210717-i15.htm(검색일 : 2020.2.2.)

23) 委員会, 1946.7.20, 衆議院ホームページ, http://www.shugiin.go.jp/internet/itdb_kenpou.nsf/html/kenpou/s210720-i18.htm(검색일 : 2020.2.2.)

__의 보급발달__은 국가의 운명을 결정지을 모든 것"

(8월21일 위원회, 일본사회당 소속 스즈키 요시오 발언)[24]

(강조, 인용자)

    모두 '문화국가'로서의 신일본 건설을 교육이라는 관점에서 접근한 발언들이다. 교육에서 특히 강조되고 있는 것은 자주성·독립성, 우수 인재 양성, 고등교육 기회 확대, 개성 중시, 사회교육 시설(도서관·박물관) 확충 등이다.

    수상 요시다 시게루(吉田茂 : 1878~1967)는 제국헌법개정 독회(1회)로 열린 중의원 본회의 모두 발언에서 심의안에 오른 제국헌법개정안과 관련하여 몇 가지 방향을 제시했다. 먼저 포츠담선언의 조건인 민주주의, 언론·종교·사상의 자유, 기본적 인권, 국민에 의한 정치에 관한 조항을 언급한 후, "진정한 평화의 신일본이 향해야 할 대도를 밝힌" 방침을 위해서는 무엇보다도 헌법개정이 필요하므로 그 심의를 청한다고 했다. 이어서 개정안의 주요 내용을 크게 4가지로 설명하고 있다. 첫째, 제1조는 천황의 지위가 일본 국민의 '지고한 총의'에 의거해 '일본국의 상징', '일본 국민 통합의 상징'임을 규정하고 있다는 점. 둘째, 전쟁 포기(전력 보유 및 교전권 불허)를 별도의 장으로 규정하고 있다는 점. 셋째, 국민의 불가침적·영구적 권리의 대원칙을 기본적 인권 향유로 명시하고 있다는 점. 넷째, 정치 기구의 3권분립화 함께 국회를 국권의 최고기관이자 국가의 유일한 입법기관으로 규정하고

---

24) 委員会, 1946.7.21, 衆議院ホームページ, http://www.shugiin.go.jp/internet/itdb_k
enpou.nsf/html/kenpou/s210821-i21.htm(검색일 : 2020.2.2.)

있다는 점이다.[25]

요시다의 모두 발언이 끝나자 자유당 소속의 기타 레이키치(北畇
吉 : 1885~1961)[26]가 첫 질의를 했다. 질의에서 '문화국가'를 언급한 것
도 그가 처음이었다. 국회를 구성하는 "양의원은 전 국민을 대표하는
당선된 의원으로 조직한다"라고 한 조항(개정초안 제37조, 일본국헌법
제42조【권말사료-⑩】 참조)에 관한 질의 발언에서였다. 그는 양원제에
의문을 표한 후, 특히 상원인 참의원 구성은 중의원과의 차별점, 전
국민의 대표, 선거라는 세 가지 조건을 모두 충족하는 것이 어렵다면
서, 참의원 구상에 관한 제언을 곁들이고 있다.

> 본디 상원 구성이라는 게 매우 곤란한 점이 있습니다. (…) 일본은
> 앞으로 문화국가를 건설한다고 하니 우리는 상원을 설치한다면 직능대
> 표적 의미를 더해 문화의 각 방면을 빛낼 인물, 즉 음악가든 예술가든
> 문학자든 학자든 아니면 사회운동 노동자든 또는 교육계 거장이든 각종
> 방면의 문화 분야에 활동했던 자를 모을 수 있는 구조로 상원의 성격에
> 상응한다면 우리는 크게 찬성하겠지만, 그 구성은 심히 곤란합니다. 그
> 저 막연히 양원제도라는 것만으로는 찬성하기 어렵습니다. (…) 정부는
> 시급히 상세한 구상을 발표해 주기를 요구합니다.[27]　　(밑줄, 인용자)

기타는 양원제의 유의미한 운용을 위한 구체적인 방안 제시를 요구
하는 한편, 문화국가 건설과 관련한 직능제적 참의원 구상을 언급하

---

25) 本会議, 1946.6.25, 衆議院ホームページ, http://www.shugiin.go.jp/internet/itdb_k
　　enpou.nsf/html/kenpou/s210625-h05.htm(검색일 : 2020.2.2.)

26) 기타 레이키치의 형은 기타 잇키(北一輝 : 1883~1937).

27) 本会議, 1946.6.25.

고 있다. 교육과 사회운동을 포함한 문화계 각 방면의 인물들로 참의원을 구성하는 안이다. 심의 중에 나온 '문화국가' 건설 발언으로서는 가장 기능적이고 구체적이면서 가시적이긴 하나, 그래서 더 형식적이고 구색맞추기라는 인상도 지우기 어렵다.

그런가 하면, 중의원 헌법심의특별위원회 위원장 아시다 히토시(芦田均 : 1887~1959)는 "최근 문화국가라는 글자가 너무 가볍고 쉽게 표방되는 데 불안한 느낌"[28]을 표하면서, 일본 문화에 대한 진단과 과제에 주의를 환기했다.

> 한 민족의 실력, 세계적 지위, 민족생존의 의의, 인류에 대한 책임, 이 모든 것은 문화에 있다는 것 지각 있는 사람은 모두 아는 바입니다. 그런데 일본이 오늘에 이른 것, 현대를 사는 우리 일본인이 역사 최대의 과오를 범했다는 것은 일본 문화의 정도가 참으로 낮고, 그 내용이 빈약하며 또 국민이 문화의 정신과 본질을 충분히 이해하지 못했던 데 기인한다고 확신합니다. (박수) 이 헌법개정안을 제안하신 요시다 내각은 그저 종이에 쓴 문안을 의회에 이해시키는 것으로 책임이 끝나는 것은 아닙니다. 이 헌법이 지향하는 방향을 국민에게 이해시키고, 헌법개정을 뒷받침할 만한 국민문화의 향상에 혼신의 노력을 다해야 한다고 생각합니다. 그것만이 전쟁의 발발을 방지하는 방법이라 확신합니다.[29]
>
> (밑줄, 인용자)

아시다는 민족의 생존부터 실력, 지위, 책임까지 민족의 모든 것을

---

28) 本会議, 1946.7.9, 衆議院憲法審査会ホームページ, http://www.shugiin.go.jp/internet/itdb_kenpou.nsf/html/kenpou/s210709-i09.htm(검색일 : 2020.2.3.)

29) 本会議, 1946.7.9.

'문화'로 환원하고 있다. 일본인의 '역사 최대의 과오'의 책임도 일본문화(저급함, 빈약함)에 있고, 따라서 전쟁 방지의 유일한 방법도 헌법개정에 부합한 국민문화 형성에 있다는 것이다. 그러기 위해서는 헌법정신에 대한 국민의 충분한 이해가 필요하며, 국민을 이해시키는 것 또한 정부의 책임임을 강조하고 있다.

이처럼 헌법개정초안 심의 과정에서는 '문화국가' 관련 발언이 자주 나왔다. 다만, '일본국헌법'에는 '문화국가'에 관한 언급은 명시되지 않았다. '교육기본법'(1947.3.31.)은 여전히 '일본국헌법'에서 '문화국가' 건설의 의지를 보고 있다.

> 우리는 먼저 일본국헌법을 확정해 민주적이고 문화적인 국가를 건설하여 세계 평화와 인류 복지에 공헌하고자 하는 결의를 표했다. 이러한 이상의 실현은 근본적으로 교육의 힘을 기다려야 한다. / 우리는 개인의 존엄을 존중하고 진리와 평화를 희구하는 인간의 육성을 기함과 함께 보편적이고 게다가 개성 풍부한 문화의 창조를 지향하는 교육 보급 철저히 하여야 한다. / 여기에 일본국헌법의 정신에 따라 교육의 목적을 명시하고 새로운 교육의 기본을 확립하기 위해 이 법률을 제정한다.[30]
>
> (밑줄, 인용자)

'교육기본법' 전문(前文)이다. 일본국헌법은 세계평화와 인류복지를 위한 '민주적이고 문화적인 국가 건설'의 결의문이고, 교육의 목적은 그와 같은 일본국헌법의 이상을 실현하는 것이라고 적고 있다. 다

---

30) 教育基本法(前文), 文部科学省ホームページ, https://www.mext.go.jp/b_menu/kihon/about/004/a004_00.htm(검색일 : 2020.1.21.).

만, '문화국가' 건설을 명시한 것은 일본국헌법이 아니라 '신일본 건설의 교육방침'이었다.

1946년 11월 3일, 일본국헌법공포기념식전에서는 다시 '문화국가' 건설이 강조됐다. 기념식전에서 쇼와 천황은 "짐은, 국민과 함께 전력을 다하고 제휴하여 이 헌법을 바르게 운용하고, 절도와 책임을 중시하며 자유와 평화를 사랑하는 문화국가를 건설하도록 힘쓰고자 한다"[31]며 칙서를 낭독했다.

신헌법 공포 이튿날 『마이니치신문』 1면은 「신헌법·이제야 국민과 함께 있다」는 제목 아래, 헌법공포기념축하대회 사진(황거 앞 광장), 신헌법공포기념식전 사진(귀족원 본회의장)을 실으며 신헌법 공포를 대서특필하고 있다. '문화국가' 건설을 언급한 천황의 칙서 전문도 같은 지면을 장식했고, 요시다 수상과 귀족원의 봉답문 전문을 싣고 있는데, 그 앞에는 '문화국가 건설로'라는 표제가 확인된다. 이렇게 해서 신헌법공포기념식전에서의 천황의 칙서 낭독과 함께, 일본국헌법은 패전 후 일본이 표방한 '문화국가' 건설의 근거로 인식된 것이다.

결과적으로 일본국헌법에 '문화국가' 관련 조문이 명시되지는 않았지만, 교육기본법은 제정 이유와 취지에 관하여 "우리는 먼저 일본국헌법을 확정해 민주적이고 문화적인 국가를 건설하여…"로 시작하고 있었다. 잘 보면 '문화국가'가 아닌 '문화적인 국가'라고 돼 있는데 거기에는 사정이 있다. 전문 원안에서는 '문화국가 건설'이라고 돼 있었다. 일본국헌법과 달리 교육기본법은 '일본인의 손에 의해' 만들어졌다. 점령 기간 중 문부성을 감독했던 GHQ민정국이 교육기본법에 수

---

31) 黒田勝弘·畑好秀編, 『天皇語録』, 講談社, 1986, p.229.

정을 요한 곳은 세 곳뿐이었고, 그중 하나가 '문화국가'였다. 독일식 국가관념인 '문화국가(Kulturstaat)'를 연상시킨다는 이유에서였고,[32] 때문에 당초의 '문화국가'는 '문화적인 국가'가 된 것이다.

독일에서 'Kulturstaat(문화국가)' 개념은 19세기 초 대학의 '교양 엘리트'(피히테, 훔볼트 등) 사이에서 사용되기 시작했고, 독일의 '문화국가'는 적극적인 국가 주도형 문화정책을 특징으로 한다. 교육기본법에서의 '문화적인 국가'는 "어디까지나 국민의 자유로운 노력을 중시하고 국가는 외적 환경의 보장에 머무는 것"으로 독일식 '문화국가'와의 선을 그은 것이었다. 그러나 이후 관련 법령, 공문서에 '문화국가'가 등장하는 것으로 보아 그러한 선 긋기가 얼마나 철저한 것이었는지는 의문이다.[33] 국가와 문화의 관계에 관한 냉철한 성찰 없이 '문화국가'만 얘기할 수는 없는 것이다.

그러면 패전 직후 발표된 '신일본 건설의 교육방침'에서는 어떻게 '문과국가'라는 용어를 유지했을까. 답은 의외로 간단하다. 그야말로 패전 "직후"였기 때문이다. 아직 연합군의 진주 전이었고 점령 직후에도 여러 준비가 필요했다. 그동안 일본 정부가 "완전히 자발적으로" 공무를 집행할 수 있었을 때 완성된 것이다.[34] 때문에 '신일본 건설의 교육방침'에서는 '문화국가'라는 용어가 유지될 수 있었다. 사실, 민정국이 '문화국가' 사용을 전면 금지한 것도 아니었다.

1948년 7월 10일, 내각부는 '일본학술회의(日本学術会議)' 설립(1949.

---

32) 読売新聞戦後史班(編),『昭和戦後史 : 教育のあゆみ』, 読売新聞社, 1982, p.348.
33) 中村美帆, 「戦後日本『文化国家』概念の特徴 : 歴史的展開をふまえて」, 『文化政策研究』 7, 日本文化政策学会, 2013, p.148.
34) 読売新聞戦後史班(編),『昭和戦後史 : 教育のあゆみ』, p.27.

1.)에 앞서 공포한 '일본학술회의법' 전문에서도 설립 목적을 "일본학술회의는 과학이 문화국가의 기초라는 확신에 서서 과학자의 총의 아래 우리나라의 평화적 부흥, 인류사회의 복지에 공헌하고 세계의 학계와 제휴하여 학술 진보에 기여하는 것을 사명"[35]으로 한다고 설립 목적을 밝히고도 있다.

쇼와 천황도 1947년 6월 23일에 제1회 국회 개회식에서 "바야흐로 우리나라는 전례 없는 심각한 경제 위기에 직면해 있다. 이러한 때에 우리 일본 국민이 참으로 하나가 되어 이 위기를 극복하고, 민주주의에 의거한 평화국가·문화국가 건설에 성공하기를 간절히 바란다"며 문화국가 건설 언급을 잊지 않았다.[36] 신헌법은 '메이지절'(메이지천황 생일 기념일, 전 천장절)인 11월 3일에 공포됐고, '메이지절'은 1948년에 경축일법 제정과 함께 '문화의 날'로 개칭됐다.

헌법개정안 심의 본회의(6.27.) 때 '문화국가' 발언을 했던 모리 다쓰오(森戸辰男 : 1888~1984)는 「문화국가론」(『중앙공론(中央公論)』, 1946.4.)에서, "다시 한번 국제사회로 뻗어 갈 일본의 모습이 문화국가 아니면 안 된다는 점에 관해서는 신기할 정도로 국론의 일치가 존재한다"[37]라고 했다. 다만, 그 국론의 일치라는 것도 그만큼 '문화국가'에 관한 논의가 추상적인 단계에 머물러 있었기 때문은 아닐까도 싶다. 패전 이듬해, 히라이시 요시모리(平石善司 : 1912~2006)는 「문화국가와 교육」

35) 日本学術会議法(前文), e-GOV, https://elaws.e-gov.go.jp/search/elawsSearch/elaws_search/lsg0500/detail?lawId=323AC0000000121(검색일 : 2020.2.7.)
36) 第一回国会開会式における勅語, 内閣府ホームページ, https://www.ndl.go.jp/constitution/shiryo/05/143/143tx.html(검색일 : 2020.2.9.)
37) 森戸辰男, 「文化国家論」, 『中央公論』, 1946.4. p.7.

(1946.3.)에서 패전국 일본이 앞으로 살아갈 '유일한 길'은 '평화로운 문화국가'로서의 새 출발에 있다고 말하고 있다. 당시의 긴급현안은 문화국가란 무엇이고 또 실제로 어떻게 실현할 것인가에 있다고 했다.[38] 중요한 것은 각론이었던 것이다.

(2) '문화국가'론, 재야에서

1947년 5월 3일, 일본국헌법이 시행됐다. 1947년, 시노하라 스케이치(篠原助市 : 1876~1957)는 『민주주의와 교육의 정신』에서 일본의 사명인 '평화국가'와 '문화국가'는 서로 다른 개념이 아니라 등치 개념임을 강조하며[39] 설명을 이어갔다.

> 평화국가는 일반적으로는 평화를 애호하는 국가를 의미하겠지만, 지금의 우리나라에서는 거기에 군국주의적인 것의 청산이라는 특수한 조건이 부가된다. (…) 특히 신헌법에 있어 "전쟁과 무력에 의한 위협 또는 무력의 행사"를 포기하고 교전권 부인을 통해 필사의 각오로 세계평화에 매진하고자 결의한 것은 우리의 당면한 '평화국가'가 '무력을 보유하지 않는 평화국가'임을 안팎으로 선언하는 것이다. (…) 무력을 포기한 국가는 문화로 싸우는 수밖에 없다. (…) 평화 건설을 위한 싸움, 인도 실현에 대한 분투를 의미하며, 거기에는 가장 먼저 우리나라 국민이 일반적으로 그렇게 간주되는 호전 국민이 아니라 평화의 애호자임을 현실에 여실히 드러내고, 다음으로 가장 중요한 것은 진리(광의)를 열애하여 세계 공통의 진리─그것은 '인도'로부터 도출된 것이다

---

38) 平石善司, 「文化国家と教育 : フィヒテ『獨逸國民に告ぐ』について」, 『基督教研究』 22(1), 1946.3. p.81.

39) 篠原助市, 『民主主義と教育の精神』, 宝文館, 1947, p.98.

-에 따라 우리 독자의 문화를 창조해 세계 인도에 기여하는 바 없어선 안 된다.[40)]

'문화국가'는 '평화국가'와 분리할 수 없는 개념이라고 말한다. '평화국가'를 실현하려면 '문화국가'가 되어야 한다는 것인데, 일본은 신헌법에 따라 '평화국가'로서 일체의 무력행사를 포기하고 교전권을 부인한다고 선언했으니, 할 수 있는 것은 더이상 무력 전쟁이 아닌 문화적 기여밖에 없다는 이유에서다. 구체적으로는 일본 국민의 호전적 이미지를 '평화 애호'의 이미지로 갱신할 수 있는 문화, '인도'라는 세계 보편의 진리에 접속한 독자적인 문화 창조에 방점을 찍고 있다. 그런가 하면, "'무력을 지니지 않는다'라는 일찍이 역사에 없던 제약 아래에 선 평화국가로서의 문화국가라는 완전히 새로운 사명"[41)]은 일본이 지금까지 한 번도 경험하지 못했던 나라 즉, 미지의 나라라고 하는 현실적 어려움에 대한 인식도 촉구한다. 이는 '무력'을 지니지 않는 국가 일본을 '문화'가 지켜야 한다는 의미기도 하다.

1948년, 야마기와 신에(山極真衞 : 1896~1959)는 『신학교 교육학서설』에서 '문화국가' 표방의 역사적 기점과 의미를 설명한 후, "문화국가로 가는 길은 지난하고 먼 길임을 각오"해야 한다며 했다. '지난하고 먼' 첫째 이유는 일본이 놓인 특수 상황 때문에 문화국가는 평화국가를 조건으로 한다는 것이다. 저자는 '우리'가 "평화를 사랑하는 제 국민의 공정과 신의를 신뢰하며 우리의 안전과 생존을 보존하고자 결

---

40) 篠原助市, 『民主主義と教育の精神』, pp.98-100.
41) 篠原助市, 『民主主義と教育の精神』, p.101.

의"했지만, 세계의 '현실국가'들은 여전히 군사력을 보유하고 있다는 조건 속에서 그 약속을 지켜야 하기 때문에, '비상한 성실함과 인내' 없이는 '문화국가' 실현이 불가능하다고 말한다.[42] 군사력을 지닌 국가들로 구성된 국제사회의 '공정과 신의를 신뢰'하겠다고 '결의'를 표명한 것은 일본국헌법(1946.11.3. 공포, 1947.5.3. 시행)의 전문(前文)[43]이다. '문화국가'의 실현과 헌법수호의 양립을 담보하는 것은 계속해서 전쟁·군사력을 거부하는 '성실함', 그리고 국제사회의 공정과 신의를 신뢰하는 '인내'라는 것이다.

이는 '문화국가'로 가는 길이 평탄치 않은 두 번째 이유와도 관련된다. 야마가와가 말하는 두 번째 이유는 근대적 문화력의 부실함이다.

(…)종래의 우리 국민은 무력 면에서는 상당한 능력을 보여 왔으나, 소위 문화적 방면에서는 그에 상응할 만한 창조적 공헌을 해 왔다고 하기 어렵다. 물론 무력이라 해도 문화적 능력과 완전히 다른 것은 아니며, 또 메이지 이래 70년간 세계 문화를 섭취한 능력에는 참으로 위대한 것이 있다. 그러나 그 문화의 섭취는 대개 소화되지 못한 모방으로 아직 진정한 국민의 것이 되지 못한 아쉬움이 적지 않다. 하지만 결코 자신을 잃어서는 안 된다. 가령 그것은 많은 것이 무력적인 것에 의존하고 또 문화는 많은 것이 모방문화였다 하더라도, 불과 70여 년 걸려 이러한 강대함을 가져온 것은 세계에도 그 예가 많지 않다. 그뿐 아니라 설령 그 수는 많지 않더라도 각 방면에서 세계에 자랑할 만한 성과를 갖고

---

42) 山極真衛, 『新学校教育学序説』, 三省堂, 1948, p.355.

43) 해당 부분의 원문은 "日本国民は、(…)平和を愛する諸国民の公正と信義に信頼して、われらの安全と生存を保持しようと決意した。"이다. 国立国会図書館, https://www.ndl.go.jp/constitution/etc/j01.html(검색일 : 2020.1.21.).

있다. 세계를 향해 전쟁포기를 선언하고 문화국가를 표방한 체면을 걸고서라도 충분한 자신감과 위대한 성실함과 인내, 진지한 노력과 공부로 이 대사업을 완성하여 세계의 흥망(興望)에 부응해야 할 것이다.[44]

'문화국가'로 가는 길이 녹록지 않은 첫 번째 이유가 헌법정신 수호 즉, 전쟁포기와 양립해야 한다는 데에 있다면, 두 번째 이유로는 메이지 이래의 불균형이라고 말한다. 즉, 제국주의적 군사력, 피상적인 문화수용, 파괴적인 무력 과잉, 창조적인 문화(수용)력 결핍 간의 격차를 지적한다. '평화국가'와 '문화국가'의 일원화를 무력에 기반을 둔 근대 일본에서 문화력에 기반을 둔 전후 일본으로의 전환으로 제시하고 있다.

야마가와의 논의는 여기서 더 구체화된다. '문화국가'라는 이상을 위해 '문화' 개념의 확대를 주장한다. '문화'란 탈 정신주의적이어야 하며, 신체의 영역으로 확장돼야 한다는 것이다. 정신은 문화, 신체는 무력이라는 종래의 이원론을 해체하고, 신체도 "문화적 입장에서 요구되고, 문화적 방법으로 촉진"돼야 건전한 국민 생활과 문화 향상이 가능하다는 것이다. 문화적 방법을 통한 신체 단련의 예로는 "문화적인 의·식·주, 스포츠, 등산, 수영, 스키, 스케이트"를 들고 있다.[45] 의·식·주와 스포츠, 레저도 '문화'의 영역에 포함해야 한다는 것이다.

시노하라의 『민주주의 교육의 정신』(1947)과 야마기와의 『신학교 교육학서설』(1948)이 보여주듯, 교육기본법은 '문화국가'를 일본국헌

---

44) 山極真衛, 『新学校教育学序説』, p.355.

45) 山極真衛, 『新学校教育学序説』, pp.356-357.

법에 의거한 국가적 과업으로 명시하면서, '문화국가'의 실현 주체인 '문화국민' 양성을 교육의 주요 목표로 공시했다. 이렇게 전후 일본의 '문화국가'를 '평화국가'와 분리될 수 없는 개념으로 규정하면서 전전과의 단절에 대한 의지를 거듭 표명하고 있다. 하지만 '문화국가'에 관한 구상은 전전에도 있었다. 전후의 '문화국가'가 전전의 '문화국가'와 어떻게 달라져야 하는지에 관한 논의가 먼저여야 하지 않을까.

(3) '문화국가'의 데자뷰

하야시 마사코는 메이지 초기에 유행했던 '문명' 개념의 변화 과정을 청·일, 러·일전쟁과 관련지어 설명했다. 청일전쟁에서 승리한 일본은 서양과 대등해졌다는 달성감을 얻었고, 종래 유럽 중심의 보편적 문명론에서 점차 일본문명론으로 방향을 옮겨 갔다. 서양의 문명은 '물질문명', '기계문명'의 대변자로서 비판의 대상이 되어 갔다는 것이다.[46] 메이지의 시작과 함께 도입된 '문명'은 '반(半)개화'/'야만'과의 대립개념에서, 청일전쟁 이후에는 정신문명과 물질문명이라는 두 개의 문명으로 분화됐고, 그러면서 일본의 '문명'은 정신문명 쪽으로 중심축을 이동해 간 것이다.

하야시는 일본의 '문명'론이 러일전쟁 이후에 또 한 번의 전기를 맞았다며, 메이지 말기의 '문명적 운동'으로 오쿠마 시게노부가 설립한 '대일본문명협회(大日本文明協会)'에 주목한다. 그 최종 목표는 세계 최고의 문명과 비교해 손색없는 일본 문명의 구축이며, 나아가 '동서

---

[46] 林正子, 「〈文明開化〉から〈文化主義〉まで : 明治·大正期〈文明評論〉の諸相」, pp.52-54.

문명의 조화·융합'이었다고 말한다.[47] 1922년에 간행된 그의 유작은 『동서문명의 조화(東西文明之調和)』였다.

그 무렵 국제사회에서는 세계가 평화주의에 눈뜨던 1차세계대전 후, 국제연맹 발족(1920) 후부터 '문화국가'가 시대적 화두로 부상하고 있었다. 일본은 데모크라시, 교양주의, 문화주의의 다이쇼 시대를 맞고 있을 때였다. 국제연맹이 발족하던 즈음부터 일본에서도 각종 방면에서 '문화' 붐이 일고 있었다.

오쿠마의 유작 『동서문명의 조화』와 같은 해에 간행된 『문화 이야기(文化の話)』(1922)는 그러한 '문화' 붐 속에서, '문화'의 본래적, 현대적 의미를 비롯해 '문화'에 관한 사항들을 문답 형식으로 초심자에게 설명하듯 쉽게 풀어쓴 개괄서다. 저자 아사노 리사부로(浅野利三郎 : ?~?)는 "일반적으로 주창되고 있는 견해 중 비교적 앞서 있다"고 판단한 입장들을 토대로 답변 내용을 재구성했다고 밝히고 있다. 여기서 주목하고 싶은 부분이 '문화국가와 문화전쟁'(9장)이다. 이와 관련해서 저자는 주로 가네코 지쿠스이(金子筑水 : 1870~1937)[48]를 인용하면서 문답을 이어가고 있다.

가네코 지쿠스이는 오쿠마 시게노부와 관련이 깊은 문예평론가다. 그는 오쿠마 시게노부가 설립한 도쿄전문학교(東京專門學校, 현 와세다대학) 문학과 1기생으로, 와세다대 문과 초기를 대표하는 인물이다. 독일 유학(1900~1903)을 마치고 귀국 후에는 와세다대학에서 윤리학,

---

47) 林正子, 「〈文明開化〉から〈文化主義〉まで : 明治·大正期〈文明評論〉の諸相」, pp.58-62.

48) 가네코 지쿠스이는 『태양(太陽)』에 「문화전쟁(文化戦争)」(1922.1.2.), 「문화주의의 본의(文化主義の本義)」(1926.1.1.)와 같은 글을 발표했다.

심리학을 담당하면서 평론 활동을 했다.[49] 앞서 말한 오쿠마의 『동서 문명의 조화』의 책임집필을 맡은 것도 가네코였다. 그러한 의미에서 『문화 이야기』와 그 저자 하야시가 참조하고 있는 가네코 지쿠스이도 일본에서 '문명' 개념이 '문화' 개념으로 이동하는 맥락과 닿아있다.

『문화 이야기』에서 저자는 먼저 '문화국가' 사상의 발생 배경에 관하여 소개하고 있다. 종래 국가의 주된 임무가 무력 일변도로 기울었고, 문화의 발달을 최고목적으로 삼지 않았기 때문에 그에 대한 반성에서 필연적으로 '문화국가'라는 사상이 발생했다고 설명한다. '문화국가'란 무엇인가에 대해서는, 독선적인 일국주의를 벗어나 '자국의 독자적인 문화의 발양'을 통해 세계문화의 진보에 공헌하는 것, 그것을 국가와 정치의 직접 목적으로 삼는 것이라고 규정한다.[50]

그렇다면 '문화전쟁'의 목적과 방법에 관해서는 뭐라고 언급하고 있을까. '문화전쟁'이란 국민·민족문화의 정신적인 경쟁을 뜻하며, "특수한 문화들의 하모니 내지 심포니"를 통해 세계문화가 창조되고 발달하는 것이라고 설명한다. '무력전쟁'은 자국의 우수한 문화 보존 및 발달을 위한다는 이유로 정당화되기도 했지만 결코 허용될 수 없는 죄악이라고 규탄하기도 한다. 다만, 무력전쟁이 허용될 수 있는 유일한 경우에 대해서도 말한다. 포악한 위기에 처한 자국의 문화를 방어해야 할 때만 허용돼야 한다는 것이다. '문화의 보존·발달'과 '문화 방어'의 경계를 모호하게 남겨둔 채, 문화전쟁의 주안점은 어디까

---

49) 林正子, 「〈共同研究報告〉『太陽』における金子筑水の〈新理想主義〉: ドイツ思想·文化 受容と近代日本精神論」, 『日本研究』(19), 国際日本文化研究センター紀要, 1999.6, p.343.

50) 浅野利三郎, 『文化の話』, 世界思潮研究会, 1922, pp.75-76.

지나 "정신상의 경쟁과 존경"에 있고, "문화전쟁은 결코 무력전쟁을 시인하는 것"이 아니라고 거듭 강조하고 있다.[51] 군사력을 지녔나 아니냐의 차이 말고, '문화국가'론 자체만 보면 전후의 '문화국가'론과의 차이를 발견하기는 쉽지 않다.

1946년에 공포된 '신일본 건설의 교육방침'에서 "종래의 전쟁 수행 요청에 의거한 교육시책을 일소하고 문화국가, 도의국가 건설"을 표방했었다. 하지만 '문화국가'와 '도의국가'를 나란히 표방한 것도 전후가 처음은 아니다.

2. 제국의 '문화국가'론

(1) 대정익찬운동과 '문화국가'

'문화국가'론이 간단치 않은 것은 제국 일본의 '대정익찬운동', '대동아공영권' 구상과도 닿아 있기 때문이다. 중일전쟁이 장기화하는 가운데, 고노에(近衛) 내각은 1940년 '신체제운동(新体制運動)'을 추진, 의회정치는 파산하고 대정익찬회(大正翼贊会, 1940.10.12.결성) 중심의 일당 독재적 익찬체제를 본격화하였다. 군부의 '국가총력전체제'도 독일, 이탈리아와의 3국 군사동맹(1940.9.27. 조인)도 다 서로 연결돼 있었다.

무엇보다도 그것은 '문화'와 손잡으며 확산세를 보인 정치운동이었다. '문화정책'이라는 용어가 실제 정치에 사용된 것도 익찬체제 이후

---

51) 浅野利三郎, 『文化の話』, pp.76-77.

부터다. 1940년 10월 22일자 『오사카마이니치신문』(현, 마이니치신문 서일본판)에는 「문화정책의 새출발」이라는 제목의 신체제운동 관련 기사가 실렸다.

이번 대정익찬운동이 종래 흔한 혁신운동과 구별되는 이유의 하나는 문화의 향상에 대한 이상과 열의를 가진 것이라 해도 될 것이다. 현대의 국방은 일국의 과학문화와 산업문화의 최고의 한 표현이다. 까닭에 국방국가로서 완성되는 것은 의당 문화국가로서의 완성도 의미한다. 동아공영권은 정치권, 경제권임과 함께 하나의 동아문화권이어야 한다. 따라서 일본은 문화에 있어서도 동아의 지도자임을 요한다. (…) 신체제운동이 이 점을 자각하여 장차 완성될 익찬조직에 있어서는 최고경제회의와 나란히 최고문화회의를 설치하는 것이 예정되어 대정익찬회에 있어서는 특히 문화부가 설치되고 크게 문화운동을 진흥하려는 계획이라는 것은 그러한 사고방식에 있어 크게 인심을 명랑하게 만든다.[52]

(밑줄, 인용자)

전후 일본이 '평화국가'와의 일원화를 강조하는 '문화국가'도 과거에는 '국방국가'와 일원화됐었다. '동아공영권'과도 '동아문화권'과도 관계는 마찬가지였다. 대정익찬회 문화부장으로 부임한 기시다 구니오(岸田國士：1890~1954)는 「대정익찬회와 문화문제」(『생활과 문화』, 1941)에서 전국민적 문화 향상을 위해 정부가 취해야 할 문화정책의 방침을 제시했다. 이 글에서 기시다는 '문화'를 정치, 경제, 외교, 군사 제반과 통하는 '국력'과 등치 개념으로 재규정하고 있으며, 문화정책

---

52) 〈社説〉「文化政策への新出発」, 『大阪毎日新聞』, 1940.10.22.

방침의 비중을 특별히 좌익사상 방지를 위한 사상 대책에 두고 있다.

그가 제시한 방침은 다음과 같다. 먼저, '문화성'이란 일본의 전통에 뿌리내린 것을 대전제로 윤리성, 과학성, 예술성을 모두 충족한 것으로 재정의해야 한다. 둘째, 일본 민족에 대한 자신감 제고를 위해 희망적이고 풍요로운 문화로 미래 일본을 건설한다는 메시지를 구체적이고 분명하게 제시해야 하고, 정부 당국자는 그것을 대국민 성명, 선언, 훈시 속에 녹여내야 한다. 셋째, 정치의 문화성 결여를 지적하는 비판적·회의적 지식층을 익찬회 문화부로 적극 포섭해야 한다. 넷째, 정부는 민간의 '좋은' 문화운동에 주시하고 있음을 알림으로써 국민들에게 희망을 줘야 한다. 다섯째, 일본인으로서의 자각이 확실한 전향자에게 적극적인 활동의 장을 제공해야 한다. 끝으로 교육은 소년들에게 자신들의 목표를 잘 설정할 수 있도록 비공리적인 훌륭한 인간상을 명확히 제시해야 한다, 라는 것이었다.[53]

신체제운동이 '동아공영권', '동아문화권'을 강조했으니 식민지도 '문화국가'에서 예외일 리 없다. 조선총독부 기관지『경성일보(京城日報)』는 1940년 9월 25일부터 10월 10일까지 「시정 30년·회고와 전망」을 7회에 걸쳐 연재했다. 요시노 사쿠조[54]의 제자기도 했던 경성제대 교수 오쿠다이라 다케이코(奥平武彦 : 1900~1943)는 「새로운 정치적 사

---

53) 岸田國士,「大政翼贊会と文化問題」,『生活と文化』, 青山出版社, 1941.[https://a.co/5qumhwj]

54) 요시노 사쿠조는 일본의 한반도 식민통치를 비판하면서 독립운동을 지원하는 등 조선에 대한 깊은 이해를 보인 일본인이었던 동시에 일본의 식민지 지배 자체를 부정하지는 않았던 제국의 지식인이었다(「조선독립운동 도운 일본인들의 '빛과 그림자'」,『경향신문』, 2016.10.2.[http://news.khan.co.kr/kh_news/khan_art_view.html?artid=201610022040005&code=960201]).

명」(1940.9.29.)을 발표했다. 30년 전의 조선은 "수백 년 적폐에서 벗어나지 못하고 전제(專制)로 침잠한 법치국 '이전'" 단계에 있었다고 말한다. 그로부터 30년간 "황화(皇化)의 광피(光被)로 빛나는 일본제국의 홍륭과 형상을 함께하며 진전"한 덕분에 "법률 전장을 정비하고 시행하여 인권을 중시하고 복리를 증진"하는 법치국가에 이르렀다고 말한다. 그러고서는 새롭게 지향해야 할 다음 단계의 목표를 제시하고 있다.

> 하지만 바야흐로 시세는 법치국의 이념에서 더 나아가 새로운 이념의 정립으로 달려가고 있고, 국가는 개인 방임주의를 버리고 개인으로 하여금 몰아적(沒我的)으로 국가와 협동하고 협력하여 전체로의 귀일 완성을 요청하고 있다. 바꿔 말하면 개인과 개인, 개인과 국가의 대립 관계에 입각한 비협동적, 이익사회적 관념을 대신해 개인과 개인이 서로 협동하고 개인적 이익이 국가 전체 사회의 이익으로 포용되는 신질서 수립이 지향된다. / 법치국에서 나와 이 진정한 의미의 문화국가로의 비약이야말로 조선이 현재 걷고 앞으로 도달해야 할 지표로 개개를 멸하고 전체로서의 완정(完整)을 통해 체제 익찬의 진정성이 피력돼야 한다.[55]
>
> (밑줄, 인용자)

제국주의 일본의 통치 덕분에 조선은 30년 만에 법치국가에 이르렀고 인권도 복리도 향상됐으니, 이제는 '법치국가'를 넘어 '문화국가'로 이동해야 할 때라며 '비약'을 재촉하고 있다. 여기서 '문화국가'는 식민지 조선인의 멸사봉공('몰아' '협력', '협동', '전체', '귀일')적 제국 신

---

55) 奧平武彦, 「施政三十年・回顧と展望(5) 新しき政治的使命」, 『京城日報』, 1940.9.29.

민 만들기를 위한 전체주의적 슬로건으로 작동하고 있다.

제국의 '문화국가' 건설 구상은 아시아·태평양전쟁기로 들어서면서 자기 제어력을 완전히 상실한다. 일일이 다 열거할 수는 없으나, 일본의 '군파시즘 운동'의 주요 관련자[56] 미쓰이 사키치(満井佐吉 : 1893~1967)는 1943년에 『신들의 숨결(神々のいぶき)』을 출간하는데, 그 마지막에 오는 절이 "문화국가의 건설"이다.

> 이민족의 타문화를 잘 이해하고 동화하는 데 있어 일본 민족은 세계 어느 민족보다 뛰어나다. 이는 일본이 신의 섭리에 따라(神ながら) 사랑의 힘을 강한 전통으로 지키고 있기 때문이다. 이는 마침내 세계 전 인류를 동화 종합하여 팔굉위우(八紘爲宇)를 충분히 완성할 새로운 세계문화를 낳는 힘이다. 일본은 지금 한창 대동아전 중으로, 밖으로 폭력자인 적성 영미를 타도함과 동시에, 안으로 속히 전 세계를 충분히 광피할 대문화를 건설 대성해야 한다. (…) 신의 위대한 인류애의 힘을 통해 천지의 이치에 맞는 일대 세계문화국가를 육성하고 나아가 이를 완전히 조화 충족시키는 것은 인류의 무스비(産靈) 창조의 대목표여야 한다. 우리는 지금 대동아전에서 이 사랑의 전쟁을 치르고 있는 것이다.[57]
>
> (밑줄, 인용자)

'일본 민족', '타문화 이해', '인류애', '대동아전', '적성', '영미', '타도', '대문화 건설', '세계문화국가', '완전 조화', '무스비=창조', '사랑의 전쟁'까지 단어들이 줄줄이 늘어서 있지만, 각각의 단어를 연결할

---

56) 須崎愼一, 『日本ファシズムとその時代 : 天皇制·軍部·戦争·民衆』, 大月書店, 1998. p.101.

57) 満井佐吉, 『神々のいぶき』, 青山書院, 1944, pp.189-190.

논리도 사실도 부재해 의미 파악은 고사하고 그로테스크할 뿐이다. 이 책은 처음부터 끝까지 일본 신화와 일본 민족에 대한 광신적 내셔널리즘으로 점철돼 있다.

이는 저자가 10여 년 전에 집필한 내용을, 전시체제에 맞게 개작한 것이다. 그는 다이쇼 시대의 끝자락에서 발표한 『창조의 여성』(1926)에서도 이미 "문화국가의 건설"(이하, "문화국가 건설·26")에 관하여 썼다. 앞서 인용한 『신들의 숨결』(1943)의 해당 부분(이하, "문화국가 건설·43")과 비교해 보면, 다이쇼 시대 말기부터 아시아·태평양전쟁기에 이르는 '문화국가'론의 일단을 엿볼 수 있다. 먼저, "문화국가 건설·43"과 "문화국가 건설·26"은 모두 인류(세계)를 일본 민족의 타문화 이해, 동화, 사랑의 대상으로 규정하고 있다. "문화국가 건설·26"에서는 일본 민족이 서양문화(평화주의, 좌익적 유물사상)에 동화되는 것에 대한 우려가 보인다. "문화국가 건설·43"에 비하면 내셔널리즘도 다소 수세적이다. 한편, "문화국가 건설·43"에서는 대아시아 침략행위·전쟁을 '대영미전'으로 호도하고 '성전(聖戰)'으로 왜곡하면서, 울트라 내셔널리즘의 수위를 한껏 올리고 있다.

"문화국가 건설·26"과 "문화국가 건설·43"은 모두 서양에 심취한 이들을 민족 내부의 타자로 보고, 영·미를 외부의 적으로 지목하고 있다. 내부의 타자에 대해서는 "다른 자에 대한 사랑의 힘 없이 무슨 창조 있으랴. (…) 이 절대적인 사랑의 힘으로 천지의 이치에 합한 일대 세계문화국가를 건설하고 나아가 이를 완전 충족시키는 것은 인류의 무스비(창조)여야 한다"[58]라고 말한다. 내부의 타자에게는 너그

---

58) 滿井佐吉, 『創造の女性』, 修文社, 1926, pp.204-205.

러운 관용의 포즈를 취하는 반면, 외부의 적에 대해서는 하루빨리 타도해야 할 대상으로 규탄하고 있다.

하지만, 일본은 1930년대의 고바야시 다키지(小林多喜二：1903~1933)의 고문 치사(1933.2.20.), 일본공산당 간부 사노 마나부(佐野学：1892~1953)와 나베야마 사다치카(鍋山貞親：1901~1979)의 '전향성명(=공동피고 동지에게 고하는 글)' 발표(1933.6.10.) 등 이미 내부의 타자들에 대해서도 '사랑' 운운할 지경은 아니었다. 대정익찬회 문화부장 기시다 구니오가 전향자들에게 적극적인 활동의 장을 제공해야 한다고 했듯(「대정익찬회와 문화문제」, 1941), 미쓰이가 말하는 '너그러운 관용'이라는 것도 '전향'을 전제한 것이었는지 모른다.

미쓰이 사키치는 1934년에 육군대학 교관으로 부임했고, 1935년 육군성에서 황도파의 아이자와 사부로(相沢三郎：1889~1936) 육군중령이 통제파의 나카타 데쓰잔(永田鉄山：1884~1935) 군사무국장을 참살한 아이자와 사건(相沢事件, 8.12.) 공판에서 아이자와의 특별변호인을 맡기도 했다. 이듬해 그는 2.26사태 때 반란자의 편의를 도모한 행위로 3년의 금고형 선고받는다. 출감 후, 1942년에 중의원의원총선(4.30.)에서 당선된 미쓰이는 중의원 의원들로 구성된 천관타개의원연맹(天関打開議員連盟)을 결성(12.2.)했다. 동 연맹의 결성 목적은 "유신(惟神)문화를 수립 대성하여, 일억 국민의 저력을 발동함으로써 밖으로 적성을 타파한 팔굉일우의 성대를 실현"[59]하겠다는 것이었다. 그의 울트라 내셔널리즘은 한층 광신적이 되어갔고 그것은 "문화국가 건설·26"에서 "문화국가 건설·43"으로의 변화에도 오롯이 반영돼

---

59) 堀幸雄, 『最新右翼辞典』, 柏書房, 2006, p.414.

있다.

이처럼 제국 일본에서도 '문화국가'론과 그에 따른 '문화정책'은 활발했다. '문화국가'는 전후 일본만의 것이 아니었다. '문화국가'에 관한 구상은 1920년대 다이쇼 시대부터 아시아·태평양전쟁기까지 계속됐다. 신체제운동의 대정익찬회와 보조를 맞춘 것도 '문화국가'였고 '평화', '도의', '세계 공헌'과 보조를 맞춘 것도 '문화국가'였다. '문화국가' 구상에 관한 논의가 간단해서는 안 되는 이유다.

(2) '근대의 초극'과 '문화국가'

전후 초기, 1946년 7월에 출간된 고야마 이와오(高山岩男 : 1905~1993)의 『문화국가의 이념』은 또 다른 의미에서 전전과의 연속성이 감지되는 '문화국가'론이다. 고야마는 서문에서 일본 재건을 위한 긴급과제는 '근대화'와 '초근대화'를 동시에 수행하는 것이라고 말한다.[60] '교토학파 사천왕' 중 한 명인 고야마는 전전의 대표적인 '근대의 초극'론자였다.[61] 그래서 누구보다 먼저 그가 전후의 '문화국가'론을 발표한 것에 관심이 간다.

그는 먼저 '상식적 관념'의 '평범한' 문화국가론과는 선을 긋는다.

---

[60] 高山岩男, 「序」, 『文化国家の理念』, 新学芸叢書, 秋田屋, 1946, pp.2-4.

[61] 고야마 이와오는 『문학계(文学界)』의 좌담회 「근대의 초극」(1942.7.23,24.)과 나란히 거론되는 교토학파의 좌담회에 참석했다. 일본의 세계사적 사명과 '대동아공영권' 사상을 이론화한 좌담회로, 1942년부터 이듬해까지 『중앙공론』에 총 3회 연재됐다(『세계사적 입장과 일본』, 1942.1.; 「동아공영권의 윤리성과 역사성」, 1942.4.; 「총력전 철학」, 1943.1.). 좌담회는 1943년에 『세계사적 입장과 일본』이라는 제목의 단행본으로도 출간됐다. 고야마 외의 참석자는 고사카 마사아키(高坂正顕 : 1900~1969, 니시타니 게이지(西谷啓治 : 1900~1990), 스즈키 시게타카(鈴木成高 : 1907~1988)였다.

선 긋기의 대상은, 패전국 일본의 생존법적 '문화국가'론과 패전에 대한 반성에서 나오는 근대화적 '문화국가'론을 가리킨다. 전자는 일본은 패전으로 "국토는 축소되고 군비는 박탈되고 중공업은 제거"돼 '근대강국'도 '권력국가'도 단념하지 않을 수 없게 됐으니, 남은 선택지는 '문화국가' 밖에 없다는 입장을 가리킨다. 후자는 전쟁에서 패한 것은 일본 문화의 후진적·봉건적 요소 때문이므로 근대강국으로 부활하려면 문화적 근대화가 필요하다는 입장을 가리킨다. 그러면서 전자가 '무기력한 소극적인 문화국가론'이라면, 후자는 '세계사의 초점에서 빗나간 낡은 일본 근대화론'이라고 말한다. 어느쪽도 "후진문화국의 운명을 벗어날 수 없다"는 것이었다.[62] 앞에서 보았던 전후의 '문화국가'론은 대체로 이 두 범주에 들어간다고 볼 수 있다.

그렇다면 고야마 이와오가 주장하는 '문화국가'란 어떤 것일까. 그는 세계대전을 치른 국제사회의 세계사적 관점을 강조한다. 첫째, 세계 지배세력으로서의 근대국가의 종언. 둘째, 원자력시대의 도래. 셋째, 고전화된 근대사회질서 변혁의 필연성. 넷째, 세계대전을 치른 인류에게 새로운 세계관이 요청되는 정신사적 정세다.[63]

그는 2차세계대전 종전과 함께 후진 근대국가(일본, 독일)도 선진 근대국가(영국, 프랑스)도 더이상 세계적 지배 세력으로서는 시효가 끝났다며, 전후의 새로운 지배 세력으로 부상한 것은 근대국가의 범주를 벗어나 있던 초근대국가(미국, 소련)라고 말한다. 이들 초근대국가에 대해서는 근대국가와 신생 독립국들은 지역주의에 입각한 국가연

---

62) 高山岩男, 『文化国家の理念』, pp.2-4.
63) 高山岩男, 『文化国家の理念』, pp.4-6.

합을 이루는 광역권 질서로 재편되는 추세라고 진단하다. 전후 세계의 중심은 민족 동일성과 주권에 기반을 두었던 '근대국가'에서 '초근대국가'로 옮겨갔다는 것이다. 이에 따라 근대국가나 신생 독립국들도 연방제적인 지역권·광역권으로 재편할 것이며, 국가가 독점했던 주권은 각종 사회적 단위들로 옮겨가는 전환기에 있다는 것이다.

이때 그가 강조하는 것은 주권 개념과 국가 개념의 재편이다. 주권의 주요 내용은 권력이 아닌 '문화적 도의적 권위'의 강화로 바뀌어야 한다고 말한다. 탈국가주의적인 세계 연방적 광역권 질서는 "근대국가의 입장에서 구상되는 원자론적 세계연방"이라는 세력권 질서를 극복해야 하며, 항구적 평화를 이루기 위해 필요한 것은 문화적·도의적 요소에 의거한 '문화국가'라고 말한다.[64] 그가 말하는 '문화국가'란 세계가 함께 '근대국가'를 극복하고 다음으로 이행해야 할 국가모델이다.

이처럼 고야마 이와오가 『문화국가의 이념』에서 거듭 강조하고 있는 것은 결국은 '근대국가'의 극복이다. 모두에서 그는 일본 재건의 긴급과제는 '근대화'와 '초근대화'를 병행하는 것이라고 했지만, 사실 그의 논지의 핵심은 '초근대화', 보다 익숙한 표현으로는 '근대의 초극'에 있다. 그의 '문화국가'론이 분명 전후의 세계정세들에 관한 사항들로 채워져 있음에도, 『문화국가의 이념』을 읽고 있으면 종종 전전으로 돌아간 듯한 데자뷔를 느끼게 되는 이유인지도 모른다.

반복하지만, 전후 일본의 '문화국가'와 전전 일본의 '문화국가'에 관해 살펴보면서 들게 되는 의문은, 패전 직후 '문화국가'에 관한 관

---

64) 高山岩男, 『文化国家の理念』, pp.19-20.

심과 논의가 가장 활발했던 수년간, 전전과의 단절을 거듭 강조하면서도 정작 어떻게 전전의 '문화국가'론과 단절할 것인가에 관한 논의는 찾아보기 어렵다는 점이다. 히로카와 다다시는 패전 후 '문화국가'가 새로운 이상으로 표대를 세웠을 때, 그 의미와 실현 방법이 충분히 강구되지 못한 점, 또 과거 "군국주의적 독재정치 체제의 최고책임자"였던 천황이 패전 후 돌연 '평화국가', '문화국가'를 얘기하자 그 갑작스러움이 그러한 말들을 도리어 공허하게 만들었을 수 있다고 했다.[65] 히로카와의 지적대로 패전 후 새로운 이상으로 표방한 '문화국가'의 의미와 방법론적 고찰이 충분히 논의되지 못했다고 한다면, 전전의 '문화국가'론을 충분히 돌아보지 않았기 때문이 아닐까. 전후의 '문화국가'가 지향해야 할 방향과 실천적 과제는 사실 전전의 '문화국가'론에 대한 성찰에서 출발했어야 하기 때문이다.

---

65) 広川禎秀,「戦後初期における恒藤恭の文化国家・文化都市論」,『都市文化研究』(2), 大阪市立大学大学院文学研究科都市文化研究センター, 2003.9, p.91.

전후 로쿠메이칸 문학의 내재율

1. 아날로지로서의 로쿠메이칸

  : 히노 아시헤이, 「쇼와로쿠메이칸」

‘문화국가’와 관련한 법령공문서 및 담론은 1946, 47년을 정점으로
점차 감소해 갔다.[1] 전후의 로쿠메이칸 문학은 바로 그 정점을 배경
으로 한 히노 아시헤이(火野葦平 : 1907~1960)의 단편소설 「쇼와로쿠메
이칸(昭和鹿鳴館)」(〈그림 29〉)과 함께 재개됐다. 이 소설이 발표된 것은
1950년이지만 소설의 배경이 된 것은 ‘문화국가’를 표방하기 시작한
패전 직후부터 4년간이다. 따라서 메이지의 로쿠메이칸 시대와 직접
적인 관련성은 없다. 그러나 이 소설에서도 표상으로서의 로쿠메이칸

---

  1) 中村美帆, 「戦後日本の「文化国家」概念の特徴」, 『文化製作研究』 7, 2013, p.147.

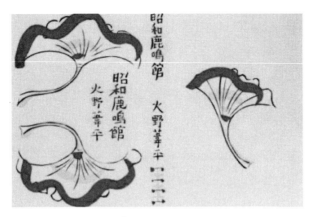

〈그림 29〉『쇼와로쿠메이칸』 초판 표지

은 중요한 의미를 지닌다.

  '병사작가'로 알려진 히노 아시헤이는 중일전쟁부터 아시아·태평양전쟁까지 종군작가로서 작품활동을 지속했다. 1937년 9월, 보병 하사로 소집됐고, 전쟁 직전에 쓴 단편소설「분뇨담(糞尿譚)」(『문학회의(文学会議)』, 1937.11.)으로 아쿠타가와상(제6회)을 수상했다. 수상식은 전지에서 열렸다. 똥지게꾼을 소재로 한 전쟁과는 무관한 작품이었으나, 고바야시 히데오(小林秀雄 : 1902~1983)가 파견되고 다수의 군 간부, 군인, 매스미디어가 동원된 가운데 치러진 이례적인 수상식이었다.[2] 군인이 아쿠타가와상을 수상했다는 것은 "군의 영웅적인 병사작가 창출"에 안성맞춤이었다. 수상 후에도 군적을 유지하면서 서주회전(徐州會戰) 종군체험을 소재로 한「보리와 병사(麦と兵隊)」(『개조(改造)』, 1938.8.),「흙과 병사(土と兵隊)」(『문예춘추』, 1938.11),「꽃과 병사(花

---

[2] 五味智英,「日中戦争初期における『兵隊作家』火野葦平と陸軍報道部」,『文学研究論集』 46, 2017.2, p.110.

と兵隊)」(『아사히신문』, 1938.12.19.~1939.6.24.)를 잇따라 발표했다. 이로써 "전장과 병사의 실태를 생생하게 전할 '박력'있는 작품의 작가"를 기대하는 메스컴과 국민의 요구에 부응할 '영웅적 국민작가'의 반열에 이름을 올렸다.[3]

히노 아시헤이는 사선을 넘나드는 전장의 병사들을 보며 병사들에 대해 갖게 된 일종의 속죄의식과 함께 '병사작가'로서의 작가적 주체성에 눈떴다. 하지만 그가 종군과정을 통해 획득한 주체성과 속죄의식에는 한계가 있었다. 그의 주관적 윤리와 성실주의는 자신의 작가적 주체성이 어용작가로서의 전쟁공범, 가담과 분리될 수 없다는 데는 끝까지 무심했다.[4]

이 '영웅적' 병사작가의 명성은 패전과 함께 급락했다. 공직추방으로 집필 내용의 제약을 받으며 문학자의 전쟁 책임을 둘러싼 규탄의 대상이 됐다. 1946년 1월 4일, GHQ는 '공직추방령', 정식명 '바람직하지 않은 인물, 공직에서 제거(好ましくない人物の公職よりの除去=Removal and Exclusion of Undesirable Personnel from Public Office)'(SCAPIN550)를 발령했다. 전쟁범죄인, 육해 직업군인, 극단적인 국가주의자 등의 공직 파면, 관직 배제를 지령한 것이다. 일본의 민주화를 위한 미국의 대일점령정책(신헌법 제정, 재벌 해체, 농지개혁 등) 수단의 하나로 연합국최고사령관(SCAP) 맥아더와 민정국(GS)이 실시했다. 1948년까지 구 육해군 장교를 비롯한 정치가, 관료, 경제인, 언론인, 교육자 등

---

3) 前田角蔵, 「日中戦争期の火野葦平(上) : 兵隊三部作を中心として」, 『日本文学』, 1983. 1. p.30.
4) 前田角蔵, 「日中戦争期の火野葦平(上) : 兵隊三部作を中心として」, pp.34-35.

공직추방 대상자는 총 21만여 명이었다. 제2차 공직추방령은 1952년
까지 이어졌다.[5]

히노 역시 공직추방자였다. 「쇼와로쿠메이칸(昭和鹿鳴館)」은 그가
공직추방 중(1948.6.25.~1950.10.13.)일 때 발표된 소설이다. 공직추방
기간에도 꾸준히 작품을 발표했던 그는 1960년, 기타큐슈의 자택에서
사망했다. 10여 년 후, 유서와 같은 메모가 공개되면서 스스로 목숨을
끊은 사실도 알려졌다. 내용은 "죽습니다./아쿠타가와 류노스케와는
다를지 모르겠지만/어떤 막연한/불안 때문에/ …… /미안합니다. 용
서해 주세요. 안녕히 계세요./1960년 1월 13일, 밤 11시."[6]라고 적혀
있었다. 마지막 순간에도 아쿠타가와를 떠올렸고 실제로 아쿠타가와
의 작품과 관련성을 보이는 작품들도 남겼지만,[7] 「쇼와로쿠메이칸」
에 아쿠타가와의 「무도회」를 의식한 흔적은 보이지 않는다.

「쇼와로쿠메이칸」에서는 1945년 패전 직후(규슈)의 상황과 1949년
현재(도쿄) 상황이 메인 플롯으로 전개된다. 그 사이의 4년 동안에 관
해서는 대부분이 생략되고 꼭 필요한 정보만 요약의 형태로 제시된
다. 하지만 그 공백은 거의 의식되지 않을 만큼 현재와 4년 전은 기묘
하게 연결돼 있다.

---

5) 增田弘, 「公職追放令の終結と追放解除(1) : 1947年~1952年」, 『法学研究』 70(11), 1997,
  pp.76-77.

6) 小松伸六, 『美を見し人は: 自殺作家の系譜』(講談社, 1981, 211쪽)에서 재인용.

7) 관련 작품으로는 『河童昇天』(1940), 『河豚』(1940), 「羅生門 : 「伝説」の一章」(1946.8.)
  등이 있다. 윤상현은 「히노 아시헤(火野葦平) 「라쇼몬(羅生門)」에 나타난 상계 : 1940
  년 '라쇼몬 세계'의 시대적 의미를 중심으로」에서 지옥적 일상세계의 시대적 반복·재현
  의 양상을 중심으로 히노의 「라쇼몽」과 아쿠타가와 류노스케의 「라쇼몽」(『제국문학』,
  1915.11.)을 비교·분석했다.

히노 아시헤이라는 실명으로 등장하는 1인칭 화자 '나'는 친구 야노 아키라로부터 다카다노바바(高田馬場)에 위치한 음식점 '은행'의 여주인 오토키에 관한 얘기를 전해 듣는다. '나'에게 가게로 놀러 오라는 전언을 전한다. 이를 계기로 4년 전의 일기를 뒤적이는 '나'의 기억은 패전 직후의 고향 규슈 하카타(博多)로 옮겨간다. 복원병이었던 '나'는 전 서부군 작전참모 가미자키 세이노스케의 권유로 쇼와로쿠메이칸 계획에 참여했다. 쇼와로쿠메이칸이란 진주군을 상대로 한 사교장이었다.

쇼와로쿠메이칸을 구상 중인 가미자키가 자본책으로 물색한 것은 탄광업 등으로 재산을 축적한 신흥 졸부 가가 소이치다. 가미자키는 쇼와로쿠메이칸으로 사용하기 위해 가가를 부추겨 다니 진사쿠의 은행나무저택을 매수한다. 다니 일가는 패전 후 인플레로 은행나무저택을 가가 소이치에게 저당 잡힌 상태였다. 가가는 저택만으로는 부족하다며 다니 일가에 신세를 지고 있던 전쟁미망인 오토키도 저택에 남겨두라는 조건을 달아 은행나무저택을 사들인다. 그날부터 다니 일가는 오토키의 몸값 마련을 위해 여념이 없었다. 하지만 저택에 인질처럼 홀로 남겨진 오토키가 밤마다 가가 소이치 부자와 가미자키에게 무슨 일이 당하고 있는지는 알지 못한다.

'나'도 쇼와로쿠메이칸 프로젝트의 일원이지만 딱히 무슨 역할을 맡고 있었는지는 명시돼 있지 않다. 그저 은행나무저택을 드나들며 오토키와 나눈 대화, 오토키에게 일어난 일, 가가 부자와 가미자키의 행태 등을 전하는 화자 역할에 충실할 뿐이다.

가미자키는 사령부도 쇼와로쿠메이칸을 승인했고 진주군도 로쿠메이칸의 완성을 기다리고 있다며 큰소리를 쳤다. 물론 모두 사실무

근이었다. 당시 가미자키가 가가에게 제시한 쇼와로쿠메이칸 구상은
다음과 같다.

> "(…) 일본도 평화국가가 됐으니 앞으로는 문화정책이 중요해요. 진
> 주군이 오고 부터는 출랑이들이 여기저기서 추레한 댄스홀을 개설하거
> 나 토산물을 장만하고 있는데 그런 임시변통으로는 저기 저 하이칼라
> 병사를 만족시키지는 못하지. (…) 그 은행나무저택을 담보로 잡는 거
> 요. (…) 쇼와의 로쿠메이칸을 건설하는 거지. 그만큼의 면적만 있다면
> 어떻게든 자유롭게 할 수 있어요. 플랜은 내가 세우겠소. 메이지 시대에
> 이토 히로부미들이 했던 로쿠메이칸, 그저 유럽풍의 어이없는 그 가장
> 무도회 그런 것 갖곤 안 돼지. (…) 웃음거리가 될 뿐이야. 일본은 일본
> 식으로 어디까지나 일본의 독특한 전통을 살리는 거요. 그렇게 할 때
> 비로소 미국인의 기호에도 요구에도 합치하지. 그걸 하자구요. 이 후쿠
> 오카만 해도 (…) 국수적인 재료에는 흠잡을 데 없지. 각 방을 개조해서
> 오락실도 정비할 거고, 식당, 댄스홀도 만들면 좋을 거요. 그리고 미인
> 을 모아 서비스를 시키는 거지. 이 고풍스러운 저택을 일대 현란한 전당
> 으로 만들어 진주군 병사를 흡수하는 거요. 하는 김에 외화를 획득할
> 거요. 멋진 일이야.[8]   (밑줄, 인용자)

'평화국가' 일본의 문화정책을 재빠르게 감지한 가미자키는 점령군
을 상대로 한 본격적인 사교장 건설을 구상했다. 그의 구상은 메이지
정부의 '문명개화'(구화주의)와 전후 일본의 '문화국가'(일본주의)의 차
이, 그 함의에 대한 나름의 해석도 갖고 있었다. 메이지의 서양식 로
쿠메이칸, 이토·이노우에식의 구화주의가 웃음거리가 됐었다는 것

---

8) 火野葦平, 『昭和鹿鳴館』, 比良書房, 1950, pp.11-12.

도 알고 있었다. 따라서 전후 일본에서는 '국수적인 재료'를 총동원한 순일본식 로쿠메이칸이어야 하이칼라 미국인에게 통한다는 '작전계획'을 세웠다. 쇼와로쿠메이칸에 관한 소문은 지방언론들의 보도까지 더해 확산되고, 은행나무저택은 너도나도 한자리 얻어보려는 각종 사람들로 연일 북적댔다.

그렇다면 '나'는 어떻게 가미자키의 쇼와로쿠메이칸 플랜에 합류하게 됐을까. 돌이켜 보면 그것은 후회가 앞서는 기억이었다.

> "나는 로맨티스트라서 말이지."/ 가미자키 대령은 내게 자주 말했다. (…) 지금 생각해보면 전쟁도 꿈이고 작전도 꿈이고 승리도 꿈이었다. (…) <u>가미자키에게 로쿠메이칸 건설은 바꿔 말하면 작전계획이고 로맨티시즘이었던 것이다.</u> / "나는 이것으로 인간의 결합을 생각하거든. 그것은 나의 속죄요." / 입이라는 건 아무 말이나 할 수 있다. (…) 나도 패배와 동시에 갑자기 군을 등질 마음도 없고, 파멸의 역사 속으로 말려들어도 할 수 없다는 각오는 있었기에 이 <u>옛 군인의 로맨티시즘에 한때 나의 센티멘털리즘을 합치시켰다. 바보다. 내 어리석음과 선량함은 끝이 없었다.</u>[9]
>
> (밑줄, 인용자)

'나'는 지금에서야 자칭 '로맨티스트' 가미자키에게 있어 쇼와로쿠메이칸도 전쟁의 연장선이었음을 깨닫는다. 반면, '나' 자신에 대해서는 패전병의 '한때'의 센티멘털리즘과 어리석은 선량함을 자책한다.

그런데 은행나무저택에서 로쿠메이칸 건설협의회가 열릴 예정이었던 1945년 10월, 진주군의 은행나무저택 접수에 따른 즉시 퇴거 명

---

9) 火野葦平, 『昭和鹿鳴館』, pp.14-15.

령이 떨어졌다. 가미자키와 가가는 이미 두세 차례 통고를 받아 알고 있었지만 쉬쉬하고 있다 날을 만난 것이다. 가미자키의 쇼와로쿠메이칸의 프로젝트는 그렇게 무산됐다. 그 후, 가가 부자는 부자지간 서로 밀고해 미결수가 되고, 가미자키는 각종 전범 혐의로 구속된다. 한편, 쇼와로쿠메이칸의 최대 희생자 오토키는 다니 일가의 장남으로부터 청혼을 받지만, 자취를 감추고 만다. 여기까지가 '나'의 4년 전 회상이다.

어느 날, '나'는 우연히 규슈 지방신문에서 가가 소이치의 근황을 알게 된다. 후쿠오카현 지역구 후보로 참의원 선거에 출마한 것이다. 신문에는 그의 얼굴사진 아래로 "민자당, 탄광업, 토목업, 철강업, 운송창고업, 여관업, 각종 사업의 경영자"라는 이력과 함께, "일본을 문화국가로 만들기 위해 정계 정화에 있어 여권 존중을 모토로 삼고 있다"[10]는 포부가 적혀 있다. '나'는 이 '흔해 빠진' 통속성 앞에 무관심으로 반응하다.

며칠 후, '나'가 부재중인 도쿄 거처에 이번에는 가미자키가 찾아와 편지를 남기고 돌아간다. 자신의 "정의를 인정받아" 형을 면하고 석방됐다며, 이제는 후생을 위한 문화사업의 일환으로 도쿄에 쇼와로쿠메이칸 재건을 계획하고 있으니 찬조인 명부에 이름을 올려달라는 요청이 적혀 있었다. 명부에는 이미 "정계, 경제계 거물들의 이름이 죽 늘어서 있고, 영화, 연극, 무용, 미술 같은 예능계 유명인의 이름"도 적잖이 올라 있었다.[11] '나'는 아무것도 변한 게 없는 가미자키에게서

---

10) 火野葦平, 『昭和鹿鳴館』, p.36.
11) 火野葦平, 『昭和鹿鳴館』, p.40.

'진보', '성장', '변화'와 무관한 지적 한계의 최대치를 느끼며, 거절의 회신을 보낸다.

쇼와로쿠메이칸의 망령은 4년 만에 약속이라도 한 듯, 연이어 '나'를 찾아왔다. 아침 이부자리 속에서 자신의 작품을 읽고 있던 '나'를 찾아온 것은 오토키였다. 화재로 문 닫은 가게 '은행'을 재개하고 싶다며 부족한 자금을 원조해달라고 찾아온 것이다. '나'가 돈을 건네자 오토키는 고맙다며 자연스레 기모노를 벗더니 이부자리로 향했다. 용건이 끝났으면 가라는 '나'의 말에 오토키는 상기된 얼굴로 도망치듯 돌아갔다.

오토키를 돌려보낸 후, '나'는 '육체의 종교'에 대한 비평을 시작한다. '나'는 오토키가 쇼와로쿠메이칸을 나온 이후, "남자라는 것을 모두 그런 관점에서 보는 자신이 생겼고 지금까지 그 확신을 뒤집을 사람이 없었"[12]던 거라고 생각하며, 남성과 오토키 모두를 위해 그러한 '육체의 종교'는 타파돼야 한다고 생각한다. 그리고 오토키는 생각지 못한 '나'의 반응에 비로소 '수치'심에 눈을 떴다고 생각한다. 그러나 열흘 후 상황은 역전된다. 오토키가 버젓이 '은행' 재개 안내 엽서를 보내온 것이다. '수치'심에 눈떴어야 할 그녀가 아무렇지도 않게 엽서를 보내온 것에 '나'는 충격과 모멸감을 느낀다. 그러고는 바로 후회할 충동적인 '음모', 가미자키를 향한 '작전계획'에 나선다. 쇼와로쿠메이칸의 히로인을 아직 구하지 못했다면 다카다노바바의 '은행' 여주인 오토키를 한번 가서 보라는 내용의 편지를 가미자키에게 보낸다.

---

12) 火野葦平, 『昭和鹿鳴館』, p.50.

나는 가미자키의 새로운 로쿠메이칸에 아연함과 동시에 심한 모욕도 느꼈었다. 편지에서 가미자키는 나를 빼도 박도 못하는 로쿠메이칸의 일원인 것처럼 썼다. 내가 로쿠메이칸에 협력하는 것이 사명이라도 되는 듯한 말투다. 나는 과거 로쿠메이칸 성립 뒤로 그 계획자들의 희생이 된 오토키 씨의 모습을 잠잠이 응시해 왔다. 그 오토키 씨가 나를 모욕하러 온 것이다. 내 음모는 복수가 아니다. 인간의 정의에 의거한다. 그때는 그렇게 생각했다. 바보다. (…) 내 음모가 오히려 나마저 인간의 모욕에 가담하는 게 됨을 알았을 때는 나는 성급한 행동을 이미 취한 후였다.”[13]

가미자키의 편지에 대한 ‘나’의 반응이 오토키의 엽서를 받은 이후 미묘하게 달라진 것을 볼 수 있다. ‘나’가 가미자키의 편지를 읽은 것은 오토키의 방문 전이었다. 그때만 해도 ‘나’는 가미자키의 편지에서 모욕을 느끼지는 않았었다. 가미자키와 다르다는 우월감에서 오히려 가미자키의 한계를 경멸했었다. 그런데 오토키의 엽서를 받고 난 후, 가미자키에 대한 경멸감이 오히려 자기를 로쿠메이칸의 일원으로 당연시했다는 모욕감으로 바뀐 것이다.

열흘 전까지만 해도 ‘나’는 자신이 오토키의 ‘육체의 종교’를 타파해 줬다고 생각했다. 그러나 4년 만에 ‘나’를 찾은 오토키의 일련의 행위가 거꾸로 ‘나’의 자기기만에 눈뜨게 한 것이다. 그 충격에 ‘나’는 모멸감인지 복수심인지 정의감인지 모를 정동에 떠밀려 가미자키에게 편지를 보냈다. 물론 편지를 받은 가미자키가 오토키를 찾아가리라 생각하지는 않았을 것이다. ‘나’가 가미자키에게서 탈환한 ‘작전계획’

---

13) 火野葦平, 『昭和鹿鳴館』, pp.51-52.

은, 문화사업 운운하며 또다시 쇼와로쿠메이칸을 재건하겠다는 가미자키에게 오토키의 존재를 상기시키는 것, 다시 말하면 스스로의 추악한 만행을 상기시키는 것을 뜻한다.

오토키의 엽서를 받고 보인 '나'의 반응, 가미자키로부터 받은 뒤늦은 모욕감, 가미자키에게 편지를 보내고 바로 후회하는 '나'의 일련의 행동을 이해하기란 쉽지 않다. 때문에 히노 아시헤이는 「쇼와로쿠메이칸」에 미리 자신의 「분뇨담」의 일부를 인용해 놓았다. 오토키가 찾아왔던 날, '나'가 아침 이부자리에서 읽고 있던 것이 자신의 「분뇨담」(아쿠타가와 수상작)이었다. 그때 읽고 있던 부분은 다음과 같다.

> 브루노 타우트가 「일본문화사관」에서 일본의 가옥에는 도코노마(床の間)와 변소가 붙어 있는 것에 경탄한다. 그러나 나는 일본뿐 아니라 전세계 어디를 가도 집 안에 변소를 만들어야 하는 데 경탄한다. 인간이 분뇨제조기라는 것은 염세가의 지적이 필요 없는 과학의 문제지만 그 얼마나 초라한 습성인가. 나는 인류 발생 이래 문명은 분명 발달했지만 인간 그 자체는 조금도 진보하지 않았다고 생각하는데 배설작용이야말로 인간의 그러한 슬픈 한계의 상징이다. (…) 너는 고상한 척하지만 틀림없이 이곳에 오리라는 것을 확실하게 간파당한 것이다. 설비가 인간을 비웃는 게 아니라 인간이 자조하는 것이다.[14]

문명이 아무리 발달해도 인간은 어쩔 수 없이 집에서도 변소를 끼고 살아야 하는 존재라는 것, 변소는 인간으로 하여금 끊임없이 자신의 실존적 한계를 직시하고 자조하게 만드는 장소라는 내용이다. 당

---

14) 火野葦平, 『昭和鹿鳴館』, p.42.

시 '나'가 자신의 글을 읽고 떠올린 것은 가미자키의 쇼와로쿠메이칸이었다. '나'는 "그 작전가의 로쿠메이칸은 인간의 변소가 아닌가. 자조 위에 성립한 꿈이다. 변소 냄새를 없애기 위해 색채와 향료와 사상이 듬뿍 필요한 것"이라며 쇼와로쿠메이칸을 단념하지 못하는 가미자키의 집요함을 비로소 납득했다.[15] 바로 그때 '나'를 찾아온 것이 오토키였다.

「쇼와로쿠메이칸」의 결말은, 소설이 시작할 때 '나'에게 오토키 얘기를 전해줬던 친구 야노 아키라가 다시 '나'를 찾아와 최근의 오토키의 얘기를 전하는 장면으로 끝난다.

> 오늘 또 찾아온 야노 아키라가 나에게 '은행'이 깨끗하게 재개된 소식을 전하면서, 오토키 씨가 꼭 나를 데리고 오라고 했다고 한다. 아무래도 오토키 씨는 자네한테 반한 것 같다는 등의 얘기도 한다.
> "그건 인간의 변소야"
> 내가 내뱉듯 던진 그 말의 의미를 야노 아키라가 알 리도 없고,
> "그래? 그러고 보니 그런 면도 있어"
> 자기식의 해석으로 고개를 끄덕이는 것이다.[16]

「분뇨담」의 일부를 미리 인용해두지 않았더라면 야노 아키라 뿐 아니라 대부분의 독자도 오토키를 '인간의 변소'라고 한 '나'의 말의 의미를 제대로 이해하지 못했을 것이다. 4년 만에 나타난 오토키의 출현은 바로 '나' 자신의 치부와 그에 대한 자조에 눈뜨게 했던 것이다.

---

15) 火野葦平, 『昭和鹿鳴館』, p.43.
16) 火野葦平, 『昭和鹿鳴館』, p.54.

「쇼와로쿠메이칸」의 기저에는 메이지 로쿠메이칸에 대한 곱지 않는 시선이 흐르는 동시에, 전면에서는 전후의 '문화국가' 이상에 대한 경멸의 시선으로 일관돼 있다. 히노는 가미자키로 대변되는 전전의 지배세력, 그 봉건적 유제의 연속성을 노정하는 동시에 전후의 '문화국가'의 기만성을 폭로하고 있다. 게다가 '나' 스스로의 자기기만에 대한 통렬한 자기폭로 형태를 취하면서 실은 전전의 일본과 단절된 듯 나아가는 전후 일본의 자기기만을 고발하고 있다. 여기서 짚어 둘 것이 있다. 이처럼 언뜻 '성실'해 보이는 '나'의 자기고발의 이면에서, 실은 전후 일본이 기만을 극복하고 전전에 대한 통절한 반성과 진정한 변화를 갈망하는 다수의 일반 국민의 열망에 대한 조롱을 교묘하게 은폐하는 그야말로 '패전병의 센티멘털리즘'이 여전히 작동하고 있다는 것이다.

2. 노스텔지어의 답가

: 미시마 유키오, 「로쿠메이칸」

메이지 이래 희화화된 로쿠메이칸의 이미지는 전후 일본인의 뇌리에 다시 스며들기 시작하는데, 그 중요한 계기 중 하나가 비고의 삽화였다. 비고의 삽화가 일반인들에게까지 널리 알려지게 된 것은 전후에 들어와서였다. 일본공산당을 이당한 핫토리 시소는 1951년에 설립한 일본근대사연구회를 통해 비고의 풍자화를 일반 역사서에 소개했고, 그러면서 비고의 삽화를 사용하는 초·중·고 사회역사교과서도 점차 증가했다.[17] 또한, 근대 이후의 복잡한 국제 정세를 이해하는

데 있어 역사적 상황을 초첨화·간략화한 풍자화가 효과적으로 인식
되면서, 풍자화는 근대사 학습의 중요한 사료로서 활용 가치가 부각
됐다.[18] 새로운 시대적 가치를 띤 비고의 풍자화는 그렇게 재발견되
면서, 교과서 외에도 메이지의 역사, 문화사 관련 서적 등에 빈번히
사용됐다.[19]

로쿠메이칸 문학의 또 다른 대표작이 발표된 것도 그즈음이었다.
1956년, 미시마 유키오(三島由紀夫 : 1925~1970)는 분가쿠좌(文学座) 공
연을 위해 희곡 「로쿠메이칸(鹿鳴館)」을 발표했다.

「로쿠메이칸」은 4막으로 구성된 비극이다. 이야기가 진행되는 시
간은 1886년 11월 3일 천장절 오전부터 로쿠메이칸 무도회가 한창인
심야까지 하루가 채 안 된다. 장소는 1, 2막이 가게야마 백작 저택이
고 3, 4막은 로쿠메이칸 무도회장이다. 주요 등장인물은 가게야마 백
작과 부인 아사코, 기요하라 에이노스케(아사코의 옛 정인), 기요하라
의 아들 히사오다. 이노우에 가오루가 모델이 된 것으로 알려진 가게
야마와 자유민권운동가 기요하라 에이노스케는 정치적 적대관계이
자, 아사코를 둘러싼 연적이기도 하다.

가게야마 백작 주최로 로쿠메이칸 무도회가 열리는 천장절 아침,

17) 清水勲, 「学術文庫版あとがき」, 『ビゴーが見た日本人』, 講談社, 2001, p.244. 비고의
풍자화는 중학교 주요 역사교과서에 적게는 1장에서 4장까지 평균 2장 웃돌게 사용되
고 있다.(青木章浩, 「風刺画を活用した中学校歴史の授業構成 : ビゴーの『トバエ』を
手がかりに」, 『社会系湘教育学研究』 18, 社会系教科教育学会, 2006, p.41.)
18) 岡本泰, 「歴史教育教材としての風刺画の研究 : 主題を読み解く視点を中心に」, 『上越
社会研究』 22, 上越教育大学社会科教育学会, 2007.10, pp.56~60.
19) 清水勲, 「風刺画家としてのビゴー」(酒井忠康·杉村浩哉·小村崎拓男(編), 『明治日本
を生きたフランス人画家 : ジョルジュ·ビゴー展』, 美術館連絡協会·読売新聞社, 1987,
p.157.)

아사코는 우연하게 히사오를 만나게 된다. 그리고 그가 자유민권운동에 여념이 없는 아버지 기요하라를 원망하고 있음을 알게 된다. 아사코는 그날 밤 자유민권운동가들의 로쿠메이칸 침입 계획을 안 히사오가 기요하라를 해치려 한다고 생각하여, 히사오에게 자신이 친모임을 밝힌다. 불안해진 아사코는 한동안 잊고 지내던 기요하라를 만나 로쿠메이칸 침입을 만류한다. 들으려 않자, 아사코는 자신도 무도회에 참석하겠다며 가까스로 기요하라의 로쿠메이칸 침입 계획을 중지시킨다. 하지만, 가게야마의 음모에 휘말린 기요하라는 로쿠메이칸을 찾게 되고, 히사오는 아버지 기요하라의 총에 맞아 죽게 된다. 아버지 손에 죽는다는 것은 실은 히사오가 처음부터 계획했던 시나리오기도 했다.

히사오가 죽은 후, 「로쿠메이칸」의 4막은 무도회 장면으로 바뀐다. 모든 것이 남편 가게야마의 술책이었음을 안 아사코는 무도회를 끝으로 가게야마를 떠나 기요하라에게 가기를 결심한다. 하지만 호스트로서 무도회를 완수하기 위해 아사코와 가게야마는 마지막 댄스, '위장'의 왈츠를 춘다. 이때 밖에서 기요하라의 죽음을 암시하는 총성이 울리면서 막을 내린다.

(갑자기 왈츠곡이 유연히 울린다.)
가게야마　이런, 또 춤이 시작됐군.
아사코　아들 상중인 어미가 왈츠를 추는군요.
가게야마　그렇지. 웃어.
아사코　거짓 미소도 오늘이 마지막이라 생각하면 편하게 지을 수 있지요. (울면서)편히 웃을 수 있어요. 어떤 거짓, 가짜도 이제 곧 끝이라 생각하면.

가게야마　곧 황후 마마께서 오시지.

아사코　반갑게 맞아 드리지요.

가게야마　보라구. 나이 깨나 하는 사람들이 속으로는 유치함을 악물면서, 점점 이쪽으로 춤을 추며 오는군. 로쿠메이칸. 이런 기만이 일본인을 점점 영리해지게 만드니까.

아사코　잠시 참는 거지요. 거짓 웃음도 거짓 야회도, 그렇게 오래 계속되지는 않을 테니까.

가게야마　숨기는 거지. 속이는 거야. 외국인들을, 전 세계를.

아사코　세상에 이런 거짓 부끄런 줄 모르는 왈츠는 없을 거예요.

가게야마　하지만 나는 평생 이걸 계속 출 생각이지.

아사코　그래야 나으리시죠. 그래야 당신이지요.

(춤추는 무리 위쪽에서 나와 무대 가득 퍼진다. 가게야마와 아사코는 서로 인사를 하고 손을 잡고 댄스에 참가한다. 잠시 댄스가 계속되고 곡에 쉼이 있다. 가게야마 부부는 무대 중앙에 있다. 돌연 멀리 희미하게 총성이 울려 퍼진다.)

아사코　어머나, 총소리가.

가게야마　잘못 들은 거야. 아니면 불꽃폭죽이지. 그래. 잘못 쏘아 올린 축하 불꽃폭죽이야.

("어머나, 총소리가"부터 "아니면 불꽃폭죽이지"까지 쉼이 있고, 그사이 일동은 정지한다. 이어서 다시 왈츠가 시작되고 모두 미친 듯이 춤추는 가운데)　　　　　　　　　　　　　　　　　　　　－막－[20]

히사오를 잃은 아사코는 마지막이라는 생각 하나로 가게야마와 위장된 왈츠를 춘다. 「로쿠메이칸」에서 무도회 장면은 이것이 유일하다. 둘의 대화 속에는 '거짓', '가짜', '기만', '속임', '숨김', '부끄런

---

20) 三島由紀夫, 『鹿鳴館』, 新潮社, 1986, pp.98-100.

줄 모르는', '유치한'과 같은 단어들이 난무하지만, 그럼에도 이 마지막 댄스 장면에서 '원숭이 흉내'나 '천박한 소동'의 우스꽝스러운 이미지는 찾아볼 수 없다. 오히려 페이소스를 자아낼 뿐이다. 언젠가는 끝나리라는 일념 하나로 '거짓' 왈츠를 '미친 듯이 추는' 사람들의 모습은 '원숭이 흉내'가 아닌, 슬프지만 '영리한' 광대의 모습으로 연출되고 있다.

그런데 이 마지막 댄스 장면 어딘가 낯이 익다 싶은 것이 1947년 9월 개봉작인 요시무로 고자부로(吉村公三郎 : 1911~2000) 감독의 〈안조 일가의 무도회(安城家の舞踏会)〉의 마지막 댄스 장면을 떠올리게 한다. 1947년, 신헌법 시행으로 화족제도가 폐지됐다. 이 영화는 안조 백작 일가가 자신들의 저택에서 보내는 마지막 날, 무도회를 개최하면서 화족으로서의 마지막 하루를 그린 것이다. 무도회가 해산한 뒤, 안조 백작은 권총 자살을 시도하지만 막내딸 아쓰코에게 발견돼 미수로 끝난다. 집사와 하녀가 염려스러운 얼굴로 달려오자 아쓰코는 급히 권총을 주워 축음기 속으로 숨긴다(〈그림 30〉-①, ②). 아쓰코는 아무 일 없었다는 듯 미소를 띤 채, 음악을 틀고 아버지 안조에게 다가가 댄스를 청한다(〈그림 30〉-③). 안조 부녀의 마지막 댄스가 시작되고 이를 바라보던 집사와 하녀의 얼굴에는 안도의 표정이 깃든다(〈그림 30〉-④, ⑤).

〈안조 일가의 무도회〉의 대미를 장식하는 안조 부녀의 이 마지막 댄스 장면도 실은 아버지의 자살 시도를 숨기기 위해 아쓰코가 급조한 '위장' 댄스였다(〈그림 30〉-⑥, ⑦). 그러나 댄스가 계속될수록 '위장'의 표정은 희미해져 간다(〈그림 30〉-⑧, ⑦). 전후 일본의 새로운 현실을 받아들이는 안조 부녀의 내일을 암시하며 끝나는 〈안조 일가의

〈그림 30〉〈안조 일가의 무도회〉(1947) 결말 장면 스틸컷

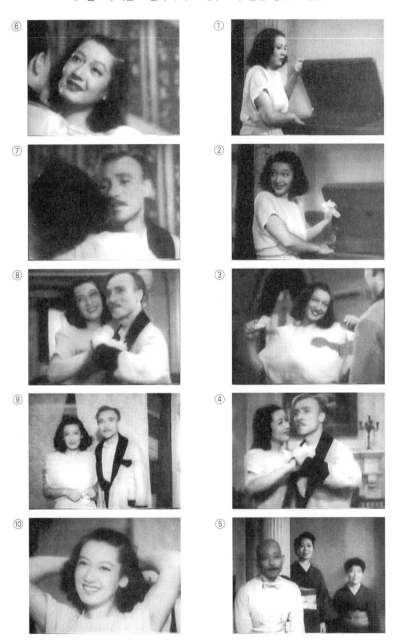

무도회〉(〈그림 30〉-⑨, ⑩)와 달리, 미시마는 「로쿠메이칸」에서 히사오의 죽음과 기요하라의 자살(암시)로 파국이 겹치는 비극을 택했다.

미시마는 희곡 「로쿠메이칸」 발표와 동시에 1956년 12월 4일자 『마이니치신문(오사카)』에 「『로쿠메이칸』에 관하여」를 발표했다. 그는 자신이 로쿠메이칸 무도회를 어떻게 그리려 했는지를 설명하고 있다. 먼저는, "당시 그대로의 재현이 아닌 우리들의 이미지로 왜곡된, 필시 현실보다 훨씬 아름다운, 지금 봐도 이상할 것이 없"게 그렸다고 말한다. 그런가 하면, 미시마의 머릿속에는 로쿠메이칸에 관한 구체적인 이미지들이 있었다. 그는 "당시의 니시키에 중에도 민중이 본 로쿠메이칸의 희화화가 있어 뻐드렁니의 작은 일본인 남자가 안 어울리는 연미복을 입고 외국인에게 굽실대거나 난쟁이 같은 여자가 늑대 옷 같은 야회복을 입은 키가 두 배나 되는 외국인에게 붙들려 춤추고 있는 풍경을 볼 수 있는데 내가 그리려 한 것은 그러한 풍자화가 아니"[21]라고 말한다.

로쿠메이칸 무도회를 희화화한 니시키에가 무엇인지는 특정하고 있지는 않지만, 미시마의 설명이 구체적이어서 떠오르는 그림이 있다. 고바야시 기요치카의 니시키에다. "난장이 같은 여자", "키가 두 배나 되는 외국인에게 붙들려"와 같은 묘사는 로티의 「에도의 무도회」가 수록된 『오카메하치모쿠』의 권두화를 떠올리게 한다.

미시마가 균열을 가하고자 한 것은 로쿠메이칸의 희화화만은 아니었다. 로쿠메이칸 당시 그대로를 재현하는 것에 대해서도 분명하게

---

21) 三島由紀夫, 「『鹿鳴館』について」, 『毎日新聞(大阪)』, 1956.12.4[『鹿鳴館』, 新潮社, 1986, pp.354-355].

선을 긋고 있다. 즉, 자신의 「로쿠메이칸」은 '회화화'도 아니지만 '그 대로의 재현'도 아닌, 실제 이상으로 '아름답게 왜곡'됐다는 것이다. 1962년, 미시마는 「로쿠메이칸」의 신파공연에 맞춰 「아름다운 로쿠 메이칸 시대」(1962.11)를 발표했다. "로쿠메이칸 시대는 당시의 니시 키에나 센류(川柳)에 의하면 그야말로 우스꽝스럽고 그로테스크하며, 한바탕 개화의 원숭이극(猿芝居) 같지만, 지금 우리들이 무대 위로 보 는 선조 시대는 노스텔지어로 채색되어 일본 근대사상 드문, 화려하 고 로맨틱한 시대로 비칠 것"[22]이라고 말하고 있다.

노스텔지어의 대상이 되는 '과거'는 물리적으로 꼭 오랜 시간의 경 과를 필요로 하는 것은 아니며 매우 가까운 과거일 수도 있다.[23] 반대 로 실제 경험 이전의 과거 시대는 '역사적 향수(Historical nostalgia)' 를 불러일으킬 수 있는데, 이때는 '상상력(imagination)', '그럴듯함 (verisimilitude)', '감정이입(empathy)'이 중요한 매개항으로 작용한 다.[24] 미시마가 1956년과 1962년에 「로쿠메이칸」을 무대에 올리면 서 강조했던 점들과 견주어 보더라도 이들 세 요소는, 그가 그리고자 했던 "지금 우리들이 무대 위로 보는 선조 시대"를 본격적인 노스텔 지어로 채색하고 있음을 확인할 수 있다(〈그림 31〉).

---

22) 三島由紀夫, 「美しき鹿鳴館時代：再演『鹿鳴館』について」(新派プログラム・1962.11.), 『鹿鳴館』, 新潮社, 1986, p.358.

23) Davis, Fred, *Yearning for Yesterday: A Sociology of Nostalgia*, NY: The Free Press, 1979.

24) Stern BB, Historical and Personal Nostalgia in Advertising Text: The Fin de siècle Effect, *Journal of Advertising* 21(4), 1992, pp.11–22[Ian Phau, Vanessa Quintal, Chris Marchegiani, Sean Lee, examining personal and historical nostalgia as travel motives, *Tourism and Hospitality Research* 10(3), 2016, p.5.에서 재인용].

〈그림 31〉「로쿠메이칸」의 채색도(노스텔지어)

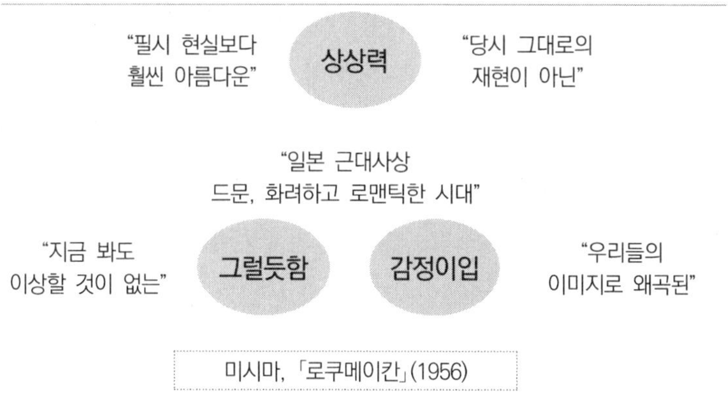

"필시 현실보다
훨씬 아름다운"   상상력   "당시 그대로의
재현이 아닌"

"일본 근대사상
드문, 화려하고 로맨틱한 시대"

"지금 봐도
이상할 것이 없는"   그럴듯함   감정이입   "우리들의
이미지로 왜곡된"

미시마, 「로쿠메이칸」(1956)

로쿠메이칸 시대를 일본 근대사에서 좀처럼 보기 어려운 '로맨틱한 시대'로 각색함으로써 회화화된 로쿠메이칸 이미지를 해체하려는 그의 시도는 대상에 대한 '왜곡'까지도 적극 허용범위에 넣고 있다. 그런가 하면 「로쿠메이칸」에 담긴 미시마의 의도는 이 글 말미에서 더욱 분명해진다.

> 물론 시대의 거리감이 일체를 미화한 탓이겠지만, 그것만은 아니다. 하나의 현실의 시대를 이런 식으로 변개(変改)하고, 그 이미지를 현실과 다르게 새로 만들어 그것을 고정시키는 작업이야말로 작가의 할 일이며, 우리는 그것을 피에르 로티(일본의 가을)와 아쿠타가와 류노스케(무도회)에게 빚지고 있다. 거기에 이「로쿠메이칸」한 편을 더하는 것은 작가의 터무니없는 우쭐거림으로 경멸받을 것인가.[25]

앞의 글(『『로쿠메이칸』에 관하여』)에서는 로쿠메이칸을 희화화한 선

---

25) 三島由紀夫, 「美しき鹿鳴館時代 : 再演『鹿鳴館』について」, pp.358-589.

행텍스트와 선을 그었다면, 여기서는 로티의 「에도의 무도회」와 아쿠타가와의 「무도회」의 계보 위에 자신의 「로쿠메이칸」의 위치를 발견하고 있다. 미시마는 로티의 「에도의 무도회」와 아쿠타가와의 「무도회」를 작가적 실천 즉, 현실의 허구화의 결과물로 평가하고 있다. 로티와 아쿠타가와가 각각 로쿠메이칸 시대를 어떻게 '개변'하고 또 어떻게 허구화한 이미지를 고정시켰는가에 대한 구체적인 언급은 없지만, '희화화'로도 '그대로의 재현'으로도 보고 있지 않은 것은 분명하다.

미시마는 「로쿠메이칸」 안에서 로티의 「에도의 무도회」나 아쿠타가와의 「무도회」를 직접 언급하거나 의식하지는 않았다. 하지만 그의 「로쿠메이칸」은 바람대로 이들 두 작가의 작품과 나란히 로쿠메이칸 문학의 대표작으로 꼽히고 있다.[26] 아쿠타가와와 로티의 작품의 관련성에 관한 연구가 시작된 것은 미시마가 「로쿠메이칸」을 발표하기 3년 전인 1953년이었다.[27] 로티의 「에도의 무도회」의 첫 완역인 『가을의 일본』(무라카미·요시나가 옮김)과 『가을의 일본풍물지』(시모다 유키오 옮김)가 출간된 것도 1953년이었다. 우연일 수도 있겠지만, 이는 당시 "로티의 번역이 활발했음의 증좌"[28]로도 볼 수 있다. 그러한 상황도

---

26) 예를 들어 오쿠라 가즈오(小倉和夫：1938~)는 「〈시대의 창〉 레이와의 신로쿠메이칸 정신일본의 전통문화 발신」(『마이니치신문』, 2019.10.20.)에서 새로운 연호 레이와(令和)를 맞아 일본 근대화의 상징이었던 로쿠메이칸의 전통을 살린 '신로쿠메이칸 정신'이 필요하다며, "로쿠메이칸이 상징하는 '서양화'의 참 모습이 무엇이었는지"는 로티, 아쿠타가와, 미시마의 문학작품을 비교함으로써 그 중층적 의미를 알 수 있다고 했다(小倉和夫, 「〈時代の風〉令和の新鹿鳴館精神 日本の伝統文化発信」).

27) 두 작품의 관련성에 관한 연구의 출발은 大西忠雄, 「芥川龍之介作『舞踏会』考証：ピエル·ロティ作『江戸の舞踏会』(Un Bal a Yeddo)との比較」, 『天理大学学報』(1953.3.)로 알려져 있다.

미시마가 「로쿠메이칸」 집필을 생각한 동기의 하나였는지 모른다.

이처럼 미시마는 로티와 아쿠타가와와 자신의 작품을 계보화함으로써 형성된 로쿠메이칸/무도회 문학의 서사 공간 안에서, '노스텔지어'로 채색한 「로쿠메이칸」이 읽히기를 유도했다. 바꿔 말하면 그것은, 아쿠타가와의 「무도회」가 얘기될 때마다 피에르 로티의 「에도의 무도회」도 빠짐없이 언급되듯이, 자신의 「무도회」가 읽혀질 때마다 아쿠타가와의 「무도회」와 로티의 「에도의 무도회」를 소환하는 역할을 했다. 동시에 그것은 로티의 「에도의 무도회」에서 '희화화'를 탈색하는 것, 미시마가 「로쿠메이칸」을 통해 의도한 또 다른 '작가의 할일'이 아니었을까 생각된다.

3. 패러디의 답가

: 야마다 후타로, 『에도의 무도회』

미시마의 「로쿠메이칸」은 연극 상연뿐 아니라 영화와 드라마로도 번안[29]되면서 그 대중적 확산에도 성과를 거두었다. 그의 독주때문이었을까 로쿠메이칸/무도회 서사 공간에 새롭게 주목할 만한 문학이 출현한 것은 그로부터 30년이 지나서다. 아쿠타가와와는 또 다른 기법으로 로티와의 상호텍스트성을 활용한 야마다 후타로(山田風太郎：

---

28) 島内裕子, 「『舞踏会』におけるロティとヴァトーの位相」, p.68.
29) 영화는 이치카와 곤(市川崑：1915~2008) 감독, 도호사(東宝社)에서 1986년 상영. TV 드라마로 1959년(후지테레비), 1961년(TBS), 1970년(NHK), 2008년(테레비아사히)에 방영.

1922~2001)의 『에도의 무도회(エドの舞踏会)』(1986)다.

『에도의 무도회』의 작중인물은 대부분 실명으로 등장한다. 이 작품은 야마모토 곤노효에이(山本權兵衛) 해군 장교가 오야마 스테마쓰(大山捨松) 부인[30]과 함께 사이고 쓰구미치(西鄕從道) 육군 중위로부터 받은 특명을 수행해 가는 내용이다. 특명이란 로쿠메이칸 무도회의 활성화를 위해 가능한 많은 귀부인을 참가시키라는 것, 국수파의 공격 이후 무도회 참석을 중단한 귀부인들이 다시 무도회에 돌아오도록 설득하라는 것이다. 곤노효에이와 스테마쓰는 그녀들 한 명 한 명을 찾아가고 그 과정에서 뜻하지 않게, 남편의 여자 문제, 의처증과 폭력, 금전 문제, 극단적인 서양식 라이프스타일, 자식에 대한 냉대 등 하나같이 애환 가득한 그녀들의 비화가 차례로 드러나게 된다.

등장하는 부인들은 이노우에 가오루의 부인, 이토 히로부미의 부인, 야마가타 아리토모의 부인, 구로다 기요타카의 부인, 모리 아리노리(森有礼)의 부인, 오쿠마 시게노부의 부인, 무쓰 무네미쓰의 부인, 르젠드르(LeGendre)의 부인 순서며, 이는 곧 소설의 목차기도 하다.

야마다는 『에도의 무도회』에서 몇 차례 로티의 「에도의 무도회」를 인용하고 있다. 특별히 로티를 활용해 소설의 시작과 결말을 매끄럽게 꿰어내는 솜씨가 돋보인다. 첫 페이지부터 나오는 로티의 이름은 독자들의 시선을 끌기에 충분하다. 『에도의 무도회』의 시작은 다음과 같다.

"노정 1시간 이 무도회로 가는 열차는 에도에 도착한다"/ 소설 「국화

---

30) 스테마쓰는 이와쿠라사절단에 합류했던 일본 최초의 국비 여자 유학생 중 한 명이다.

부인」으로 알려진 프랑스 작가 피에르 로티는 메이지 18(1885)년의 신바시 정차장 풍경을 이렇게 쓴다. 그는 도쿄를 고의적으로 에도라고 부른다. / "우리는 런던이나 메르본이나 아니면 뉴욕에라도 도착한 것일까. 정차장 주위에는 벽돌로 지은 고층 건물이 미국식 추악함으로 솟아 있다. 가스등이 줄지어 있어서 길고 곧은 가로는 멀리까지 쭉 한눈에 내다볼 수 있다. 차가운 대기 중에는 일대에 전선이 둘러쳐져 여러 방면으로 철도마차가 방울이나 경적을 울리며 출발한다. (…)"[31]

인용은 「에도의 무도회」에서 하고 있지만 여기서는 로티를 「국화부인(お菊さん)」[32]의 저자로만 소개하고 있다. 로티의 「에도의 무도회」는 줄리앙 비오가 11월 3일 천장절 로쿠메이칸 무도회로 향하는 장면으로 시작했다면, 여기서는 비오가 이틀 후, 로쿠메이칸이 아닌 아카사카(赤坂)의 관국 연회에서 돌아오는 장면으로 시작하고 있다. 카메오 같은 반짝 등장이지만, 작중인물인 로티도 다른 등장인물과 아주 잠깐 접촉하는 장면이 나온다.

4인승의 확실한 대관용 마차다. / 거기에서 한 명의 외국인이 내려섰다. 세련된 수염을 기르고 세련된 사관 차림의 —— 아무래도 해군 장교 같은 복장으로 —— 그 외국인은 마차를 향해 거수경례를 하고 역시 땅

---

31) 山田風太郎, 『明治小説全集(8) エドの舞踏会』, 筑摩書房, 2000, p.9.
32) 유럽에서 자포니즘과 이국정취를 자극하며 반향을 일으켰던 로티의 소설 『국화부인』은 프랑스에서 높은 평가를 받았지만, 일본에서는 일본 문화·일본인에 대한 멸시로 받아들인 비판적 시각이 두드러졌다. 프랑스에서 『국화부인』은 1887년 2월 피가로지에 게재된 후 이듬해에 단행본으로 출간됐다. 일본에서는 1929년에 노가미 도요이치로(野上富一郎)에 의해 처음으로 번역·출간됐다(カバ メレキ, 「ピエール·ロチ『お菊さん』のジャポニスム : 一八八七年フランス語版挿絵における日本女性を考える」, 『文学研究論集』 26, 2008.1, pp.19-20.).

에 내린 마부에게 "메르씨"하고 가볍게 인사하며 정차장 쪽으로 성큼성큼 걸어갔다. (…) / "지난 3일 로쿠메이칸에서 천장절 무도회가 있었을 때 알게 된 남자인데 요코하마에 정박하고 있는 군함에서 왔다는군. 그래서 내가 돌아오는 길에 정차장까지 바래다 준 거지. 아마 해군대위이고 줄리앙 비오라 했던가 그래. ―――" (…) / "뭐 이번 여름 내내 나가사키에 있으면서 그동안 상륙해서 일본 여성을 첩으로 두고 살았나 봐. 거 참 프랑스인이란 그 방면은 능숙하다만 말이지." (…) / "그 프랑스 대위가 마차에서 내릴 때, 로쿠메이칸에서 만난 일본 귀부인들께 다음에 만나면 이걸 보여 주라며 이런 걸 적어서 건네주고 갔지." / 받아서 곤노효에이는 들여다봤다. / 하얀 종이에 딱 세 줄, 외국 문자가 열거돼 있다. 글자는 유려한데 물론 뭐라고 적혀 있는지는 모른다. (…) / "해군 중에 읽을 수 있는 자가 있겠지. 그거 자네한테 줄 테니 누군한테 읽어 달라고 해서 다음에 만나면 가르쳐 주게"[33]

사이고가 곤노효헤이에게 '로쿠메이칸 무도회 특명'을 전하는 장면이다. 특명 외에도 사이고는 프랑스 해군 장교 줄리앙 비오에게서 전해 받은 쪽지를 곤노효헤이에게 건네면서, 다음번 만날 때까지 거기 적힌 프랑스어가 무슨 뜻인지 알아 오라고 말한다. 이 쪽지가 다시 등장하는 것은 결말 부분에서다. 로쿠메이칸 무도회에 관한 특명을 완수한 곤노효에이는 까맣게 잊고 있던 쪽지를 사이고에게 돌려준다. 그리고 거기 적혀있는 프랑스어는 일본어로 다음과 같다.

아, 정말 멋지십니다. 사모님들, 저는 여러분께 진심으로 축하드리지요. 그 언행 너무나도 유쾌하고 그 변신 대단히 뛰어나십니다. 아 정말

---

33) 山田風太郎, 『明治小説全集(8) エドの舞踏会』, pp.10, 14-15.

멋지십니다. 사모님들. / ─피에르 로티─

(「ああ、ほんとうにおみごとです。奥さま方、私はみなさまに心から
お祝いを申し上げましょう。その物腰はいかにも愉しげで、その変身ぶ
りは大変お上手です。ああ、ほんとうにおみごとです。奥さま方。/ ─ピ
エール・ロティ─」[34])

　　로티의 「에도의 무도회」를 읽은 독자에게는 이 역시 낯익은 문구
다. 화자는 친절하게 그 출전이 될 텍스트까지, "프랑스 해군대위 조
르쥬 비오 즉 작가 피에르 로티는 그의 일본 견문록인 『가을의 일본
(Japoneries d'Automne)』(1889)의 2장 「에도의 무도회」"에서 "이 메모를
재사용하고 있다"[35]고 알려주고 있다. 물론 이 메모를 재사용하고 있
는 것은 로티의 「에도의 무도회」에서 이를 인용한 야마다 자신이다.
이 소설에서 일어나고 있는 일은 줄리앙 비오가 로쿠메이칸 무도회에
참가했던 해의 일이므로, 아직 로티의 「에도의 무도회」는 발표되기
전이다. 그 점을 이용해 야마다는 로티가 「에도의 무도회」에서 사용
하게 될 말을 이미 쪽지의 형태로 작중 인물들에게 전했다는 설정이
되는 것이다.

　　그렇다면 로티가 실제로 「에도의 무도회」에서 이 말을 사용한 맥락
은 어떤 것이었을까. 로티는 무도회장에서 여인들의 차림 하나하나를
호기심 가득한 눈으로 관찰했었다.

　　　나는 지나가는 다른 두 명의 부인을 재빠르게 관찰한다. 먼저 옷자락

---

34) 山田風太郎, 『明治小説全集(8) エドの舞踏会』, p.419.

35) 山田風太郎, 『明治小説全集(8) エドの舞踏会』, p.420.

을 돋보이게 하는 카멜리야 꽃무늬가 있는 전신 은은한 장밋빛에 싸인 작은 몸집의 사랑스러운 미인. 다음으로 내 눈이 기꺼이 끌려 들어갈 듯한 그 그룹의 마지막 사람, 그것은 천황폐하의 식부관에게 시집간 젊디젊은 옛 귀족 여성, '아리마센 후작부인'이다. 올겨울 유행에 따라 광대풍의 속발로 높디높게 묶어 올린 페요테 선인장 머리. 작은 사랑스러운 새끼 고양이 같은 아름다운 벨벳빛 눈동자. 상아색 공단을 걸친 루이 15세식 차림. 일본과 프랑스 18세기와의 이 합금은 트리아농 궁에서 jupe à paniers[속버팀테로 펼친 18기 스커트]나 가늘고 긴 코르사주를 착용한 이 극동의 상냥한 가인(佳人)에게 뜻밖의 효과를 내고 있다.

아아! 대단히 훌륭합니다, 사모님들. 저는 여러분 세 명에게 진심으로 축하드리지요! 그 언행 심히 즐겁고 그 변장은 심히 능숙하십니다.[36]
(「ああ! 大そう立派です、奥様方。わたしは皆さん三人に心からお祝いを申しましょう！ その物腰は非常に楽しく、その変装は非常にお上手です。」[37])

무도회에서 지나가는 부인들을 관찰한 로티의 '감탄'은 자칫 반어적으로도 아니면 기껏해야 여성들의 외모나 차림새에 대한 것으로 들리기 쉽다. 하지만 동일한 표현도 야마다의 『에도의 무도회』 결말에 사용되면 그 무게와 함의는 달라진다. 『에도의 무도회』를 읽고 귀부인들의 애환 많은 삶을 다 알고 난 후에 로티가 건넨 메모를 읽게 되면

---

36) ピエール・ロティ / 村上菊一郎・吉永清(訳), 「江戸の舞踏会」, 『秋の日本』, グーテンベルク21, 2006, https://a.co/8EcCadf(이 글에서 로티의 「에도의 무도회」의 인용은 무라카미・요시나가의 번역본 1942년(青磁社)판과 1953년(角川書店)판을 번갈아 사용하며, 1953년판을 인용할 때는 구텐메르크21의 전자책(『가을의 일본』, 2006)을 사용함.)
37) ピエール・ロティ / 村上菊一郎・吉永清(訳), 「江戸の舞踏会」, 『秋の日本』, グーテンベルク21, 2006, https://a.co/2Kn0c3L

그 깊이도 진정성도 배가되는 것이다.

　관련하여 한 가지 더 눈여겨볼 부분이 있다. 야마다 후타로가『에도의 무도회』에서 인용하고 있는 로티의「에도의 무도회」는 무라카미·요시나가의 번역(1953년도 개정판)으로 보인다. 야마다가 로티의「에도의 무도회」를 인용한 다른 부분은 번역 텍스트를 해당 원문 그대로 옮겨 놓고 있다. 하지만, 위 인용문에 병기한 무라카미·요시나가 번역 원문에서 확인되듯, 여기서는 일부를 고쳐서 인용하고 있다. "아, 정말 멋지십니다."를 두 번 반복하고 있는 것도 그렇지만 그보다 중요한 부분은 '변신'이라는 단어다. 로티의「에도의 무도회」를 보면 "변장"이라고 되어 있다. 이를 야마다가 "변신"이라는 단어로 바꾸어 놓은 것이다. 두 단어가 주는 느낌의 차이는 크다. 로쿠메이칸 무도회에 참석하는 여성들을 피상적인 '변장'(로티)의 단계에서, 삶의 무게를 견뎌냈기에 가능한 근원적인 '변신'(야마다)의 단계로 승격시킨 것이다.

　야마디의 패러디는 줄리앙 비오=로티의 감탄사를 탈환해 놓고는, 로티의「에도의 무도회」와는 전혀 다른 내용의 플롯을 전개시킨 후, 마지막에 가서 그 진정성과 감동의 깊이를 더한 비고의 감탄사와 결합시키고 있다. 게다가 한층 새로워진 비오의 감탄사를 다시금 로티의「에도의 무도회」에 반환한다는 착시효과도 발휘하고 있다. 물론 이처럼 공들인 상호텍스트성은 로티의「에도의 무도회」를 소환하지 않고는 성립하지 않는다. 그러한 점에서 야마다의『에도의 무도회』또한 로티 이래의 로쿠메이칸/무도회의 문학 공간 속으로 또 하나의 서사를 보냄으로써, 로티의「에도의 무도회」의 '희화화' 탈색작업에 합류하고 있는 것이다.

4. 로쿠메이칸의 답가

: 아즈마 히데키, 「로쿠메이칸의 초상」

마지막으로 보게 될 1990년대의 로쿠메이칸 문학은 아즈마 히데키 (東秀紀 : 1951~)의 단편소설 「로쿠메이칸의 초상(鹿鳴館の肖像)」이다. 전후 50년에 해당하는 1995년 2월 『역사독본(歷史読本)』에 발표됐고 이듬해에 동명의 소설집에 수록됐다. 일본에서 활동한 로쿠메이칸의 설계자 조시아 콘도르의 생애를 그려낸 소설로 '복잡한 시간구성'이 특징적이다.[38] 보통 단편소설에서 회상이 사용될 경우, 회상과 현재 가 그리 빈번하게 교차하지는 않는다. 대개는 회상이 한 번 시작되면 다 끝난 후에 회상 밖으로 빠져나오는 경우가 일반적이다. 하지만 「로 쿠메이칸의 초상」에서 화자는 회상을 수시로 사용한다. 스토리 전개 상 시간의 순서를 따르는 것이 자연스러운 경우에도 일부러 건너뛰었 다 다시 돌아오는 경우도 많다. 그것이 일종의 평전처럼 흘러가는 그 래서 다소 밋밋할 수 있는 「로쿠메이칸의 초상」의 플롯 전개에 동력 을 더하는 측면도 있다.

아즈마는 콘도르를 연구하면서 발견한 '사실의 공백'에 착안해서 이 소설을 썼다고 말한다. 그는 후기에서 "메이지 초기에 내일하여 로쿠메이칸을 설계한 영국인 건축가 조시아 콘도르에 관하여 필자가 연구했을 때, 그의 아내 구메의 신원에 불명확한 점이 많고, 다른 한 편에서 초대 문부대신 모리 아리노리의 아내 오쓰네와 그 딸의 행방 도 거의 자료가 남아 있지 않아 자유롭게 가설을 세워 픽션으로 만든

---

38) 井上ひさし, 『井上ひさし全選評』, 白水社, 2010, p.369.

것"이라고 적고 있다.[39] 일본의 초대 문부대신이었던 모리 아리노리의 전처 모리 쓰네(=오쓰네)의 이혼 후 행방에 관한 것인데, 당시 세간에서는 모리의 아내가 파란 눈의 아이를 출산했고, 그녀와 아이가 행방을 감췄다는 소문이 돌았다. 실제로 모리의 전처(히로세 쓰네)의 이혼 후 행방에 관해서는 아무 자료도 남아 있지 않다.

이 소문의 출처로도 자주 인용되는 문헌은 우치다 로안의 『생각나는 사람들』이다. 로안은 당시 일부에서 들리던 인종개량론을 언급하면서 "K박사의 탁설의 효험도 아닐 테고, 모 대신의 부인이 홍모벽안(紅毛碧眼)의 아이를 낳았다는 소문까지 생겼다"[40]고 했다. 로쿠메이칸을 소재로 한 문학작품에서는 작가들이 그냥 지나치지 않고 제각기 상상력을 발휘해 보이는 소재기도 하다.

야마다 후타로의 『에도의 무도회』도 마찬가지다. 야마다는 서양인 양장 재단사라는 허구의 인물을 만들어 등장시킨다. 모리 아리노리는 이 서양인 재단사를 집에 들여 아내의 태교를 위해 그녀의 시중을 들게 한다. 그러다 결국 모리 아내가 눈이 파란 아이를 출산한다는 설정이다. 화자는 모리 아리노리의 극단적인 구화주의와 그로 인해 아내 쓰네가 받아왔을 고통 쪽에 초점을 맞추고 있다.[41]

---

39) 東秀紀, 『鹿鳴館の肖像』, 新人物往来社, 1996, p.262.
40) 内田魯庵, 『おもひ出す人々』, p.8.
41) 야마다의 『에도의 무도회』에서 화자는 로안의 말을 인용하면서, "우치다 로안이 『생각나는 사람들』에서 로쿠메이칸 시대를 회고하면서 '중국에는 모 대신의 부인이 홍모벽안의 아이를 낳는 괴이한 일이 일어났다'라고 적은 것은 이 사건을 가리킨다. / 모리 쓰네코와 그 아이의 모습은 이 메이지 19년 11월 이래 모리 일가에서 사라졌다."(山田風太郎, 『エドの舞踏会』, p.266.)라며 사실성을 더하고 있다. 물론, 로안 자신은 실제 있었던 일로 단정하고 있지 않다.

아즈마의 「로쿠메이칸의 초상」은 건축사가로서의 지식과 소설가의 상상력이 과감하게 교차하는 작품이다. 이 소설에서도 작중인물은 모두 실명으로 등장한다. 일본 공부대학에서 건축학을 가르치는 콘도르는 모리 아리노리의 의뢰로 로쿠메이칸 설계를 맡게 되고, 1883년 로쿠메이칸을 완성한다. 모리의 아내 오쓰네는 무도연습회를 주도하며 일본의 '근대화'를 위해 혼신을 다한다. 무도강습회 강사로 참가하게 된 콘도르는 오쓰네와 친분을 쌓아간다. 천장절 무도회가 있던 밤, 콘도르와 오쓰네는 함께 밤을 보내는데, 그날 이후 오쓰네는 사교계에서 모습을 감춘다. 2년 후, 콘도르는 런던으로 귀국하지만, 오쓰네가 파란 눈의 아이를 낳아 모리와 이혼했다는 소문을 전해 듣고 다시 일본을 찾는다. 모리를 만나 소문의 진상을 확인한 콘도르는, 오쓰네가 낳은 딸의 아버지가 자신임을 시인한다. 반면 모리는 오쓰네를 그렇게 만든 것은 자신이라며, 부부간에 있었던 그간의 일을 털어놓는다. 콘도르는 모리의 도움으로 오쓰네 모녀를 찾아간다. 여기서부터 화자는 결말을 서두르며 이후의 30년의 생을 요약, 생략한다. 1920년, 부부의 연을 이어온 콘도르와 오쓰네(결혼 당시 '젠바 구메'로 개명)는 수일 차로 생을 마치면서 소설은 끝난다. 이 메인 플롯은 오쓰네와 젠바 구메가 동일 인물이었다는 픽션의 재미를 빼고 나면, 그리고 또 다른 요소 하나가 없었다면 그냥 콘도르의 평전을 읽는 느낌이다.

　또 다른 요소란, 이 소설에서도 "온천장의 카지노"의 명명자 피에르 로티를 만나게 되는 점이다. 소설이 시작되는 것은 콘도르와 오쓰네가 함께 밤을 보낸 날로부터 정확히 1년 후, 1885년 11월 3일 로쿠메이칸에서 천장절 무도회가 열린 밤이다. 로쿠메이칸을 나와 인력거에 오른 콘도르는 무도회장에서 만난 프랑스 해군 장교에게서 들은 말

때문에 비탄과 혼란에 빠진다. 콘도르와 비오는 서로 초면이었고, 비오는 콘도르가 로쿠메이칸 설계자인 것도 모른 채, 그의 앞에서 "온천장의 카지노" 같다며 로쿠메이칸의 디자인을 혹평했다.[42] 이 역시 로티가 「에도의 무도회」에서 사용한 말이다. 여기서도 로티는 자신의 유명한 말을 미리 콘도르 본인에게 직접 말한 셈이 된다.

시간의 선후 관계로 보면 나중에 와야 할 이 장면을 소설 모두에 배치함으로써, 독자는 시작부터 흥밋거리를 발견하게 된다. 한편, 1년 전 로쿠메이칸 개관 후 오쓰네가 주도하는 댄스강습회에서 콘도르는 또 다른 서양인을 떠올렸다.

> 며칠 전 외국인을 상대로 한 잡지에 실린, 원숭이 같은 일본인들이 지나치게 큰 양장으로 몸을 감싸면서, 로쿠메이칸에서 춤추고 있는 풍자화를 떠올렸다. / 비고라는 프랑스인이 그린 그 그림처럼 일본인이 춤을 추는 모습은 피상적으로 구화를 추구하는 우스꽝스러운 원숭이극(猿芝居)인지도 모른다. / 그러나, 지금의 일본은 처음에는 피상적일지라도 근대화를 추진하여 마침내는 그것을 내면적인 것으로 진화시켜, 동양과 서양의 문화 융합을 꾀할 필요가 있는 것이다. / 그것을 필사적으로 행하려는 오쓰네──모리 아리노리의 부인──의 모습은 결코 추한 것이 아니며 숭고하다고 콘도르는 생각했다.[43]

(밑줄, 인용자)

콘도르는 로쿠메이칸 무도회의 '희화화' 서사에서 빠질 수 없는 비고의 풍자화를 떠올리면서, 눈앞에서 댄스 강습에 누구보다 열심인

---

42) 東秀紀, 『鹿鳴館の肖像』, p.11.
43) 東秀紀, 『鹿鳴館の肖像』, p.45.

오쓰네의 '필사적'인 모습의 '숭고'함으로 비고가 표현한 '우스꽝스러움'을 뇌리에서 지운다.

한편, 화자는 로쿠메이칸에 대해서만 로티와 콘도르를 대비시킨 것은 아니다. 화자는 일본(동양) 여성을 대하는 시선과 태도와 관련해서도, 「국화부인」의 작가로서의 로티와 일본인 여성을 평생의 아내로 맞은 콘도르를 대비시켰다. 콘도르와 오쓰네(=구메)=일본인 여성의 '순애'를 메인 플롯으로 잡은 것도, 콘도르를 진지하고 성실하며 책임감 있는 인물로 묘사하는 데 효과적이다.

1920년에, 콘도르는 민간 건축사무소 개설 30년 만에 일본건축학회로부터 표창장도 받으며,[44] 가정과 일 모두에 충실했던 인물로 그려지고 있다. 표창장 수상후 콘도르는 귀가길에 옛 로쿠메이칸 건물 앞에 서서 로쿠메이칸 시대의 지인들을 하나둘씩 떠올린다.

> 많은 벗들이 죽어 갔듯이 이 건축도 마침내는 철거되고 그 생명을 끝내겠지. (…) 하지만 인간의 생명이 끝나도 이름과 행위는 사람들의 기억과 역사에 남듯이 건축의 경우도 역시 그 영광, 사람들의 바람과 기도는 계속해서 얘기될 것이다. 그리고 그때 로쿠메이칸은 더이상 "온천장의 카지노" 같은 것이 아니라 장차 일본이 세계에서 어떻게 살아가야 할 것인가를 생각하는 원점으로서, 역사의 저편에서 우리에게 뭔가 말을 걸어 주는 그런 것이 아닐까. / 그렇게 생각하면서 콘도르는 어둠 속에서 건물 벽에 손을 댔다. 따스한 벽돌의 감촉이 전신에 퍼지고 그는 하얀 숨을 내쉬었다. / 그는 벽에 천천히 귀를 가까이 댔다. 그러자 벽돌 벽 건너편에서 한때 로쿠메이칸에 모였던 사람들의 말소리와 마차 소리

---

44) 東秀紀, 『鹿鳴館の肖像』, p.69.

<u>그리고 오쓰네와 춘 왈츠의 음악이 들려 오는듯한 느낌이 들었다.</u>[45)]

(밑줄, 인용자)

귀가한 콘도르는 두 달 후 세상을 떠난다. 이 장면은 콘도르와 로쿠메이칸이 나눈 마지막 인사가 됐다. 콘도르는 여전히 로티의 '온천장의 카지노'를 잊지 못하고 있었다. 하지만, 언젠가는 '온천장의 카지노'가 아니라, 미래의 방향을 제시하는 원점으로 기억되기를 바라고 있다. 그러고서 로쿠메이칸 벽에 귀를 댔을 때, 로쿠메이칸은 마치 그의 바람에 응답하듯 '로쿠메이칸 시대'의 소리들을 복원해 준다.

콘도르는 로쿠메이칸 건물이 언젠가는 철거되리라고 생각하고 있다. 하지만 아쉬움보다는 오히려 로쿠메이칸이 철거된 이후에 새로운 희망을 기대하는 듯도 하다. 로쿠메이칸 건물이 사라지고 사람들의 기억 속에서만 존재하게 될 때, 비로소 '온천장의 카지노'가 아닌 로쿠메이칸을 둘러싼 새로운 서사가 시작되리라는 바람이다.

그런데 "장차 일본이 세계에서 어떻게 살아가야 할 것인가를 생각하는 원점"이란 무슨 뜻일까. 사실 화자는 몇 번에 걸쳐 그 단초가 될 만한 목소리를 내고 있다. 먼저, 1893년 로쿠메이칸에서 마지막 천장절 무도회가 열리던 날 화자는 다음과 같이 말하고 있다.

<u>이미 평화리에 조약개정을 이루겠다는 열의는 상실되고</u> 정부는 이듬해에 전단(戰端)이 열리는 청일전쟁을 향해 군비 충실을 서둘렀다. / 군사력을 배경으로 오랜 일본 외교의 현안이었던 조약개정이 달성된 것은 청일전쟁이 발발하기 직전이었다.[46)]

(밑줄, 인용자)

---

45) 東秀紀, 『鹿鳴館の肖像』, p.76.

1893년은 청일전쟁 발발 1년 전이다. 아즈마는 여기서 화자를 통해 로쿠메이칸을 "평화리에 조약개정을 이루겠다는 열의"로 표현하고 있다. '로쿠메이칸 시대'의 종언과 청일전쟁 발발까지는 사실 7년의 시간이 있다. 그러나 화자는 로쿠메이칸 무도회에서 마지막 천장절 무도회가 열린 시점으로 독자의 시선을 돌림으로써 7년의 공백을 1년처럼 압축하고 있다. 실제로도 로쿠메이칸에서 열린 천장절 무도회는 1893년이 마지막이었다. 하지만 앞에서도 확인했듯이, 1890년 이후 제국호텔에서 열려오던 천장절 무도회가 제국호텔 측의 사정으로 이 해에만 로쿠메이칸에서 열렸던 것이다.

화자의 이러한 목소리는 작품 결말에서 한 번 더 삽입된다.

> 화족회관이 다른 곳으로 이전한 후에도, 보험회사의 창고로서 사용됐던 로쿠메이칸이 철거된 것은 콘도르 사후 24년이 더 지난 쇼와 15(1940)년의 여름이었다. / 그것은 메이지 이래 근대화를 추진해온 일본이 성공 끝에 가야 할 길을 잃고 절망적인 태평양전쟁에 돌입하려고 했던 바로 그 순간이었다.[47]

화자는 콘도르의 죽음과 함께 사실상 소설의 서사가 다 끝난 지점에서 다시 한번 자신의 목소리를 내고 있다. 이번에는 로쿠메이칸 철거 시점과 관련지으며, "근대화를 추진해온 일본이 성공 끝에 가야 할 길을 잃"었던 증표로서 로쿠메이칸 철거의 상징성을 얘기하고 있다. 그리고 보면 화자는 도입에서도 "매일 밤과 같이 무도회가 열려

---

46) 東秀紀, 『鹿鳴館の肖像』, p.75.
47) 東秀紀, 『鹿鳴館の肖像』, p.77.

많은 남녀가 잠시 문명개화의 꿈에 취했던 당시를 역사서는 메이지의 가장 아름다운 추억으로서 '로쿠메이칸 시대'라고 부른다"[48]라고 했었다. 물론 실제로 그렇게 부르는 '역사서'는 보지 못했다.

1995년, 아즈마 역시 '온천장의 카지노'(로티)를 대신할 또 다른 서사(「로쿠메이칸의 초상」)를 들고, 로쿠메이칸 시대를 "일본 근대사상 드문, 화려하고 로맨틱한 시대"로 그린 미시마 유키오(「로쿠메이칸」)가 있는 로쿠메이칸/무도회의 서사 공간을 두드린 것이다.

---

48) 東秀紀, 『鹿鳴館の肖像』, p.7.

기억이 춤추는 서사 밖으로

이소다 고이치(磯田光一 : 1931~1987)는 로쿠메이칸 개관 100년째 되는 해에, "일본의 근대화가 경박한 일면을 지녔다 하더라도" 역사의 일부를 이루는 '로쿠메이칸'(구화)을 하나의 문화로서 재조명하겠다며[1] 『로쿠메이칸의 계보』를 출간했다. 그는 1970년대를 떠올리면서 "전후 초기가 노스텔지어를 느끼게 만드는 거리감을 지니게" 됐다면, "경박함 때문에 비판받은 메이지의 로쿠메이칸 시대"에 대해서는 "역사의 한 장면으로서 긍정적 평가가 가능"할 것 같이 느껴졌다고 했다.[2] '경박한' 로쿠메이칸 시대를 근대의 원형, 근대화의 기점으로 설정하는 이소다의 로쿠메이칸 계보 쓰기는 10여 년 전 이미 노스텔지

---

1) 磯田光一, 『鹿鳴館の系譜 : 近代日本文芸史誌』, p.325.
2) 磯田光一, 『鹿鳴館の系譜 : 近代日本文芸史誌』, p.324.

어의 대상이 되기 시작한 전후 초기까지도 염두에 두고 있었음을 확인할 수 있다.

반면, "노스텔지어를 느끼게 만드는 거리감"을 확보하기도 전에 이미 전후 초기를 '로쿠메이칸'으로 부른 것은 히노 아시헤이였다. 그래서였을까. 그는 이소다와는 정반대의 비하 섞인 조롱의 시선으로 전후 초기를 '쇼와로쿠메이칸'으로 불렀다. 그는 「쇼와로쿠메이칸」(1950)에서 구화주의적인 외빈접대가 일본주의적(순일본식)인 점령군 접대로, '문명개화'가 '문화국가'로 대체됐다는 아날로지를 그리기 위해 로쿠메이칸이라는 메타포를 사용했다. 하지만 「쇼와로쿠메이칸」에서 놓치지 말아야 할 것은, 메이지와 전후 초기의 아날로지 사이로 들리는 또 다른 소리 즉, 전후 일본의 변화에 대한 열망마저 자기기만(전전과의 연속성 은폐)으로 일괄하며 조롱하는 '패전병의 센티멘털리즘'이다.

물론, 계속성은 "비참한 정체의 붕괴 후 반드시 생기는 문제"다.[3]

가토 슈이치는 「불탄자리의 미학」(1946.4.)에서 도쿄대공습으로 폐허가 된 자리에서만, "사회조직 자체를 철저히 민주주의적, 합리적으로 변혁하여 일본의 인민을 해방하고 우리들 일본의 인민 속에 이성과 인간성"이 자라날 수 있다고 했다.[4] 정신적·도덕적 혁명에 실패한 메이지유신 이후의 봉건적 유제도 도쿄의 '불탄자리'처럼 철저히 파괴돼야 한다는 것이었다. 물론, 현실은 간단하지 않다.

1953년 10월, 마루야마 마사오는 「민주주의라는 이름 하의 파시즘」

---

3) イアン・ブルマ / 石井信(訳), 『戦争の記憶：日本人とドイツ人』, TBSブリタニカ, 1994, p.77.

4) 加藤周一, 「焼跡の美学」(『世界』, 1946.4.), 『1946·文学的考察』, 冨山房, 2005(초판은 真善美社, 1947), pp.86, 89-90.

(『세계』)에서 지배계급의 의식이 여전히 전전과 연속해 있다고 비판했다.[5] 그 1년 전에도 다케우치 요시미는 「헌법과 도덕」(『세계』, 1952.2.)에서 어느덧 헌법을 무시하고 있는 권력자들의 행태를 비판하면서 헌법을 지키기 위한 국민적 노력에 강하게 호소했다.[6] 다시 1년 전에도 마루야마는 「전후 일본의 내셔널리즘의 일반적 고찰」(1951)에서, 전쟁 직후 신헌법의 '평화문화국가'라는 이상이 그래도 얼마쯤 일본 국민에게 어필할 힘을 지닐 수 있었던 것은 "세계 다른 열강이 적어도 미래를 향해서는 일본과 같은 길을 걸을 것"이라고 기대할 수 있을 때였다며, '평화문화국가'의 이상이 퇴색되는 것을 우려했다.[7]

그리고 다시 1년 전, 히노 아시헤이가 「쇼와로쿠메이칸」을 발표했던 것이다. 히노 역시 전전의 지배계급(육군참모)의 집요한 '쇼와로쿠메이칸' 프로젝트를 통해 종전 직후와 전전과의 연속성을 고발했다. 하지만 그의 자기비하적 폭로는 다케우치의 절박한 호소나 마루야마의 깊은 우려와는 무관했다. 그는 자신의 「쇼와로쿠메이칸」에서 나오는 오토키가 데라시마 마사시의 「로쿠메이칸 야곡」(1940)에 나오는 오시즈와 무엇이 닮았고 무엇이 다른지를 정확하게 보았어야 했고, 또 거기서 전전과 연속하지 않을 수 있는 전후에도 주목했어야 했다.

'로쿠메이칸 시대'가 막을 내린 후, 로쿠메이칸은 궁내성으로 이관되고 머지않아 화족회관으로 바뀌었다(1898). 이후, 화족회관은 일본

---

5) 丸山眞男, 「民主主義の名におけるファシズム：危機の政治学」, 『世界』, 1953.10.

6) 竹内好, 「憲法と道徳」, 『世界』, 1952.5, pp.107-109.

7) 丸山眞男, 「戦後日本のナショナリズムの一般的考察」, 『アジアの民族主義：ラクノウ会議の成果と課題』, 日本太平洋問題調査会(訳編), 岩波書店, 1951, p.179.

징병보험(日本徵兵保險)에 부지를 매각했다(1927). 우치다 로안은「생각나는 사람들」에서 화족회관으로 바뀐 후에도 지진과 화재를 피해 자리를 지켜온 이 구화시대의 기념물이 '남의 손'에 넘어가 파괴되는 게 아닌지 우려했었다.[8] 일본징병보험 부지에 신축건물이 들어서는 동안에도 옛 로쿠메이칸 건물은 건재했다. 로안의 우려가 현실이 된 것은 1940년이었다.

이노우에 쇼이치는, '사치의 기억'을 간직한 로쿠메이칸의 철거 작업이 전시체제 속에서 예고 없이 진행됐고, 철거된 자리에는 전시생산 관련 가건물이 들어섰다고 당시 상황을 전한다.[9] 1940년 11월 8일, 건축가 다니구치 요시로(谷口吉郎 : 1904~1979)는 『도쿄니치니치신문』에 「메이지의 애석(明治の哀惜)」을 기고했다. "메이지 외교의 추억이 남아 있는 이 건축을 왜 부수는 것인가. 지난 시절을 그리워할 박물관으로 활용할 길은 없었던가"라고 반문하며, 이 메이지의 기념물을 지키지 못한 애석함을 전했다. 이노우에는 훗날 다니구치가 메이지무라(明治村)를 창설(1965)한 것을 떠올리며, 로쿠메이칸의 "추억이 사람들의 마음을 움직이는 힘"에 깊이 감동했다고 말한다.[10] 그의 감동은 무형의 노스텔지어가 지닌 강력함[11]에 대한 반응이었다.

---

8) 内田魯庵, 『おもひ出す人々』, pp.11, 14.

9) 井上章一, 「〈寄稿〉 明治150年 近代から現在を読む(11) 鹿鳴館 西洋化アピールの『付録』」, 『毎日新聞』, 2017.8.24.[https://mainichi.jp/articles/20170824/dde/014/040/033000c?pid=14528(검색일 : 2020.4.6.)]

10) 井上章一, 「〈寄稿〉 明治150年 近代から現在を読む(11) 鹿鳴館 西洋化アピールの『付録』」

11) Xue, H., & Almeida, P. C. *Nostalgia and Its Value to Design Strategy: Some Fundamental Considerations.* Paper presented at the Proceedings of the Tsinghua-DMI International Design Management Symposium, Hong Kong., 2011, p.2.

노스텔지어는 박탈된 공간으로 돌아가기를 고통스레 갈망하는 정동에서 시작돼서, 보다 일반적인 감정으로 순화됐다. 청년기든 유소년기든 아니면 태어나기 전일 수도 있는 '젊은' 시절에 유행하거나 폭넓게 유포됐던 사람, 장소, 사물에 대한 호의적 감정, 긍정적 태도[12]를 일컫게 됐다.

홀락과 하블레나는 노스텔지어를 불러일으키는 대상에 대한 경험을 '개인적 경험(Individual experience)', '집합적 경험(Collective experience)', '직접 경험(Direct experience)', '간접 경험(Indirect experience)'으로 분류했다. 그리고 그 결합 양상에 따라 4가지 유형의 노스텔지어를 추출했다. 개인적 경험과 직접 경험이 결합된 개인적 노스텔지어(Personal nostalgia), 개인적 경험과 간접 경험이 결합된 대인관계적 노스텔지어(Interpersonal nostalgia), 집합적 경험과 직접 경험이 결합된 문화적 노스텔지어(Cultural nostalgia), 집합적 경험과 간접 경험이 결합된 가상적 노스텔지어(Virtual nostalgia)다(〈그림 32〉).[13] 모든 유형화가 그렇듯, 이러한 분류가 늘 엄밀하게 적용되는 것은 아니다. 하지만 노스텔지어의 작동원리에 대해 조금 더 입체적이고 논리적인 접근을 가능하게 해주는 이점은 있다.

아쿠타가와 류노스케의 「무도회」에서 프랑스 해군 장교와 왈츠를 추었던 아키코의 경험은 그녀로 하여금 개인적 노스텔지어를 불러일

---

12) Holak, Susan L. & William J. Havlena, *Nostalgia: An Exploratory Study of Themes and Emotions in the Nostalgic Experience*, Advances in Consumer Research, 19, 1992, p.330.

13) Havlena, William J. & Susan L. Holak, Exploring Nostalgia Imagery through the Use of Consumer Collages, *Advances in Consumer Research*, 23, 1996, pp.35-42.

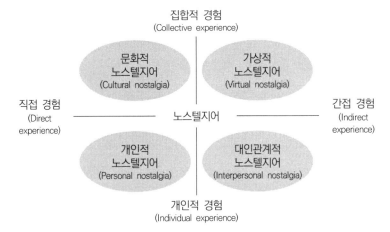

〈그림 32〉 노스텔지어의 4유형

집합적 경험
(Collective experience)

문화적
노스텔지어
(Cultural nostalgia)

가상적
노스텔지어
(Virtual nostalgia)

직접 경험
(Direct
experience)

노스텔지어

간접 경험
(Indirect
experience)

개인적
노스텔지어
(Personal nostalgia)

대인관계적
노스텔지어
(Interpersonal nostalgia)

개인적 경험
(Individual experience)

＊홀라, 하블레나의 분류를 토대로 필자 작성

으켰다. 로쿠메이칸 무도회의 경험은 없으나, 아키코의 얘기를 듣고 있는 청년작가에게 로쿠메이칸은 자신이 알고 있던 로티에 대한 정보까지 더해 대인관계적 노스텔지어를 불러일으킬 수 있다. 만약 아키코의 얘기를 듣고 있던 것이 로쿠메이칸 시대를 함께 보내고, 무도회에도 참석했던 지인들이었다면 그들은 문화적 노스텔지어를 공유했을 것이다.

한편 '역사적 노스텔지어'를 불러일으키는 데는 '상상력', '그럴듯함', '감정이입'[14]이 중요한 매개항이 되므로, 고등학교 교과서를 통해서 아쿠타가와의 「무도회」[15]를 읽어온 일본인, 연극 무대에 오른 미시

---

14) Stern BB (1992) Historical and Personal Nostalgia in Advertising Text: The Fin de siècle Effect, *Journal of Advertising* 21(4), pp.11-22[Ian Phau, Vanessa Quintal, Chris Marchegiani, Sean Lee, examining personal and historical nostalgia as travel motives, *Tourism and Hospitality Research* 10(3), 2016, p.5.에서 재인용].

마의 「로쿠메이칸」이나 드라마로 상영된 야마다의 『에도의 무도회』를 본 일본인들이라면 로쿠메이칸 무도회를 떠올리며 가상적 노스텔지어로 빠져들었을지 모른다. 노스텔지어는 경험의 직간접성과 상관없이 다양한 형태로 만들어지거나 공유되고 전이될 수 있다.

노스텔지어는 분명 "과거와 현재와 미래를 연결 짓는 독특한 방법"이다.[16] 사회든 개인이든 이를 통해 "정서적으로 유의미한 정체성의 연속"성을 확보할 수 있다. 물론, 그러한 노스텔지어를 체험하려면 단순히 과거에서 사실들을 집어오는 것만으로는 부족하다. "단순하든 복잡하든 조잡하든 교묘하든 무엇이 됐든 이전의 자기에 대한 감상적인 태도"를 함양하는 것이 요구되기 때문이다.[17] 때문에 그것은 하루투니언의 지적처럼 "문화적 동일성의 기억에 다다르기 위해 기억을 그러모으려는 노력"='기억의 장난'과도 닿아 있다.[18]

사라진 로쿠메이칸 앞에서 다니구치가 보였던 애석함도 그러한 감상적인 태도와 닿아 있다. 그가 생각하는 로쿠메이칸은 "메이지 외교의 추억이 남아 있는" 건축이자, "지난 시절을 그리워할 박물관"으로 활용할 수 있는 가치를 지닌 건축이었다. 그러니 철거되는 로쿠메이칸에 대한 그의 애석함은 정체성의 연속성 상실에 대한 것이라고 할 수 있다.

---

15) 海老井英次, 「『文明開化』と大正の空無性 : 芥川龍之介『舞踏会』の世界」, 『日本近代文学』49, 1993.10[清水康次(編), 『芥川龍之介作品論成(4) 舞踏会 : 開花期·現代物の世界』, p.48].

16) F.데-ヴィス / 間場寿一·荻野美穂·細辻恵子(訳), 『ノスタルジアの社会学』, 世界思想社, 1990, p.48.

17) F.데-ヴィス, 『ノスタルジアの社会学』, pp.54-55.

18) 『歴史と記憶の抗争 : 「戦後日本」の現在』, p.130.

이소다는『로쿠메이칸의 계보』에서 일본의 역사를 창조적인 외래문화 수용사(외래문화 동화→변용→특수화→보편화→일본 문화의 전통형성)로 재조명함으로써, 일본의 고대와 근대와 전후에 '로쿠메이칸의 계보'(=외래문화의 흡수·동화)로서의 연속성을 부여했다. 그는 고대 한반도 도래인의 문화적 역할을 메이지 시대의 고용외국인의 역할에 비유하기도 한다. 도래인을 수용한 나라(奈良)를 '고대의 로쿠메이칸'으로 부르는가 하면[19], 도래인에 의한 외래문화 융성기를 "고대의 로쿠메이칸 시대"로 부르기도 한다.[20] 그리고 전후 초기에 대해서는 "제3의 로쿠메이칸 시대"라고 부른다.[21] 고대 일본과 근대 일본과 전후 일본을 '로쿠메이칸'이라는 메타포적 유비관계로 재편함으로써, 연속성을 확보한 '로쿠메이칸의 계보' 쓰기가 가능해지는 것이다. 여기서도 로쿠메이칸에 대한 '감상적인 태도'는 예외가 아닐진데,[22] 이때 이소다에게도 한 가지 걸리는 것이 있었다. 로쿠메이칸을 따라다니는 '경박함'의 이미지였다.

국가재정이 괴로울 때 18만 엔을 투자해서 건설했다는 로쿠메이칸은 이를 냉정하게 본다면 장대한 우매함이었다 하지 않을 수 없다. 피에르 로티가 말하듯, '차려입은 무수한 일본 신사'들은 '연미복'을 '기묘한 모양'으로 입고 '원숭이와 흡사한' 모습일 것이다. '파리에서 바로 건너온 몸치장'을 한 귀부인들의 '치켜 올라간 눈의 미소, 안쪽으로 굽은 그 다

---

19) 磯田光一,『鹿鳴館の系譜 : 近代日本文芸史誌』, 文藝春秋, 1983, p.303.

20) 磯田光一,『鹿鳴館の系譜 : 近代日本文芸史誌』, p.297.

21) 磯田光一,『鹿鳴館の系譜 : 近代日本文芸史誌』, p.314.

22) F.デーヴィス / 間場寿一·荻野美穂·細辻恵子(訳),『ノスタルジアの社会学』, 世界思想社, 1990, pp.48, 54, 55.

리, 평평한 그 코'는 '이상함' 그 자체였다. (…) 하지만 그 이상으로 중요한 것은 경박하다고 말하는 로쿠메이칸 시대의 구화 조류를 통해 근대 일본에 개화한 것의 종자(種子)가 거의 뿌려졌다는 것이다.[23)]

(밑줄, 인용자)

'로쿠메이칸의 계보'를 쓰는 데 있어 이소다도 로티의 「에도의 무도회」를 의식하지 않을 수 없었다. "하지만 그 이상으로 중요한 것"으로 곧바로 시선을 돌리고 있다. 호화로운 로쿠메이칸 건설의 '우매함', 그리고 로쿠메이칸 무도회의 '이상함'을 놓치지 않는 로티의 시선의 냉정함도 '로쿠메이칸의 계보'를 구상하는 이소다에게는 지엽적인 문제로 축소된다.

희화화된 로쿠메이칸과도 "당시 그대로의" 로쿠메이칸과도 선을 긋고, 현실보다 훨씬 아름다운 이미지로 로쿠메이칸을 '왜곡'하기를 택한 것은 미시마 유키오였다. 게다가 그는 로티의 「에도의 무도회」도 "당시 그대로의 재현"이 아니라며 높이 평가했다. 미시마의 평가는 역설적으로 로티가 체험한 로쿠메이칸 무도회를 허구로 만들었다.[24)] 물론 로티가 「에도의 무도회」에서 의도한 것은 그것과 달랐다.

(…)나는 어떤 심술궂은 저의도 없이 즐거이 자초지종을 적었고, 그것이 수정 전 사진의 세세한 부분처럼 사실에 충실함을 보증한다. 숨 가쁘게 변화하는 이 나라에서 그것은 아마 일본인 자신에게도 흥미로운 일일 것이다. 몇 년이 지난 후에야 그들의 발전 과정이 여기에 적혀 있는

---

23) 磯田光一, 『鹿鳴館の系譜 : 近代日本文芸史誌』, p.307.
24) 三島由紀夫, 「美しき鹿鳴館時代: 再演『鹿鳴館』について」, pp.358-589.

것을 발견한다는 것은. 빛나는 1886년, (…) 로쿠메이칸에서 열린 <u>무도</u><u>회의 실상을 읽는다는 것은.</u>[25]   (밑줄, 인용자)

어떤 저의도 수정도 없는 기록 속에서, 격변기를 살았던 일본인이 과거 자신들의 '실상'을 '흥미'롭게 발견하게 되리라는 확신에 로티의 어조는 상기돼 있기까지 하다.

그런데 로티는, 몇 년 후, 아니 100년이 지나도록 일본인이 로쿠메이칸 서사 공간에서 자신이 쓴 「에도의 무도회」를 되돌이표처럼 반복적으로 소환하리라는 것을 예상했을까. 반대로, "수정 전 사진" 같은 무도회의 '실상'을 발견하는 것이 일본인에게는 결코 흥미로운 것만은 아닐 수도 있다는 것은 전혀 예상하지 못했을까.

아쿠타가와의 「무도회」(1921), 미시마의 「로쿠메이칸」(1956), 이소다의 『로쿠메이칸의 계보』(1983), 야마다의 「에도의 무도회」(1986), 아즈마의 「로쿠메이칸의 초상」(1995) 모두가 로티의 「에도의 무도회」와의 상호텍스트성 속에서 각각의 로쿠메이칸/무도회 서사를 풀어냈다. 로티의 '수정 전 사진' 위에 저마다의 수정을 가했던 그들의 서사는 로쿠메이칸 문학 공간 구축의 공동작업이었다.

로티를 되돌이표 삼아 지속해온 로쿠메이칸 서사의 공동작업은 경박한 근대, 희화화된 로쿠메이칸의 이미지를 불식시킬 제법 매력 있는 성과들을 거두었다. 하지만 그러느라 너무 오래 한곳에 머문 것은 아닐까. 이노우에 야스지의 그림처럼 희화화의 '기억'으로 과잉됐던

---

25) ピエール・ロティ／村上菊一郎・吉永清(訳), 「江戸の舞踏会」, 『秋の日本』, グーテンベルク21, 2006, https://a.co/6RSZFWa

로쿠메이칸을 나와, 로티를 모르는 이들도 오가는, 그 밖에서의 이야기를 풀어가야 하지 않을까 싶은 이유다.

권말사료

* 권말사료 번역은 필자에 의함.

① 미일수호통상조약
(1858.7.29.[안세이(安政)5년 6월 19일].조인)[1]

일본국 아메리카합중국
수호통상조약

안세이 5년 무오 6월19일(서력 1858년7월29일)
에도에서 조인(일, 영, 불문)
만엔원년 경신 4월3일(서력 1860년5월22일)
워싱턴에서 본서 교환

제국대일본의 다이쿤(大君)과 미합중국의 대통령 친목의 뜻을 굳히고 또 영속시키고자 양국의 인민무역을 통과할 것을 처치하여 교제 두텁게 될 것을 바라기에 간친 및 무역의 조약을 체결하기로 결정하고 일본다이쿤은 그것을 이노우에(井上) 시나노노카미(信濃守), 이와세(岩瀬) 히고노카미(肥後守)에게 명하고, 합중국 대통령은 일본에 온 미합중국 총영사(Consular General) 타운젠드 해리스(Townsend Harris)에게 명하여 쌍방 위임서를 조응(照應)하여 하문의 조항들을 합의 결정한다.

---

1) 「日本國米利堅合衆國修好通商條約」『舊條約彙纂』第1卷第1部、外務省條約局, 1936, pp.13~29., 国立国会図書館デジタルコレクション, https://dl.ndl.go.jp/info:ndljp/pid/1449542(검색일 : 2020.2.5)

제1조

향후 일본 다이쿤과 미합중국 대대로 친목한다.

일본 정부는 워싱턴에 거류할, 정사를 맡을 공사를 임명하고 또 합중국의 각 개항장 내에 거류할 모든 관리 역인 및 무역을 처리할 공사를 임명한다. 그 정사를 맡는 역인 및 수장인 중역 관리는 합중국에 도착한 날부터 그 나라의 부내를 여행한다. ○합중국의 대통령은 에도에 거류하는 외교관(Deplomatic Agent)을 임명하고 이 약서에 싣는 미국 인민무역을 위해 개항한 일본의 각 항 내에 거류할 영사(Consular) 또는 영사대리인(Consular Agent) 등을 임명해야 한다. 이 일본에 거류하는 외교관 및 총영사는 직무를 수행할 때부터 일본국 부내를 여행할 면허 있다.

제2조

일본국과 구라파 중 어떤 나라 간에 지장이 생길 때에는 일본 정부의 요구에 응하여 합중국의 대통령 화친 중개역과 처리해야 한다.

합중국의 군함은 대양에서 지나가는 일본선에 공평한 우의의 배려 있어야 한다. 그리고 미국 영사가 거류하는 개항장에 일본선이 들어가는 일 있으면 각국의 규정에 의하여 우의의 배려를 필요로 한다.

제3조

시모다, 하코다테항 외에 아래에 언급하는 곳, 장소를 다음 기한부터 개항한다.

    가나가와　3월부터 기산하여 약 15개월 후부터　서력 1859년 7월 4일
    나가사키　3월부터 기산하여 약 15개월 후부터　서력 1859년 7월 4일
    니가타　　3월부터 기산하여 약 20개월 후부터　서력 1860년 1월 1일
    효고　　　3월부터 기산하여 약 56개월 후부터　서력 1863년 1월 1일
    만일 니가타항을 열기 어렵다면 그 대신 니가타 앞뒤로 한 곳의 항구를 별도로 택한다.

가나가와항을 연 후 6개월 후 시모다항은 폐쇄한다. 이 개조 안에 게재한 각지는 미국인에게 거류를 허가한다. 거류하는 자는 일개 토지를 값을 지불하고 빌리고 또 그곳에 건물 있으면 사는 것 방해없고 또 주택, 창고를 짓는 일도 허가해야 하지만, 이를 지을 때 결코 요충지를 골라 지어서는 안 된다. 이 규정을 엄정히 하기 위하여 건물을 신축, 개조, 보수 등이 있을 때에는 마땅히 일본 역인이 검분한다.

미국인이 건물을 위해 빌릴 수 있는 일개 장소 및 항들의 정칙(定則)은 각 항의

역인과 미국 영사가 의논하여 결정한다. 만일 의논하여 결정하기 어려울 때에는 그 사건을 일본 정부와 미국 총영사에게 제시하여 처리하도록 한다.

거류장 주위에 문간을 설치하여 출입을 자재(自在)로 해야 한다.

에도　　3월부터 기산하여 약44개월 후부터

1862년 1월 1일

오사카　상동　약56개월 후부터

1863년 1월 1일

상기의 두 곳은 미국인 오직 장사를 하는 동안만 두류할 수 있다. 이 두 곳 마을에서 미국인이 건물을 값을 주고 빌리기에 상당한 일구(一區)의 장소, 및 산책하는 것에 관한 규정은 추후 일본 역인과 미국인 총영사와 담판한다.

쌍방 국민 물건을 매매하는 것 모두 지장 없고, 그 지불 등에 대해서는 일본 역인이 입회한다. 모든 일본인은 미국인에게서 얻은 물건을 매매하거나 소지하는 것 모두 지장 없다. ○모든 군용품은 일본 관공서 밖으로 팔아서는 안 된다. 물론 외국인끼리의 거래는 상관없다. 이 개조는 조약 본서 교체 완료 후에는 일본 국내로 건넨다.

쌀 및 보리는 일본 두류 미국인 및 배에 승조한 자와 배 안의 여객 식료를 위한 준비는 가능하지만 적하하여 수출하는 것은 허용하지 않는다.○일본이 생산하는 동(銅) 여분 있으면 일본 관공서에서 그때그때 공개 입찰하여 지불한다.○재류 미국인은 일본의 천민을 고용하여 각종 업무에 충당할 것을 허용한다.

제4조

국토 전역으로의 수입수출품은 별책대로 일본관공서에 관세를 납부해야 한다.

일본의 세관에서 하주(荷主) 주장하는 가격 허위가 있다고 판단할 때에는 세관 관리가 상당하는 가격을 매겨 그 하물을 매입하도록 얘기한다. 하주 만약 이를 거부할 때에는 세관에서 매긴 가격에 따라 관세를 납부해야 한다. 허가를 받을 때는 그 가격으로 즉시 매상한다.

합중국 해군 용품 가나가와, 나가사키, 하코다테 내로 육양하고 창고에 저장하여 미국인 파수꾼이 수호하는 것은 관세 대상이 되지 않는다. 만약 그 물품을 판매할 때에는 매입하는 사람으로부터 규정의 관세를 일본 관공서에 납부해야 한다. 아편의 수입 엄금한다. 만일 미국 상선 세 척 이상을 가지고 가는 것은 그 과량의 품 일본 역인이 거둔다.

수입 하물 정례의 관세 완납된 후에는 일본인이 전국으로 운송하더라도 별도로 관세를 징수하지 않는다.

미국인이 수입하는 하물은 이 조약에 정한 것보다 여분의 관세를 납부하지 않으며 일본 선박 및 타국의 상선에서 외국으로부터 수입된 같은 하물의 관세와 동일해야 한다.

제5조

외국의 모든 화폐는 일본 화폐와 동종류 동량으로 통용해야 한다(금은 금으로 은은 은으로 무게를 비교함을 말함). 쌍방의 국민 서로 가격을 지불할 때 일본과 외국의 화폐를 사용하는 것 지장 없다.

일본인 외국의 화폐에 익숙하지 않으면 개항 후에 약 일 년간, 각 항의 관공서에서 일본의 화폐로 미국인이 원하는 대로 환전해 준다. 향후 주체(鑄替)를 위해 분할을 낼 수 없다. 일본의 모든 화폐는(동전은 제외한다) 수출할 수 있고 외국의 금은은 화폐로 주조한 것도 하지 않은 것도 수출한다.

제6조

일본인에 대하여 위법한 미국인은 미국 영사재판소에서 조사한 후에 미국의 법도로 벌한다. 미국인에 대하여 위법한 일본인은 일본 역인이 조사한 후에 일본의 법률로 벌한다. 일본 봉공소. 미국 영사재판소는 쌍방 상인의 관세 불납 등에 관해서도 공개적으로 처리한다.

모든 조약 중의 규정 및 별책에 기재한 법칙을 위반한 경우에는 영사에게 하달하여 징수품 및 과징금은 일본 공사에게 건넨다.

양국 역인은 쌍방 상인 간의 계약에 의한 어떤 부채 지불에도 책임지지 않는다.

제7조

일본개항 장소에서 미국인 산책의 규정 다음과 같다.

    가나가와   로쿠고(六鄕)강가를 경계로 사방 약 십리

    하코다테   사방으로 약 십리

    효고   교토를 지나는 10리로는 미국인 출입할 수 없으므로 그 방향을 제외한 각 방면으로 10리, 그리고 효고로 오는 배들의 승조원은 이나(猪名)강에서 해변까지 강가를 넘어서는 안 된다.

모든 리(里)는 각 항구의 봉행소 또는 어용소부터 육로의 폭이다(1리는 미국의 4215야드, 일본의 약 33정 48간 1척 2촌 5분에 해당한다).

    나가사키   그 주위에 있는 요금소를 경계로 한다.

    니가타는 치정(治定) 상 경계를 정해야 한다.

미국인 주된 범행으로 재판을 받거나 품행이 나빠 다시 재판에 처해진 자는 거류 장소로부터 1리 밖으로 나가지 못한다. 그러한 이들에 대해서는 일본 국토에서 퇴거하라는 뜻을 일본 봉행소에서 재류 미국 영사에게 전달한다.

그 자와 함께 모든 증인에 대해 봉행소와 영사의 조사 끝난 후에 퇴거 기간 유예의 뜻은 영사의 신청에 따라 서로 논의하도록 한다. 물론 그 기간은 결코 1년을 넘어서는 안 된다.

제8조

일본에 재류하는 미국인 스스로 그 나라의 종교를 믿고 거류지 내에 예배당을 두어도 무방하고, 건물을 파양(破壞)하여 미국인 종교를 스스로 믿는 것 관여하지 않는다. 미국인, 일본인의 불당, 신궁을 훼손하는 일 없고 또 결코 일본 신불의 예배를 방해하고 신체(神體)·불상을 훼손해서는 안 된다.

쌍방의 인민, 서로 종교적 뜻에 관하여 논쟁하지 않는다. 일본 나가사키 관공서에 십자가 밟기(踏繪)의 관습은 이미 폐하였다.

제9조

미국 영사의 청원에 따라 모든 도망자 및 재허(裁許)의 장에서 도주한 자를 체포, 또는 영사 체포한 죄인을 감옥에 넣는 것을 협의하도록 하고, 또 육지와 배 안에 있는 미국인에게 불법을 경고하고 규칙을 존수하도록 하기 위하여 영사의 상신대로 조력한다. 이에 드는 제비용 및 청원에 의하여 일본의 감옥에 넣은 자의 잡비는 모두 미국 영사가 부담해야 한다.

제10조

일본 정부는 합중국에서 군함, 증기, 배, 상선, 포경선, 대포, 군용기 및 병기류 기타 모든 수요품을 매입하고 제작을 주문하거나 그 나라의 학자, 육해군법사, 제분야의 직인 및 선원을 고용하는 것 자유롭게 한다.

일본 정부가 주문한 모든 물품은 합중국에서 수송하고, 고용한 미국인 문제 없이 본국에서 보내준다. 미국 친교의 나라와 일본국 만일 전쟁하는 동안은 군중 금제품(禁制品)들 합중국에서 수출하지 않고 또 무사(武事)와 관련된 사람들은 보내지 않는다.

제11조

이 조약에 첨부한 상법 별책은 본서와 마찬가지로 쌍방의 신민 서로 준수한다.

제12조

안세이 원년 3월 3일(즉, 1854년 3월 31일) 가나가와에서 교환한 조약 중 이 조항들에 저촉되는 사항은 취하지 않는다. 안세이 4년 5월 26일(즉, 1857년 6월 17일) 시모다에서 교환한 약서는 이 조약 안에 다하였으므로 버린다.

일본 귀관 또는 위임 역인은 일본에 온 합중국의 외교관과 이 조약의 규칙과 별책의 조항을 완비하도록 하기 위하여 필요한 규율 등 담판을 이룬다.

第13조

지금부터 약 171개월 후(즉, 1872년 7월 4일에 해당한다) 쌍방 정부의 존의로 양국 내에서 1년 전에 통달하고 이 조약과 가나가와 조약이 내존해 둔 조항 및 조약서에 첨부한 별책과 함께 쌍방 위임 역인이 실험 위에 담판을 다하여 보충하거나 개정할 수 있다.

第14조

상기 조약의 취지는 오는 미(未)년 6월 5일(즉, 1859년 7월 4일)부터 집행한다. 이날을 경계로 또는 그 이전에도 형편에 따라 일본 정부에서 사절을 보내 미국 워싱턴에서 본 조약서를 교환한다. 만약 부득이한 사정으로 이 기간 중 본 조약서 교환 끝나더라도 조약의 취지는 이 기간부터 집행한다.

본 조약은 일본에서는 다이쿤의 어명과 옥새로 서명하고 고관의 이름을 기입하고 날인하여 증거하고, 합중국에서는 대통령이 직접 친필 서명하고 국무대신(Secretary of States)도 함께 친필 서명하고 합중국 도장을 찍어 증거로 한다. 물론 일본어, 영어, 불어로 본 조약서 사본과 함께 4통을 작성하고, 그 번역문은 모두 동일한 의미지만, 네덜란드어 번역문으로 증거로 삼아야 한다. 이 약정을 위해 안세이 5년 6월 19일(즉, 1858년 미합중국독립의 83년 7월 29일) 에도부에서 앞에 기재한 양국 공사들 이름을 기입하고 조인한다.

이노우에 시나노노카미 화압(花押)
이와세 히고노카미 화압
타운젠드 해리스 수기(手記)

② 미일통상항해조약
(1911(메이지44).2.21.조인)[2]

짐은 추밀고문의 자문을 거쳐 메이지 44(1911)년 2월 21일 미합중국 워싱턴에서 미일 양국 전권위원의 서명·조인한 통상항해조약과 의정서 및 수정을 비준하여 여기에 공포한다.

무쓰히토(睦仁)

메이지 44년 4월 4일

내각총리대신 가쓰라 다로(桂太郎)
외무대신 백작 고무라 주타로(小村寿太郎)

조약 제1호
일본국 황제 폐하와 미합중국 대통령은 양 국민 간에 존재하는 우호친선의 관계를 공고히 하기를 바라며 향후 양국 간의 통상관계를 다룰 조규를 명확히 정립함은 이 선미한 목적을 달성하는 데 기여할 것으로 믿고 이를 위해 통상항해조약을 체결하기로 결정하였다. 따라서 일본국 황제 폐하는 미합중국 주답특명전권 대사 종3위훈1등남작 우치다 고사이(內田康哉), 미합중국 대통령은 합중국 국무경 필랜더 녹스(Philander Chase Knox)를 각 전권위원에 임명하고 각 전권위원은 서로 그 위임장을 제시하여 양호, 타당함을 인정한 후 다음 제 조항을 협정하였다.

제1조
두 체약국의 한쪽 신민 또는 인민은 다른 한쪽의 판도 내에 이르러, 여행 또는 거주와 도매, 또는 소매상업에 종사하고 가옥, 제조소, 창고 및 점포를 소유 또는 임차하여 사용하고 스스로 선택한 대리인을 고용하여 주거 및 상업 목적의 토지

---

2) 日米通商航海条約及議定書並二修正·御署名原本·明治四十四年·条約第一号, 国立公文書館, https://www.digital.archives.go.jp/DAS/meta/Detail_F0000000000000023234(검색일 : 2020.2.5)

를 임차하며 기타 일반적으로 상업에 부대하고 또 필요한 일체의 행위를 하는 것에 관하여, 그 나라의 법령을 준유함에 있어서는 내국 신민 또는 인민과 동일한 조건에 따라 자유를 향유한다.

해당 신민 또는 인민은 어떤 명의로 하든 내국 신민 또는 인민의 납부시, 만약 납부해야 할 것과 다르거나 그보다 다액의 과금 또는 조세 징수되어서는 아니 된다.

두 체약국의 한쪽 신민 또는 인민은 다른 한쪽의 판도 안에서 신체와 재산에 관하여 항상 보호 및 보장을 누려야 하며 그렇게 해서 내국 신민 또는 인민과 동일한 조건에 복무함에 있어서는 이 건에 관하여 내국 신민 또는 인민에게 허용 되거나 허용되어야 하는 동일 권리 및 특권을 향유한다.

해당 신민 또는 인민은 한쪽의 판도 내에서 상비군이든 호국군이든 민병이든을 불문하고 육해(陸海) 어느 쪽도 강제 병역을 면제하고, 또 복역 대신 부과되는 일체의 공납을 면제하며 일체의 강모 공채 또는 군용 부감 혹은 징수금을 면제하 도록 한다.

제2조

두 체약국의 한쪽 신민 또는 인민의 다른 한쪽의 판도 내에 지닌 가택, 창고, 제조소 및 점포 일체의 부속구조물의 경우, 주거 및 상업의 목적으로 사용되는 것 침해되어서는 아니된다. 앞의 건물 또는 부속구조물에 관해서는 법률, 명령 및 규칙으로 내국 신민 또는 인민에 대하여 정한 조건 및 방식에 의한 것 외에 임검 수색을 하거나 장부, 서류 또는 계산서를 검사, 검열할 수 없다.

제3조

두 체약국의 한쪽은 다른 한쪽의 항구, 도시 기타 장소에 총영사, 영사, 부영사, 판리(辦理)영사 및 영사사무관을 두고 있다. 영사관 재주를 인하하는 곳에 관해서 는 제한이 없다. 물론 이 제한은 일체의 타국에 대해서도 마찬가지로 부가하지 않으니 한쪽의 체결국에 대해 이를 부가할 수 없다.

위의 총영사, 영사, 부영사, 서리영사 및 영사사무관은 주재국 정부로부터 인하장 기타 상당의 증인장을 얻은 때에는 최혜국의 동등 영사관에 인허되거나 향후 인허되어야 할 범위 내에서 상호 조건에 의하여 직무를 집행하고 특전 및 면제를 향유할 권리를 가진다. 인하장 기타 인증장을 발급받은 정부는 그 재량으로 취소 할 수 있다. 다만 그것을 취소하는 것에 관해서는 이를 정당하다고 인정한 이유를 통지해야 한다.

제4조

두 체약국의 판도 사이에는 상호 통상 및 항해의 자유 있다. 체약국의 한쪽 신민 또는 인민은 다른 한쪽의 판도 내에서 외국통상을 위해 열리거나 열어야 할 일체의 장소, 항구 및 하천에 최혜국의 신민 또는 인민과 동등하게 선박 및 화물로 자유롭게 이를 수 있다. 다만, 늘 도착국의 국법을 따르도록 한다.

제5조

두 체약국의 한쪽의 판도 내의 생산 또는 제조에 관한 물품의 경우 다른 한쪽의 판도내에 수입되는 것에 대한 수입세는 향후 양국간의 특별 약정 또는 각자의 국내법에 의하여 정한다.

체약국의 어느 한쪽도 다른 한쪽의 판도로 수출하는 물품에 대하여, 같은 물품을 다른 나라에 수출함에 있어 납부 또는 납부해야 할 것과 다르거나 그보다 다액의 세금 또는 과금을 부과할 수 없다.

또, 체약국의 어느 한쪽도 다른 한쪽의 판도에서의 물품 수입 또는 해당 판도로의 물품 수출에 대해서는 같은 물품의 다른 나라로부터의 수입 또는 다른 나라로의 수출에 대하여 동일하게 적용되지 않는 금지를 가할 수 없다. 다만, 위생 조치로서 또는 동물 및 유용한 식물을 보호하는 목적으로 가하는 금지나 제한은 예외로 한다.

제6조

두 체약국의 한쪽 신민 또는 인민은 다른 한쪽의 판도내에서는 일체의 통과세를 면제받거나 입고, 장려금, 편익 및 여세(戾稅)에 관한 일체의 사항에 관해서는 완전히 국내 신민 또는 인민과 균등한 대우를 향수해야 한다.

제7조

두 체약국의 한쪽 국법에 따라 이미 설치되거나 향후 설립될 상공업 및 금융업에 관한 유한책임 기타 회사 및 조합의 경우 해당 판도 내에 주소를 지닌 자는 다른 한쪽의 판도 내에서 그 국법에 위반되지 않는 한 권리를 행사하고 원고 또는 피고로서 재판소에 출소할 수 있다.

앞항의 규정은 두 체약국의 한쪽에 있어서 설립된 회사 또는 조합의 다른 한쪽에서 그 영업에 종사함을 인허받았냐 아니냐와 아무 관계를 지니지 않으며, 인허는 늘 각 해당국은 그 지방의 법령에 따르는 것으로 한다.

제8조

두 체약국 중 한쪽의 항구에 그 나라의 선박으로 외국에서 적법하게 수입되거나 또는 수입될 일체의 물품은 다른 한쪽의 선박으로 또 동일하게 해당 항구에 이를 수입할 수 있다. 이 경우에 물품의 내국선박에 의하여 수입될 때 부과하는 것과 다르거나 혹은 이보다 다액의 세금 또는 과금은 어떠한 명칭을 지닌 것이라도 이를 과하는 일 없다. 상호균등한 대우는 해당물품의 직접 제산원지에서 도착하는가 기타 외국지방에서 도착하는가를 불문하고 이를 실행한다.

수출에 관해서도 위와 마찬가지로 완전히 균등한 대우를 해야 한다. 따라서 두 체약국의 한쪽 판도 내에서 해당 판도에서 적법하게 수출되거나 수출될 물품은 그 수출이 일본 선박에 의한 것인지 합중국 선박에 의한 것인지를 불문하고 그 목적지가 체약국의 다른 한쪽의 항구인지 제3국의 항구인지에 상관없이, 수출에 있어 동일한 수출세를 납부하고 또 동일한 계약금 및 환급세를 받는다.

제9조

체약국 판도 내 항구에서의 선박의 계류 및 화물 적사(積卸)에 관한 일체의 사항에 관해서는 체약국에 있어 양국의 선박을 완전히 균등하게 대우한다는 의사에 따라 체약국의 어느 쪽도 다른 한쪽의 선박에 대해 동일한 경우에 동등하게 허락한다. 어떤 특권을 자국 선박에 허락해서는 아니된다.

제10조

일본국 또는 합중국의 국기를 게양하고, 각 본국법에 규정된 국적증명서류를 가진다. 상선은 합중국 또는 일본에 있어서 이를 일본 선박 또는 합중국 선박으로 인정한다.

제11조

정부, 관공리, 사인(私人), 단체 또는 각종 영조물의 명의로 또는 그 이익으로 인해 부과되는 톤세(ton稅), 항구세, 수로안내료, 등대세, 검역비 기타 명칭이 무엇인지에 상관없이 이와 유사하거나 해당하는 세금은 동일한 경우에 동등하게 국내선박 일반에 또는 최혜국선박에 과하지 않으면, 체약국의 한쪽 판도내의 항구에 있어서 이를 다른 한쪽의 선박에 과해서는 아니된다. 앞의 균등한 대우는 양국의 선박 어느 한쪽에서 오든지 어느 한쪽으로 가든지에 상관없이 상호 이를 실행해야 한다.

제12조

두 체약국 한쪽의 정기우편 운송 임무에 해당하는 선박은 국유인가 국가에서 이를 위해 보조를 받는가에 구별 없이 한쪽의 판도내의 항구에서와 같은 최혜국 선박에 허락되는 편익, 특권 및 면세를 향유한다.

제13조

두 체약국의 연안무역은 본 조약 규정의 예외로 한다. 일본국 및 합중국 각자의 국법이 정한 바에 의한다. 다만, 체약국의 한쪽 신민 또는 인민은 본 건에 관하여 다른 한쪽의 판도 내에서 최혜국대우를 누리도록 한다.

두 체약국의 한쪽 선박은 다른 한쪽의 판도 내의 2개 이상의 수입항으로 향한 화물을 외국에서 적재한 것은 앞의 제 항구 중 하나에서 그 화물의 일부를 육양하고 또 다른 항구나 여러 항구로 연속 항해하여 그곳으로 화물의 잔부를 육양할 수 있다. 다만, 항상 도착국의 국법, 세법 및 세관규칙에 따르도록 한다. 또 같은 방법 및 동일한 제한에 의하여 체약국의 한쪽 선박은 다른 한쪽의 항구에서 그 나라 밖으로 향하여 출항하여 도중에 해당 국가의 여러 항구에서 화물을 선적할 수 있다.

제14조

본 조약에 있어서 특별한 명문 있는 경우를 제외하고 두 체약국은 통상 및 항해에 관한 일체의 사항에 관하여 그 한쪽이 다른 나라의 신민 또는 인민에게 현재 허락하거나 향후 허락할 일체의 특권, 은전(恩典) 또는 면제의 경우, 만약 앞의 다른 나라에 무상으로 허락한 때에는 무상으로 하고 또 만약 조건을 붙여서 허락한 때에는 동일하거나 균등한 조건으로 다른 한쪽의 신민 또는 인민에게 미치는 데 동의한다.

제15조

두 체약국의 한쪽 신민 또는 인민은 다른 한쪽이 판도 내에서 법정의 절차를 이행할 때에는 특허, 상표 및 의장에 관하여 내국 신민 또는 인민과 동일한 보호를 누린다.

제16조

이 조약은 그 실시일부터 1894년 11월 22일의 통상항해조약을 대신하는 것으로 한다. 그리하여 같은 날부터 1894년 11월 22일의 통상해양조약은 그 효력을 잃는다.

제17조

이 조약은 1911년 7월 17일부터 실시하여 12년간 또는 양 체약국의 한쪽이 다른 한쪽에 대해 이 조약을 소멸하고자 하는 의사를 통고한 날부터 6개월 기간이 만료할 때까지 효력을 지닌다.

앞의 12년의 기간 만료 6개월 전에 두 체약국의 어느 한쪽이 이 조약을 소멸하고

자 하는 의사를 다른 한쪽에 통고할 때에는 이 조약은 체약국의 한쪽이 위의 통고를 받은 날부터 6개월의 기간이 만료할 때까지 계속해서 효력을 지닌다.

제18조

이 조약은 비준을 요한다. 그 비준서는 금일부터 3개월 이내에 가급적 빨리 도쿄에서 교환한다.

위의 증거로서 각 전권위원은 이 조약대로 서명 조인한다.

메이지 44년 2월 21일 즉, 서력 1911년 2월 21일 워싱턴에서

　　　　우치다 고사이　印
　　　　필랜더 녹스　　印

의정서

일본제국 정부 및 미합중국 정부는 1911년 7월 17일부터, 1894년 11월 22일의 조약을 대신하도록 금일 조인한 미일통상항해조약의 제5조에 관하여 각기 전권위원에 의해 아래 약정에 동의하였다.

위의 증거로서 각 전권위원은 이 의정서대로 서명을 조인한다.

메이지 44년 2월 21일 즉, 서력 1911년 2월 21일 워싱턴에서

　　　　우치다 고스이　印
　　　　필랜더 녹스　　印

③ 대일본제국헌법

(1989.2.11. 발포, 1890.11.29. 시행, 1945.5.2. 폐지)[3]

상유

짐은 조종의 유열을 받아 만세일계의 제위를 따르는 짐의 친애하는 신민은 즉, 짐이 조종의 혜무자양(惠撫慈養)한 신민됨을 유념하며 강복(康福)을 증진하여 의덕과 재능 발달하길 바라고 익찬(翼贊)에 의하여 함께 국가의 진운을 부지(扶持)하기를 바란다. 그리하여 메이지 14년 10월 12일의 조서를 이행하고 여기에 헌법을 제정하며 짐의 솔유(率由)하는 바를 제시하여 짐의 후사 및 신민과 신민의 자손으로 영원히 순행함을 알린다.

짐은 조종께 국가통치의 대권을 받아 이를 자손에게 전한다. 짐과 짐의 자손은 장래 이 헌법의 조장에 따르고 이를 행하는 데 실패해서는 아니된다.

짐은 우리 신민의 권리 및 재산의 안전을 소중히 하고 보호하여 이 헌법 및 법률의 범위 내에서 그 향유를 완전케 할 것을 선언한다.

제국의회는 메이지 23년으로 이를 소집하여 의회 개회의 때에 이 헌법으로 유효하게 하는 시기를 정한다.

만약 장래에 이 헌법의 어떤 조장을 개정할 필요가 있을 때를 보게 되면 짐과 짐의 계통의 자손은 발의권을 가지고 이를 의회에 부치고 의회는 이 헌법에 정한 요건에 의하여 의결하는 외에 짐의 자손과 신민은 굳이 이 분경(紛更)을 시도할 수 없을 것이다.

짐의 재정(在廷)의 대신은 짐을 위해 이 헌법을 시행할 책임을 지고, 짐의 현재 및 장래의 신민은 이 헌법에 대해 영원히 순종의 의무를 진다.

어명어새(御名御璽)

---

3) 大日本帝国憲法, 国立公文書館デジタルアーカイブ, https://www.digital.archives.go.jp/DAS/pickup/view/detail/detailArchives/0101000000/0000000001/00(검색일 : 2020.2.4.)

제1장 천황

제1조 대일본제국은 만세일계의 천황이 통치한다.

제2조 황위는 황실전범이 정하는 바에 의하여 황족 남손이 승계한다.

제3조 천황은 신성하여 침범해서는 아니된다.

제4조 천황은 나라의 원수로 통치권을 총람하고 이 헌법 조규에 의거하여 행사한다.

제5조 천황은 제국의회의 협찬으로 입법권을 행사한다.

제6조 천황은 법률을 재가하고 그 공포 및 집행을 명한다.

제7조 천황은 제국의회를 소집하여 그 개회, 폐회, 정회 및 중의원 해산을 명한다.

제8조 천황은 공공의 안전을 유지하고 또는 그 재액을 피하기 위해 신급히 필요에 따라 제국의회 폐회의 경우 법률을 대신할 칙령을 발한다.

　2 이 칙령은 다음 회기에 제국의회에 제출하여야 한다. 만약 의회에서 승낙하지 않을 때는 정부는 장래에 그 효력을 상실됨을 공포하여야 한다.

제9조 천황은 법률을 집행하기 위해서 또는 공공의 안녕질서를 유지하고 신민의 행복을 증진하기 위해 필요한 명령을 발하고 또는 발하게 한다. 다만, 명령으로 법률을 변경할 수는 없다.

제10조 천황은 행정각부의 관제 및 문무관의 봉급을 정하고 또 문무관을 임면한다. 다만, 이 헌법 또는 다른 법률에 특례를 싣는 것은 각각 그 조항에 따른다.

제11조 천황은 육해군을 통수한다.

제12조 천황은 육해군의 편제 및 상비병액을 정한다.

제13조 천황은 선전(宣戰)하고 강화(講和)하며 제반의 조약을 체결한다.

제14조 천황은 계엄을 선고한다.

　2 계엄의 요건 및 효력은 법률로 정한다.

제15조 천황은 작위, 훈장 기타 영전을 수여한다.

제16조 천황은 대사, 특사, 감형 및 복권을 명한다.

제17조 섭정을 둔 때에는 황실전범이 정하는 바에 의한다.

　2 섭정은 천황의 이름으로 대권을 행사한다.

제2장 신민 권리의무

제18조 일본신민의 요건은 법률이 정하는 바에 의한다.

제19조 일본신민은 법률, 명령이 정하는 바의 자격에 응해 동등하게 문무관으로

임명되고 또 기타 공무에 취임할 수 있다.

제20조 일본신민은 법률이 정하는 바에 의하여 병역의 의무를 가진다.

제21조 일본신민은 법률이 정하는 바에 의하여 납세의 의무를 가진다.

제22조 일본신민은 법률의 범위 내에서 거주 및 이전의 자유를 가진다.

제23조 일본신민은 법률에 의하지 않고서 체포, 감금, 심문, 처벌을 받는 일은 없다.

제24조 일본신민은 법률로 정한 재판관의 재판을 받을 권리를 빼앗기는 일은 없다.

제25조 일본신민은 법률로 정한 경우를 제외하고 그 승낙 없이 주거 침입을 받거나 수색받지 아니한다.

제26조 일본신민은 법률로 정한 경우를 제외하고 서신의 비밀을 침해받는 일은 없다.

제27조 일본신민은 그 소유권을 침해받는 일은 없다.

  2 공익을 위해 필요한 처분은 법률이 정하는 바에 의한다.

제28조 일본신민은 안녕질서를 방해하지 않고 또 신민된 의무를 등지지 않는 한 신교의 자유를 가진다.

제29조 일본신민은 법률의 범위 내에서 언론, 저작, 간행, 집회 및 결사의 자유를 가진다.

제30조 일본신민은 상당의 경례를 지키고 별도로 정한 바의 규정에 따라 청원을 할 수 있다.

제31조 본 장에 든 조규는 전시 또는 국가사변의 경우에 천황 대권의 시행을 저해하는 것은 아니다.

제32조 본 장에 든 조규는 육해군의 법령 또는 기율에 저촉되지 않는 것에 한하여 군인에게 준용한다.

제3장 제국의회

제33조 제국의회는 귀족원, 중의원의 양원으로 성립한다.

제34조 귀족원은 귀족원령이 정하는 바에 의하여 황족, 화족 및 칙임된 의원으로 조직한다.

제35조 중의원은 선거법이 정하는 바에 의하여 공선된 의원으로 조직한다.

제36조 어떤 이도 동시에 양의원의 의원일 수 없다.

제37조 모든 법률은 제국의회의 협찬을 거칠 것을 요한다.

제38조 양의원은 정부가 제출하는 법률안을 의결하고 또 각각 법률안을 제출할 수 있다.

제39조 양의원 중 한쪽에서 부결된 법률안은 동회기 중에 다시 제출할 수 없다.

제40조 양의원은 법률 또는 기타 사건에 관하여 각각 그 의견을 정부에 건의할 수 있다. 그 채납(採納)을 얻지 못한 것은 동회기 중에 재건의할 수 없다.

제41조 제국의회는 매년 소집한다.

제42조 제국의회는 3개월을 회기로 한다. 필요할 경우에는 칙령으로 연장하여야 한다.

제43조 임시긴급의 필요가 있는 경우에 정기회 이외의 임시회를 소집하여야 한다.
2 임시회의 회기를 정하는 것은 칙령에 의한다.

제44조 제국의회의 개회, 폐회, 회기의 연장 및 정회는 양원 동시에 실시하여야 한다.
2 중의원 해산이 명해진 때에는 귀족원은 동시에 정회되어야 한다.

제45조 중의원 해산이 명해진 때에는 칙령으로 새로 의원 선거를 하여 해산된 날부터 5개월 이내에 소집하여야 한다.

제46조 양의원은 각각 그 총의원 3분의 1 이상 출석하지 않으면 의사(議事)를 열어 의결할 수 없다.

제47조 양의원의 의사는 과반수로 정한다. 가부 동수일 때에는 의장이 정하는 바에 의한다.

제48조 양의원의 회의는 공개한다. 다만, 정부의 요구 또는 해당 원의 결의에 따라 비밀회로 할 수 있다.

제49조 양의원은 각각 천황에 상주(上奏)할 수 있다.

제50조 양의원은 신민이 정출(呈出)하는 청원서를 받을 수 있다.

제51조 양의원은 이 헌법 및 의원법에 게재하는 것 외에 내부 정리에 필요한 제법규를 정할 수 있다.

제52조 양의원의 의원은 의원에서 발언한 의견 및 표결에 관하여 원외에서 책임을 지는 일 없다. 다만, 의원 스스로 그 언론을 연설, 간행, 필기 또는 그 밖의 방법으로 공포한 때에는 일반 법률에 의거해 처분돼야 한다.

제53조 양의원의 의원은 현행범죄 또는 내란, 외환에 관한 죄를 제외하고 회기중 해당 원의 허락 없이 체포되는 일은 없다.

제54조 국무대신 정부위원은 언제든 각 의원에 출석해 발언할 수 있다.

제4장 국무대신 및 추밀고문
제55조 국무대신은 천황을 보필하고 그 책임을 진다.
　2 모든 법률칙령 기타 국무에 관한 조칙은 국무대신 부서(副署)를 요한다.
제56조 추밀고문은 추밀원 관제가 정한 바에 의해 천황의 자문에 응하여 중요한
　국무를 심의한다.

제5장 사법
제57조 사법권은 천황의 이름으로 법률에 의거해 재판소가 행한다.
　2 재판소 구성은 법률로 정한다.
제58조 재판관은 법률로 정한 자격을 갖춘 자로 이에 임한다.
　2 재판관은 형법의 선고 또는 징계 처분에 의한 것 외에 그 직에서 파면되는
　일은 없다.
　2 징계의 조규는 법률로 정한다.
제59조 재판의 대심판결은 공개한다. 다만, 안녕과 질서 또는 풍속을 해할 우려
　있을 때에는 법률에 의거하여 또는 재판소의 결의로 대심 공개를 멈출 수 있다.
제60조 특별재판소의 관할에 속하여야 하는 것은 별도로 법률로 정한다.
제61조 행정관청의 위법처분에 따라 권리를 침해받았다는 소송에서 별도의 법률
　로 정한 행정재판소의 재판에 속하여야 하는 것은 꼭 사법재판소에서 수리해야
　하는 것은 아니다.

제6장 회계
제62조 새로 조세를 과하고 또 세율을 변경하는 것은 법률로 정하여야 한다.
　2 다만 보상에 속한 행정상의 수수료 기타 수납금은 앞의 항의 예외다.
　3 국채를 모집하고 또 예산에 정해진 것을 제외하고 국고 부담이 될 계약을
　하는 것은 제국의회의 협찬을 거쳐야 한다.
제63조　현행 조세는 법률로 고치지 않는 한 구 법률에 의하여 징수한다.
제64조 국가의 세입세출은 매년 예산으로 제국의회의 협찬을 거쳐야 한다.
　2 예산의 항목에 초과하거나 예산 외에 생긴 지출 있을 때는 후일 제국의회의
　승낙을 구할 것을 요한다.

제65조 예산은 먼저 중의원에 제출하여야 한다.

제66조 황실경비는 현재의 정액에 따라 매년 국고에서 지출하고 장래 증액을 요하는 경우를 제외하고는 제국의회의 협찬을 요하지 않는다.

제67조 헌법상 대권에 의거한 기정 세출 및 법률의 결과에 따라 또는 법률상 정부의 의무에 속하는 세출은 정부의 동의 없이 제국의회가 폐지, 또는 삭감할 수 없다.

제68조 특별한 필요가 생겼을 때 정부는 사전에 연한을 정하고 계속비로 하여 제국의회의 협찬을 구할 수 있다.

제69조 불가피한 예산 부족을 충원하기 위해서 또는 예산 외에 발생한 필요 비용에 충당하기 위해 예비비를 마련하여야 한다.

제71조 공공의 안전을 유지하기 위해 긴급 수용 있을 경우에 내외 정세에 따라 정부는 제국의회를 소집할 수 없을 때에는 칙령에 의해 재정상 필요한 처분을 행할 수 있다.

2 앞의 항의 경우에서는 다음 회기에서 제국의회에 제출하고 그 승낙을 구할 것을 요한다.

제71조 제국의회에서 예산이 의결되지 않고 또는 예산 성립에 이르지 못할 때에는 정부는 전년도 예산을 시행하여야 한다.

제72조 국가의 세입세출의 결산은 회계검사원이 검사, 확정하고 정부는 그 검사 보고와 함께 제국의회에 제출하여야 한다.

2 회계검사원의 조직 및 직권은 법률로 정한다.

제7장 보칙

제73조 장래 이 헌법 조항을 개정할 필요가 있을 경우는 칙령으로 의안을 제국의회 회결에 부쳐야 한다.

2 이 경우에 양의원은 각각 그 총원 3분의 2 이상 출석하지 아니하고는 의사를 열 수 없다. 또 출석의원 3분의 2 이상의 다수를 얻지 못하면 개정을 의결할 수 없다.

제74조 황실전범의 개정은 제국의회의 의결을 거칠 것을 요한다.

2 황실전범으로 이 헌법 조규를 변경할 수 없다.

제75조 헌법 및 황실전범은 섭정을 두는 동안 변경할 수 없다.

제76조 법률, 규칙, 명령 또는 어떤 명칭을 지닌 것이라 해도 이 헌법에 모순하지

않는 현행 법령은 모두 효력을 가진다.

2 세출상 정부의 의무에 관한 현재의 계약 또는 명령은 모두 제67조의 예에 따른다.

---

④ 포츠담선언
(1945.8.14. 수락, 1945.9.2. 조인·발효)[4]

1945년 7월 26일

영, 미, 중 삼국선언

(1945년 7월 26일 '포츠담'에서)

1. 오등은 합중국 대통령, 중화민국 정부주석 및 '그레이트 브리튼'국 수상은 오등의 수억 국민을 대표하여 협의한 위에 일본국에 대하여 이번 전쟁을 종결할 기회를 부여하는 데 일치하였다.

2. 합중국, 영제국 및 중화민국의 거대한 육, 해, 공군은 서방으로부터 자국의 육군 및 공군에 의한 몇 배의 증강으로 일본국에 대하여 최후적 타격을 가할 태세를 갖춘 위의 군사력은 일본국의 저항을 종료하는 데 이르기까지 일본국에 대하여 전쟁을 수행하는 일체의 연합국의 결의에 의거하여 지지받고 고무된 것이다.

3. 궐기하는 세계의 자유로운 인민의 힘에 대한 '독일'국의 무익하고도 무의미한 저항의 결과는 일본국민에 대한 선례를 지극히 명백하게 보여주는 것이다. 현재 일본국에 대하여 집결하고 있는 힘은 저항하는 '나치스'에 대하여 적용된 경우에 있어 전 '독일'국 인민의 토지, 산업 및 생활양식을 필연적으로 황폐로 귀결시킨 힘에 비하여 헤아릴 수 없을 정도로 강대한 것이다. 오등의 결의에 지지된 오등의

---

4) ポツダム宣言, 国立国会図書館, https://www.ndl.go.jp/constitution/etc/j06.html (검색일 : 2020.2.5.)

군사력의 최고도의 사용은 일본국 군대의 불가피하고도 완전한 파멸을 의미하고 또 마찬가지로 필연적으로 일본국 본토의 완전한 파괴를 의미한다.

4. 무분별한 타산으로 인해 일본제국을 멸망의 심연으로 빠트린 방자한 군국주의적 조언자에 의하여 일본국이 계속 통제될 것인지 아니면 이성의 경로를 일본국이 밟을 것인지를 일본국이 결의할 시기는 도래했다.

5. 오등의 조건은 다음과 같다.

오등은 위의 조건에서 벗어나지 않을 것이다. 위 조건을 대신하는 조건 존재하지 않는다. 오등은 지연을 인정할 수 없다.

6. 오등은 무책임한 군국주의가 세계에서 구축될 때까지는 평화, 안전 및 정의의 신질서가 생길 수 없음을 주장하는 바, 일본국 국민을 기만하고 국민으로 하여금 세계정복의 거사에 나서는 과오를 범하게 한 자의 권력 및 세력은 영구히 제거되어야 한다.

7. 위와 같이 신질서가 건설되고 또 일본국의 전쟁 수행 능력이 파괴됐다는 확증에 이르기까지는 연합국이 지정하는 일본국 영역 내의 모든 지점은 오등이 여기에 지시하는 기본적 목적의 달성을 확보하기 위해 점령되어야 한다.

8. '카이로' 선언의 조항은 이행될 것이며 일본국의 주권은 본주(本州), 홋카이도(北海道), 규슈(九州) 및 시코쿠(四国) 그리고 오등의 결정하는 섬들에 국한된다.

9. 일본국 군대는 완전히 무장 해제된 후 각자의 가정으로 복귀하여 평화적이고 또 생산적인 생활을 영위할 기회를 얻게 한다.

10. 오등은 일본인을 민족으로서 노예화하고자 또는 국민으로서 멸망케 하고자 하는 의도를 지니지 않지만, 오등의 포로를 학대한 자를 포함한 일체의 전쟁범죄인에 대하여서는 엄중한 처벌을 가할 것이다. 일본 정부는 일본국 국민 사이에서의 민주주의적 경향의 부활 강화에 대한 일체의 장애를 제거한다. 언론, 종교 및 사상의 자유 그리고 기본적 인권의 존중은 확립되어야 한다.

11. 일본국은 그 경제를 지지하고 또 공정한 실물 배상의 징수를 가능하게 할 산업을 유지하는 것이 허락된다. 다만, 일본국으로 하여금 전쟁을 위해 재군비를 할 수 있게 하는 산업은 예외다. 위의 목적을 위한 원료의 입수(그 지배와 이를 구별한다)를 허가해서는 아니된다. 일본국은 장래 세계무역 관계로의 참가가 허락된다.

12. 앞에 기술한 목적이 달성되고 또 일본국 국민의 자유에 표명된 의사에 따라 평화적 경향을 가지며 또 책임 있는 정부가 수립되는 때에는 연합국의 점령군은

즉시 일본국에서 철수된다.

13. 오등은 일본국 정부가 즉시 전일본국 군대의 무조건항복을 선언하고 또 위 행동에 있어서 일본 정부의 성의에 맡겨 적당하고 또 충분한 보상을 제공할 것을 일본 정부에 대하여 요구하는 것 외에 일본국이 선택하면 신속하고도 완전한 궤멸 있을 뿐이라 한다.

(出典 : 外務省編, 『日本外交年表並主要文書』 下卷, 1966.)

⑤ 헌법개정사안=마쓰모토안
(1946년 1월 4일 원고)[5]

(극비)

30부 내 제26호

헌법개정사안(1월4일고) 마쓰모토 쇼지

제3조 천황은 지존하며 침범해서는 아니된다.

제7조 천황은 제국의회를 소집하고 그 개회, 폐회 및 정화를 명한다.

　2. 천황은 중의원 해산을 명하되 다만 동일사유로 거듭 해산을 명할 수 없다.

제8조 천황은 공공의 안전을 보지하며 또는 그 재액을 피하기 위해 긴급 필요에 의해 제국의회 폐회의 경우, 법률을 대신할 칙령을 발한다. 다만 의원법이 정하는 바에 의하여 제국의회 상치 위원의 자문을 거쳐야 한다.

　2. 이 칙령은 다음 회기에서 제국의회에 제출하여야 한다. 만약 의회에서 승낙할 때에는 정부는 장래에 그 효력을 상실함을 공포하여야 한다.

제9조 천황은 법률을 집행하기 위해 또는 행정의 목적을 달성하기 위해 필요한 명령을 발하며 또는 발하게 한다. 다만, 명령으로 법률을 변경할 수 없다.

---

5) 憲法改正私案, 国立国会図書館, https://www.ndl.go.jp/constitution/shiryo/02/05 8c/058ctx.html(검색일 : 2020.2.5.)

제11조 천황은 군을 통수한다.

2. 군의 편제 및 상비병액은 법률로 정한다.

제12조 천황은 제국의회의 협찬으로 전쟁을 선포하고 전쟁을 멈춘다.

앞의 항의 경우에 내외 정세로 인해 제국의회 소집을 기다릴 수 없는 긴급한 경우에는 의원법이 정하는 바에 의하여 제국의회 상치위원의 자문으로 충족한다. 이 경우에는 다음 회기에 있어서 제국의회에 보고하고 그 승낙을 구하여야 한다.

제13조 천황은 제반의 조약을 체결한다. 다만, 법률로 정할 필요가 있는 사항에 관한 조약 또는 국고에 중대한 부담을 낳을 조약을 체결하는 것은 제국의회의 협찬을 거쳐야 한다.

2. 앞의 항 단서의 경우 특히 긴급한 바 전조 제2항과 같을 때에는 그 조규에 의한다.

제15조 천황은 영전을 수여한다.

제20조 일본신민은 법률이 정하는 바에 의하여 역무에 힘쓸 의무를 가진다.

제28조 일본신민은 안녕질서를 방해하지 않는 한에서 신교의 자유를 가진다.

제31조 일본신민은 앞의 여러 조에 게재한 것 외의 모든 법률에 의거하지 아니하고는 그 자유 및 권리 침해되지 아니한다.

제32조 삭제

제33조 제국의회는 참의원 중의원의 양원으로 성립한다.

제34조 참의원은 참의원법이 정하는 바에 의하여 선거 또는 칙임된 의원으로 조직한다.

제39조의 2에 중의원에 있어서 연속 3회 그 총원 3분의 2 이상의 다수로 가결하며 참의원으로 이동한 법률안은 참의원의 의결 여부와 상관없이 제국의회의 협찬을 거치는 것으로 한다.

제42조 제국의회는 3개월 이상의 경우 의원법이 정한 기간을 회기로 한다. 필요할 경우에는 칙령으로 연장할 수 있다.

제43조 임시긴급이 필요한 경우에 정기회 이외 임시회를 소집하여야 한다. 그 회기를 정하는 것은 칙령에 의한다.

2. 양의원의 의원은 각각 그 원의 총원 3분의 1 이상의 찬성을 얻어 임시회의 소집을 구할 수 있다.

제44조 제국의회의 개회 폐회 회기 연장 및 정회는 양원 동시에 하여야 한다.

2. 중의원 해산을 명할 때에는 참의원은 동시에 폐회하여야 한다.

제45조 중의원 해산을 명할 때에는 칙령으로 새롭게 의원을 선거하여 해산의 날부터 3개월 이내에 제국의회를 소집하여야 한다.

제48조 양의원의 회의는 공개한다. 다만, 해당 원의 결의에 따라 비밀회로 할 수 있다.

제53조 양의원의 의원은 현행범죄 또는 내란외환에 관한 죄를 제하면 회기 중 그 원의 허락 없이 체포할 수 없다. 회기 전에 체포된 의원은 그 원의 요구있을 때 회기 중 석방하여야 한다.

제55조 국무 각 대신은 천황을 보필하여 일체의 국무에 관하여 제국의회에 대해 그 책임이 있다.

2. 모든 법률칙령 그 외 국무에 관한 칙령은 국무대신의 부서(副署)를 요한다. 군의 통수에 관해서도 동일하다.

3. 중의원에 있어 국무 각 대신에 대한 불신임을 의결한 때에는 해산이 있을 경우를 제외하고 그 직에 머물 수 없다.

제55조의 2에 국무 각 대신으로 내각을 조직한다.

2. 내각의 관제는 법률로 정한다.

제56조 추밀고문은 천황의 자문에 응해 중요한 국무를 심의한다.

2. 추밀원의 관제는 법률로 정한다.

제57조 사법권은 천황의 이름으로 법률에 따라 재판소가 수행한다.

2. 재판소의 구성은 법률로 정한다.

3. 행정사건에 관한 소송은 별도로 법률이 정하는 바에 의하여 재판소의 관할에 속한다.

제61조 삭제

제65조 예산은 먼저 중의원에 제출하여야 한다.

2. 참의원은 중의원이 의결한 예산에 관하여 증액의 수정을 할 수 없다.

제66조 황실내정의 경비는 정액에 따라 매년 국고에서 지출하고 증액을 요할 경우를 제외하고는 제국의회의 협찬을 요하지 않는다.

제67조 법률의 결과에 따라 또는 법률상 정부의 의무에 속한 세출은 정부의 동의 없이 제국의회 배제 또는 삭감할 수 없다.

제69조 피할 수 없는 예산의 부족을 충원하기 위해 또는 예산 외에 생긴 필요한 비용에 충당하기 위해 예비비를 마련하여야 한다.

2. 예비비로 예산 외에 생긴 필요 비용에 충당할 때에는 의원법이 정하는 바에 의하여 제국의회 상치위원의 자문을 거쳐야 한다.

3. 피할 수 없는 예산의 부족을 충원하기 위해 또는 예산 외에 생긴 필요의 비용에 충당하기 위해 예비비 외에 있어 지출을 이룰 때에는 역시 앞의 항의 조규에 의한다.

제70조 공공의 안전을 보지하기 위해 긴급한 수요 있을 경우에 내외 사정에 따라 정부가 제국의회를 소집할 수 없을 때에는 칙령에 따라 재정상 필요한 처분을 할 수 있다. 다만, 의원법이 정하는 바에 의하여 제국의회 상치위원의 자문을 거쳐야 한다.

2. 앞의 항의 경우에는 다음 회기에 있어 제국의회에 제출하여 그 승낙을 구할 필요가 있다.

제71조 제국의회에 있어 예산을 의정하고 예산 성립에 이르지 못할 때에는 정부는 회계법이 정하는 바에 의하여 잠정예산을 작성하여 예산 성립에 때까지 시행하여야 한다.

2. 이 경우에 있어서는 회계연도 개시 후에 그 연도의 예산과 함께 앞의 항의 잠정예산을 제국의회에 제출해 그 승낙을 구할 필요가 있다.

제73조 장래 이 헌법 조항을 개정할 필요 있을 때에는 칙령으로 의안을 제국의회 논의에 붙여야 한다.

2. 양의원의 의원은 각각 그 원의 총원 3분의 1 이상의 찬성을 얻어 개정 의안을 발의할 수 있다.

3. 앞의 두 항의 경우에 있어 양의원은 각각 그 총원 3분의 2 이상 출석하지 않으면 의사를 열 수 없다. 출석의원 3분의 2 이상의 다수를 얻지 않으면 개정의 의결을 할 수 없다.

4. 천황은 제국의회가 의결한 헌법개정을 재가하고 그 공포 및 집행을 명한다.

제75조 삭제

보칙

현행 명령은 이 헌법개정 조규에 의하여 법률로 정할 필요가 있다고 정해진 것은 그 폐지 또는 개정될 때까지 효력을 가진다.

이 헌법개정 중 제8조, 제12조, 제13조, 제33조, 제34조, 제39조 2항, 제42조, 제44조, 제55조 2항, 제56조, 제57조, 제61조, 제66조, 제69조, 제70조, 제71조의 개정은 각각 그 집행에 필요한 법률명령 제정 시행될 때까지 그 효력을 발생하는 것으로 하고 그동안 구법의 조규에 의한다.

비고

본 사안(私案) 중 조문의 숫자는 편의상 예를 들면 제○조의 ②처럼 한 것도 개정
안에서는 조문의 조상 조하를 이루어 정리하는 것으로 한다. 그 결과 개정 후의
헌법은 전문 75조로 한다.

⑥ 헌법개정요강(1946.2.8.)[6]

제1장 천황

1. 제3조에 "천황은 신성하여 침범해서는 안 된다"라고 되어 있는 것을 "천황은
   지존하여 침범해서는 안된다"로 수정할 것
2. 제8조 소정의 중의원 해산은 동일 사유에 의거해 명할 수 없는 것으로 할 것.
3. 제8조 소정의 긴급칙령을 발하기 위해서는 의원법이 정하는 바에 의하여 제국
   의회 상치위원의 자문을 거치는 것을 요하는 것으로 할 것.
4. 제9조 중 "공공의 안녕질서를 보지하고 신민의 행복을 증진하기 위해 필요한
   명령"이라고 되어 있는 것을 "행정의 목적을 달성하기 위해 필요한 명령"으로
   수정할 것.(요강 10참조)
5. 제11조 중 '육해군'이라고 되어 있는 것을 '군'으로 수정하고 또 제12조의 규정
   을 수정해 군의 편제 및 상비병액은 법률로 정할 것.(요강20 참조)
6. 제13조의 규정을 수정하여 전쟁을 선포하고 전쟁을 멈추며 또는 법률로 정하
   는 것이 필요한 사항에 관한 조약 또는 나라에 중대한 의무를 부과하는 조약을
   체결함에 있어서는 제국의회의 협찬을 거칠 것을 요하는 것으로 한다. 다만,
   내외 사정에 따라 제국의회의 소집을 기다릴 수 없는 긴급히 필요할 때에는

---

6) 憲法改正要綱, 国立国会図書館, https://www.ndl.go.jp/constitution/shiryo/03/07
4a/074atx.html(검색일 : 2020.2.5.)

제국의회 상치위원의 자문을 거쳐 충족하도록 하며 이 경우에는 다음 회기에 있어 제국의회에 보고하여 그 승낙을 구하여야 하는 것으로 할 것.

7. 제15조에 "천황은 작위 훈장 기타 영전을 수여한다"라고 되어 있는 것을 "천황은 영전을 수여한다"로 개정할 것

제2장 신민 권리의무

8. 제20조 중에 "병역의 의무"라고 되어 있는 것을 "공익을 위해 필요한 역무에 복무할 의무"로 개정할 것.

9. 제28조의 규정을 개정하여 일본신민은 안녕질서를 방해하지 않는 한에 있어 신교의 자유를 지니는 것으로 할 것.

10. 일본신민은 본 장 각 조에 게재한 경우와 그 외 모든 법률에 의한 것이 아니고는 그 자유 및 권리를 침해하는 일 없다는 뜻의 규정을 마련할 것.

11. 비상대권(非常大權)에 관한 제31조의 규정을 삭제할 것.

12. 군인의 특례에 관한 제32조의 규정을 삭제할 것.

제3장 제국의회

13. 제33조 이하에 '귀족원'이라고 되어 있는 것을 '참의원'으로 개정할 것.

14. 제34조의 규정을 개정하여 참의원은 참의원법이 정하는 바에 따른 선거 또는 칙임된 의원으로 조직하는 것으로 할 것.

15. 중의원에 있어 계속해서 3회 그 총원 3분의 2 이상의 다수로 가결하며 참의원으로 이동한 법률안은 참의원의 의결 여부와 상관없이 제국의회의 협찬을 거치는 것으로 한다는 뜻의 규정을 마련할 것.

16. 제42조 소정의 제국의회의 회기 "3개월"을 개정해 "3개월 이상의 경우 의원법이 정한 기간"으로 할 것.

17. 제45조 소정의 중의원 해산 후에 제국의회를 소집하여야 할 기한 "5개월 이내"를 "3개월 이내"로 개정할 것.

18. 제48조 단서 규정을 개정하여 양의원의 회의를 비밀회로 하는 것은 오직 해당 원의 결의에 의한 것으로 할 것.

19. 회기 전에 체포된 의원은 해당 원의 요구 있을 때에는 회기 중 석방하여야 한다는 뜻의 규정을 마련할 것.

제4장 국무대신 및 추밀고문

20. 제55조 제1항의 규정을 개정해 국무 각 대신은 천황을 보필하여 제국의회에 대해 그 책임이 있는 것으로 하고 또 군의 통수에 관해서도 같은 뜻을 명기할 것.

21. 중의원에 있어 국무 각 대신에 대한 불신임을 의결한 때에는 해산이 있을 경우를 제외하고 그 직에 머물 수 없다는 뜻의 규정을 마련할 것.(요강2 참조)

22. 국무 각 대신으로 내각을 조직한다는 뜻 및 내각의 관제는 법률로 정한다는 뜻의 규정을 마련할 것.

23. 추밀원의 관제는 법률로 정한다는 뜻의 규정을 마련할 것.

제5장 사법

24. 제61조의 규정을 개정해 행정사건에 관한 소송은 별도로 법률이 정하는 바에 의해 사법재판소의 관할에 속하는 것으로 한다.

제6장 회계

25. 참의원은 중의원이 의결한 예산에 대해 증액의 수정을 할 수 없다는 뜻의 규정을 마련할 것.

26. 제66조의 규정을 개정해 황실경비 중 그 내정의 경비에 한하여 정액에 의해 매년 국고에서 지출하고 증액을 요할 경우를 제외하고 제국의회의 협찬을 요하지 않는 것으로 할 것.

27. 제67조의 규정을 개정해 헌법상 대권에 의거한 기정 세출은 정부의 동의 없이 제국의회 이를 폐제(廢除)하고 또는 삭감할 수 없는 것으로 할 것.

28. 예비비로 예산 외에 생기는 필요 비용에 충당할 때 및 예비비 외에 불가피한 예산의 부족을 충원하기 위해 또는 예산 외에 생기는 필요 비용에 충당하기 위해 지출을 할 때에는 제국의회 상치위원의 자문을 거쳐야 한다는 뜻의 규정을 마련할 것.

29. 제71조 소정의 재정상의 긴급처분을 하려면 제국의회 상치위원의 자문을 거치는 것을 요하는 것으로 할 것.

30. 제71조의 규정을 개정해 예산 불성립의 경우에는 정부는 회계법이 정하는 바에 의하여 잠정예산을 작성하여 예산 성립에 이르기까지 시행하여야 하는

것으로 하며 이 경우에 제국의회 폐회 중인 경우는 신속히 소집하여 그 연도의 예산과 함께 잠정예산을 제출하여 그 승낙을 구하는 것을 요하는 것으로 할 것.

제7장 보칙

31. 양의원의 의원은 각각 원의 총원 2분의 1 이상의 찬성을 얻어 헌법개정 의안을 발의할 수 있다는 뜻의 규정을 마련할 것.
32. 천황은 제국의회가 의결한 헌법개정을 재가하고 그 공포 및 집행을 명한다는 뜻의 규정을 마련할 것.
33. 헌법 및 황실전범 변경의 제한에 관한 제75조의 규정을 삭제할 것.
34. 이상 헌법개정의 각 규정의 시행에 관하여 필요한 규정를 마련할 것.

> ## ⑦ 정부가 기안한 헌법개정안의 대요에 관한 대체적 설명을 시도하는 것 아래와 같다(1946.2.8.)[7]

(극비)

30부 내 제1호

정부가 기안한 헌법개정안의 대요에 관하여 대체적인 설명을 시도하는 것 다음과 같다.

1

포츠담선언 제10항은 "일본국 정부는 일본국 국민 사이에 민주주의적 경향의 부활 강화에 대한 일체의 장애를 제거하여야 하는 언론, 종교 및 사상의 자유 그리고 기본적 인권의 존중을 확립하여야 한다"라고 규정했다. 정부는 이 취지에

---

7) 政府ノ起案セル憲法改正案ノ大要ニ付キ大体的ノ説明ヲ試ムルコト左ノ如シ, 国立国会図書館, https://www.ndl.go.jp/constitution/shiryo/03/074b/074btx.html(검색일 : 2020.2.4.)

따라 1889년 2월 10일 발포한 이후 한 번도 변경된 적 없이 오늘에 이른 일본국 헌법의 개정을 기안하려고 한다. 즉, 이번 헌법개정안의 근본정신은 헌법을 보다 민주적으로 하여 상술한 '포츠담' 선언 제10항의 목적을 완전하게 달성할 수 있는 것으로 하는 데 있다.

2

상술한 근본정신에 의거해 헌법 개정을 기안함에 있어 다음으로 발생한 문제는 소위 천황제 존폐문제다. 이에 관해서는 일본국이 천황에 의해 통치된 사실은 일본국 역사가 시작된 이래 부단히 계속되는 것으로 이 제도를 유지하려는 것은 우리 국민 대다수의 부동의 확신이라 본다. 따라서 개정안은 일본국을 공화국으로 하여 대통령을 원수로 하는 제도 소위 대통령적 공화주의는 채용하지 않는다. 천황의 통치권을 총람 행사할 수 있는 제도를 보지하는 것으로 한다.

하지만 개정안에 있어서는 먼저 천황의 대권은 크게 제한하여 국무상 모든 중요 사항은 반드시 제국의회의 협찬(어쩔 수 없는 긴급 상황에는 의회를 대표하는 그 상치위원의 자문)을 요하는 것으로 한다(요강2 내지 6, 11, 23, 24 및 28 내지 31 참조). 다음으로 천황은 군의 통수도 포함한 일체의 국무를 국무대신의 보필로서만 행사할 수 있는 것으로 한다(요강21 참조). 그리고 세 번째 국무대신은 제국의회에 대해 즉, 간접적으로 국민에 대해 그 책임을 지고 국무대신 및 그 조직하는 내각은 중의원의 신임 없이는 그 직에 임할 수 없는 것으로 한다(요강 2, 21 내지 23 참조). 즉, 이 개정안 하에서는 천황의 통수권 생사는 입법은 모두 의회를 통해서 행정은 모두 의회에 기초를 둔 내각을 통해서 사법은 모두 독립적 재판소를 통해서 이루어져야 하는 것으로 결과에 있어 영국에서와 마찬가지로 소위 의회적 민주주의가 완전히 발휘되야 하는 것으로 한다.

개정안은 이상 언급한 것과 같은 취지에 따라 헌법 제1조 내지 제4조의 원칙적 규정에는 문자적 변경을 하지 않는 것으로 한다. 게다가 제3조에 "천황은 신성하여 침범해서는 아니된다"라고 된 "신성"이라는 말은 19세기 유럽의 상당수의 헌법에도 사용된 예 있으나 천황 또는 그 권력의 신성을 나타내는 어폐가 있어 '지존'이라는 말로 변경하는 것으로 한다(요강3 참조).

3

일본 국민의 언론, 종교 및 사상의 자유 및 기본적 인권은 현행 헌법에 있어서도 상당한 보호를 받을 수 있는 규정 있음에도 불구하고 실제로는 충분히 존중되지 않고 또 어떤 경우에는 크게 유린된 일 있음은 반민주적 정부 아래서 악법이 제정된 것과 법률이 남용됐기 때문이다. 그런데 헌법개정안은 앞서 언급한 것처럼 민주적 정부의 수립과 의회 권력의 확장을 도모하므로 일본 국민의 자유와 인권은 종래와는 완전히 달리 적정한 입법과 적정한 법률 적용에 의해 충분히 존중받기에 이를 것 필연이다. 그럼에도 불구하고 개정안에 있어서는 이하와 같이 개정을 하여 한층 완전하게 그 보호를 도모하는 것으로 한다.

첫째, 일본 국민의 자유와 권리의 보장을 정한 종래의 헌법규정은 자칫하면 열거적인 것으로 즉, 이 규정들에 직접 열거된 자유, 예를 들면 영업의 자유와 같은 것은 법률에 의하지 않고 제한할 수 있다는 해석론 있었다. 따라서 종래 각 조항에 정한 것 외에 모든 자유 및 권리는 법률에 의하지 않으면 제한할 수 없다는 뜻의 일반적 규정을 마련하는 것으로 한다(요강10 참조)

둘째, 종래 헌법규정에 의하면 일본 국민은 그 권리가 행정청의 위법처분에 의해 침해된 경우에는 통상 재판소의 보호를 구할 수 없어 특설 행정재판소에 출소하는 데 그쳐 그 결과로서 권리는 충분히 보호되지 못하고 특히 사법재판소와 행정재판소가 모두 특정 사건을 자기 관할에 속하지 않는다 하여(소위 소극적권한쟁) 권리가 완전히 보호받지 못하는 경우 실제 자주 발생했다. 따라서 개정안은 행정재판소를 폐지하고 행정사건의 소송도 통상의 재판소 관할에 속하는 것으로 한다 (요강25 참조).

셋째, 위에 언급한 것 외에 개정안은 독립명령에 관한 규정의 개정, 신교의 자유에 관한 규정의 개정, 국가비상의 경우에 있어서의 대권발동에 관한 규정의 폐지 등에 의해 일본 국민의 자유와 권리의 보호를 한층 완전케 한다(요강4, 9, 11 참조)

넷째, 종래 헌법에는 화족이라는 특권계급의 존재를 인정하는 규정 및 군인의 특례를 정하는 규정을 지닌 것도 개정안은 이들의 국민 간의 불평등을 인정하는 규정을 개정 또는 폐지한다(요강7,12, 14참조).

4

제국의회의 권력이 크게 확장된 것은 이미 2에 언급한 바로 이러한 점들에 대해서는 재설하지 않겠지만 그 외 개정안은 회기에 관한 규정, 임시회의 소집 청구에 관한 규정 등 여러 규정의 개정 또는 신설에 의해 의회의 권력을 확장하는 것으로 한다(요강16 내지 20참조).

다음으로 개정안은 귀족원의 조직을 개정하여 황족 및 화족을 그 구성원에서 배제하고 또 그 구성을 법률로 정하는 것으로 함과 동시에 그 명칭도 변경한다(요강13, 14참조). 나아가 또 종래에는 귀족원이 중의원과 동일한 권한을 지녔던 제도를 고쳐 참의원은 중의원에 비해 2차적인 권한을 지니는 데 불과한 것으로 한다(요강15, 22, 26참조). 이 개정을 통해 중의원은 영국의 대의원이 그 귀족원에 대한 것과 유사한 우위를 지니게 되는 것이다.

이상의 제국의회에 관한 규정의 변경은 우리나라에 있어 민주주의적 경향의 강화에 기여하는 바 적지 않음을 믿는 바다.

5

이상에 있어 개정안의 근간에 관한 해설을 마치지만 위에 누락된 게다가 중요한 두, 세 개정점에 관하여 다음에 언급한다.

첫째로 추밀고문의 제도는 자칫하면 입헌정치의 운용에 장애를 준다는 비난 있었다. 대개 제국의회에 대해 아무런 책임을 지지 않는 추밀고문이 상당히 중요한 권한을 지녔다. 하지만 개정안은 긴급 명령 또는 재정상의 긴급처분의 발령에 대해서는 제국의회 상치위원에 자문하여야 하는 것으로 하고 또 조약 체결 등에는 제국의회의 협찬을 요하는 것으로 한다(요강3, 6, 30 참조). 따라서 이들의 중요 국무에 대한 추밀원의 권한을 배제함과 동시에 추밀원관제는 법률로 정하여야 하는 것으로 하므로 추밀고문의 권한은 극히 축소되어야 하며 또 필시 고문관의 인원도 감소돼 정치상 완전히 무해한 것이 되어야 한다(요강 24참조). 그리하여 황실전범 그 외 황실령의 적용상 추밀고문의 제도를 존치할 필요 있어 개정안은 그 폐지설을 채용하지 않는다.

둘째, 종래 황실경비는 전부 정액에 따라 지출하고 제국의회의 협찬을 요하지 않게 되어 있지만, 개정안은 위의 규정을 개정하여 의회의 협찬을 요하는 경비를 내정(內庭)의 경비에 한하는 것으로 한다(요강27 참조).

셋째, 헌법개정의 발의권은 종래는 천황에 전속했으나 제국의회 의원에게도 그 발의권을 인정하는 것으로 한다(요강32 참조). 이것 이번 헌법개정안 중 가장 중대한 개정점이다.

넷째, 종래는 헌법 및 황실전범의 변경은 섭정을 두는 동안 금지됐지만, 개정안은 이 금지를 해제한다(요강34 참조). 이 역시 상당히 중대한 개정점이다.

8부 내 제5호
마쓰모토사안에 대한 것

헌법중 육해군에 관한 규정 변경에 관하여

1. 개정안은 헌법 중 '육해군'이라고 되어 있는 것을 '군'(the armed forces)이라고 고치려 한다. 무릇 일본국이 연합국의 점령종료 후에 군을 다시 두는 것을 연합국에게 인정받을 시기 도달한다지만 필시 내지의 평화 질서의 유지를 위해 필요한 지극히 소규모 범위의 군비를 허용받는 데 지나지 않으며 또 일본국으로서도 종래와 같은 육해군을 둘 생각을 품어서는 안 되는 것 당연하므로 육해군이라는 말을 폐하고 그저 군이라고 한다.

2. 종래 헌법상으로는 군의 통수는 국무가 아니라 하여 군은 천황에 직례되고, 내각의 지배하에 속하지 않는 것으로 했다. 이것 과거에 있어서 가공할 과오와 재화를 발생시킨 까닭이다. 따라서 개정안에서는 군의 통수는 내각 및 국무대신의 보필로서만 행사할 수 있는 것으로 하고자 한다. 그리하여 다른 한편에서 개정안은 내각은 제국의회에 대해 그 책임을 지고 중의원의 불신임 결의 있을 때에는 국무대신은 그 직에 머무를 수 없는 것으로 함으로써 향후에는 일본국민의 의사에 반하여 군의 통수가 행사되는 것 같은 우려 없는 것이어야 한다.

3. 종래 헌법상으로는 군의 편제 및 상비병액은 천황의 대권으로 정하도록 하였으나 개정안에서는 법률로 정하도록 하려 한다. 즉 제국의회의 협찬 없이는 일병을 늘리는 것도 일 연대를 설치하는 것도 허용되지 않도록 한다.

4. 차제에 위와 같이 개정해 두는 것은 장래 군의 재치(再置)가 인정되기에 이른 경우의 규준을 미리 명시하여 장래에 종래와 같은 육해군이 다시 설치되는 일

---

8) 憲法中陸海軍ニ關スル規定ノ變更ニ付テ, 国立国会図書館, https://www.ndl.go.jp/c
onstitution/shiryo/03/002_3/002_3tx.html#t001(검색일 : 2020.2.4.)

없도록 한다. 일파의 고루한 사람들의 몽상을 저지함에 있어 적절하다고 사료된다. 만일 군비 전폐된 오늘의 실상에 근거해 군에 관한 헌법상의 규정을 전폐하는 것으로 하면 오히려 앞서 언급한 것과 같은 몽상을 품는 자를 암암리에 발생하게 만들 우려 있을 뿐 아니라 국방군의 재치가 허용된 경우에 다시 헌법을 개정하여 이에 관한 규정을 마련하는 번잡함을 낳고 또 그 경우에 여러 논의를 야기하는 불리함 생길 것을 면치 못할 것이다. 여전히 일본국이 후일 국제연합에 가입을 허용받는 일 있다면 그 규약에 따라 의무를 이행하기 위해서도 군을 재치할 필요 있을 수 있다는 것도 고려하는 것이 요구된다.

⑨ 제국헌법개정안(1946.6.20. 중의원 제출)[9]

일본국민은 국회에서 정당하게 선출된 대표자를 통해 우리 자신과 자손을 위해 제 국민과의 사이에 평화적 협력을 성립시켜 일본국 전토에 걸쳐 자유로운 복지를 확보하고 정부의 행위로 인해 다시 전쟁의 참화가 발생하지 않도록 할 것을 결의하여, 여기에 국민의 총의가 지고한 것임을 선언하며 이 헌법을 확정한다. 본디 국정은 국민의 숭고한 신탁에 의한 것으로 그 권위는 국민에 유래하며 그 권력은 국민의 대표자가 행하고 그 이익은 국민이 받는 것으로 이는 인류 보편의 원리이고 이 헌법은 이 원리에 의거한 것이다. 우리는 이 헌법에 반한 일체의 법령과 조직을 폐지한다.

일본 국민은 늘 평화를 염원하고 인간 상호 관계를 지배하는 고원한 이상을 깊이 자각하는 것으로 우리의 안전과 생존을 다하여, 평화를 사랑하는 세계의 제 국민의 공정과 신의에 맡기고자 결의했다. 우리들은 평화를 유지하고 전제와 예종과 압박과 편협을 지상에서 영원히 불식하고자 힘쓰고 있는 국제사회의 대열에 서서, 명예 있는 지위를 점하고 싶은 것이다. 우리는 모든 나라의 국민이 동등하게

---

9) 帝国憲法改正案,1946.6.20., 国立国会図書館, https://www.ndl.go.jp/constitution/shiryo/04/117/117tx.html(검색일 : 2020.2.4.)

공포와 결핍에서 해방되고 평화리에 생존할 권리를 가짐을 확인한다.

우리는 어떤 국가도 자국에만 전념하여 타국을 무시해서는 아니되며, 정치도덕의 법칙은 보편적인 것으로 믿는다. 이 법칙에 따르는 것은 자국의 주권을 유지하고 타국과 대등한 관계에 서고자 하는 각국의 책무라 믿는다.

일본 국민은 국가의 명예를 걸고 전력을 다해 이 고원한 주의와 목적을 달성할 것을 서약한다.

제1장 천황

제1조 천황은 일본국의 상징이며 일본국민 통합의 상징으로 이 지위는 일본국민의 지고한 총의에 의거한다.

제2조 황위는 세습으로 국회가 의결한 황실전범이 정하는 바에 의하여 승계한다.

제3조 천황의 국무에 관한 모든 행위는 내각의 조언과 승인을 필요로 하며 내각이 그 책임을 진다.

제4조 천황은 이 헌법이 정하는 국무만을 수행하고 정치에 관한 권능을 지니지 않는다.

　2. 천황은 법률이 정하는 바에 의하여 그 권능을 위임할 수 있다.

제5조 황실전범이 정하는 바에 의하여 섭정을 둔 때에는 섭정은 천황의 이름으로 그 권능을 행사한다. 이 경우에는 앞 조 제1항의 규정을 준용한다.

제6조 천황은 국회의 지명에 의거해 내각총리대신을 임명한다.

제7조 천황은 내각의 조언과 승인에 의하여 국민을 위해 아래의 국무를 수행한다.

　1) 헌법개정, 법률, 정령 및 조약을 공포하는 것.

　2) 국회를 소집하는 것.

　3) 중의원을 해산하는 것.

　4) 국회의원의 총선거 시행을 공시하는 것.

　5) 국무대신 및 법률이 정하는 그 외 관리의 임면 및 전권위임장 및 대사 및 공리의 신임장을 인증하는 것.

　6) 대사면, 특별사면, 감형, 형 집행의 면제 및 복권을 인정하는 것.

　7) 영전을 수여하는 것

　8) 비준서 및 법률이 정하는 기타 외교문서를 인증하는 것.

　9) 외국의 대사 및 공사를 접수하는 것.

　10) 의식을 수행하는 것.

제9조 황실에 재산을 양도하고 또는 황실이 재산을 양도받고 혹은 사여(賜与)하
　　는 것은 국회 의결에 의거하여야 한다.

제2장 전쟁의 포기

제9조　나라의 주권이 발동한 전쟁과 무력에 의한 위협 또는 무력의 행사는 타국
　　과의 분쟁이 해결 수단으로서는 영구히 포기한다.
　　2. 육해공군과 기타 전력은 유지해서는 아니된다. 나라의 교전권은 인정하지
　　아니한다.

제3장 국민의 권리 및 의무

제10조 국민은 모든 기본적 인권의 향유를 방해받지 않는다. 이 헌법이 국민에게
　　보장하는 기본적 인권은 침해할 수 없는 영구한 권리로서 현재 및 장래의 국민
　　에게 부여된다.
제11조 이 헌법이 국민에게 보장하는 자유 및 권리는 국민의 부단한 노력을
　　통해 유지하여야 한다. 또, 국민은 남용해서는 아니되며 늘 공공의 복지를 위하
　　여 이용할 책임을 진다.
제12조 모든 국민은 개인으로서 존중된다. 생명, 자유 및 행복 추구에 대한 국민
　　의 권리에 관해서는 공공의 복지에 반하지 않는 한, 입법 기타 국정 상 최대의
　　존중을 요한다.
제13조 모든 국민은 법 아래 평등하고 인종, 신조, 성별, 사회적 신분 또는 문벌에
　　의하여 정치적, 경제적 또는 사회적 관계에서 차별을 받지 아니한다.
　　2. 화족 기타 귀족 제도는 인정하지 아니한다.
　　3. 영예, 훈장 기타 영전의 수여는 어떠한 특권도 수반하지 아니한다. 영전의
　　수여는 현재 지니고 있고 또는 장래에 받을 자 1대에 한하여 그 효력을 가진다.
　　4. 모든 공무원은 전체에 대한 봉사자로 일부에 대한 봉사자가 아니다.
　　모든 선거에서의 투표의 비밀은 침범해서는 아니된다. 선거인은 그 선택에
　　관하여 공적으로나 사적으로나 책임을 지지 아니한다.
제15조 누구든지 손해의 구제, 공무원의 파면, 법률, 명령 또는 규칙의 제정,
　　폐지 또는 개정 기타 사항에 관하여 평온하게 청원할 권리를 가지며 누구든지
　　이러한 청원을 했다는 이유로 어떠한 차별대우도 받지 아니한다.
제16조 누구든지 어떠한 노예적 구속도 받지 아니한다. 또 범죄로 인한 처벌의

경우를 제외하고는 그 뜻에 반한 고역에 처해지지 아니한다.

제17조 사상 및 양심의 자유는 침해해서는 아니된다.

제18조 신교의 자유는 누구에 대해서도 보장한다. 어떠한 종교단체도 국가로부터 특권을 받고 또는 정치상의 권력을 행사해서는 아니된다.

　2. 누구든지 종교상 행위, 축전, 의식 또는 행사에 참가할 것을 강제되지 아니한다.

　3. 나라 및 그 기관은 종교교육 그 외 어떠한 종교적 활동도 해서는 아니된다.

제19조 집회, 결사 및 언론, 출판 기타 일체의 표현의 자유는 보장한다.

　2. 검열은 해서는 아니된다. 통신의 비밀은 침해해서는 아니된다.

제20조 누구든지 공공의 복지에 반하지 않는 한, 주거, 이전 및 직업 선택의 자유를 가진다.

　2. 누구든지 외국에 이주하고 또는 국적을 이탈할 자유를 침해받지 아니한다.

제21조 학문의 자유는 보장한다.

제22조 혼인은 양성의 합의에만 의거하여 성립하고 부부가 동등한 권리를 지닌 것을 기본으로 하며 상호 협력에 의하여 유지되어야 한다.

배우자 선택, 재산권, 상속, 주거 선정, 이혼 및 혼인 및 가족에 관한 기타 사항에 관해서는 법률은 개인의 권위와 양성의 본질적 평등에 기초하여 제정되어야 한다.

제23조 법률은 모든 생활 방면에 관하여 사회의 복지, 생활의 보장 및 공중위생의 향상 및 증진을 위해 입안되어야 한다.

제24조 모든 국민은 법률이 정하는 바에 의하여 그 능력에 따라 동등하게 교육을 받을 권리를 가진다. 모든 국민은 그 보호하는 아동에게 초등교육을 받게 할 의무를 가진다. 초등교육은 무상으로 한다.

제25조 모든 국민은 노동의 권리를 가진다.

　2. 임금, 취업시간 기타 근로조건에 관한 기준은 법률로 정한다. 아동은 혹사해서는 아니된다.

제26조 근로자가 단결할 권리 및 단체교섭 기타 단체행동을 할 권리를 보장한다.

제27조 재산권을 침해해서는 아니된다.

　2. 재산권의 내용은 공공의 복지에 적합하도록 법률로 정한다.

　3. 사유재산은 정당한 보상 아래 공공을 위해 사용할 수 있다.

제28조 누구든지 법률이 정한 절차에 의하지 아니하고는 그 생명 혹은 자유를 빼앗기거나 기타 형벌이 가해질 수 없다.

제29조 누구든지 재판소에서 재판을 받을 권리를 빼앗기지 아니한다.

제30조 누구든지 현행범으로서 체포될 경우를 제외하고는 권한을 지닌 사법관헌이 발하고 또 이유가 된 범죄를 명시하는 영장에 의하지 아니하고는, 체포되지 아니한다.

제31조 누구든지 이유를 즉시 고지받고 또 즉시 변호인에게 의뢰할 권리를 부여받지 아니하고는 억류 또는 구금되지 아니한다. 또 누구든지 정당한 이유가 없으면 구금되지 않고 요구가 있으면 그 이유는 즉시 본인 및 그 변호인이 출석하는 공개 법정에서 제시되어야 한다.

제32조 누구든지 그 주거, 서류 및 소지품에 관하여 침입, 수색 및 압수를 받지 않을 권리는 앞 조의 경우를 제외하고는 정당한 이유에 의거하여 발생되며 또 수색할 장소 및 압수할 물건을 명시하는 영장이 없으면 침범되지 아니한다.

2. 수색 또는 압수는 권한을 지닌 사법관헌이 발하는 각별한 영장에 의해 행한다.

제33조 공무원에 의한 고문 및 잔학한 형벌은 절대 금한다.

제34조 모든 형사사건에서 피고인은 공평한 재판소의 신속한 공개재판을 받을 권리를 가진다.

2. 형사피고인은 모든 증인에 대하여 충분히 심문할 기회를 부여받고 또 공비로 자기를 위해 강제적 수속에 의하여 증인을 청구할 권리를 가진다.

3. 형사피고는 어떠한 경우에도 자격을 지닌 변호인을 의뢰할 수 있다. 피고인이 스스로 의뢰할 수 없을 때에는 국가가 선임한다.

제35조 누구든지 자기에게 불이익한 공술을 강요받지 아니한다.

2. 강제, 고문 또는 협박 아래서의 자백 또는 부당하게 오래 억류 또는 구금된 후의 자백은 증거로 삼을 수 없다.

3. 누구든지 자기에게 불이익한 유일한 증거가 본인의 자백인 경우에는 유죄가 되거나 이를 이유로 형벌이 가해지지 아니한다.

제36조 누구든지 실행할 때에 적법이었던 행위 또는 이미 무죄로 간주된 행위에 관해서는 형사상 책임을 지지 아니한다. 또 동일 범죄에 관하여 거듭 형사상의 책임을 지지 아니한다.

제4장 국회

제37조 국회는 국권의 최고기관이며 나라의 유일한 입법기관이다.

제38조 국회는 중의원 및 참의원의 양의원으로 구성한다.

제39조 양의원은 전국민을 대표하는 선출된 의원으로 조직한다.

양의원의 의원 정수는 법률로 정한다.

제40조 양의원의 의원 및 그 선거인의 자격은 법률로 정한다. 다만, 인종, 신조, 성별, 사회적 신분 또는 문벌에 의하여 차별해서는 아니된다.

제41조 중의원 의원의 임기는 4년으로 한다. 다만, 중의원 해산의 경우에는 그 기간 만료 전에 종료한다.

제42조 참의원 의원의 임기는 6년으로 하고 3년마다 의원의 반수를 개선(改選)한다.

제43조 선거구, 투표 방법 그 외 양의원 의원의 선거에 관한 사항은 법률로 정한다.

제44조 누구든지 동시에 양의원의 의원일 수는 없다.

제45조 양의원의 의원은 법률이 정하는 바에 의하여 국고에서 상당액의 세비를 받는다.

제46조 양의원의 의원은 법률이 정하는 경우를 제외하고는 국회 회기 중 체포되지 아니하고 회기 전에 체포된 의원은 해당 의원(議院)의 요구가 있으면 회기 중에 석방해야 한다.

제47조 양의원의 의원은 의원에서 행한 연설, 토론 또는 표결에 관하여 원외에서 책임을 지지 아니한다.

제48조 국회의 정기회는 매년 1회 소집한다.

제49조 내각은 국회의 임시회의 소집을 결정할 수 있다. 어느 한쪽 의원(議員) 총의원의 4분의 1 이상의 요구가 있으면 내각은 그 소집을 결정하여야 한다.

제50조 중의원이 해산된 때에는 해산의 날부터 40일 이내에 중의원 의원의 총선거를 실시하고 선거일로부터 30일 이내에 국회를 소집하여야 한다.

2. 중의원이 해산된 때에는 참의원은 동시에 폐회가 된다. 다만, 내각은 나라에 긴급한 필요가 있을 때에는 참의원의 긴급집회를 청구할 수 있다.

3. 앞의 항 단서의 긴급집회에서 채택된 조치는 임시 조치로 다음 국회 개회 후 10일 이내에 중의원의 동의가 없는 경우에는 그 효력을 잃는다.

제51조 양의원은 각각 그 의원의 선거 또는 자격에 관한 쟁송(爭訟)을 재판한다. 다만, 의원의 의석을 잃게 하기 위해서는 출석의원 3분의 2 이상의 다수에 의한 의결을 필요로 한다.

제52조 양의원은 각각 그 총의원의 3분의 1 이상의 출석이 없으면 의사를 열어

의결할 수 없다.

2. 양의원의 의사는 이 헌법에 특별한 규정이 있는 경우를 제외하고는 출석의원의 과반수로 정하고 가부 동수일 때에는 의장이 정하는 바에 의한다.

제53조 양의원의 회의는 공개로 한다. 다만, 출석의원의 3분의 2 이상의 다수로 의결한 때에는 비밀회를 열 수 있다.

2. 양의원은 각각 회의 기록을 보존하고 비밀회의 기록 중에서 특히 비밀이 필요하다고 인정되는 것 외에는 공표하고 또 일반에게 공포하여야 한다.

3. 출석의원 5분의 1 이상의 요구가 있으면 각 의원의 표결은 회의록에 기재하여야 한다.

제54조 양의원은 각각 그 의장 기타 간부를 선임한다.

2. 양의원은 각각 그 회의 기타 수속 및 내부 규율에 관한 규칙을 정하고 또 원내 질서를 벗어난 의원을 징벌할 수 있다. 다만, 의원을 제명하려면 출석의원의 3분의 2 이상의 다수에 의해 의결하도록 한다.

제55조 법률가는 이 헌법에 특별한 규정이 있는 경우를 제외하고는 양의원에서 가결했을 때 법률이 된다.

2. 중의원에서 가결하고 참의원에서 이와 다른 의결을 한 법률안은 중의원에서 출석의원의 3분의 2 이상의 다수로 재가결한 때에는 법률이 된다.

3. 참의원이 중의원 가결 법률안을 받은 후 국회 휴회 중 기간을 제외하고 60일 이내에 의결하지 아니한 때에는 중의원은 참의원이 그 법률안을 부결한 것으로 간주할 수 있다.

제56조 예산은 먼저 중의원에 제출하여야 한다.

2. 예산에 관하여 참의원에서 중의원과 다른 의결을 한 경우에 법률이 정하는 바에 의하여 양의원의 협의회를 열어도 의견이 일치하지 않을 때, 또는 참의원이 중의원의 가결한 예산을 받은 후 국회 휴회 중의 기간을 제외하고 40일 이내로 의결하지 않을 때는 중의원의 의결을 국회의 의결로 한다.

제57조 조약 체결에 필요한 국회의 승인에 관해서는 전조 제2항의 규정을 준용한다.

제58조 양의원은 각각 국무에 관한 조사를 실시하고 이에 관하여 증인의 출두 및 증언 및 기록의 제출을 요구할 수 있다.

제59조 내각총리대신 기타 국무대신은 양의원 중 하나에 의석을 지니는가 아닌가에 상관없이 언제든 의안에 관하여 발언하기 위해 의원에 출석할 수 있다.

또 답변 또는 설명을 위해 출석을 요구받은 때에는 출석하여야 한다.

제60조 국회는 파면의 소추를 받은 재판관을 재판하기 위해 양의원의 의원으로 조직하는 탄핵재판소를 설치한다.

2. 탄핵에 관한 사항은 법률로 정한다.

제5장 내각

제61조 행정권은 내각에 속한다.

제62조 내각은 법률로 정하는 바에 의하여 그 수장인 내각총리대신 기타 국무대신으로 조직한다.

2. 내각은 행정권의 행사에 관하여 국회에 대해 연대하여 책임을 진다.

제63조 내각총리대신 국회의 의결로 지명한다. 이 지명은 다른 모든 안건에 앞서 행한다.

2. 중의원과 참의원이 다른 지명(指名)의 의결을 한 경우에 법률이 정하는 바에 의하여 양의원의 협의회를 열어도 의견이 일치하지 않을 때, 또는 중의원이 지명의 의결을 한 후, 국회 휴회 중의 기간을 제외하고 20일 이내에 참의원이 지명의 의결을 하지 아니한 때에는 중의원의 의결을 국회의 의결로 한다.

제64조 내각총리대신 국회 승인을 얻어 국무대신을 임명한다. 이 승인에 관해서는 전조 제2항의 규정을 준용한다.

2. 내각총리대신은 임의로 국무대신을 파면할 수 있다.

제65조 내각은 중의원에서 불신임 의결안을 가결하거나 신임 의결안을 부결한 때에는 10일 이내에 중의원이 해산되지 않는 한, 총사직을 하도록 한다.

제66조 내각총리대신이 공석일 때 또는 중의원 의원 총선거 후에 처음으로 국회의 소집이 있은 때에는 내각은 총사직을 하여야 한다.

제67조 앞의 두 조의 경우에는 내각은 새로 내각총리대신이 임명되기까지 계속해서 그 직무를 수행한다.

제68조 내각총리대신은 내각을 대표해 의안을 국회에 제출하고 일반국무 및 외교관계에 관하여 국회에 보고하고 또 행정 각부를 지휘감독한다.

제69조 내각은 다른 일반행정사무 외에 다음의 사무를 수행한다.

1) 법률을 성실히 집행하고 국무를 총리하는 일.

2) 외교관계를 처리하는 일.

3) 조약을 체결할 것. 다만, 사전에, 시의(時宜)에 따라서는 사후에 국회의 승인

을 거치도록 하는 일.

4) 법률이 정한 기준에 따라 관리에 관한 사무를 관장하는 일.

5) 예산을 작성하여 국회에 제출하는 일.

6) 이 헌법 및 법률의 규정을 실시하기 위해 정령을 제정할 것. 다만 정령에는 특별히 그 법률의 위임이 있는 경우를 제외하고는 벌칙을 둘 수 없다.

7) 대사면, 특별사면, 감형, 형 집행의 면제 및 복권을 결정할 것.

제70조 법률 및 정령에는 모두 주임 국무대신이 서명하고, 내각총리대신이 연서할 것을 필요로 한다.

제71조 국무대신은 그 재임 중 내각총리대신의 동의가 없으면 소추되지 않는다. 다만, 이로 인해 소추의 권리는 침해되지 아니한다.

제6장 사법

제72조 모두 사법권은 최고재판소 및 법률에서 정하는 바에 의하여 설치하는 하급재판소에 속한다.

2. 특별재판소는 설치할 수 없다. 행정기관은 종심으로서 재판을 실시할 수 없다.

3. 모든 재판관은 그 양심에 따라 독립하여 그 직권을 행사하고, 이 헌법 및 법률에만 구속된다.

제73조 최고재판소는 소송에 관한 절차, 변호사, 재판소의 내부 규율 및 사법사무 처리에 관한 사항에 관하여 규칙을 정할 권한을 가진다.

2. 검찰관은 최고재판소가 정하는 규칙에 따라야 한다.

3. 대법원은 하급재판소에 관한 규칙을 정하는 권한을 하급재판소에 위임할 수 있다.

제74조 재판관은 재판에 의해 심신의 장애로 직무를 수행할 수 없다고 결정된 경우를 제외하고는 공공의 탄핵에 의하지 않으면 파면되지 않는다. 재판관의 징계 처분은 행정기관이 행할 수 없다.

제75조 최고재판소는 법률이 정하는 인원수의 재판관으로 구성하고, 재판관은 모두 내각에서 임명하여 법률이 정하는 연령에 달했을 때 퇴관한다.

2. 최고재판소의 재판관 임명은 그 임명 후 처음으로 실시되는 중의원 의원총선거 때 국민의 심사에 부치고, 그로부터 10년이 경과한 후 처음으로 실시되는 중의원의 원총선거 때에 다시 심사에 부치며 그 후에도 동일하다.

3. 앞의 항의 경우, 투표자의 다수가 재판관의 파면을 가능하다 여긴 때에는 그 재판관은 파면된다.

4. 심사에 관한 사항은 법률로 정한다.

5. 최고재판소 재판관은 모두 정기적으로 상당액의 보수를 받는다. 이 보수는 재임 중 감액할 수 없다.

제76조 하급재판소의 재판관은 최고재판소가 지명한 자의 명부에 의하여 내각에서 임명한다. 그 재판관은 임기를 10년으로 하고 연임될 수 있다. 다만, 법률이 정하는 연령에 달한 때에는 퇴관한다.

2. 하급법원 판사는 모두 정기적으로 상당액의 보수를 받는다. 이 보수는 재임 중 감액할 수 없다.

제77조 최고재판소는 종심재판소다.

2. 최고재판소는 일체의 법률, 명령, 규칙 또는 처분이 헌법에 적합한지 여부를 결정할 권한을 가진다.

제78조 재판의 대심 및 판결은 공개법정에서 행한다.

2. 재판소가 재판관 전원일치로 공공질서 또는 선량한 풍속을 해할 우려가 있다고 결정한 경우에는 대심은 공개하지 아니하고 할 수 있다. 다만, 정치범죄, 출판에 관한 범죄 또는 이 헌법 제3장에서 보장하는 국민의 권리가 문제가 된 사건의 대심은 늘 공개하여야 한다.

제7장 재정

제79조 국가의 재정을 처리할 권한은 국회 의결에 의거해 행사하여야 한다.

제80조 새롭게 조세를 부과하거나 현행의 조세를 변경하려면, 법률 또는 법률에서 정하는 조건에 따르도록 한다.

제81조 국비를 지출하거나 국가가 채무를 부담하기 위해서는 국회 의결에 의거하도록 한다.

제82조 내각은 매 회계연도의 예산을 작성하고 국회에 제출하여 그 심의를 받아 의결을 거치도록 한다.

제83조 예견하기 어려운 예산 부족에 충당하기 위해 국회 의결에 의거해 예비비를 마련하고 내각의 책임으로 지출할 수 있다.

2. 모두 예비비 지출에 관해서는 내각은 사후에 국회의 승낙을 얻어야 한다.

제84조 세습재산 이외의 황실의 재산은 모두 국가에 속한다. 황실 재산에서 발생

하는 수익은 모두 국고의 수입으로 하고, 법률이 정하는 황실의 지출은 예산에 계상하여 국회의 의결을 거쳐야 한다.

제85조 공금 기타 공적 재산은 종교상의 조직 또는 단체의 사용, 편익 또는 유지를 위해 또는 공공의 지배에 속하지 아니하는 자선, 교육 또는 박애 사업에 지출하거나 그 이용에 제공해서는 아니된다.

제86조 국가의 수입지출 결산은 모두 매년 회계검사원이 검사하고, 내각은 다음 연도에 그 검사보고와 함께 국회에 제출하여야 한다.

2. 회계검사원의 조직 및 권한은 법률로 정한다.

제87조 내각은 국회 및 국민에 대해 정기적으로 적어도 매년 1회 국가의 재정 상황에 관하여 보고하여야 한다.

제8장 지방자치

제88조 지방공공단체의 조직 및 운영에 관한 사항은 지방자치의 본래 취지에 의거하여 법률로 정한다.

제89조 지방공공단체에는 법률이 정하는 바에 의하여 그 의사기관으로서 의회를 설치한다.

2. 지방공공단체의 장, 그 의회의 의원 및 법률이 정하는 기타 관리는 그 지방공공단체의 주민이 직접 선거한다.

제90조 지방공공단체는 그 재산을 관리하고, 사무를 처리하며, 행정을 집행할 권한을 가지며, 법률의 범위 내에서 조례를 제정할 수 있다.

제91조 하나의 지방공공단체에만 적용되는 특별법은 법률이 정하는 바에 의하여 그 지방공공단체의 주민투표에서 그 과반수의 동의를 얻지 못하면 국회는 제정할 수 없다.

제9장 개정

제92조 이 헌법의 개정은 각 의원 총의원의 3분의 2 이상의 찬성으로, 국회가 발의하고 국민에게 제안하여 그 승인을 거쳐야 한다. 이 승인에는 특별한 국민투표 또는 국회가 정하는 선거 시 실시되는 투표에서 그 과반수의 찬성을 요한다.

2. 헌법개정에 관하여 앞의 항의 승인을 거친 때에는 천황은 국민의 이름으로, 이 헌법과 일체를 이루는 것으로서 즉시 공포한다.

제10장 최고법규

제93조 이 헌법이 일본 국민에게 보장하는 기본적 인권은 인류의 다년에 걸친 자유 획득 노력의 성과로, 이러한 권리는 과거 수많은 시련을 견디고 현재 및 장래의 국민에 대하여 침해할 수 없는 영구적 권리로서 신탁된 것이다.

제94조 이 헌법과 이에 의거하여 제정된 법률 및 조약은 국가의 최고법규로 삼고 해당 조규에 반한 법률, 명령, 조칙 및 국무에 관한 기타 행위의 전부 또는 일부는 그 효력을 갖지 않는다.

제95조 천황 또는 섭정 및 국무대신, 국회의원, 재판관 기타 공무원은 이 헌법을 존중하고 옹호할 의무를 진다.

제11장 보칙

제96조 이 헌법은 공포일부터 기산하여 6개월이 경과한 날부터 시행한다.

2. 이 헌법을 시행하기 위해 필요한 법률의 제정, 참의원 의원의 선거 및 국회소집 절차 및 이 헌법을 시행하기 위해 필요한 준비절차는 앞의 항의 기일 이전에 밟을 수 있다.

제97조 이 헌법 시행 당시 실제로 화족 기타 귀족의 지위에 있는 자에 관하여 그 지위는 생존 중에 한하여 인정한다. 다만, 앞으로 화족 기타 귀족이라는 이유로 어떠한 정치적 권력도 갖지 못한다.

제98조 이 헌법 시행 당시 참의원이 아직 성립하지 아니한 때에는 성립할 때까지 중의원은 국회로서의 권한을 행사한다.

제99조 이 헌법에 의한 제1기 참의원 의원 중 그 반수의 임기는 3년으로 한다. 그 의원은 법률이 정하는 바에 의하여 정한다.

제100조 이 헌법 시행 당시 현재 재직하는 국무대신, 중의원 의원 및 재판관 기타 공무원 중, 그 지위에 상응하는 지위가 이 헌법에서 인정된 자는 법률로 특별한 규정을 둔 경우를 제외하고는 이 헌법 시행 때문에 당연하게는 그 지위를 잃는 일은 없다. 다만, 이 헌법에 의하여 후임자가 선거 또는 임명된 때에는 당연히 그 지위를 잃는다.

⑩ 일본국헌법(1946.11.3.공포)[10]

일본 국민은 정당하게 선출된 국회의 대표자를 통하여 행동하고, 우리와 우리의 후손을 위해 모든 국민과의 협화를 통한 성과와 우리나라 전역에 걸쳐 자유가 가져오는 혜택을 확보하여, 정부의 행위로 인해 다시 전쟁의 참화가 일어나지 않도록 할 것을 결의하면서, 주권이 국민에게 있음을 여기에 선언하고 이 헌법을 확정한다. 본디 국정은 국민의 엄숙한 신탁에 의한 것으로, 그 권위는 국민에게서 유래하고 그 권력은 국민의 대표자가 행사하며 그 복리는 국민이 향유한다. 이는 인류 보편의 원리이며 이 헌법은 이러한 원리에 의거한 것이다. 우리는 이에 반하는 일체의 헌법, 법령 및 조직을 배제한다.

일본 국민은 항구적인 평화를 염원하고 인간 상호의 관계를 지배하는 숭고한 이상을 깊이 자각하여, 평화를 사랑하는 모든 국민의 공정과 신의를 신뢰하여 우리의 안전과 생존을 유지하고자 결의했다. 우리는 평화를 유지하고, 전제와 예종, 압박과 편협함을 지상에서 영원히 제거하고자 힘쓰는 국제사회에서 명예로운 지위를 점하고자 한다. 우리는 전 세계 국민이 동등하게 공포와 결핍에서 벗어나 평화리에 생존할 권리를 가짐을 확인한다.

우리는 어느 국가도 자국의 사안에만 전념하고 다른 나라를 무시해서는 안 되며, 정치 도덕의 법칙은 보편적인 것으로 이 법칙을 따르는 것은 자국의 주권을 유지하고 타국과 대등한 관계에 서고자 하는 각국의 책무라 믿는다.

일본 국민은 국가의 명예를 걸고 전력을 다해 이 숭고한 이상과 목적을 달성할 것을 다짐한다.

제1장 천황

[천황의 지위와 주권재민]

제1조 천황은 일본의 상징이자 일본 국민 통합의 상징으로, 이 지위는 주권이

---

10) 日本国憲法, 1946.11.3.(공포), 国立公文書館デジタルアーカイブ, https://www.digital.archives.go.jp/DAS/pickup/view/detail/detailArchives/0101000000/0000000003/00(검색일 : 2020.2.4.)

존재하는 일본 국민의 총의에 의거한다.

[황위의 세습]

제2조 황위는 세습제며 국회가 의결한 황실전범이 정하는 바에 의하여 승계한다.

[내각의 조언과 승인 및 책임]

제3조 국사에 관한 천황의 모든 행위에는 내각의 조언과 승인을 요하며 내각이 책임을 진다.

[천황의 권능과 권능 행사의 위임]

제4조 천황은 이 헌법이 정하는 국사에 관한 행위만을 하며, 국정에 관한 권능을 갖지 않는다.

2. 천황은 법률이 정하는 바에 의하여 그 국사에 관한 행위를 위임할 수 있다.

[섭정]

제5조 황실전범이 정하는 바에 의하여 섭정을 둔 때에는 섭정은 천황의 이름으로 그 국사에 관한 행위를 한다. 이 경우에는 전조 제1항의 규정을 준용한다.

[천황의 임명 행위]

제6조 천황은 국회의 지명에 의거해 내각총리대신을 임명한다.

2. 천황은 내각의 지명에 의거해 최고재판소의 장인 재판관을 임명한다.

[천황의 국사 행위]

제7조 천황은 내각의 조언과 승인에 의해 국민을 위하여 다음의 국사에 관한 행위를 한다.

1. 헌법개정, 법률, 정령 및 조약을 공포하는 일.

2. 국회를 소집하는 일.

3. 중의원을 해산하는 일

4. 국회의원의 총선거 시행을 공시하는 일.

5. 국무대신 및 법률이 정하는 기타 관리의 임면, 또 전권위임장과 대사 및 공사의 신임장을 인증하는 일.

6. 대사면, 특별사면, 감형, 형 집행 면제 및 복권을 인증하는 일.

7. 영전을 수여하는 일.

8. 비준서 및 법률이 정하는 기타 외교문서를 인증하는 일.

9. 외국의 대사 및 공사를 접수하는 일.

10. 의식을 수행하는 일.

[재산수수 제한]

제8조 황실에 재산을 양도하거나 황실이 재산을 양도받고 또는 사여(賜与)하는 것은 국회의 의결에 의거하여야 한다.

제2장 전쟁의 포기

〔전쟁 포기와 전력 및 교전권 부인〕

제9조 일본 국민은 정의와 질서를 기조로 하는 국제평화를 성실히 희구하며, 국권의 발동인 전쟁과 무력에 의한 위협 또는 무력행사는 국제분쟁을 해결하는 수단으로서는 영구히 포기한다.

2. 앞의 항의 목적을 달성하기 위해 육해공군 및 기타 전력은 보유하지 아니한다. 국가의 교전권은 인정하지 아니한다.

제3장 국민의 권리 및 의무

〔국민의 요건〕

제10조 일본 국민의 요건은 법률로 정한다.

〔기본적 인권〕

제11조 국민은 모든 기본적 인권의 향유를 방해받지 아니한다. 이 헌법이 국민에게 보장하는 기본적 인권은 침해할 수 없는 영구적인 권리로서 현재 및 미래의 국민에게 부여된다.

〔자유 및 권리의 유지 의무와 공공복지성〕

제12조 이 헌법이 국민에게 보장하는 자유 및 권리는 국민의 부단한 노력으로 유지하여야 한다. 또 국민은 남용해서는 아니되며, 항상 공공복지를 위해 이용할 책임을 진다.

〔개인의 존중과 공공복지〕

제13조 모두 국민은 개인으로서 존중받는다. 생명, 자유 및 행복 추구에 대한 국민의 권리에 관해서는 공공의 복지에 반하지 않는 한 입법 및 기타 국정상 최대의 존중을 요한다.

〔평등원칙, 귀족제도의 부인 및 영전의 한계〕

제14조 모두 국민은 법 아래에 평등하며, 인종, 신조, 성별, 사회적 신분 또는 문벌로 인해 정치적, 경제적 또는 사회적 관계에서 차별받지 않는다.

2. 화족 및 기타 귀족의 제도는 인정하지 않는다.

3. 영예, 훈장 기타 영전의 수여는 어떠한 특권도 수반하지 않는다. 영전의

수여는 현재 지니거나 앞으로 받을 자 1대에 한하여 효력을 가진다.

[공무원 선정 파면권, 공무원의 본질, 보통선거 보장 및 투표 비밀의 보장]

제15조 공무원을 선정하고, 또 파면하는 것은 국민 고유의 권리다.

  2. 모든 공무원은 전체에 대한 봉사자로 일부에 대한 봉사자가 아니다.

  3. 공무원의 선거에 관해서는 성년자에 의한 보통선거를 보장한다.

  4. 모든 선거에서의 투표의 비밀은 침범해서는 아니된다. 선거인은 그 선택에 관하여 공적으로나 사적으로나 책임을 지지 아니한다.

[청원권]

제16조 누구든지 손해의 구제, 공무원의 파면, 법률, 명령 또는 규칙의 제정, 폐지 또는 개정 기타 사항에 관하여 평온하게 청원할 권리를 지니며, 누구든지 관련된 청원을 했다는 이유로 어떠한 차별대우도 받지 아니한다.

[공무원의 불법행위로 인한 손해배상]

제17조 누구든지 공무원의 불법행위로 인해 손해를 입은 때에는 법률이 정하는 바에 의하여 국가 또는 공공단체에 그 배상을 요구할 수 있다.

[노예적 구속 및 고역의 금지]

제18조 누구든지 어떠한 노예적 구속도 받지 아니한다. 또, 범죄로 인한 처벌의 경우를 제외하고는 그 의사에 반하는 고역에 복역하게 할 수 없다.

[사상 및 양심의 자유]

제19조 사상 및 양심의 자유를 침해해서는 아니된다.

[신교의 자유]

제20조 신교의 자유는 누구에게나 보장한다. 어떤 종교단체도 국가로부터 특권을 받거나 또는 정치적 권력을 행사해서는 아니된다.

  2. 누구든지 종교상의 행위, 축전, 의식 또는 행사에 참가할 것을 강요받지 아니한다.

  3. 국가 및 기타 기관은 종교교육 및 기타 어떠한 종교적 활동도 해서는 아니된다.

[집회, 결사 및 표현의 자유와 통신비밀의 보호]

제21조 집회, 결사 및 언론, 출판 기타 일체의 표현의 자유를 보장한다.

  2. 검열을 해서는 아니된다. 통신의 비밀을 침범해서는 아니된다.

[거주, 이전, 직업선택, 외국 이주 및 국적이탈의 자유]

제22조 누구든지 공공의 복지에 반하지 않는 한 거주, 이전 및 직업선택의 자유를

가진다.

2. 누구든지 외국으로 이주하거나 국적을 이탈할 자유를 침해받지 아니한다.

〔학문의 자유〕

제23조 학문의 자유를 보장한다.

〔가족 관계에서 개인의 존엄과 양성의 평등〕

제24조 혼인은 양성의 합의에만 의거하여 성립하고, 부부가 동등한 권리를 지니는 것을 기본으로 하며 상호 협력에 의하여 유지돼야 한다.

2. 배우자 선택, 재산권, 상속, 주거 선정, 이혼 그리고 혼인 및 가족에 관한 기타 사항에 관해서는 법률은 개인의 존엄과 양성의 본질적 평등에 입각해 제정돼야 한다.

〔생존권 및 국민생활의 사회적 진보 향상에 힘쓰는 국가의 의무〕

제25조 모든 국민은 건강하고 문화적인 최저한도의 생활을 영위할 권리를 가진다.

2. 국가는 모든 생활 방면에 관하여 사회복지, 사회보장 및 공중위생의 향상 및 증진에 힘써야 한다.

〔교육을 받을 권리와 받게 할 의무〕

제26조 모든 국민은 법률이 정하는 바에 의하여 그 능력에 응하여 동등하게 교육을 받을 권리를 가진다.

2. 모든 국민은 법률이 정하는 바에 의하여 그 보호하는 자녀에게 보통교육을 받게 할 의무를 진다. 의무교육은 무상으로 한다.

〔근로의 권리와 의무, 근로조건 기준 및 아동 혹사의 금지〕

제27조 모든 국민은 근로의 권리를 가지며 의무를 진다.

2. 임금, 취업시간, 휴식 및 기타 근로조건에 관한 기준은 법률로 정한다.

3. 아동을 혹사해서는 아니된다.

〔근로자의 단결권 및 단체행동권〕

제28조 근로자의 단결할 권리 및 단체교섭, 그 밖의 단체행동을 할 권리를 보장한다.

〔재산권〕

제29조 재산권을 침해해서는 아니된다.

2. 재산권의 내용은 공공이 복지에 적합하도록 법률로 정한다.

3. 사유재산은 정당한 보상 하에 공공을 위해 사용할 수 있다.

〔납세의 의무〕

제30조 국민은 법률이 정하는 바에 의하여 납세의 의무를 진다.

[생명 및 자유의 보장과 과형의 제약]

제31조 누구든지 법률이 정하는 절차에 의하지 아니하고는, 그 생명 또는 자유를 빼앗기거나 기타 형벌을 부과받지 아니한다.

[재판받을 권리]

제32조 누구든지 재판소에서 재판을 받을 권리를 빼앗기지 아니한다.

[체포의 제약]

제33조 누구든지 현행범으로 체포되는 경우를 제외하고는 권한을 가진 사법관헌이 발하고, 또 이유가 된 범죄를 명시하는 영장에 의하지 아니하고는 체포되지 아니한다.

[억류 및 구금의 제약]

제34조 누구든지 이유를 즉시 통보받고, 또 즉시 변호인에게 의뢰할 권리를 부여받지 아니하고는, 억류 또는 구금되지 아니한다. 또 누구든지 정당한 이유가 없이는 구금되지 아니하며, 요구가 있으면 그 이유는 즉시 본인 및 그 변호인이 출석하는 공개법정에서 제시되어야 한다.

[침입, 수색 및 압수의 제약]

제35조 누구든지 주거, 서류 및 소지품에 대하여 침입, 수색 및 압수를 받지 않을 권리는 제33조의 경우를 제외하고는 정당한 이유에 의거하여 발생되거나 수색할 장소 및 압수할 물건을 명시하는 영장이 없으면 침해받지 아니한다.

2. 수색 또는 압수는 권한을 가진 사법 관헌이 발부한 각각의 영장에 의거하여 행한다.

[고문 및 잔학한 형벌의 금지]

제36조 공무원에 의한 고문 및 잔학한 형벌은 절대로 금한다.

[형사피고인의 권리]

제37조 모든 형사사건에서는 피고인은 공평한 재판소의 신속한 공개재판을 받을 권리를 가진다.

2. 형사피고인은 모든 증인에 대해 심문할 기회를 충분히 부여받고 또 공비로 자기를 위해 강제적 절차에 따라 증인을 요구할 권리를 가진다.

3. 형사피고인은 어떤 경우에도 자격을 갖춘 변호인을 의뢰할 수 있다. 피고인이 스스로 의뢰할 수 없는 때에는 국가가 붙인다.

[자백 강요의 금지와 자백 증거 능력의 한계]

제38조 누구든지 자기에게 불리한 진술을 강요받지 아니한다.

  2. 강제, 고문이나 협박에 의한 자백 또는 부당하게 오래 억류되거나 구금된 후의 자백은 증거로 삼을 수 없다.

  3. 누구든지 자기에게 불리한 유일한 증거가 본인의 자백인 경우는 유죄로 여겨지거나 형벌을 부과받지 아니한다.

〔소급처벌 이중처벌 등의 금지〕

제39조 누구든지 실행 시에 적법했던 행위 또는 이미 무죄가 된 행위에 관해서는 형사상의 책임을 지지 아니한다. 또, 동일한 범죄에 관하여 거듭해서 형사상의 책임을 지지 아니한다.

〔형사보상〕

제40조 누구든지 억류 또는 구금된 후 무죄의 재판을 받은 때에는 법률이 정하는 바에 의하여 국가에 그 보상을 청구할 수 있다.

제4장 국회

〔국회의 지위〕

제41조 국회는 국권의 최고기관이며 나라의 유일한 입법기관이다.

〔이원제〕

제42조 국회는 중의원 및 참의원의 양원으로 구성한다.

〔양 의원의 조직〕

제43조 양 의원은 전국민을 대표하는 선출된 의원으로 이를 조직한다.

  2 양 의원의 의원 정수는 법률로 정한다.

〔의원 및 선거인의 자격〕

제44조 양 의원의 의원 및 그 선거인의 자격은 법률로 이를 정한다. 다만, 인종, 신조, 성별, 사회적 신분, 문벌, 교육, 재산 또는 수입에 의하여 차별해서는 아니된다.

〔중의원 의원의 임기〕

제45조 중의원 의원의 임기는 4년으로 한다. 다만, 중의원 해산의 경우에는 그 기간 만료 전에 종료한다.

〔참의원 의원의 임기〕

제46조 참의원 의원의 임기는 6년으로 하고, 3년마다 의원의 반수를 개선(改選)한다.

〔의원의 선거〕

제47조 선거구, 투표의 방법 기타 양 의원의 의원 선거에 관한 사항은 법률로 이를 정한다.

〔양의원 의원 상호 겸직의 금지〕

제48조 누구든지 동시에 양 의원의 의원일 수 없다.

〔의원의 세비〕

제49조 양 의원의 의원은 법률이 정하는 바에 의하여 국고에서 상당액의 세비를 받는다.

〔의원의 불체포 특권〕

제50조 양 의원의 의원은 법률이 정하는 경우를 제외하고는 국회 회기 중 체포되지 아니하며, 회기 전에 체포된 의원은 의원(議院)의 요구가 있으면 회기 중 이를 석방하여야 한다.

〔의원의 발언 표결 무답책〕

제51조 양 의원의 의원은 의원에서 행한 연설, 토론 또는 표결에 대하여 원외에서 책임을 지지 아니한다.

〔정기회〕

제52조 국회의 정기회는 매년 1회 소집한다.

〔임시회〕

제53조 내각은 국회의 임시회 소집을 결정할 수 있다. 어느 하나의 의원 총의원의 4분의 1 이상의 요구가 있으면 내각은 소집을 결정하여야 한다.

〔총선서, 특별회 및 긴급집회〕

제54조 중의원이 해산된 때에는 해산일로부터 40일 이내에 중의원 의원의 총선거를 실시하고, 그 선거일로부터 30일 이내에 국회를 소집하여야 한다.

2. 중의원이 해산된 때에는 참의원은 동시에 폐회된다. 다만, 내각은 국가에 긴급한 필요가 있는 때에는 참의원의 긴급집회를 요구할 수 있다.

3. 앞의 항 단서의 긴급집회에서 취해진 조치는 임시적인 것으로, 다음 국회 개원 후 10일 이내에 중의원의 동의가 없는 경우에는 그 효력을 잃는다.

〔자격쟁송〕

제55조 양 의원은 각각 그 의원의 자격에 관한 쟁송을 재판한다. 다만, 의원의 의석을 잃게 하기 위해서는 출석의원 3분의 2 이상의 다수에 의한 의결을 필요로 한다.

〔의사 정족수와 과반수 의결〕

제56조 양 의원은 각각 그 총의원의 3분의 1 이상의 출석이 없으면 의사를 열어 의결할 수 없다.

2. 양 의원의 의사는 이 헌법에 특별한 정함이 있는 경우를 제외하고는 출석의원 과반수로 결정하고 가부 동수인 때에는 의장이 결정하는 바에 의한다.

〔회의의 공개와 회의록〕

제57조 양 의원의 회의는 공개로 한다. 다만, 출석의원의 3분의 2 이상의 다수로 의결한 때에는 비밀회를 열 수 있다.

2. 양 의원은 각각 그 회의의 기록을 보존하고, 비밀회의 기록 중 특히 비밀을 요한다고 인정되는 것 외에는 이를 공표하고, 일반에 배포하여야 한다.

3. 출석의원의 5분의 1 이상의 요구가 있으면 각 의원의 표결을 회의록에 기재하여야 한다.

〔임원의 선임 및 의원의 자율권〕

제58조 양 의원은 각각 그 의장 기타 임원을 선임한다.

2. 양 의원은 각각 그 회의 기타 절차 및 내부 규율에 관한 규칙을 정하고, 또 원내의 질서를 문란케 한 의원을 징벌할 수 있다. 다만, 의원을 제명하려면 출석의원 3분의 2 이상의 다수에 의한 의결을 요한다.

〔법률의 성립〕

제59조 법률안은 이 헌법에 특별한 정함이 있는 경우를 제외하고는 양의원에서 가결된 때에 법률이 된다.

2. 중의원에서 가결하고 참의원에서 이와 다른 의결을 한 법률안은 중의원에서 출석의원 3분의 2 이상의 다수로 재가결한 때에는 법률이 된다.

3. 제2항의 규정은 법률이 정하는 바에 의하여 중의원이 양 의원의 협의회를 열 것을 요구하는 것을 방해하지 아니한다.

4. 참의원이 중의원 가결 법률안을 받은 후, 국회 휴회 중의 기간을 제외하고 60일 이내에 의결하지 아니한 때에는, 중의원은 참의원이 그 법률안을 부결한 것으로 간주할 수 있다.

〔중의원 예산 선의권 및 예산 의결〕

제60조 예산은 먼저 중의원에 제출하여야 한다.

2. 예산에 관하여 참의원에서 중의원과 다른 의결을 한 경우, 법률이 정하는 바에 의하여 양 의원의 협의회를 열어도 의견이 일치하지 아니한 때, 또는

중의원이 가결된 예산을 참의원이 받은 후 국회 휴회 중인 기간을 제외하고 30일 이내에 의결하지 아니한 때에는 중의원의 의결을 국회의 의결로 한다.

〔조약 체결의 승인〕

제61조 조약 체결에 필요한 국회의 승인에 관해서는 제61조 제2항의 규정을 준용한다.

〔의원의 국정조사권〕

제62조 양 의원은 각각 국정에 관한 조사를 실시하고, 이에 관하여 증인의 출두 및 증언과 기록의 제출을 요구할 수 있다.

〔국무대신의 참석〕

제63조 내각총리대신 기타 국무대신은 양 의원 중 하나에 의석이 있는지 없는지 와 상관없이, 언제든지 의안에 관하여 발언하기 위하여 의원에 출석할 수 있다. 또한, 답변 또는 설명을 위하여 출석을 요구받은 때에는 출석하여야 한다.

〔탄핵재판소〕

제64조 국회는 파면의 소추를 받은 재판관을 재판하기 위하여 양 의원의 의원으로 조직하는 탄핵재판소를 설치한다.

2. 탄핵에 관한 사항은 법률로 정한다.

제5장 내각

〔행정권의 귀속〕

제65조 행정권은 내각에 속한다.

〔내각의 조직과 책임〕

제66조 내각은 법률이 정하는 바에 의하여 그 수장인 내각총리대신 기타 국무대 신으로 조직한다.

2. 내각총리대신 기타 국무대신은 문민이어야 한다.

3. 내각은 행정권 행사에 관하여 국회에 대하여 연대하여 책임을 진다.

〔내각총리대신의 지명〕

제67조 내각총리대신은 국회의원 중에서 국회의 의결로 지명한다. 이 지명은 다른 모든 안건에 앞서 실행한다.

2. 중의원과 참의원이 다른 지명의 의결을 한 경우에 법률이 정하는 바에 의하여 양 의원의 협의회를 열어도 의견이 일치하지 아니한 때, 또는 중의원이 지명의 의결을 한 후 국회 휴회 중인 기간을 제외하고 10일 이내에 참의원이

지명의 의결을 하지 아니한 때에는 중의원의 의결을 국회의 의결로 한다.

〔국무대신의 임면〕

제68조 내각총리대신은 국무대신을 임명한다. 다만, 그 과반수는 국회의원 중에서 선출되어야 한다.

  2. 내각총리대신은 임의로 국무대신을 파면할 수 있다.

〔불신임 결의와 해산 또는 총사퇴〕

제69조 내각은 중의원에서 불신임 결의안을 가결하거나 신임 결의안을 부결한 때에는 10일 이내에 중의원이 해산되지 아니하는 한 총사직을 하여야 한다.

〔내각총리대신의 결함 또는 총선거 시행에 따른 총사퇴〕

제70조 내각총리대신이 공석일 때 또는 중의원 의원 총선거 후에 처음으로 국회의 소집이 있는 때에는 내각은 총사직하여야 한다.

〔총사직 후의 직무속행〕

제71조 앞의 두 조항의 경우에는 내각은 새로 내각총리대신이 임명될 때까지 계속하여 그 직무를 수행한다.

〔내각총리대신의 직무권한〕

제72조 내각총리대신은 내각을 대표하여 의안을 국회에 제출하고, 일반국무 및 외교관계에 관하여 국회에 보고하며, 행정 각부를 지휘 감독한다.

〔내각의 직무권한〕

제73조 내각은 다른 일반 행정사무 외에 아래의 사무를 수행한다.

  1) 법률을 성실히 집행하고 국무를 총리하는 것.

  2) 외교관계를 처리하는 것.

  3) 조약을 체결하는 것. 다만, 사전에, 시의(時宜)에 따라서는 사후에 국회의 승인을 거치도록 한다.

  4) 법률이 정하는 기준에 따라 관리에 관한 사무를 관장하는 것

  5) 예산을 작성하여 국회에 제출하는 것.

  6) 이 헌법 및 법률의 규정을 실시하기 위하여 정령을 제정하는 것. 다만, 정령에는 특별히 그 법률의 위임이 있는 경우를 제외하고는 벌칙을 둘 수 없다.

  7) 대사면, 특별사면, 감형, 형 집행의 면제 및 복권을 결정하는 것.

〔법률 및 정령에 대한 서명과 연서〕

제74조 법률 및 정령에는 모든 주임 국무대신이 서명하고, 내각총리대신이 연서하도록 하여야 한다.

제75조 국무대신은 그 재임 중 내각총리대신의 동의가 없으면 소추되지 아니한다. 다만, 이로 인해 소추의 권리는 침해되지 아니한다.

제6장 사법

[사법권의 기관과 재판관의 직무상 독립]

제76조 모두 사법권은 최고재판소 및 법률이 정하는 바에 의하여 설치하는 하급재판소에 속한다.

2. 특별재판소는 설치할 수 없다. 행정기관은 종심으로서 재판을 실시할 수 없다.

3. 모든 재판관은 그 양심에 따라 독립하여 그 직권을 행사하고, 이 헌법 및 법률에만 구속된다.

[최고재판소의 규칙제정권]

제77조 최고재판소는 소송에 관한 절차, 변호사, 재판소의 내부규율 및 사법사무 처리에 관한 사항에 관하여 규칙을 정할 권한을 가진다.

2. 검찰관은 최고재판소가 정하는 규칙에 따라야 한다.

3. 최고재판소는 하급재판소에 관한 규칙을 정할 권한을 하급재판소에 위임할 수 있다.

[재판관의 신분 보장]

제78조 재판관은 재판에 의하여 심신의 장애로 직무를 수행할 수 없다고 결정된 경우를 제외하고는 공공의 탄핵에 의하지 아니하고는 파면되지 아니한다. 재판과의 징계 처분은 행정기관이 이를 행할 수 없다.

[최고재판소의 구성 및 재판관 임명의 국민심사]

제79조 최고재판소는 그 수장된 재판관 및 법률에서 정하는 인원수 기타 재판관으로 이를 구성하고, 그 수장된 재판관 이외의 재판관은 내각에서 임명한다.

2. 최고재판소의 재판관 임명은 그 임명 후 처음으로 실시되는 중의원 의원 총선거 때 국민의 심사에 부치고, 그 후 10년이 경과한 후 처음으로 실시되는 중의원 의원 총선거 시에 다시 심사에 부치며 그 후에도 동일하다.

3. 앞의 2항의 경우에, 투표자의 다수가 재판관의 파면을 가능하다고 한 때에는 그 재판관은 파면된다.

4. 심사에 관한 사항은 법률로 정한다.

5. 최고재판소의 재판관은 법률이 정하는 연령에 달한 때에 퇴관한다.

6. 최고재판소의 재판관은 모두 정기적으로 상당액의 보수를 받는다. 이 보수는 재임 중 감액할 수 없다.

〔하급재판소의 재판관〕

제80조 하급재판소의 재판관은 최고재판소가 지명한 자의 명부에 의하여 내각에서 이를 임명한다. 그 재판관은 임기를 10년으로 하고 재임될 수 있다.다만, 법률이 정하는 연령에 달한 때에는 퇴관한다.

2. 하급재판소의 재판관은 모두 정기적으로 상당액의 보수를 받는다. 이 보수는 재임 중 이를 감액할 수 없다.

〔최고재판소의 법령심사권〕

제81조 최고재판소는 일체의 법률, 명령, 규칙 또는 처분이 헌법에 적합한지 여부를 결정할 권한을 가진 종심재판소이다.

〔대심 및 판결의 공개〕

제82조 재판의 대심 및 판결은 공개법정에서 행한다.

2. 재판소가 재판관 전원일치로 공공질서 또는 선량한 풍속을 해할 우려가 있다고 결정한 경우에는 대심은 공개하지 아니하고 이를 행할 수 있다. 다만, 정치범죄, 출판에 관한 범죄 또는 이 헌법 제3장에서 보장하는 국민의 권리가 문제가 된 사건의 대심은 항상 이를 공개하여야 한다.

제7장 재정

〔재정처분의 요건〕

제83조 국가의 재정을 처리할 권한은 국회의 의결에 의하여 행사하여야 한다.

〔과세의 요건〕

제84조 새롭게 조세를 부과하거나 현행의 조세를 변경하기 위해서는 법률 또는 법률이 정하는 조건에 따르도록 한다.

〔국비지출 및 채무부담의 요건〕

제85조 국비를 지출하거나 국가가 채무를 부담하기 위해서는 국회의 의결에 따르도록 한다.

〔예산의 작성〕

제86조 내각은 매 회계연도의 예산을 작성하고, 국회에 제출하여 그 심의를 받아 의결을 거쳐야 한다.

〔예비비〕

제87조 예견하기 어려운 예산 부족에 충당하기 위하여 국회의 의결에 의하여 예비비를 마련하고 내각의 책임으로 지출할 수 있다.

2. 모든 예비비 지출에 관해서는 내각은 사후에 국회의 승낙을 얻어야 한다.

〔황실 재산 및 황실비용〕

제88조 모든 황실 재산은 국가에 속한다. 모두 황실의 비용은 예산에 계상해 국회의 의결을 거쳐야 한다.

〔공공재산의 용도제한〕

제89조 공금 및 그 밖의 공공재산은 종교상 조직 또는 단체의 사용, 편익 또는 유지를 위하여 또는 공공의 지배에 속하지 아니하는 자선, 교육 또는 박애 사업에 대하여 지출하거나 그 이용에 제공하여서는 아니된다.

〔회계검사〕

제90조 국가의 수입지출의 결산은 모두 매년 회계검사원이 검사하고, 내각은 다음 연도에 그 검사보고와 함께 국회에 제출하여야 한다.

2. 회계검사원의 조직 및 권한은 법률로 정한다.

〔재정상황의 보고〕

제91조 내각은 국회 및 국민에 대하여 정기적으로 적어도 매년 1회, 국가의 재정 상황에 관하여 보고하여야 한다.

제8장 지방자치

〔지방자치 취지의 확보〕

제92조 지방공공단체의 조직 및 운영에 관한 사항은 지방자치의 취지에 의하여 법률로 정한다.

〔지방공공단체 기관〕

제93조 지방공공단체에는 법률이 정하는 바에 의하여 의사기관으로서 의회를 설치한다.

2. 지방공공단체의 장, 그 의회의 의원 및 법률에서 정하는 기타 관리는 그 지방공공단체의 주민이 직접 선거한다.

〔지방공공단체의 권능〕

제94조 지방공공단체는 그 재산을 관리하고, 사무를 처리하며, 행정을 집행할 권한을 가지고, 법률의 범위 내에서 조례를 제정할 수 있다

[하나의 지방공공단체에만 적용되는 특별법]

제95조 하나의 지방공공단체에만 적용되는 특별법은 법률이 정하는 바에 의하여 그 지방공공단체의 주민투표에서 과반수의 동의를 얻지 아니하면 국회는 제정할 수 없다.

제9장 개정

[헌법개정의 발의, 국민투표 및 공포]

제96조 이 헌법의 개정은 각 의원 총의원의 3분의 2 이상의 찬성으로, 국회가 발의하고 국민에게 제안하여 그 승인을 거쳐야 한다. 이 승인에는 특별한 국민투표 또는 국회가 정하는 선거 시에 실시되는 투표에서 과반수의 찬성을 필요로 한다.

2. 헌법 개정에 관하여 앞의 항의 승인을 거친 때에는 천황은 국민의 이름으로, 이 헌법과 일체를 이루는 것으로서 즉시 이를 공포한다.

제10장 최고법규

[기본적 인권의 유래 특질]

제97조 이 헌법이 일본 국민에게 보장하는 기본적 인권은 인류의 다년간에 걸친 자유 획득 노력의 성과로, 이러한 권리는 과거 수많은 시련에 견디고 현재 및 장래의 국민에 대하여 침해할 수 없는 영구적 권리로서 신탁된 것이다.

[헌법의 최고성과 조약 및 국제법규의 준수]

제98조 이 헌법은 국가의 최고법규로서, 그 조규에 반하는 법률, 명령, 조칙 및 국무에 관한 기타 행위의 전부 또는 일부는 효력을 갖지 아니한다.

2. 일본국이 체결한 조약 및 확립된 국제법규는 이를 성실히 준수할 것을 요한다.

[헌법존중 옹호의 의무]

제99조 천황 또는 섭정 및 국무대신, 국회의원, 재판관 기타 공무원은 이 헌법을 존중하고 옹호할 의무를 진다.

제11장 보칙

[시행 기일과 시행 전 준비행위]

제100조 이 헌법은 공포일로부터 기산하여 6개월이 경과한 날부터 시행한다.

2. 이 헌법을 시행하기 위하여 필요한 법률의 제정, 참의원 의원의 선거 및

국회소집의 절차와 이 헌법을 시행하기 위하여 필요한 준비절차는 앞의 1항의 기일 이전에 밟을 수 있다.

[참의원 성립 전 국회]

제101조 이 헌법 시행 당시 참의원이 아직 성립하지 아니한 때에는 성립할 때까지 중의원은 국회로서의 권한을 행사한다.

[참의원 임기의 경과적 특례]

제102조 이 헌법에 의한 제1기 참의원 의원 중 그 반수는 임기를 3년으로 한다. 그 의원은 법률이 정하는 바에 의하여 이를 정한다.

[공무원의 지위에 관한 경과규정]

제103조 이 헌법 시행 당시 현재 재직하는 국무대신, 중의원 의원과 재판관 기타 공무원으로서, 그 지위에 상응하는 지위가 이 헌법에서 인정되는 자는 법률에서 특별한 규정을 한 경우를 제외하고는 이 헌법 시행을 위하여 당연히 그 지위를 잃지는 아니한다. 다만, 후임자가 선거 또는 임명된 때에는 이 헌법에 의하여 당연히 그 지위를 잃는다.

참고문헌

단행본

- 쑨거 / 윤여일 옮김, 『다케우치 요시미라는 물음』, 그린비, 2007.
- 芥川龍之介, 「舞踏会」, 『芥川龍之介作品集(3)』, 岩波書店, 1950.
- 浅野利三郎, 『文化の話』, 世界思潮研究会, 1922.
- 飛鳥井雅道, 『近代日本史(2) 鹿鳴館』, 岩波書店, 1992.
- _____, 『文明開化』, 岩波書店, 1985.
- 東秀紀, 『鹿鳴館の肖像』, 新人物往来社, 1996.
- イアン・ブルマ / 石井信(訳), 『戦争の記憶：日本人とドイツ人』, TBSブリタニカ, 1994.
- 家永三郎等(編), 『岩波講座日本歴史(15)：近代(2)』, 岩波書店, 1962.
- 石塚裕道・成田龍一, 『東京都の百年』, 山川出版社, 1986.
- 磯田光一, 『鹿鳴館の系譜』, 文藝春秋社, 1983.
- 井上清, 『条約改正：明治の民族問題』, 岩波書店, 1955.
- 井上章一, 『つくられた桂離宮神話』, 弘文堂, 1986.
- 岩崎允胤, 『日本近代思想史序説』, 新日本出版社, 2002.
- 薄田斬雲, 『通俗日本全史(19)：明治太平記(下)』, 早稲田大学出版部, 1913.
- 内田魯庵, 『おもひ出す人々』, 春陽堂, 1932.
- 江藤淳, 『江藤淳著作集(2)：作家論集』, 講談社, 1967.
- 海老井英次, 『開化・恋愛・東京：漱石・竜之介』, おうふう, 2001.
- 遠藤武(編), 『服飾近代史』, 雄山閣出版, 1970.
- 大熊信行, 『日本の虚妄』, 潮出版社, 1970.
- 小川為治, 『開化問答』, 丸屋善七, 1874～1975.
- 小木新造・陣内秀信・竹内誠・芳賀徹・前田愛・宮田登・吉原健一郎(編), 『江戸東京学事典』, 三省堂, 2003.
- 小熊英二, 『「民主」と「愛国」：戦後日本のナショナリズムと公共性』, 新曜社, 2002.
- 尾崎行雄, 『日本憲政史を語る(上)』, モナス, 1938.

- 華族会館(編), 『華族会館沿革略史』, 華族会館, 1925.
- 堅田剛, 『明治文化研究会と明治憲法：宮武外骨・尾佐竹猛・吉野作造』, お茶の水書房, 2008.
- 勝海舟, 『海舟全集 海舟日記其他(9)』, 改造社, 1929.
- 加藤典洋, 『戦後を戦後以後、考える：ノン・モラルからの出発とは何か』, 岩波ブックレットNO.452, 岩波書店, 1998.
- _____, 『もうすぐやってくる尊皇攘夷思想のために』, 幻戯書房, 2017.
- 加藤祐一, 『文明開化』初(上), 積玉圃, 1873.
- 仮名垣魯文, 『安愚楽鍋：牛店雑談(一名・奴論建. 初編)』, 1872.
- 加部厳夫, 『交際必携婦女のかざし』, 江島伊兵衛, 1887.
- 岸田國士, 『生活と文化』, 青山出版社, 1941.
- 北垣恭次郎, 『大国史美談(7)』, 実業之日本社, 1943.
- 黒田勝弘・畑好秀編, 『天皇語録』, 講談社, 1986.
- 桑原武夫, 『日本の眼・外国の眼：桑原武夫対話集』, 中央公論社, 1972.
- 木村毅, 『文明改化：青年日本の演じた悲喜劇』, 至文堂, 1954.
- 久野明子, 『鹿鳴館の貴婦人 大山捨松：日本初の女子留学生』, 中央公論社, 1993.
- 高山岩男, 『文化国家の理念』, 秋田屋, 1946.
- 竜居松之助, 『日本女性史』, 章華社, 1933.
- 小島徳弥, 『明治大正政治と時代思想』, 教文社, 1926.
- 近藤富枝, 『鹿鳴館貴婦人考』, 講談社, 1983.
- 近藤富枝, 『日本の名随筆(74) 客』, 作品社, 1988.
- 酒井忠康, 『開化の浮世絵師 清親』, せりか書房, 1978.
- 酒井忠康・杉村浩哉・小村崎拓男(編), 『明治日本を生きたフランス人画家：ジョルジュ・ビゴー展』, 読売新聞社, 1987.
- 篠原助市, 『民主主義と教育の精神』, 宝文館, 1947.
- 清水勲(編), 『小林清親 風刺漫画』, 岩崎美術社, 1982.
- _____(編), 『続ビゴー日本素描集』, 岩波文庫, 1992.
- _____(編), 『ビゴーが描いた明治の女たち』, マール社, 1997.
- _____(編), 『近代日本漫画百選』, 岩波書店, 1997.
- 清水勲(編), 『ビゴーが見た日本人』, 講談社, 2001.
- _____(編), 『ビゴーを読む：明治レアリスム版画200点の世界』, 臨川書店, 2014

- 清水安次(編), 『舞踏会: 開化期・現代物の世界(4)』, 翰林書房, 1999.
- 杉山光信(編), 『日高六郎セレクション』, 岩波書店, 2011.
- 須崎愼一, 『日本ファシズムとその時代：天皇制・軍部・戦争・民衆』, 大月書店, 1998.
- 鈴木孝一(編), 『ニュースで追う明治日本発掘(3)』, 河出書房新社, 1994.
- 鈴木貞美, 『「近代の超克」：その戦前・戦中・戦後』, 作品社, 2015.
- 反町茂雄, 『蒐書家・業界・業界人』, 八木書店, 1984.
- 竜居松之助, 『日本女性史』, 章華社, 1933.
- 竹内好(主著), 『状況的：竹内好対談集』, 合同出版, 1970.
- _____, 『竹内好全集(7)(8)(9)』, 筑摩書房, 1980～1981.
- 田邊龍子, 『藪の鶯』, 金港堂, 1888.
- 島内登志衛(編), 『谷干城遺稿(下)』, 靖献社, 1912.
- 『中学生の社会科：日本の歩みと世界. 歴史』, 日本文教出版, 1996.
- 帝国ホテル(編), 『帝国ホテル百年史』, 1990.
- 寺島柾史, 『鹿鳴館時代(前編)』, 萬里閣書房, 1929.
- _____, 『人情祕録 維新以後：黒船より鹿鳴館時代まで』, 日本公論社, 1935.
- _____, 『維新の処女地』, 読切講談社, 1940.
- 富田仁, 『鹿鳴館：擬西洋化の世界』, 白水社, 1984.
- 中野正剛, 『明治民権史論』, 有倫堂, 1913.
- 中村徳五郎, 『伝説 面白い日本歴史のお話：明治・大正の巻』, 石塚松雲堂, 1922.
- 西龜正夫, 『少年国史文庫(11) 明治時代』, 厚生閣書店, 1936.
- 〈日本國米利堅合衆國修好通商條約〉, 『舊條約彙纂』第1巻第1部, 外務省條約局, 1936.
- 日本太平洋問題調査会(訳編), 『アジアの民族主義：ラクノウ会議の成果と課題』, 日本太平洋問題調査会訳編, 岩波書店, 1951, p.179.
- 畠山けんじ, 『鹿鳴館を創った男』, 河出書房, 1998.
- 服部之総, 『現代史講座(3)：世界史と日本』, 創文社, 1953.
- ハリー・ハルトゥーニアン / カツヒコ・マリアノ・エンドウ(編・監訳), 『歴史と記憶の抗争：「戦後日本」の現在』, みすず書房, 2010.
- 火野葦平, 『昭和鹿鳴館』, 比良書房, 1950.
- 日高六郎 『近代主義』, 筑摩書房, 1964.

- ピエール・ロティ/村上菊一郎・吉永清(訳),「江戸の舞踏会」,『秋の日本』, 青磁社, 1942.
- _____, /村上菊一郎・吉永清(訳),「江戸の舞踏会」,『秋の日本』, 角川書店, 1953.
- ピエール・ロティ/飯田旗郎(訳),『陸眼八目』, 春陽堂, 1895.
- ピエール・ロティ/船岡末利(編訳), 『ロチのニッポン日記：お菊さんとの奇妙な生活』, 有隣堂, 1979.
- 福沢諭吉,『文明論之概略』, 岩波書店, 1931.
- _____,『西洋事情外篇 巻之1』, 慶応義塾出版局, 1872.
- 藤森照信,『明治の東京計画』, 岩波書店, 1982.
- 堀幸雄,『最新右翼辞典』, 柏書房, 2006.
- 松村正義,『国際交流史：近現代の日本』, 地人館, 1996.
- 松本健一,『竹内好「日本のアジア主義」精読』, 岩波書店, 2000.
- マリウス・B・ジャンセン(編) / 細谷千博縞(訳),『日本における近代化の問題』, 岩波書店, 1968.
- 丸山真男,『増補版 現代政治の思想と行動』, 未来社, 1969.
- _____,「日本の思想」,『丸山真男集(7)』, 岩波書店, 1996.
- 三島由紀夫,『鹿鳴館』, 新潮社, 1986.
- 満井佐吉,『創造の女性』, 修文社, 1926.
- _____,『神々のいぶき』, 青山書院, 1944.
- 宮武外骨,『文明開化(1) 新聞篇』, 半狂堂, 1925.
- 宮本百合子,『文学の進路』, 高山書院, 1941.
- 明治文化研究会(編),『明治文化全集(24)：文明開化篇』, 日本評論社, 1967.
- 山極真衛,『新学校教育学序説』, 三省堂, 1948.
- 山口又市郎,『開化自慢』, 山口又市郎, 1874.
- 山田宗睦,『危険な思想家：戦後民主主義を否定する人びと』, 光文社, 1965.
- 山田風太郎,『エドの舞踏会』, 文藝春秋, 1986.
- 横河秋濤,『開化乃入口(上)』, 松村文海堂, 1874.
- 横浜市(編),『横浜市史：資料編(17)』, 図書印刷株式会社, 1977.
- 読売新聞戦後史班(編),『昭和戦後史：教育のあゆみ』, 読売新聞社, 1982.
- Davis, F. *Yearning for Yesterday : A Sociology of Nostalgia*. New York:

The Free Press, 1979.

- F.デーヴィス / 間場寿一・荻野美穂・細辻恵子(訳), 『ノスタルジアの社会学』, 世界思想社, 1990.

논문

- 김인수, 「한국의 초기 사회학과 '아연회의'(1965) : 사회조사 지식의 의미를 중심으로」, 『사이間SAI』, 2017.
- 배관문, 「일본 전통예능으로서의 노(能)의 발견」, 『동아시아문화연구』, 2015.5.
- 윤상현, 「히노 아시헤(火野葦平) 「라쇼몬(羅生門)」에 나타난 상계 : 1940년 '라쇼몬 세계'의 시대적 의미를 중심으로」, 『제국문학』, 1915.11.
- 이경희, 「포스트점령기의 일본, '착한 민주주의'로의 이행 : 1960년대 미제 '근대화'론의 냉전 지형(知形)」, 『아시아문화연구』, 2019.4.30.
- 青木章浩, 「風刺画を活用した中学校歴史の授業構成 : ビゴーの『トバエ』を手がかりに」, 『社会系湘教育学研究』18, 社会系教科教育学会, 2006.
- 戒田郁夫, 「「近代化」論と日本の近代化」, 『関西大学経済論集』, 1966.9.
- 伊藤久子, 「(開港140周年・条約改正100周年記念)不平等条約の改正 : 国家ノ最大急務ナリ」, 『開講のひろば』, 横浜開港資料館, 1999.8.4.
- 大西忠雄, 「芥川龍之介作『舞踏会』考証 : ピエル・ロティ作『江戸の舞踏会』(Un Bal a Yeddo)との比較」, 『天理大学学報』4(3), 天理大学, 1953.3.
- 岡本泰, 「歴史教育教材としての風刺画の研究 : 主題を読み解く視点を中心に」, 『上越社会研究』22, 上越教育大学社会科教育学会, 2007.
- 垣内健, 「日本研究と近代化論 : 「近代日本研究会議」を中心に」, 『比較社会文化研究』, 2010.
- 加藤周一, 「焼跡の美学」, 『世界』, 1946.4.
- カバ メレキ, 「ピエール・ロチ『お菊さん』のジャポニスム : 一八八七年フランス語版挿絵における日本女性を考える」, 『文学研究論集』26, 2008.1.
- 河東義之, 「講義録 コンドルと邸宅建築 : 生活文化史を視野に入れて」, 『学苑』, 2009.9.
- 嵯峨景子, 「流行作家「内藤千代子」の出現と受容にみる明治末期女性表現の新たな可能性」, 『情報文化学会誌』, 情報文化学会, 2011.12.

- 清水勲, 「G・ビゴーと中江兆民との接点：磁極風刺雑誌『トバエ』考」, 『歴史と地理』, 出川出版社, 1991.3.
- ジョン・W・ホール／金井圓・森岡清美訳, 「日本の近代化：概念規定の諸問題」, 『思想』, 1961.1.
- _____, 「近代日本評価の態度」, 『中央公論』, 1969.1.
- 鈴木洋仁, 「『明治百年』に見る歴史意識：桑原武夫と竹内好を題材に」, 『人文学報』, 2014.6.
- 竹内好, 「近代主義と民族の問題」, 『文学』19, 1951.9.
- _____, 「憲法と道徳」, 『世界』, 1952.5.
- _____, 「明治維新百年祭・感想と提案」, 『思想の科学』, 1961.11.
- _____, 「学者の責任について」, 『展望』, 1966.6.
- 田辺愛理, 「小林清親『東京名所図』研究」, 『哲学会誌』25, 2001.5.
- 遠山茂樹, 「明治維新研究の社会的責任」, 『展望』, 1965.12
- 鳥海基樹・西村幸夫, 「明治中期における近代建築保存の萌芽：『我国戦前における近代建築保存概念の変遷に関する基礎的研究』(1)」, 『日本建築学会副画系論文集』492, 1997.2.
- 富田仁, 「わたしの『鹿鳴館物語』」, 『文藝論叢』20, 文教大学女子短期大学部文芸科, 1984.
- 道家真平, 「『明治百年祭』と『近代化論』」, 『アジア遊学 〈特集〉「近世化」論と日本：『東アジア』の捉え方をめぐって』, 2015.6.
- 中野好夫, 「もはや『戦後』ではない」, 『文藝春秋』, 1956.2.
- 中村美帆, 「戦後日本『文化国家』概念の特徴：歴史的展開をふまえて」, 『文化政策研究』7, 日本文化政策学会, 2013.
- 林正子, 「〈共同研究報告〉『太陽』における金子筑水の〈新理想主義〉：ドイツ思想・文化受容と近代日本精神論」, 『日本研究』19, 国際日本文化研究センター紀要, 1999.6.
- _____, 「〈文明開化〉から〈文化主義〉まで：明治・大正期〈文明評論〉の諸相」, 『岐阜大学国語国文学』, 201.3.
- 原田敬一, 「戦争を伝えた人びと：日清戦争と錦絵をめぐって」, 『文学部論集』84, 2000.3.
- 原秀成, 「大正デモクラシーと明治文化研究会：日本国憲法をうんだ言論の力」,

『日本研究』, 国際日本文化研究センサー紀要, 2000.3.

- 平石善司, 「文化国家と教育：フィヒテ『獨逸國民に告ぐ』について」,『基督教研究』, 1946.
- 広川禎秀, 「戦後初期における恒藤恭の文化国家・文化都市論」,『都市文化研究』2, 大阪市立大学大学院文学研究科都市文化研究センター, 2003.9.
- 前田角蔵, 「日中戦争期の火野葦平(上)：兵隊三部作を中心として」,『日本文学』, 1983.1.
- 前野みち子・香川由紀子, 「西欧女性の手仕事モラルと明治日本におけるその受容」,『言語文化論集』, 2007.11.
- 増田弘, 「公職追放令の終結と追放解除(1)：1947年～1952年」,『法學研究』, 1997.
- マリウス・B・ジャンセン, 「「近代化」論と東アジア：アメリカの学会の場合」,『思想』, 1978.4.
- 丸山真男, 「民主主義の名におけるファシズム：危機の政治学」,『世界』, 1953.1.
- 宮下祥子, 「日高六郎研究序説：『社会心理学』に根ざす戦後啓蒙の思想」,『社会科学』48(4), 2019.2.
- 村山茂代, 「帝国ホテルの舞踏会(1891-1926)」,『日本女子体育大学紀要』 36, 2006.3.
- 「明治文化研究会に就いて」,『新旧時代』, 創刊号, 1925.2.
- 森戸辰男, 「文化国家論」,『中央公論』, 1946.4.
- ライシャワー, 「日本歴史の特異性」,『朝日ジャーナル』, 1964.9.6.
- 歴史学研究会(編),「特集〈明治百年祭〉批判：現代ファシズムの批判と運動」,『歴史学研究』, 1967.11.
- 和田春樹, 「現代的「近代化」論の思想と論理」,『歴史学研究』, 歴史学研究会編, 1966.11.
- Havlena, William J. & Susan L. Holak, Exploring Nostalgia Imagery through the Use of Consumer Collages, *Advances in Consumer Research*, 23, 1996.
- Holak, Susan L. & William J. Havlena, Nostalgia: An Exploratory Study of Themes and Emotions in the Nostalgic Experience, *Advances in Consumer Research*, 19, 1992, p.330.
- Ian Phau, Vanessa Quintal, Chris Marchegiani, Sean Lee, examining

personal and historical nostalgia as travel motives, *Tourism and Hospitality Research* 10(3), 2016, p.5.

- Xue, H., & Almeida, P. C. Nostalgia and Its Value to Design Strategy: Some Fundamental Considerations. Paper presented at the Proceedings of the Tsinghua-DMI International Design Management Symposium, Hong Kong., 2011.

신문

- 「亞細亞에 있어서 近代化問題」, 『동아일보』, 1965.6.15.
- 「右翼化あおる恐れ 明治百年事業で報告」, 『朝日新聞』, 1967.4.20.
- 江藤淳, 「困る過去のタナ上げ」, 『朝日新聞』, 1965.4.19.
- 奥平武彦, 「施政三十年·回顧と展望(5) 新しき政治的使命」, 『京城日報』, 1940.9.29.
- 小田実, 「過去の真実がわかる」, 『朝日新聞』, 1965.4.20.
- 加藤周一, 「あと戻りはできない: 戦後は明治変革の徹底」, 『朝日新聞』, 1965.4.22.
- 「外国人との社交場、井上馨が演説」, 『東京日日新聞』』, 1883.12.1.
- 「銀座音頭『東京のうた』また一つ / 消えた都電、歌い込む/ 商店街『明治百年』へ張り切る」, 『朝日新聞』, 1968.1.10.
- 桑原武夫, 「明治の再評価：独立への意志と近代化への意欲」, 『朝日新聞』, 1956.1.1.
- 「憲法改正試案に対する疑義」, 『毎日新聞』, 1946.2.1.
- 「"新憲法二十年"無視の明治百年祭に反対」, 『朝日新聞』, 1966.6.13.
- 「首相官邸で珍妙な仮装舞踏会」, 『やまと新聞』, 1887.4.22.
- 『女学雑誌』1~67, 1885.7.2.~1887.7.16.
- 「清雅鮮麗、レンガ造り二階建て」, 『時事新報』, 1883.11.30.
- 竹山道雄「進歩主義の信仰査問：歴史は8月15日に始るのか」, 『朝日新聞』, 1965.4.5.
- 竹内好, 「『民族的なもの』と思想：六〇年代の課題と私の希望」, 『週刊読書人』, 1960.2.15.

- 竹内好,「明治ブームに思う」,『東京新聞』, 1965.5.17,18.
- 谷口吉郎,「明治の哀惜」,『東京日日新聞』, 1940.11.8.
- 「男女交際にダンスとは……」,『朝野新聞』, 1888.10.29.
- 「ダンスの練習をする高官たち」,『時事新報』, 1884.10.28.
- 「天長節のパーティー」,『東京日日新聞』, 1884.11.5.
- 遠山茂樹,「国際会議の難しさ(上)」,『毎日新聞』, 1960.9.8.
- _____,「民族の真の要求を無視」,『朝日新聞』, 1965.4.5.
- 『トバエ』1~70, 1887.2.~1890.1.
- 野間宏,「平和の土壌の上に展開:新原理と方法の戦後社会」,『朝日新聞』, 1965. 4.6.
- 「馬鹿踊りとからかう」,『朝野新聞』, 1884.11.1.
- 「舞踏教師ヤンソン、ダンスの効用を語る」,『時事新報』, 1885.7.1.
- 林健太郎「継承・発展が歴史の実相:誤った問題提起」,『朝日新聞』, 1965.4.7.
- 林房雄,「精神の支柱こそ必要:両者に本質的差はない」,『朝日新聞』, 1965.4.21.
- 「文化政策への新出発」,『大阪毎日新聞』, 1940.10.22.
- 『団団珍聞』1~1654, 1877.3.24.~1907.7.27.
- 三島由紀夫,「『鹿鳴館』について」,『毎日新聞(大阪)』, 1956.12.4.
- 「六つの起算資料「明治百年」はいつか」,『朝日新聞』, 1966.3.16.
- 「「明治百年祭」に反対:日本史研究会が決議文」,『朝日新聞』, 1967.11.20.
- 「鹿鳴館開館式」,『東京日日新聞』, 1883.11.29.
- 「鹿鳴館拂下 欧化心醉の夢 今や漸く醒む」,『東京日日新聞』, 1889.6.27.
- ロナルド・ドア,「国際会議の難しさ(下)」,『毎日新聞』, 1960.9.10.
- 「若い人も踊ったら、とイギリス人」,『郵便報知新聞』, 1885.7.12.

대담·좌담회 등

- 〈対談〉エドウィン.O.ライシャワー・中山伊知郎,「日本近代化の再評価」,『中央公論』, 1961.9.
- 〈対談〉エドウィン.O.ライシャワー・江藤淳,「近代化と日本」,『潮』, 1965.2.
- 〈討議〉桑原武夫・羽二五郎・竹内好・松島栄一,「明治維新の再評価(第1回) 明治維新の意味: 九十五年目の今日を生きている課題」,『中央公論』, 1962.1.

- 〈대담〉桑原武夫・竹内好, 「日本の近代百年」, 『共同通信』, 1965.1.

영상자료

- 〈영화〉『安城家の舞踏会』, 松竹, 吉村公三郎監督, 1947.

인터넷

- 東浩紀, 「戦後か明治かの選択こそが、ぼくたちを無力にしている」, 『AERA』, 20 18.1.15.(https://dot.asahi.com/aera/2018011000054.html)
- 井上章一, 「明治150年 近代から現在を読む(11) 鹿鳴館 西洋化アピールの『付録』」, 『毎日新聞』, 2017.8.24., (https://mainichi.jp/articles/20170824/dde/014/04 0/033000c)
- 教育基本法(前文), 文部科学省ホームページ, https://www.mext.go.jp/b_men u/kihon/about/004/a004_00.htm
- 久保隆, 「読者に対して開かれた思想雑誌：リベラルな表現者たちの卓見が読める」, 『読書新聞』, 2009.4.4, http://www.toshoshimbun.com/books_newspap er/week_description.php?shinbunno=2912&syosekino=1543
- 島薗進, 〈論座〉「神聖天皇から象徴天皇へ：なお続く課題」, 『朝日新聞』, 2019.4. 28, https://webronza.asahi.com/journalism/articles/2019042500004.htm l?page=2
- 衆議院ホームページ, http://www.shugiin.go.jp/internet/itdb_kenpou.nsf/ html/kenpou/seikengikai.htm
- 「昭和天皇の『玉音放送』原文と現代語訳」, 『朝日新聞』, 2015.8.14., https://w ww.asahi.com/articles/ASH8F15GFH8DUTIL053.html
- 新日本建設ノ教育方針, 1945.9.15, 文部科学省, https://www.mext.go.jp/b_m enu/hakusho/html/others/detail/1317991.htm
- 新日本建設ニ関スル詔書, 『官報』号外, 1946.1.1, 国立国会図書館, https://ww w.ndl.go.jp/constitution/shiryo/03/056/056tx.html
- 武内善信, 「条約改正反対意見秘密出版書について：南方熊楠所蔵本を中心に」, 『熊楠研究』(2), 2000.2.(인터넷 공개판), http://www.aikis.or.jp/~kumagus

u/articles/takeuchi_k2.html.

* 第一回国会開会式における勅語, 内閣府ホームページ, https://www.ndl.go.jp/
constitution/shiryo/05/143/143tx.html

* 日本学術会議法(前文), e-GOV, https://elaws.e-gov.go.jp/search/elawsSea
rch/elaws_search/lsg0500/detail?lawId=323AC0000000121

* 〈日本国憲法の誕生〉, 国立国会図書館, https://www.ndl.go.jp/constitution/i
ndex.html

* 〈年次経済報告〉, 経済企画庁, 1956, https://www5.cao.go.jp/keizai3/keizai
wp/wp-je56/wp-je56-010501.html

* 〈在横浜佛人経営狂画雑誌発行停止ノ件〉, アジア歴史資料センター, https://ww
w.jacar.archives.go.jp/aj/meta/MetSearch.cgi

* 三谷太一郎・御厨貴, 〈対談〉「明治150年 近代から現在を読む(1) どんな時代だっ
たのか」(2016.10.13.),https://mainichi.jp/articles/20161013/dde/014/040/0
04000c

* 「『明治礼賛』でいいのか 政府は来年『150年記念事業』を大々的に計画」, 『毎日新
聞』, 2017.2.10, https://mainichi.jp/articles/20170824/dde/014/040/033000c

찾아보기

주요사항

ㄱ

ㄴ

이경희

상명대학교 일어일문학과 졸업. 도쿄대학대학원 총합문화연구과(비교문학·비교문화코스) 학술박사. 일본근현대문학·문화 전공. 현재 한국체육대학교 강사로 재직. 주요 논저로『전후의 탈각과 민주주의의 탈주』(공저, 2020), 「포스트점령기의 일본, '착한 민주주의'로의 이행」(2019), 『일본 표상의 지정학』(번역, 2014) 등이 있음.

로쿠메이칸, 기억이 춤추는 서사

2020년 8월 28일 초판 1쇄 펴냄

지은이 이경희
발행인 김흥국
발행처 보고사

책임편집 황효은
표지디자인 손정자

등록 1990년 12월 13일 제6-0429호
주소 경기도 파주시 회동길 337-15 보고사
전화 031-955-9797(대표), 02-922-5120~1(편집), 02-922-2246(영업)
팩스 02-922-6990
메일 kanapub3@naver.com / bogosabooks@naver.com
http://www.bogosabooks.co.kr

ISBN 979-11-6587-090-4   93830
ⓒ이경희, 2020

정가 20,000원

이 저서는 2015년 정부(교육부)의 재원으로 한국연구재단의 지원을 받아 수행된 연구임(NRF-2015S1A6A4A01013663).